芥末辣椒酱

王啸峰 著

作家出版社

图书在版编目（CIP）数据

芥末辣椒酱 / 王啸峰著；-- 北京：作家出版社，
2025.6. ISBN 978-7-5212-3532-6

Ⅰ. I247.7

中国国家版本馆 CIP 数据核字第 2025074ZD9 号

芥末辣椒酱

作　　者：王啸峰
责任编辑：朱莲莲
封面设计：张子林
出版发行：作家出版社有限公司
社　　址：北京农展馆南里 10 号　　　邮　　编：100125
电话传真：86-10-65067186（发行中心）
　　　　　86-10-65004079（总编室）
E-mail:zuojia @ zuojia.net.cn
http://www.zuojiachubanshe.com
印　　刷：北京盛通印刷股份有限公司
成品尺寸：145×210
字　　数：289 千
印　　张：14.5
版　　次：2025 年 6 月第 1 版
印　　次：2025 年 6 月第 1 次印刷
ISBN 978-7-5212-3532-6
定　　价：69.00 元

目　录

芥末辣椒酱

陈泽开门，先把纸箱子放一边。低头换鞋，随后做早饭。

楼下传来叫卖桂花甜酒酿的声音。天一下子就凉了。

林梨一声不吭地坐在餐桌边。

陈泽也不说话。两人一直沉默着。

两碗白粥、两个煎蛋、一碟榨菜。陈泽再给林梨端来一杯热牛奶；一个红色药盖，里面有五片形状各异的白色药片。三分钟后，林梨拿餐巾纸擦嘴。陈泽加快了喝粥速度，趁林梨不注意，吞下手里捏着的两粒药。

林梨喝口水问："下午到？"

"不是，上午八点四十。我马上出发。"

林梨起身收拾餐具。

陈泽把纸箱捧到阳台上。阳台已被一个个纸箱堆满。他呆在那里，无从下手。

手机响。陈泽把纸箱尽量往里推，拿起电话时，他回头看那些纸箱，觉得它们像俄罗斯方块。

林梨从厨房瞥来询问的目光。陈泽把电话掐了。

他提高了声音："又是推销房子的。"

"房子，房子我们有两套呢。"林梨的声音像流水声。

陈泽临出门检查了红色药盖，顺手带上掉漆的保温水杯。

地铁站里全是人，人头不停地在巨幅广告牌前跳动。陈泽算着时间，一句广告语刺着他眼睛："未来已来！"

"我有未来吗？"药片开始起作用。他像坐在一只破旧吊桶里，被机械地拖拽着往井口方向去，很慢很无力。这时，电话铃声大振。

"不好意思！抱歉抱歉！刚才有点事……嗯嗯，看在蒋太太的面子上……能不能再宽限几天？我实在……喂喂喂！"

地铁车厢里冷气已关闭，乘客大多都穿上了外套。一股酸酸的气味钻进他鼻子。他左右看看，忽然意识到是自己身上散发出困兽挣扎的气味。他挤到车厢连接处角落里，悄悄地喝口热开水。

从地铁站换到火车站，他没坐电梯，一个一个台阶走上来。高铁没晚点，时间有余。

火车站地下广场被快餐店、点心铺、便利店占据。陈泽逛了个 U 字形。每家店都门前冷落。

火车站有百年历史，翻建扩建似乎从未停止过。十多年前，他刚到这个南方大城市时，火车站新广场正在建设中，蒋太太介绍他承包售票大厅旁边的书报亭，一年下来少说也有五六万收入。他还抽时间专门来看，在灰土满天的工地上，有人指给他看躺在地面蛇样盘绕的几根电缆。这上面将建三米长、两米宽、两米高的铁皮亭子。现在看来应该接下这个活。他和林梨轮流看店，还是安排得开。那时他最怕禁锢，医院已是脱不开身，铁皮亭又整天迈不开步子，他宁愿去送快递、踩三轮。现在书报亭、信息亭、电话亭全不见踪影，连售票大厅也萎缩一大半。变化每天都在发生，只是普通人大多没时间、没心情去感知。

黄胡子的微信电话，陈泽没有听到。看到出口处涌出不少旅客，他才掏出手机，已有三个未接电话。

"是苏婷到了啊？"

"哎！你怎么不接电话呢。她出站了。你在哪里？"

"我就在出站口啊。那个，在地铁四号线指示牌下。"

挂了黄胡子电话不一会儿，陈泽就听到背后有人喊："陈叔！我在这里。"

陈泽转过身，迎上去，接过苏婷的行李箱，带她穿过人群朝出租车候车点方向走去。

"麻烦你了，可能要多住些日子。"

"放心吧，我会照顾好林姨的。"姑娘露出浅浅微笑，轻快地走着。

青春真好，健康真好啊！陈泽心里感叹着，推箱子急急向前。一个个旅客与他相对而行。他有点恍惚。苏婷边看手机边走路，时而甩甩长发。

排队等出租车时，陈泽下意识直直腰，自己竟然比苏婷矮很多。

吃完午饭，两人就坐到河边。太阳变换角度照他们，都被浓密树荫挡住，渐渐失去耐心，落向地平线。

陈泽裹了裹旧外套。林梨没开口前，他不说话。

一只大风筝在河对岸被放上薄暮的天空，风筝上的彩色灯珠一闪一闪，像极了一架夜航飞机。

林梨仰头说："我要去高原看雪山。"

陈泽心里一紧，随即低声附和着："没问题。明年夏天就去。"

林梨深透气，又摇摇头，"你放心，我什么地方都不会去的。"

"要的。要去。"他害怕说话气息会断，紧张、恐惧、悲伤，一直攥着他神经，"一天比一天冷，我们去暖和的地方待几天？"

"这个月房租交了没？"林梨忽地站起身，紧张地问。在她脑子里，理想和现实之间的切换就是这么快。

陈泽赶紧跟上她思路："你放心吧。"

"那个蒋太太，神神秘秘的。这些天，她领了几个鬼头鬼脑的人，在楼下指指点点的。我看得很清楚，指向的就是我们这套房子，会不会赶我们走了啊？你说啊！"

陈泽心头一怔，赶忙宽她的心："跟我们没啥关系。前天我去交房租时，蒋太太还笑着说不用这么准时交，晚几天也没事。"

"哎！别提蒋太太的笑了。我心里不舒服，总感觉不好的事情要发生呢！"林梨语气冰冷。天渐渐黑透，风筝上的彩灯更亮眼。

他们沿河边走上桥。桥面上摆摊的人多了起来。陈泽问林梨想吃什么。林梨摇摇头。陈泽走向炒饭摊，要了一份蛋炒饭。加个蛋，加点饭，打包。摊主飞快地炒，金黄色米粒散发着葱香。

"最近生意怎么样啊？"

"还行，病人总是那么多。"摊主点点不远处的几家医院，住院部大楼每格窗子都明晃晃地亮着。

饭炒好了，接过来的时候，陈泽突然觉得不香了。

老式电梯的门关起来慢腾腾，外面不停地有人按按钮，直到电梯里再也挤不下。狭窄空间散发着复杂气味。

有人捂住鼻子，陈泽知道这是新租户。新的来，旧的去，是规律，也是规矩。

儿子走后，林梨说出来任何话，陈泽总是先答应，过段时间再执行，或者忘记。

她陷入"租户恐慌"中。在网上找了很多"租客优先"条款。他只扫了一眼便说:"蒋太太从来没说让我们搬家。"

"你啊就是这样!任何人一说好话,你就全信。"

"我无能啊,所以医生、医药代表啊,他们说什么我信什么,连算命的说的我也信。"

过了好一会儿,林梨压低声音说:"要不我们把房子退了吧?"

陈泽不知道林梨的话是真是假。称他的心,早就要搬走,困在这样的环境里,永远得不到解脱。

他假意试探着问:"那我明天就去找蒋太太?"

林梨冷笑几声,仿佛早就料到情节的发展。她突然抄起蛋炒饭盒扔向陈泽:"你去说啊!这一切都是你的错,药、钱、工作、医生……从头到尾,你没做对过一桩事。"

蛋炒饭撒了一地。陈泽扫地的时候,看了一眼林梨。她点完香,闭上眼,嘴唇嚅动,僵直地坐在沙发上。满屋散发着奇怪的香味。

这世上哪有什么简单的事!陈泽心里叹气。

陈泽把箱子从出租车后备厢里提出来,一眼看到蒋太太。

"你好!蒋太太,这是……"

"哎,我知道,我知道。你是苏婷!黄胡子的外甥女。乖乖,长得漂亮,还这么高啊!"蒋太太圆脸上堆满笑容,同时显露出横七竖八的皱纹。

"蒋奶奶好！"苏婷微微朝蒋太太鞠一躬，直起身子的时候，右手把散落的头发轻轻一绾。

"好孩子！你舅舅都交代清楚了吧？照顾你林姨，可得热心、用心，加上细心啊！"蒋太太在三个"心"上加重了语气。

"请奶奶放心，我会按照您和舅舅的要求做到位的。"

蒋太太做了个攥拳动作："真聪明！其实，请你来，我们也是没办法呢。上次把我都吓死了。"

陈泽表情收紧。

苏婷连忙摆手："您客气了，本来我就要来培训，现在住的地方不用操心，多好啊。"

"看这孩子多会说话啊！"蒋太太转过身，笑容收起来，"小林这阶段还稳定吧？"

"谢谢您！她挺好的。"陈泽不想让蒋太太知道太多，又做不到让她不知道。对这个瘦小老太，他有种无法言说的情绪。

"可不要大意啊。我去趟超市，回头见！"蒋太太晃着小手袋走远。手袋很小，陈泽觉得连钥匙串都放不进去，而自己却能被轻松地吞进去。

门打开，苏婷喊了声："林姨，早上好！"清亮的声音在室内回荡。

林梨看了一眼苏婷，迟疑了好一会儿，缓慢走过来，低头给她拿拖鞋。

"屋子小点，整理起来倒也容易。嗯，她从不进儿子以前的房间。"陈泽低头把行李箱拖进小房间。

苏婷点点头，开始收拾东西。朝北单窗下是一张铺着雪白床单的单人床。

林梨立在窗口盯着不远处的住院部大楼看。"她长得可真高啊。唉！我的……"自言自语的她，哽咽起来。

"你不要老是站在那里，我陪你下去走走。"

林梨像是没有听见陈泽的话，仍然站在那里。

"林姨，你陪我出去逛一圈啊。大城市我难得来，你要带我玩啊。"苏婷走出小房间，抄着林梨的手臂，轻轻摇晃。

陈泽悄悄探出半个头，看着一高一矮两个黑衣女人走出楼栋，转出大门，消失在大街上。透过隔音板，他看到高架路畅通。时间差不多，他该出门了。

换上白衬衫，套上黑西装，把黑领带塞进裤兜。陈泽背包匆匆出门。现在温度正好。上个月，西装根本穿不上。可他坚持穿，衬衫、西装内胆全都湿透。人家给他多加了一百块辛苦费。

地铁里，他反复确认时间、地点，拿出稿子默诵，排好序。这工作做不到位在其次，关键是不能搞错。上午排了三场，十点开始，每隔半小时一场。

陈泽第一次碰到蒋太太，没说几句，蒋太太就夸他普通话说得好。他解释口音还是比较重，只不过比南方人说话更像那么回事罢了。

蒋太太给他介绍的工作，都是机动灵活，留有余地的。她太了解这里的租户，最宝贵的时间都要放在病房、治疗室里，剩下的用来谋生。

陈泽蹲在医院围墙边抽烟。那是他半年来第一次抽烟。他将做出一个有生以来最重大的决定。在这个北方小城，他的职业是记者，林梨是小学教师。如果人生就是简单的一天一天被复制，那么，他很有可能做到总编，林梨肯定会成为高级教师。而离开这里，他们什么都不是。

同事、朋友们介绍去南方大城市，只有到那里治疗，儿子才会有希望。北方小城，充其量就是稍稍延长一下生存期。他咨询全国各地的记者，联系上了南方大城市的著名医院。

转院单就在他兜里，刚刚写好的辞职信也在兜里，还有那张摸不到的林梨的辞职信，三张单子像三座大山般压在他胸口。呼吸急促，烟不停地从鼻子里喷出。

第一期的治疗费大医院医生开了出来。明天他就去房屋交易中心卖婚房——报社分的一套两居室旧房。林梨还坚持先用存款。他没有对她如实说，那些银行卡上的钱，全给了本地医院。

幸好两年前买了一套新房。这也是能去大城市治疗的唯一后盾。这些天，他像看股票那样看房市曲线，盼望着哪天突然来个涨停板。

不过他最关注的还是大医院治疗那类重病的水平。一般患者术后，五年生存率达到百分之六十；未成年人，可达百分之八十。儿子才九岁啊！那个诱人的百分之八十啊！

在去不去的问题上，他和林梨意见完全一致。他们活着的意义，不就是为了这个唯一的孩子吗？他们只是在离职问题上产生分歧。

"第一个治疗期就要三个月。请不了这么多假。"

"我有个暑假，请个把月应该可以。"

"那以后呢？还有二期、三期。"

"不见得就不回来了……"林梨眼眶红了。

陈泽也不想这么说，可面对妻子，难道说假话吗？总之，这个家庭的命运在三个月前那份化验单出来后，就彻底改变了。

陈泽边打领带边找"咏菊厅"。虽然事先有准备，可踏进厅堂，看到鲜花丛中照片上年轻的脸，他还是心房颤抖。

他尽量不去看照片，不去看哭得瘫软在一旁的老人们。他把名字代入程式化的悼词，告诉自己，一切都过去了。但愿在另一个世界里，他们过得安乐。但是，那些字词吐出来的时候，他喉咙里就会涌上一口痰，忽上忽下。只有自己听得到细微的"咕噜、咕噜"声，像一个受难灵魂在哀怨。他请大家鞠躬："一鞠躬！再鞠躬……"眼前，出现了儿子欢快的样子，他愣住了。

儿子治疗的时间远远超出他和林梨的想象，再宽容的单位和领导，都没法延续他俩的事假。第二年春节前，他们都知趣地辞了职。要好的朋友、同事三三两两从千里之外赶来看他们，带来的问候温暖了他们好久。不过，也带来不好的消息。没有出来治的病友，好几个已经不在了。就是从那时起，林梨开始睡不着觉。刚开始，她陪护回来，歪在沙发上还能睡着，后来整夜失眠。

陈泽给林梨配来安眠药。林梨能入眠了，睡着的时间越来越少。有时像鸡睡觉那样，刚闭上眼睛，头往前一冲，立刻清醒过来。她连忙自责："我怎么就睡着了呢！真是的。"单独跟陈泽在一起时，她就不停地讲从护士、护工、家属那里听来的各种各样不好的病例。而陈泽拼命解释医生传递的好消息：要相信好事总会到来。

医院陪护，陈泽和林梨轮流倒班。一个陪，另一个送饭。陈泽要打工，林梨就整天陪。

第三个疗程结束后，主治医生告诉他们可以出院，每周来三次做治疗。那是个春日上午，一家三口走在街上，迎面吹来舒爽的风。他转过头，看到林梨牵着儿子的手，往下板的眼角，突然往上翘了。他回掉了当天四场主持，换上一件大红外套逛街。他曾告诉林梨，每天穿黑色西服、白色衬衫上班是保险公司业务员的基本要求。

蒋太太给陈泽介绍的礼仪公司需要各类司仪。会议、演出、婚礼、丧礼等，陈泽做过好几种，表面上都应付得过去，但是，他适应不了喜庆、热烈的气氛，心里憋着的悲伤，没由头地向每个细胞扩散，无法控制。最终，他只做丧礼，每次哀伤的声调、流出的热泪，都对应他内心。

"司仪，你干吗呢？""一条龙服务"老板直拉陈泽袖子。"再鞠躬"后，陈泽脑子卡住，呆在那里了。大家等着"三鞠躬"的口令。

"哦哦哦，对不起，对不起！"陈泽惊出一身汗。

三场丧礼结束，已是十一点半。陈泽从包里拿出蓝色工作服，脱下西装、白衬衫叠好，放进背包里。

"一条龙服务"老板走到跟前，递给他一支烟："老陈啊，吃药了没？怎么没什么效果呢？今天又被投诉了，又得还点价。"

"不好意思，扣我钱吧。"陈泽是真心的。

"你说什么话啊，钱不钱的。不过，你这样的状态，我还真不放心。要不休息一段再来？"

陈泽脚步沉重地走回地铁站，乘三站，又换乘四站。走出地铁站后，来到他的责任范围。先把散落着的蓝色共享单车归整到绿色非机动车框内；再检查一遍，把四辆故障车靠墙摆放。一点半，他叫来工作车，把两条街上的故障车拖走，补充同样数量修复好的车。

陈泽走进一家便利店，买一桶最便宜的方便面。等面泡开时，电话又来了，这已是今天第三次了。他态度诚恳，周旋敷衍，又祭出蒋太太这块招牌。他最清楚自己两张银行卡的余额，不过，还是不死心地再查一遍网银。泡面味道酸酸辣辣，猛地吸一口，呛到了自己。连续不停咳嗽的过程里，他眼前冒出一个个小金币。死了之后，金币也是带不走的呢。他苦笑起来，如果现在有那么一小块也好啊。天色突然间放亮，一缕阳光照进快餐台，窄窄的木板上，显出漂亮的扭曲纹路。他静下心来，喝光最后一口汤。

进菜场买菜，他想苏婷来的第一顿饭，要照顾她的口味，狠狠心，买了五花肉、茄子、空心菜。

陈泽推门进屋。眼前一暗。仔细一看，苏婷正陪林梨坐在沙发上，用小投影仪播放手机里家乡的照片。配上的音乐声，陈泽从未听过。苏婷拉陈泽一起坐下。被大雪覆盖的小木屋、连绵起伏的群山、牛羊奔跑的草原、宽阔平缓的河流等，闪现在他们眼前。

林梨伸出手，指着画面，语气中带着惊喜："快瞧，一只小梅花鹿。啊，远处还有它妈妈！"

三个人都笑了。

陈泽问苏婷是什么配乐。回答是"新世纪音乐"。看看肩并肩坐在一起的两个女人，他再次称赞音乐后，跑进厨房做晚餐。

累的时候，陈泽通过手机 App 听免费音乐。听他年轻时代的流行歌曲。那时的他脚上像装着弹簧，跑新闻、写稿子、踢足球、追女孩，没落下过一样。现在弹簧只能移到脑子里了，只能在想象的天空中奔跑跳跃，即便这样，弹簧也锈蚀了。精神衰老比肉体衰老更可怕。自己也就算了，可谁来照顾林梨呢？神经科专家配给他药时，说得很清楚：只能缓解，不能治根。什么时候有症状的，他自己也说不清，肯定是来南方之后。

叮咚！手机收到一条微信群公告，他想了下，回复："准时参加活动！"

五花肉切块，与土豆、茄子、干辣椒一起炖。空心菜里加了点麻虾酱。看时间还早，他又做了一个番茄鸡蛋汤。他尽量少放油盐，现在小姑娘都怕油腻，却很吃辣。

投影收起来了。林梨跟苏婷在嘀嘀咕咕说话。话音重的时候，陈泽听到"楼高""消毒水""亮光"等几个词。

饭桌上，苏婷说一些笑话，用了全国各地方言。林梨虽然不怎么笑，可也会扑哧一声，晚饭也吃得比平时多，药吞得爽快。

突然，林梨把筷子一撂，两眼直勾勾对着苏婷："你来干什么？"

苏婷一愣，迅速瞟了一眼陈泽。

陈泽像没听见似的，头也不抬地慢慢扒饭。

她轻柔地说："哎呀林姨，您怎么忘了啊？我借住在这里，参加英语强化班，有个很重要的等级考试呢。"

"等级？什么等级？"林梨眯起眼睛，陷入沉思。

陈泽补充道："苏婷是个优秀孩子，学习好，还肯吃苦。"

林梨站起身，又站到窗前，连成片的医院大楼灯光闪亮。

陈泽轻声嘱咐苏婷："不要往心里去啊！她是个病人呢。"

苏婷连连摆头，不说话。长发飘散出香气。

陈泽拎起旧外套、工具和保温杯出门。

夜风有点凉。陈泽坐上公交车，穿过热闹街区，驶向新区。七点半到森林公园站时，全车只有他一人。

二十几个人聚集在森林公园门口。这是他们本月的第二次集体活动。

蒋太太身穿黄色反光背心正和黄胡子窃窃私语，瞥见陈泽走近，猛然刹住话头，转身向大家："好了，好了，人都齐了，我们开始吧。"人群当中，她像《狮子王》里的巫师拉菲奇那样，指挥着分组。黄胡子向陈泽招招手。

芥末辣椒酱

015

森林公园南门前一大片草地，每到节假日挤满了从市区来的人。

都是老手了，蒋太太简单交代几句，约定九点半回到门口。大家马上散开工作。陈泽跟黄胡子是老搭档。他戴上矿灯和手套，用大夹子夹起废纸、烟壳、空罐等。黄胡子拿黑色大垃圾袋，跟在他后面。

"最近女儿状况还好吧？"陈泽夹起一个烟壳子。

"要不是蒋太太帮我联系到一个新药，就危险了。前几天用上了，现在稳定很多。"他用手指指森林公园大门，蒋太太也随一队走开了。

陈泽点点头，一束光在草地上摇晃。

"我也知道新药好，就是差这个啊！"黄胡子叹口气，三根手指做出点钞动作。即便在微光下，他浓密的发须也是黄黄的。

好多病人用了新药效果显著，一旦续不上，很可能结果比不用还差。陈泽不敢说实话，只是顺着黄胡子的话说："蒋太太真是好人呢！"

"是呢！你嫂子帮她做做账，不耽误陪护又有进账。"黄胡子语速突然慢下来，话显得很突兀，"每个人都有难处，有时候也是为情势所逼。"

陈泽听黄胡子说，来这里之前，他是西北一个县城规划局的工程师，老婆是县财政局的副科长。黄胡子规划来规划去，却把自己安排来了南方大城市。他手上引入过许多家工业企业，环评报告称不会污染土地、空气，可老人们都说气候变了，环境变得不像他们的家乡。对此，他时常心怀愧疚，说什么报应来得太快了点。

"嗯嗯！像我陷入当前绝境的，最能理解了。"陈泽腾出一只手，拍拍黄胡子的肩膀。

黄胡子岔开话题："对了，苏婷表现怎么样？"

"你看我，都忘了及时汇报了。她聪明，又体贴人！感谢老兄你啊！"陈泽捞起几个被丢弃的白色发泡塑料盒。

黄胡子把袋子伸过来："有什么做得不恰当的，你尽管说，就当自己孩子啊。"话音一落，黄胡子就知道说错话了，便低头抖垃圾袋。

"还是蒋太太和你想得周到，有人陪的确不一样。"陈泽笑笑，抬脚踩扁一个易拉罐。

黄胡子手伸进兜里摸出两张字条。矿灯照着白纸黑字，这是两张手写的中药方，一张有个"林"字，另一张写"陈"字。

"老家有个中医有妙方，针对林梨和你的症状。试试看吧，中药没什么副作用，价钱也便宜。对路的话，一帖药就见效！"

"你找药给我们，找亲人陪林梨，我太不好意思了。"

黄胡子突然狠狠地吸了几下鼻子："唉！不说这些没用的

了。在被那座大山压死前，我们还得挣扎挣扎不是？"

主持完一个仪式，陈泽拿出静音的手机看，未接来电有十来个，都是蒋太太打的。

电话回过去，又轮到蒋太太不接了。陈泽心急火燎地往家跑。他拦下一辆出租车坐进去，继续打蒋太太电话。黄胡子电话横插进来。

"林梨骑跨在窗户上手舞足蹈。蒋太太叫了消防队，刚把她拉回屋里。你不慌啊！"

蒋太太电话也来了："哎呀！吓死我了。你不知道啊，小林半个身子歪出窗子，还在往外斜。有人指给我看，我差点昏过去。好在我包里一直放着你们家的备用钥匙。"

陈泽出了几身冷汗，感谢蒋太太，感谢黄胡子。他能想象得出场面惊悚。很可能消防队架起了气垫，蒋太太气喘吁吁地带着消防队员、黄胡子他们冲向十六层，他们在那里已经整整生活了十五年。这些年来，蒋太太的房租涨幅保持了最大宽容，他对此一直心怀感恩。围观的人当中很多都是疑难杂症病人的家属，在暂居地，他们最怕见到这样的场景。

果然，楼下还三三两两扎堆议论着。黄胡子在原地踱步等他。上楼的时候，黄胡子一下子说了十来个"如果"，都会产生不堪设想的结果。

蒋太太正在跟林梨说话。她手臂上还套着那个小得不能再小的包。

陈泽开口的声音大了点，就被蒋太太阻止。他只得换一种询问方式。

"你怎么这么不小心啊？"

林梨转过头，指着窗户："那里有道光，光里有个人影，模模糊糊的，像个孩子，我想出去看看清楚。"

蒋太太把陈泽拉出门："小林这种情况，要有人全天陪的。"她转头盯着黄胡子看。黄胡子一愣，赶忙跳过门槛，双手交错搭在腹部，眼睛盯着蒋太太不住点头。

"我还是想带她回去。"陈泽转头对林梨说："我们回老家吧！"

"回去？回哪里？说不定明天他就回来了，找不到我们怎么办？你说他这么小的孩子，该怎么办？你想让他露宿街头，还是被坏人拐走？"

蒋太太赶紧上前安慰："不走不走。这里就是家！"

黄胡子连忙跟进，"这事不用担心，我来找陪护。"说完，看了一眼蒋太太。

病人家属求心理安慰的办法很多。陈泽选择做义工，清洁场地、帮助孤寡老人、维持交通秩序、救助流浪动物等，按照黄胡子的说法，做看得见摸得到的善事总没错。

送蒋太太到门口，陈泽犹豫地说："陪护还是不用了吧。"

蒋太太板了脸："你还想看到今天吓人的情形？"

芥末辣椒酱

陈泽连连摆手，再次感谢她后，咬咬牙说："您看，我这又得向您开口了。"

蒋太太说："唉！我出面是没问题。人家也靠资金周转吃饭不是？"

"我知道您很难。可我一头钻进黑管里，没法出来了。所以请您再向人家解释、通融啊！利率太高真要逼死人呢。"陈泽瞥见黄胡子也快速、小幅度地点着头。

"好吧，我试试看。你千万不要乱说死不死的了！"她又盯着黄胡子说："好好找陪护！"

黄胡子脚下一绊，陈泽赶紧把他扶住。

灯光一照，黄胡子叫起来："这东西都扔啊！"

陈泽看见是一个旧烧烤架，还带电烤的。以前在老家，他最喜欢夏天跟朋友们到郊外烧烤，他最擅长的是烤猪腰子，处理得干净，蘸料是他自创的芥末辣椒酱，大家都争着吃。酸着鼻子流眼泪，笑着说真过瘾。喝着啤酒嚼着串，望着彩霞，他觉得无数赞美天气和景色的话语，都来自个人心情。

"我扛回去修一下，等你女儿身体好了，我们一起来这里烧烤。"陈泽俯下身要搬。

"别，别，千万别。我现在最不敢想的就是明天。你可不能让我有任何奢望。"说完，黄胡子把装满垃圾的袋子拎到路边。陈泽把架子移到一棵树下。

黄胡子的话很有道理，陈泽站在树下品味了一下。

"你最近工作还顺利吧？"黄胡子像是不经意地问。

陈泽立刻警觉起来。"都挺好的呢。"他手指摊开，数了几样工作，特意把司仪摆在第一位。

"真是辛苦啊！难为你了。"

"唉！日子过得快，转眼间儿子离开我们快一年了。"

黄胡子不知怎么搭话，就低头收拾垃圾袋。

九点出头，他俩往回走。刚才还一片狼藉的草地，现在月光下，安静整洁。

蒋太太正忙着把矿泉水递给大家。大家休息休息喝口水，闲聊几句，公交车就来了。蒋太太问陈泽要不要坐她的车走，陈泽慌忙摇手。

"小陈，我跟你说几句话。"蒋太太把陈泽叫到一边，"那边催款有点急，我又跟他们说过了。好在，你现在收入还比较稳定。"

陈泽连声感谢，脑子里又出现模糊景象。蒋太太接着讲，而他只看到她嘴巴快速动着，听不见一点声音。

公交车驶过来，黄胡子拉陈泽上车。

车开出好一段路，陈泽才缓过神来。

"你怎么了？满头满脸都是汗的。"黄胡子问。

"没事没事，可能晚饭少吃了，低血糖犯了。"陈泽打开保温杯喝口水掩饰不安。

"毛病都是从这里发起的。"黄胡子指指心口。

黄胡子先下车。他去一个蔬菜批发市场值夜班。陈泽在车上对黄胡子挥挥手,黄胡子对他做了个打电话的手势。

沙发上,林梨手捧茶杯,盯着电视机。苏婷坐在餐桌边,戴耳机刷题目。陈泽进来时,苏婷叫了他一声,又开始做题。

陈泽感觉房间又变小了。放下工具,他到厨房里倒杯白开水喝,又打开手机网银。小数点后面的两个数字他都背得出。他犹豫一下,手指使劲一点,一个数字飞往苏婷微信钱包。厨房小窗只能望见对面楼房的灰色墙面。对未来,他描摹不出一幅具体的图画来,可他清楚地知道现在的一切都是扭曲的。或许,一觉醒来,眼前的一切都不存在了。

他坐到苏婷对面:"课选好了吧?"

"是的。"苏婷摘下耳机,"我特意选了下午的课。周一到周五两点到五点。"

"那挺好,我的活基本上都在上午。"他苦笑一下,"下午也有,但是很少,大家都忌讳。还有几个零工,一点半前都能结束工作。"

"嗯,知道了。其实我们那里风俗也是这样。"苏婷停下作业回答。

陈泽侧头望了一眼林梨。林梨一直保持着那个姿势。电视再精彩也似乎打动不了她。

"很简单,从今天起,你林姨身边不是你在,就是我在。

当然，可以我们两个都在，不能两人同时离开她。"

苏婷认真地点点头。

"刚才我在微信上给你转了点零用钱，坐车、吃喝、买资料都需要。"

苏婷站起来，走到林梨面前，拿起杯子，加了点热水，回头对陈泽说："我会照顾好林姨的。"

陈泽走到阳台上，苏婷跟过来，指着堆着的纸箱问："里面装的都是什么啊？"

"对儿子的情感，一天天堆积在这里，也是你林姨不愿意离开的原因。"陈泽轻轻打开几个纸箱。

苏婷慢慢地把手指收回，放到嘴边，不停地啃大拇指指甲。一会儿，嘴唇红了一片。

陈泽还是一早离家，像个正常上班人。

开始几天，他在各大人力资源市场打听问讯。

"长期、短期、零工，白班、夜班，我都可以！"

表态再好，一条硬杠子就把他卡死：四十五周岁！

后来，他还是转回殡仪馆。

每天清晨，他蹲守在停车场。管他大巴、中巴，只要停下，他就上前向随车的"一条龙服务"老板推介自己。

"家属没这方面需求。"

"主持这样的仪式不敢有差错啊……"

"我们有司仪了……"

"一条龙服务"老板个个都不是吃素的。

他还争辩："我普通话标准！我感情真挚！我，我身体健康的啊！"

微冷的风中，哀乐声低回。

那天上午，陈泽中止找活行动。去了菜场。他在蔬菜摊上买了青菜和萝卜。又去黄胡子介绍的摊位买了点肉圆、蛋饺。转过身，他把鼻子伸进塑料袋里闻闻，没有异味。天热的时候，有一次害得他把煮好的一锅汤全都倒掉了。

扫码付钱时，电话来了。这些天来，来电频率增加。陈泽皱眉，心虚气急。

"千万、万万不能上门来啊！拜托拜托！"他横下心，咬紧牙，蹦出话来，"还！三天之内还款！"

拎着塑料袋不方便拿钥匙，他举手敲门，开门的是苏婷。

"中午吃蛋饺丸子汤啊。"他脸上甚至露出微笑。

"陈叔，你看。"苏婷跟陈泽进厨房，从兜里挖出几张小纸条，"这两天贴在门上的。"

陈泽点开纸条，物业费、电费、水费、煤气费，还有垃圾清运费、楼道保洁费。他苦笑着说："我去付，马上马上。"

有人按门铃。苏婷去开门。陈泽在厨房里听见一声"蒋奶奶好"，赶紧洗手擦干，给蒋太太让座。

蒋太太挨着林梨坐下。苏婷给蒋太太端来一杯水，放在沙发茶几上。

"谢谢！小姑娘有空多陪你林姨下楼走走啊。"

"早上已经在街心公园走了两圈了，我教林姨做操，她还在器械上做了几个动作呢。"苏婷说话轻快。

林梨脸上露出淡淡微笑。

蒋太太出门时对陈泽使了个眼色。陈泽跟出来，把门带上。

"说通了，他们愿意将利息降两厘。"蒋太太压低声音。

"千万不能找上门啊！"陈泽担心的重点在偏移。

"哎，我怎么听说你三天之内就能还款？"蒋太太疑虑布满在皱纹里。

陈泽感觉有人从背后推了他一把，心脏猛烈抖动一下。"我父母把房子卖了，跟弟弟住到一起了。"

蒋太太叹口气，摇摇头进电梯，小包一晃一晃。陈泽感觉自己也在晃。

三人午餐，每个人都吃得很慢。新世纪音乐悠悠流淌。林梨有时会跟着节奏轻轻晃头。

苏婷称赞丸子汤特别鲜美，说着说着，流下了眼泪。

林梨握住苏婷的手："孩子，你怎么啦？"

苏婷抬起头，轻声说："对不起！我，我对不起……呃，我想妈妈了。"

"傻孩子！"林梨起身把她搂在胸前。

吃完饭，收拾好，陈泽给黄胡子打了电话。黄胡子还处在迷迷瞪瞪的状态，说下午去病房前过来一趟。

苏婷前脚出门，黄胡子后脚就到。

陈泽进房间拿出一卷钞票给黄胡子："拿着，这是最近阶段卖废品得的钱。"

"哎哟，你搞错了吧。哪可能卖这么多钱啊？"

"有的有的。我得感谢你呢。"

"我，我真不能拿。"黄胡子把钱放下，陈泽又塞过去。

"苏婷是个好孩子，请嫂子陪她去商场买点东西吧。"

黄胡子涨红了脸："我抽时间去医院顶你嫂子班，让她俩去。"

陈泽微微点着头。

蒋太太站在十六楼走廊里，对着开着的房门大声说话："你怎么搞的，叫你看紧点！人走了都不知道！"

苏婷看都没看蒋太太，把睡衣裹裹紧，吸盒装牛奶，嚼面包片。

黄胡子让蒋太太进屋："您别急。小丫头可能搞不清。"

蒋太太瘫在林梨常坐的位置上，指着缩手缩脚站在一边的黄胡子说："还有你！你不是点子特别多、特别机灵吗？"

"您别着急，让苏婷详细说说。"黄胡子不停擦脸上的汗。

苏婷背过身去，不睬他们。

"我能不急吗？我担保人啊！"蒋太太用力扯着手包拎带。

"我们都十分感激您为我们做的一切！"黄胡子缓解紧张气氛，"或许，陈泽带林梨出去转转就回来了呢！"

"他们不会回来了！"苏婷突然转过身，大声说，"我恨你们！"

蒋太太和黄胡子愣住了，呆呆地看着苏婷。

"你是我亲舅舅啊！怎么能让我做这样的事啊？"

黄胡子汗止住了，眼睛湿润了："舅舅对不起你，对不起他们。"

蒋太太往日的机敏溜走了，语调低沉："唉！这算什么事呢。"

苏婷没吭声，带他们走到阳台上。

一个个纸箱被锋利的美工刀划开，"俄罗斯方块"一个个被打开，铺满整套房子。

足球、铅笔袋、漫画书、地球仪、奥特曼、大吊车、小学课本、24 号球衣、旅行背包、彩色铅笔、超人钥匙扣、游戏机和键盘、乒乓球和球拍、汽车和飞机模型、手拿金箍棒的孙悟空……

"今天是林姨儿子去世一周年纪念日。"苏婷别转头，面朝北面小房间。

蒋太太走上前，抚摸苏婷不停起伏的后背："我老了，也快解脱了。"说完，她攥紧小包，五指深深掐进皮层，朝敞开的大门慢慢走去。一束阳光斜照在门口，里面细尘翻滚。

　　黄胡子脸朝窗外望去，阴郁的脸上露出一丝苦笑。"逃离不正是最好的纪念吗？"

　　此刻，南方大城市灰色天空中，云层正在快速涌动。

家　宴

厨房里，赵青松在给虾仁上浆，蛋清加少许盐，不能放酒；浆好，用保鲜膜蒙住盘子，放进冰箱冷藏。一回头，两个赤裸裸的蛋黄躺在白瓷碗里。赵青松不知道怎么处理它们，就像明知是陷阱，却不知道怎么避开。反过来看，蛋黄暴露在明处，四周形成黑暗森林。他顺手拿起茶杯喝口水，急忙吐在水槽里。

"哎！加滚水也不跟我说一下。"

谢梅在客厅摆花。"给你添水还不好？加错啦？"

赵青松不响，抄起蓝布围裙擦掉手上腻腻的东西。隔几分钟，他问："他们到底来几个？我要开火了。"

"谢兰肯定来。你也知道王昶忙得很，说是一起来，谁能肯定呢？谢竹峰、吴芹带两个孩子来。"谢梅手里捏一朵粉色月季花，犹豫着插向哪里。

"来，先把桌子抬到中间，铺上一次性桌布。"

刚摆布停当，赵青松忽然想起有一次王昶把一盘油炸花生米吃了一大半，忙解下围裙，跑出大门。

"顺便买几盒抽纸！"

电梯关门时，赵青松听到谢梅指令，点点头。看着不锈钢镜面映出自己点头的样子，他感到厌恶。头转过去，侧面还是镜面。一个穿圆领白短袖汗衫的中年男人，正试图把隆起的腹部吸进去。可电梯下到三层，赵青松就泄了气，腹部皮球般反弹回来，比在二十七楼时，竟更突出了。

"老赵啊，你这肚子可真有气势啊。"

新主任看似随意说的这句话，赵青松却一直记着。老主任上个月退休了。他习惯性地将手搭在滚圆的肚子上对赵青松不知说了多少遍："我全力推荐你，副主任中只有你最合适接我。"

结果，新主任外派。宣布会上，赵青松扫一眼坐在他左右的其他三个副主任，顿时明白了，老主任那句话，同样经常对他们说。

新主任比副主任都年轻，是件头痛的事。赵青松突然成了编辑部年龄高峰，平时不在意的小事都成了闹心事。

看着杂志社里一个个小伙子挺拔单薄的身材，他决定健身。其实他心里明白，主要因素还在新主任说了那句话，以及新主任年轻、清瘦的样子。

走向超市社区店的路上，他掏出手机扫一眼，没有未读信息。可他看到了厌恶的时钟数字：10:50。他是天秤座，下半年就将迎来他五十周岁生日。每次提拔、重用，五十岁都是一个门槛。跨过这个门槛，事业诸事皆休。日历哗哗掀过，他恨不得有个钩子钩住时光。有些时候一个念头在他脑子里闪过，那个钩子应该是王昶。不过也是闪闪而已。他和王昶只是连襟关系。岳父岳母去世后，两人一年也碰不到一两次。

今天可能是最好的机会。赵青松拿起一袋盐，手指轻轻按摩，盐粉在塑料袋里沙沙作响，欣快感从指尖传来，不知不觉中，他在购物篮里放了三袋盐。不能！不能冲淡主题！——谢梅的主题。他既不能冒进，当然，也不能龟缩。心里涌起怪滋味。

低头看看拎出店门的塑料袋里，多出来小葱、老姜、胡椒粉、咖喱块、牛肉辣酱等一些调味品。也许，调味才是吃客们最注重的。

门口鞋架上有两双小鞋子。赵青松知道谢竹峰一家来了。他进门，只有吴芹招呼了一声："姐夫！"其他三个窝在沙发里玩游戏、手机。赵青松走过谢竹峰身边，小舅子才抬了一下右臂算打招呼。

赵青松脸上笑着说："都来啦！我烧菜。"

水龙头一开，赵青松脸就沉下来。这套房子署的名字是谢竹峰、谢梅。谢梅还是在岳父最后时光里加上的。老头看在谢梅日夜服侍的分上。赵青松本想直接把谢梅改成儿子名字，谢梅没答应。她戗他："要不是你把钱寄回乡下，我们早就有自己房子了。"这的确是赵青松的软肋。不过谢梅说得不确切，他们有一套小房子，赵青松杂志社房改房，也是他们的婚房。儿子到上海念大学后，岳父病了，谢梅先搬过来照顾老人，过了一段时间，他也跟了过来。

赵青松遥远清贫的家乡，满山都是青松。生他那天，他父亲站在泥屋前对着群山高喊："我有儿子啦！我该怎么办？"群山回响，松涛阵阵。父亲给他取名青松。四个姐姐都叫他"松松"。

谢梅根据每个人喜好，开了张菜单。赵青松洗鳜鱼时几滴水甩到纸上。最大的一滴盖在油焖春笋的笋字上。笋被放大了。笋大了就是竹子。竹子最大的特点是空心。没什么可怕。赵青松提防的是吴芹。谢梅名字加到房产证上时，最大阻力是她。吴芹来自小县城，是县高考状元。她毫不犹豫地选择名牌大学读金融。赵青松不知道她业务水平怎样，自从嫁给谢竹峰后，她就歇在家里。家里的账做得的确不负"精算师"职称。

"竹峰网络信息公司"开一份工资给吴芹，她爱怎么花就怎么花。当初赵青松和谢梅都认为谢竹峰夫妻不会在意，或者说不会看得上这套老房子。谢竹峰平时挂在嘴上的"随便"二字一出口，就算送给大姐的一笔劳务费。就连谢兰也这么认为："他们家又不缺钱，又不缺房子。你们日夜照顾老爷子，替他们尽孝心，天地良心哦！"赵青松有点恍惚。谢兰生在大城市，从没离开过，怎么形成这样的观念？难得谢兰站在他们一边，他也没往深处想。

"随便"这两个字，谢竹峰竟然没说出口。谢兰找了个地方，姐妹三个讲清楚道理。"按照法律规定，老头子走后，财产分三份，我也有份。现在，我申明放弃。哎！谢竹峰，你到底怎么说？"

谢竹峰忸怩半天，就说了一句话："吴芹还不就为孩子上最好学校吗？"

谢兰鼻子里哼气："她算得不要太精啊。"

谢梅见他们把孩子挡在前面，知道不能硬来。"这房子唯一的好，就是在实验学校边上，还是九年一贯制教育，每家两个名额。你们放心好了，我家不会占名额的。"

见谢竹峰还在犹豫，谢梅写了一张保证书。

谢梅把姐弟们商谈的过程告诉赵青松时，眼里充满泪水。赵青松感到泪水反射的灯光格外刺眼，妻子因为丈夫无能被欺负，还没有反抗的能力。他感到屈辱。好在，名字加了上去，也总算达到目的了。屈辱的事情多了，得到实惠，赵青松心绪稍稍平复。

蒸鳜鱼是一个技术活，必须开锅蒸鱼，把控时间精确到秒。赵青松熟菜改刀装冷盘时，大声问谢梅："谢兰他们什么时候到？"

"我打电话给她。"谢梅隔了一分钟又说，"不接电话，估计她在开车。"

提到车子，赵青松心里瞬间梗住。他现在开的车，就是王昶卖给他的二手车。就像当初房子一样，看上去合情合理的事情，总会遭遇不顺。

一个多月前的一个雨天，王昶把车钥匙扔给他时，他惊喜地发现这辆奥迪 A4 才开了三万公里，简直就是一辆新车。王昶什么都没说，话都是赵青松开了两个星期后，谢兰跟谢梅嘀咕的。

"烦死了，他们懊悔了。开始说领导干部要带头买国产电动车，又说女儿出国读书了，家里两个人，两辆车子又显得奢靡了。"谢梅伸出一个手指在赵青松面前晃，"他们只要这个数，按照车况，二手车市场价钱翻倍。"

"我不开了。让他们卖大价钱去。"赵青松把车钥匙往桌上一扔。钥匙离手的一刹那，他后悔了。万一谢梅真将钥匙还回去，那自己开车到单位吸睛效应不会再有。他承认，必须通过其他途径证明自己价值。其他三个副主任似乎不需要。一个既会编稿子，又会写作，各地获奖通知排长队；一个是资深评论家，手上捏着好作家资源，一编就是名家新作；一个的老公是上市公司老总，每年给社里提供的活动经费、广告费等，超过拨款金额。赵青松不写稿、不怎么参加活动、不搞评论，更没有经费来源。最关键的是，与王昶的这层关系，不咸不淡，一头热根本无用。

第一天，那辆 A4 开进单位大门时，保安竟然立正敬礼。懒散走路的同事赶紧散开。有人警觉地探头探脑。从车身上，他觉出王昶的影响力无处不在。顺水推舟，他将酝酿好的话泼了出去："领导借我开的。"

　　他模糊了概念，实则想增强他人想象力。开 A4，把王昶显性化。

　　好在谢梅毕竟也做过多年编辑，通晓社情民心。"退不难堪吗？我砍了价。我被遣散回家这么多年，哪及得上他们家境呢？谢兰倒也同意了。"

　　"多少？"

　　"吉利数字！"谢梅做了八字手势，正反翻动。

　　"八万？"

　　"八万八！"

　　后来，4S 店伙计告诉到店保养的赵青松，这是一辆"有故事的车"。赵青松顿时像吃了一个苍蝇似的。坚持让伙计指出大修过的地方，伙计指了好几个地方，他记住的只有引擎盖和发动机。过户给他的真实原因，他没告诉谢梅，几次试探谢兰，似乎她也不知道，一副施舍的样子。

　　每个人都藏着秘密，领导更多。

　　赵青松仍然开着 A4，行为发生很大改变。开快车、随意变道、急停急启；不洗车、加低档油、去路边店修车。在他心里，奥迪车已沦为旧电瓶自行车。不过，八万八换来一句

"分管全市文化工作的老赵连襟对他不错"也值得。以前一有此类传言，谢兰总会打电话给姐姐。这回没电话来。

赵青松冷油下锅氽花生米。花生米是他与王昶的媒介。他一直在找"媒介"去给社长说这层关系，社长大面知道，但必须有点破的"媒介"。平日里跟他热络的同事不少，翻翻通讯录，没一个合适。迫在眉睫，先看这顿饭的结果再说，最差也要赢得王昶默许，他才好挺身而出自己跟社长说。

稍一动脑筋，油锅过热，焦味飘出来。惊得赵青松赶紧滤油、喷高粱酒、撒细盐和胡椒粉。焦味被压住了，等花生米凉了再尝味道。他又把笊篱颠几下，心跳慢下来。

"谢兰来了啊！"谢梅大声说。

"哇！二姐气质真好！"吴芹发出的是尖尖的、带戏剧成分的声音。

"领导没一起来？"谢梅问道。

现在家里，王昶名字需要避讳。

"今天一早就出去开会，昨天晚上跟他提起过，他没说不来。"谢兰模棱两可地说。

赵青松脑子冷下来，判断王昶不会来。手上动作变粗糙了。虾仁要过一遍油，然后清炒。赵青松省了第一道工序。清蒸鳜鱼上锅蒸也忘看时间。咖喱牛肉把食材和咖喱块一同扔下去，椰浆香味飘出来的时候，居然赢得客厅里两个孩子的欢呼。其他蔬菜和汤，赵青松基本上哼着曲子完成。压力没有减轻，甚至更紧迫地压到了下一个环节。他转头看谢梅，仍是一副期盼的样子。她该知道谢兰的话在王昶面前几乎起不了作用。

谢梅走进厨房，嘀咕一句"油太大"，把玻璃移门拉上："王昶不来，我们这顿饭不就泡汤了？"

赵青松把油烟机开关调大一挡："谢兰怎么答复你的要求的？"

"她还不全推在王昶身上？"

赵青松捏了一颗花生米，搓去红皮，放入嘴里，细细嚼了又嚼，直到一股香味从口鼻涌出。"你让谢兰给王昶发个信息，说他在 A4 车上落了个东西，我要交给他。"

"嗯？什么东西？你给谢兰就行啊。"

"你不懂。快去说吧。"

赵青松开始摆盘，每个盘子边上都用黄瓜、胡萝卜切丝、切片点缀。他又认真起来。嘴里是花生的香甜，心里却是酸涩，怎么事情都会变成这个样子呢？

两个孩子正围着谢兰转。

"小小两只船，没桨又没帆，白天带它到处走，黑夜停在床跟前。"

小男孩还在眨眼睛想，小女孩不屑地说："二姑姑，哦，谢老师，你能不能出一个有难度的谜语啊？"

小男孩大声叫道："鞋！是鞋子！"

谢兰表扬他："小奎真聪明。"转头对小女孩说："小北，你嫌这个谜语简单，姑姑给你出个有难度的——半个月亮，打一个字。"

小北脱口而出："胖！"

谢兰笑了，继续说："老师难度提高啦！说有人不是我，有马飞跑过，有水能养鱼，有土庄稼活。也打一个字。"

这次小北卡了壳。眼光不停扫爸妈，谢竹峰刷手机不停，吴芹用手势鼓励女儿开动脑筋。谢梅走过来，跟谢兰说了两句话。

"什么东西啊？"谢兰一边发信息，一边问，"如果他来不了，我……"

"是'也'字！他、驰、池、地的偏旁去掉，都是也！"

"小北真厉害！"谢兰摸出两块巧克力奖励姐弟俩。信息声响，她看一眼说："王昶还在开会，让我们先吃。"

谢梅脸红了，眼睛恢复了光亮。隔着厨房玻璃门，赵青松投去微笑，谢梅微微点头。

赵青松揭开蒸锅盖，用筷子戳一下鳜鱼背，拿起时没有鱼肉粘连，赶紧把火关了。不过，他没有端鱼出锅。

时针指向十二点，关键人物还没到。

赵青松把一只只盘子交到谢梅、谢兰手上，她们负责布置餐桌。长方形餐桌一头空着，另一头坐两个孩子。赵青松和谢竹峰坐一边，三个女人挤在一边。

暂时，赵青松坐下来，给谢竹峰倒了一杯啤酒。谢竹峰拿起就喝，然后筷子在面前的干切牛肉里挑挑拣拣。

谢梅咳嗽一声，眼睛盯住谢竹峰不放。谢兰伸手打散谢梅的眼神："不等，不等，他说不知道会议什么时候结束，让我们先吃。"

谢竹峰嘀咕一声："休息天都要开到十二点后。"

赵青松不愿意坐在谢竹峰边上，吃饭咂巴嘴的人，把其他人的胃口都倒了。

"对了，谢梅，你帮我找一个老头子的东西。"谢竹峰从来不叫姐姐。

谢兰放弃了房子，却时刻对家产保持警惕："你又出什么花头？"

"小奎秋天要上小学，找个东西给他戴上吧。"谢竹峰喝了啤酒，嘴唇显得更加光滑湿润。

赵青松瞟一眼吴芹，她正给两个孩子夹卤鸡爪。

"你在说什么？没东西！"谢梅回答干脆。

"咦，那些东西怎么说没就没了呢？"谢竹峰夹了一筷子盐焗鸡丝。

赵青松最成功的烹调案例就是这道菜。他记得王昶有一次吃到盐焗鸡时，嘀咕了一句："要是鸡块变鸡丝就更入味了。"

赵青松有的是时间改良菜品。他把鸡烫熟，拎起，往冰水里放。几次三番，上手硬撕，在鸡肉丝和鸡皮上撒盐和花椒，喷上花雕，放冰箱两个小时。

谢竹峰总是赞叹赵青松的手艺，谢梅说这是典型的不烧菜人心态。赵青松心里也不舒服，没有王昶肯定，再好的菜也白烧。

果然，谢竹峰被美味鸡丝吸引："这鸡丝简直味绝了！"

谢梅姐妹都没吭声。

吴芹对小奎说："鸡爪都夹不住。什么东西到你手上都要丢。你真是丢人！"

谢兰对谢竹峰说："爸爸也就是一个普通玉雕匠，不是什么工艺大师，他把心血都花在模仿别人作品上，他的东西，意义大于价值。"

吴芹放下筷子："意义嘛，说有才有。价值嘛，老爷子自己都夸过那些东西不止一次！"

赵青松不说话。谢家的事情，他不想问。岳父躺在床上时，谢梅不停地问这问那。他看见老人把脸转向窗户。那些"东西"到底有没有？他觉得是个悬念。

"行！"谢梅站起身，"今天三家都在。我们一起把爸爸留下来的东西查看一遍，分了算。"谢兰拉一下姐姐袖管，被谢梅甩了。

屋里只听得见谢竹峰吧唧嘴的声音。

紫檀小盒被拿上餐桌，比饭碗还小一圈。赵青松赶紧

把冬瓜扁尖排骨汤往边上移一点。谢梅索性将盒子往最中间
一蹾。

"大姐，你这是在开玩笑啊。"盒子没打开，吴芹笑了。

赵青松也觉得谢梅有点过分。

谢兰打开盒子，也不说话，用手往里指指。

"赵青松！你还藏了什么？"

谢梅这一声，叫得赵青松措手不及。

"我，我，没……"

"没什么？有人信你吗？"

赵青松站起来朝厨房走。他预想的高潮提前到来，这也
是最近审读年轻作者们来稿的共同特点。这个世界变得更加直
接，他固守的那些理念和套路渐渐被看不见的时间淹没。现实
中最容易选择的就是逃避。他躲到没人角落。他想起村上春树
在《海边的卡夫卡》里的一句话："我静静地躺在那里，就像
沉在海底的潜水艇，周围是深不见底的黑暗和静谧，只有自己
的心跳声和呼吸声陪伴着我，直到风暴过去。"是的，绝大多
数时候，赵青松采用的都是这个方法。除了极少数不可避免接
触的人，他不理会、不沟通、不联系其他人，偶尔一个电话
来，也会让他神经紧张。陌生号码他绝对不接。上班没有任何
表情，食堂也不去，连水都喝得很少。难得一次小便，也瞅准
厕所没人才进去。不速之客闯入，他尴尬得无法继续，草草收
兵后膀胱难受。每个眼神都像刀子，狠狠扎进他心脏，让他无

法呼吸。只是这样的过程很短。赵青松往往刚躲到深水区，闷了一两天，又恢复常态。他是个男人啊。他反省，怎么也会周期性地发作呢？每次事后，再回头评估扎进深海的原因，似乎是一种本能。是的，就是他的个性。所以他只能成为赵青松，一个杂志社文学编辑部副主任。平日里，他也不怎么说话。要么在看稿子，要么在看书。与人交往言必称"老师"。如果别人不好意思，那他就更谦虚，唯恐自己给人带来不适。这个房子里最安全的地方就是厨房了。谢梅任编辑的那张报纸前年停刊，她回家帮着同学编教辅，把赵青松从头管到脚。

赵青松在厨房里调糖醋汁。与虾仁同时放进冰箱的还有浆好的肉片。糖醋里脊肉谁都喜欢。他本想等王昶来现炸现吃，没办法，现在只能提前。他竖起耳朵听餐桌边的那场戏。

"话说开也好。我没占这套房子一份，应该我吃亏？传统传给儿子、孙子，法律上子女都有份。这谁不知道？这个家就是表面平静而已。谢梅，如果不是为你儿子，你怎么想到请客吃饭。谢竹峰，你不要事事无所谓，还像傻瓜一样冲在前。"

赵青松还在庆幸谢兰没提自己，客厅就响起一片吵闹声。姐弟、姐妹、姐姐、弟媳之间互评。几分钟后，一个女高音异军突起，高亢哭腔把玻璃隔断震得嗡嗡作响。赵青松手一抖，番茄汁溅到手背上，活像一道割开的伤口。他轻手轻脚地贴近玻璃，抬起手，将鲜红汁液吸到嘴里。

吴芹的哭很有章法。平缓输出哭声时，只要有人劝，或者碰一下，她就泵高音量，随后陷入"欺负论"怪圈循环。她高明之处不设置具体攻击对象，统称"你们"。

"你们也算知识分子家庭，难道知识专门用来欺负小城平民？你们出身都高贵，高贵是用来看不起老百姓的？你们有钱有地位，就是专挑没钱没势的打击？"

说也奇怪，这些话反复说了之后，两个姐姐似乎平静了不少。不过，赵青松感觉谢梅快挺不住了。果然，谢梅猛烈挥手说："好了好了！你不要吵了。老头子也不是想法简单的人，没人能左右他想法。他其实写……"

赵青松拉开移门，端着刚出锅的糖醋里脊高声喊道："来喽！赵记古法里脊肉！"

小北、小奎立刻举高筷子尖叫。他们的母亲注意力被分散了，哭腔无法持续，回过神再找谢梅时，谢梅去了卫生间。

赵青松努力营造小事滑过去的感觉，连珠炮似的问两个孩子味道如何，同时给谢竹峰夹了两块。谢竹峰一上口脱口而出说好吃。两个女人比较难弄。赵青松一一击破，给谢兰夹了一块："不知道合不合领导口味？嗯？"

这个"嗯"恰到好处，谦虚中带硬骨。谢兰尝了一下，淡淡地说："还行。"

"小奎，给妈妈夹块最大的！"赵青松鼓励的目光亲切坚定。

"我不吃。"

"吃一块吧。"小奎嘴里还有肉。

"我吃不下。"

"就这么一块！"小奎把手掌比作里脊肉。赵青松先笑出声。

吴芹恨恨地咬下儿子夹起的那块肉，坐下，喝口水。

裤兜里的手机微微振动两下。赵青松放下筷子，掏出手机看。看完信息后，他舀了一碗汤，吹气、吃冬瓜，还有几个海米。他没盛排骨，喝完最后一口汤，抽出两张餐巾纸擦擦嘴，说了声："我去拿个快递。"走出了房子。

等电梯的时候，他把信息再读一遍。王昶写道："我不上来了，五分钟后到你小区西门口。你把东西带下来给我。不要告诉他们！"

赵青松笑笑，把信息删除。

小区里开满栀子花，浓香扑鼻。赵青松伸展着双臂大步朝西门走去。太阳光刺眼，大家都躲着走，像心事无法曝晒。他突然止步，朝反方向走，绕了一个大圈，经东门，过只进车的南门，再从西门出去。看看时间，多花了十分钟。

王昶在水果店门口来回踱步，不停抽烟。看见赵青松，身子往店里靠，眼神立刻扫向赵青松身后。随后招手。

赵青松忙作小跑状，来到领导身边。

"你，您吃了吗？"

"会议自助餐简单吃了点。"

"上去吃点吧，我蒸了鳜鱼，氽了红衣花生……"

"行了行了。快给我东西。我还要赶回去开会呢。"王昶一口气说完，不自觉地喘了几口气。

焦躁发臭的烟气喷到赵青松脸上。赵青松心里笃定了。他双手一拍，惊叫道："哎呀！被他们一打岔，东西我忘带了。"

王昶挥手扔掉烟头，手指迅速直指赵青松，突然，又软软地放下："你呀！你呀！"

"没事，就几分钟，我让谢梅拿下来，就在书桌抽屉里。"

"谢梅知道？"

"哦，哦，不知道，我可以告诉她，让她找了拿下来。"

"算了算了，你明天拿到单位里。这两天我要过来调研。"说完，王昶打电话让司机把车开过来。

车子停得老远。等车子来的当口，王昶又点了根烟。烟气和水果店弃用的干冰烟混杂在一起，闻着有股令人兴奋的湿润感。赵青松想起山里家乡那些老人紫铜水烟冒出的烟气。隔着烟雾，他说了句："我的事情，您多关心哪！"

王昶愣了愣。正好车子开到马路边。他边走边说："我知道了。明天不要忘带！"他停步，转身回来，以严肃语气低声说，"不要对他们说我来过。"

赵青松看着这个高个穿白色长袖衬衫的人，穿行在休息日穿着懒散的人群里的样子，深深叹口气："大家都不容易呢。"

拖拖拉拉走回家的过程中，他再次改变路线，折回水果店买了个西瓜、一斤多点荔枝。两个红色马甲袋的分量吃在手上，他的想法又改变了："每个人大概都认为自己是世上最不容易的那个人吧。"

小北捧了大西瓜，小奎拎了荔枝，显出能做事的样子。

谢梅问："快递呢？"

"哎！弄错了，还没到呢。我就买了水果上来。"

谢兰举起手机宣告："他下午接着开会，不来了。"

赵青松用夹子夹出蒸鱼盘子，垫着抹布，端上桌。"我来盛饭吧。"他盛了四碗米饭。三个女人都不吃主食。

西瓜和荔枝上桌后，吴芹突然问小奎："今天蓝莓吃了没？"小奎摇摇头。

吴芹把手机交给小北："带弟弟到水果店买几盒大颗生态蓝莓来。"

关门声刚响起，吴芹就说了话："既然领导不来，那么我只能实话实说了。"

赵青松刚放下的心，不知怎的又被刺一下，跳得快起来。他这才注意到吴芹穿了一件绿色鸡心领连衣裙，脖子里空荡荡的，锁骨凸显，惨白无助。吴芹说话，就把那片空白填满了。

"我跟谢竹峰协议离婚，估计这个月就可以办下来。这房子我有份，这不是协议，而是法律规定。两个孩子都由我来带，谢竹峰支付抚养费，这是协议。"

谢梅、谢兰同时惊呼："我的天啊！"谢梅追了一句："到底怎么回事？"

吴芹轻蔑地甩甩头："你问你弟弟。"

谢竹峰"啪"地拍下筷子，"呼"地站起来。一句话不说，去沙发半躺着，拿过手机胡乱地点点戳戳。

谢兰问："领导？关王昶什么事？"

"如果领导解决小奎上学问题，我再考虑一下，要不要搬到这里来住。"吴芹眼睛探照灯般扫着房子。

谢梅跳起来："你说什么？搬进来？你吃错药还是发神经病？"

"户口和住处相符，这是必查内容！"吴芹斜眼看谢梅。

赵青松佩服自己的第六感。谢梅说要组织家宴，他就觉得是一着臭棋。同时，他也得有所取舍了。都是笨蛋老婆闹的！他心里骂道，同时观看"厉害角色"表演。

"随你怎么说。法律支持公平，道德支持受害者。我提议，还是将那东西早点拿出来分了好，现在还好商量。"吴芹站起身，俯视两个大姑子。

卷土重来啊！她到底想要什么呢？赵青松把身子往抽油烟机旁靠。紫檀小盒已成为谢梅的笑柄。他忽然想到那八万八千块钱，不觉握紧了双拳。

谢竹峰直起身子，连连摆手说："给她、给她。省得以后麻烦。"

"哎！我说你这人，给什么啊？拿什么给啊？她骂我们有权有势，到底是谁？说说清楚呢！"谢梅嗓门高起来，双手交叉在胸口。

谢兰开口，语气冷冰冰地："喂喂！有就有，没有就没有。你激动什么呢？"

"赵青松！把你记的东西拿给他们看。"谢梅叫着。

赵青松走出来，笑着说："没什么好看的，都是日常记录，以后退休后我打算写回忆录。"他想岔开话题。

"谁要看你这个。老头子最后的话。"

"最后不是大家都在吗？"

"我让他签字的那张纸！"

谢兰变了脸色："什么纸？我怎么不知道？"

赵青松知道谢梅这么做肯定会闹出事，不过他现在不想遮掩了，费这个力气干吗？他去书房开了书柜抽屉，拿出一张保存在蓝色文件夹里的纸。真是个笑话！他拿出纸，心里骂了一句。

果然，除了谢梅外，另外三个凑上来看后，就发出不屑的"喊"。

"你还让饱受病痛折磨、意识模糊的爸爸签名，黑心透顶！"谢兰激动地说。

"伪造遗嘱是要吃官司的！"吴芹声音尖厉。她拎起包，作势开门要走，"你们还可以再多加点'条款''申明'，让他胡乱签名。对了！还有一道工序你们忘了：再煞有介事地按上手指印。"

赵青松脸皮发烫。吴芹说得不差。谢梅还想写得更"彻底"点，被他阻止了。本来就站不住脚，多写等于废纸。

谢兰也站起来："你们弄弄清楚，再跟我们说。我走了。"

两个孩子进门，把塑料袋交给吴芹。吴芹接了，说声："我们走！"谢竹峰跳起来，拢拢东西跟他们一起走了出去。"精算师"打头，"竹峰网络信息公司董事长"压尾，多么自然和谐的一家四口，似乎刚才吴芹从没说过那些话。

赵青松觉得眼前这一幕滑稽而魔幻。他回头看看谢梅，一片头发垂在她眼前，挡住她直勾勾的目光。

上星期，赵青松买了个洗碗机，谢梅不让烧菜锅子进机器。这么大的空间浪费了！现在，赵青松把剩菜剩饭简单归类处理后，三十来个锅碗瓢盆全塞进洗碗机。他迫不及待地按下"晶亮洗"按钮，生怕谢梅跳起来，把大小三个锅子从里面拖出来。

躺在沙发上刷刷手机，两个小时过去了。洗碗机工作完成，室内静得可怕。赵青松听见谢梅轻轻说了句："不就是吃个饭嘛！"

"你不能既要、又要、还要。"终于，赵青松把憋了很久的话说了出来。

"我没有！"谢梅恢复了精神，声音响起来，"儿子毕业后必须要找到工作，好工作！"

过一分钟，谢梅叹一口气，斜眼望赵青松："哎！老头子那些'东西'真没找到！"

"那你还把那张纸拿出来！"赵青松从没把谢梅的话全当真。然而，摆在他眼前的形势的确严峻复杂。家宴打乱了他的计划。他得重新规划路径。不过，他不能跟谢梅说。

"他们都不把我当回事！"谢梅低声啜泣。

"有空再跟谢兰聊聊吧，毕竟是她亲外甥的事。"赵青松说。

谢梅说："要不，你把给王昶的东西给我，我明天借这个理由找找谢兰。"

赵青松嘴上说"不用你去"，心里想，我哪有什么东西给王昶呢？不过，似乎没有东西给，或者不知道给什么东西，现在已成为他手上一张王牌了。

黑　斑

　　盛黎明拿起手机，又放下。他开了静音模式。屏幕间歇亮起，像繁忙路口的交通信号灯。他坐在书房里，拉紧窗帘，可光亮还是从遮光帘拼缝处钻进来。今天是个阳光灿烂的日子。每天，杨云洁要转三条地铁线送女儿上学、自己上班。她们走的时候，盛黎明还没起来或者刚起床。

　　书桌上的电子小闹钟无声地走向上班时间。随着这个时间的来到，盛黎明手机热闹起来。他站起来，探出上半身悬空在书桌上，轻轻撩起窗帘一角往下看。小区里木叶葱翠，马路上车辆和行人匆匆而过。他又坐下。

　　他摸摸额头，拿出体温计，含在嘴里三分钟。三十六度二。他用酒精棉擦体温计，擦着擦着就想上厕所。可他还什么都没吃。

　　再回到书桌前，上班时间过了五分钟。手机却不再频繁地亮了。他把转椅往后放倒，眼睛盯着天花板看。看着看着，就闭上了眼。一阵晕眩袭来，他伸手抓手机想跟陈水宝请个假，中途又放弃了这个想法。

巧的是，陈水宝电话打了过来。其他人的可以不接，陈水宝的要接。

"主任。"

"你怎么回事？人呢？"

"嗯，我病了。"

"病了也要说一声，一大堆事呢。"

"对不起主任！不好意思主任！"

"好了好了，你休息吧。什么时候来？"

"尽快，我尽快。"

盛黎明摸了摸脸，有点烫。

他竟然拒绝了陈水宝！哈！兴奋让他在房间里来回踱步。他想起了潘冬子的话："等我长大了，也去打白狗子，叫他们淌血，淌好多血，给你报仇！"不由得，他紧咬牙齿。

步子渐渐迟滞。打开手机，他发给陈水宝一条信息："非常抱歉主任！早上起来头晕目眩，没来得及跟您请假，望见谅！"

没有回信。

盛黎明到客厅，头枕着靠垫在沙发上躺下。生病要有个样子。

刚刷了几分钟小视频，杨云洁就来了电话。

"你不在办公室啊？"

"嗯嗯。"他故意压低声音。

"不在开会吧？"

"没有，什么事说吧。"

那边，杨云洁也压低了声音："那个事情，我们这里都传开了。"

盛黎明心猛跳几下："快说！怎么啦？"

"带走了！"

越是含意不明确的句子，越是直指盛黎明内心。他不再多问，也不敢多问。倒是杨云洁补充了好多细节。

"前晚带走的。他们夫妻吃完饭，刚从超市里逛出来，就被拦住了。他要求回家拿点日常服用的药，还被允许了呢。他们说，昨天下午他老婆去送秋冬衣了。这么说的话，他是出不来了啊！"

听完杨云洁的电话，盛黎明发现自己正站在阳台边。初秋的风里有一股淡淡的桂花香味，却又凉飕飕地刮在他裸露的双手双脚上。他往下看，六层楼的高度，一跃而下估计不能爽气，被大家围观一个手脚牵动只穿汗衫运动短裤的瘦弱青年，该是怎样的一种惊奇。

他从来最注重的就是自己在别人眼里的样子。一跃而下，是万万使不得的。

黑
斑
·
·
·

"主任！"盛黎明敲门进去的时候，陈水宝正在翻文件。

"把这份通报复印一下。"陈水宝头没抬，直接把文件扔在桌子上。

午后又热了起来。盛黎明为使大家看上去他虚弱，穿了长袖衬衫。此时，额头的汗不时滋出来。他贴着墙，在阴影里小心地走着。

没有人跟他打招呼，连眼神也在躲避。

大办公室没坐满，一半人去了展会现场。本来早上盛黎明也要去。而现在，他想了半天都不知道该做些什么。他麻木地在复印文件。一束束扫描光像 X 光，透视着他的五脏六腑。一天前，他还在浪里翻腾滑翔。猛然间，世界就改变了模样。他搁浅在礁石上，看海水从四周退去。以被海绵吸进去的速度，水在消失。

人们在他身边走来走去，说着他觉得特别无聊低俗的话。座机和手机，都没丝毫反应。他打开电脑，只有昨天的未读邮件。他麻木地对邮件做"中性处理"。

他招手叫来文员，示意她把文件交给陈水宝。

时间过去了一个多小时，邮件早就处理完毕。盛黎明眼睛还是盯着屏幕，不知道看什么。

座机电话响。他看了一眼来电号码，犹豫了一会儿，才拎起听筒。

"那事你知道了吧？"

他低声嗯了一下。

"你要做做准备。哎，我可是哥们儿的话啊。"

他另一只手捂住胸口，那里似乎有点闷："我，我怎么了啊？"

那边的声音有点不耐烦："你是他的人啊！"

一时间内心积聚起来的情绪想利用这个当口爆发，可再怎么说人家也是好意，一句极其难听的话到嘴边，突然转了弯。他用食道咽下那句话，用呼吸道轻轻吐了声："谢谢！"

他打开办公桌抽屉，翻看文件和杂物。搜索电脑，查找资料。这就是所谓的"准备"。

不。他心里在盘算着另一件事情。如果真找他，那最有可能的就是核实那件事。核实也无所谓，自己会不会有事？在关键时刻，人总是先保自己。

事情有点遥远，可他记得每一个环节里的细节，哪些可以说出来不影响大局，又使人感到真实；哪些坚决不能坦露，不然自己要牵扯进去。不说，难道就能过关了吗？他简单想想，最起码在场的人说的都一致。总共才三人。至少，他要和杨云洁聊聊。

隔壁会议室散会，陈水宝拐到大办公室门口，朝盛黎明招招手。盛黎明拿起笔记本和笔，跟着陈水宝进了办公室。

陈水宝坐下，喝口水，指指门。

盛黎明把门关上，转身站着。

"事情有点复杂。我们都来自同一个销售分公司，在创业绩上，怕真的只有我做总经理时，才会以命相拼。"

"我向您学习。"

"不！你不是向我学的。大家一直以为我们是同乡、同事，又是同一基层公司出来，就以为我们有这样那样的关系。"

"您是领导，我听您吩咐。"

陈水宝连连摆手。"你听的不是我的话。你是听他的。"他跷起大拇指朝上一顶。

盛黎明没有搭话，默默地站着，把笔夹在笔记本当中。

"这下麻烦了。听说又是在基金上出的事情。你知道，他在做集团副总的时候，我就当面反对过几个不合理的基金项目。"陈水宝双手搁在办公桌边上，双目斜视盛黎明，"哎！其实当时我就觉得不太对劲。"

盛黎明挤出微笑："您说得都对！"

"今天怎么这么早下班？"杨云洁夹一口西芹香干问。

三个菜一碗拌面，都是盛黎明叫的外卖。

"今天没什么任务，再说我有点头晕，老陈让我早点回来休息。"

"你是担心吧？你看，胃比脑子诚实多了。"

盛黎明索性放下筷子。"我盘算过了。如果有事，也就是为你的事情。"

杨云洁把碗一推，质问盛黎明："当初怎么回事，你忘了？我在老单位凭自己本事拿一份工资，谁非得让我调单位？还说得天花乱坠的，工资福利高，可高的都是你们，我一个外协员工，什么都没有。说好有的编制呢？他不是答应过的吗？"

"到这时候，你还毫无意义地扯。"盛黎明干脆把剩菜剩面倒在一起，用塑料袋扎紧，"那个东西到底值多少钱啊？"

"我才懒得跟你扯。你认为谁都跟你知心贴己。这其实是你的幻觉。我去接女儿了。"杨云洁拿起电瓶车钥匙，钥匙圈上有个小棕熊，摊开四肢傻笑着。

"女儿上实验学校还是他帮的忙。"盛黎明收拾桌子，"到底多少钱啊？"

大门在关上之前，楼道里飘来杨云洁的回答："不值钱。"

盛黎明的呼吸似乎顺畅了不少，仔细地将垃圾分类。厨余垃圾总是最重，一只手专门拎，其他垃圾装了好几袋，另一只手拎。走在半路，电话铃响起。他两只手都放不下东西，只能快步往前走到垃圾桶边。

坚持在水龙头上洗好手，他才掏出电话。未接来电竟然是陈水宝的。他心里有不好的预感。

"主任，刚才不好意思……"

"赶快到博览中心 A 座二楼大会议室。"

陈水宝电话背景里有音乐声、说话声，可能他已经在现场了。

一回到工作状态，盛黎明身体就像装了一只空压泵，想停都难。他给杨云洁发了信息。

城市正在暗下来，平淡无奇的建筑，被轮廓灯勾勒出伟岸。盛黎明的内心也是这样，其貌不扬的他，一旦被点亮，就会发出活力光彩。部门这么多人，陈水宝到底还是离不开他啊。他坐在出租车上，看着夜景，手指敲击着装笔记本电脑的背包的硬壳。

驾驶员播放的《燃情岁月》，曾经是他做销售方案、产品策划书等到穷途末路时最喜欢听的音乐。激励他的永远是史诗般的旋律。虽然现在阅读少了，但塞进背包里，在出差途中拿出来看的，都是历史故事、人物传记。有时他会沉浸于某个时代、某个人物中，反观自我。用在工作、生活里，他指点江山，协调各方。曾有个阶段传他马上就要接替陈水宝，那是公司产品卖出去的核心部门。好几个公司领导都是从这个岗位上去的。

错觉就是从那时产生的。人人夸他是好人，肯帮忙、肯协调、肯接活。他觉得至少积累了好多人求不到的好人缘。

陈水宝正在骂人。有时，盛黎明难以想象，连珠炮式的话，带着高音高调，是怎么从一个干瘪瘦小的身体里发射出来的。

盛黎明走到会场中间就立刻明白，惹毛陈水宝的是什么事情。明天九点全市招商展销会开幕，公司最重要的一场推介会将紧接着开幕式进行，也就是说，很多领导和嘉宾都会留下来。

　　"这么重要的宣传片，竟然出现重大失误。你们不要推卸责任！每个人都要查找自己的原因！都什么时候了，还稀里糊涂的。明天搞砸了，都给老子滚蛋。"陈水宝把袖管撸到胳膊肘，把右腿裤管卷到膝盖，右脚踩在打开的折叠椅上。

　　盛黎明脚步沉重缓慢，这与他在出租车上设想的完全两回事。他总是向往美好事情，而越用力越发现美好加速背道而驰。

　　"重放！"这是瞥见盛黎明后，陈水宝狠劲说的两个字。

　　八分钟宣传片很快播完。

　　"知道什么问题了吧？"

　　盛黎明手扶折叠椅靠背，头垂了下来。"主任，这的确是我的问题，不怪他们，我没审好。"

　　"什么叫把握全局？就是每个细节都要考虑周全。马屁当然有用，拍错了就会成大麻烦。"

　　盛黎明肩上的背包突然滑下来，他借势往地上一甩："您放心，今晚就改好。"

　　包落在地上，扬起灰尘，陈水宝皱皱鼻子，哼了几下，快步离开。

黑斑

·
·
·

望着陈水宝的背影，盛黎明想起有人开自己玩笑：在最好的时候，不懂得珍惜和利用。

刚才受训的人们，一个个离开，有人跟盛黎明打招呼，有人不打。

事实上，也不用几个人留下来。大家都跑了，盛黎明只是心里不舒服，并不影响宣传片的整改。

播音员的声音在空荡会议室里显得更加雄浑。他用笔记下需要删改的时间段。来回看了三遍，基本确定有十处长短不一的地方要改。

"我把要改的镜头已经标注好发给你了，你赶快改一下。"

"哎呀，我手上还有个急活呢。"

"还有哪个比我这个还急？赶紧帮忙改。"

"我不骗你。水宝主任说今天再晚部门的片子也要交给他审。"

"部门的片子？"

"准备给新老板汇报的。"

盛黎明低头想了想："这样，你不用改十个地方了，把前老板的镜头删除，用大楼、广场等替代，也就三四处吧。"

"行了哥，你的事我耳边也刮到了几句。你做事稳妥，我帮你把必须回避的全改了。"

"谢谢兄弟！改好发给我，我还要现场试播。"

放下电话，他口干舌燥，肯定是拌面盐放多了。他走到会议室外的自动售货机上买水，顺手给杨云洁发了个信息，让她陪女儿先睡。

杨云洁很快回了句话："女儿发烧了，回来路上买小儿退烧药。"

喝到一半的水，再也咽不下去了。他又拨通电话："兄弟啊，大概什么时候能好啊？"

"啊！不要催了！你认为我是神仙啊？"

"尽量，尽量快点。"

博览中心工作人员找过来，说快到下班时间了。要么离开，要么被锁在里面。

他立刻在网上买药，落实好送药时间、地点后，给杨云洁打了电话。

杨云洁没多说什么，只是问他："高血压药带了没？"

"背包里还有。烧不退送医院啊！我手机……"

"哐啷"，盛黎明似乎听见卷帘门重重落下的声音。他跑过去把会议室的门关了，想了想，又反锁了。灯太亮，关了一半，还嫌亮，却不敢再关了。

四张不够，他索性拖六张折叠椅并排放。他躺上去。仰望天花板的瞬间，眼角有点湿润。那些亮着的吸顶灯组成了菱形，一个套着一个，最核心的那个菱形中央，是一个水晶吊灯，关了吊灯和一半吸顶灯，才看得见如此漂亮场景。

他曾是靠水晶吊灯最近的小菱形中的一个。大大小小菱形将水晶吊灯围住的同时，也包围了他。杨云洁嫌他年纪轻轻就低头驼背的样子。他笑笑，继续处理海量般信息。那时他就像太阳能灯，"不点自亮"。

他数了数，顶上有八圈亮着的菱形，目前他已经退到六七圈的样子。外围圈灯数量是最里面的好几倍，它们努力闪亮着，为的就是挤进更小的菱形。而自己呢？还要钻吗？已经退了出来，就不该再有这样的念头。

刚从核心圈退出来时，盛黎明还被委派了一项重任。据说，当时领导班子在讨论决策的时候，还有不同意见。最终，牵头编制新产品销售五年规划的任务还是落在他头上。消息公布，好多人都踮脚观望。

最忙的一天，他开了八个会，打了几十个电话，收发信息更多。夜晚，他望着办公室窗外一成不变的夜景感叹，为什么自己不由自主地想加油？难道是为了证明什么？自己的行动暴露了内心的担忧与怯弱。

最近一个阶段不断传来流言，他开始没当回事。中秋节前，陈水宝没像往年那样拎两盒月饼让他转送。好几次，他借汇报工作的机会，在陈水宝办公室里待了很长一段时间。直到陈水宝问他："还有事吗？"他才明白，风吹草动，老狐狸最敏感。

盛黎明也曾貌似低调地装模作样，更确切地说是狐假虎威。有一个阶段，陈水宝还在菱形灯三四圈时，他用细腻的笔触、拘谨的字体写了一封信，让盛黎明转呈。盛黎明见信没封缄，就抽出信纸看。陈水宝看上去是个粗暴、易怒、蛮横的人，信里却展现了他的另一面：细致、用心、善揣摩。

盛黎明盯着灯光看久了，眼前出现几片黑斑。他揉揉眼睛，随后闭上。黑斑更加猖狂地窜来窜去了。也许黑暗就是宇宙本质，光亮只是很偶然的存在。"光锥之内全是命运，光锥之外全是虚无"。也许时间也是不存在的，只是人类幻觉而已。也许连光速都无法企及的地方，在高维度宇宙里便可瞬间抵达。领导调去邻市后，盛黎明不愿跟去做"联络员"。有个空闲阶段，他读了很多科普书籍。从斯蒂芬·霍金、卡尔·萨根、蒂姆·詹姆斯到卡洛·罗韦利，越看心中越迷茫，量子力学都指向："并不存在一个科学可以研究的'真实的世界'。"盛黎明学的是市场营销学，人际关系是营销的重要一环。他踏上社会后做过汽车销售、房产销售，八年前进的保险公司。看完科学家的著作之后，他无限感慨地认为，能与宇宙复杂相提并论的，非人际关系莫属。

手机短信提示音在午夜时显得分外清脆。盛黎明没有起身，伸手够到手机看到杨云洁发来的话："吃药后烧退了。"

他回了一个高兴的表情，想再嘱咐几句，还是忍住了。

放下手机，头又回正，目光重新触碰菱形灯。突然，他一个激灵,从折叠椅上腾地坐起,又找到鞋子,脚套进去后,跌跌撞撞地奔向电灯开关。"咔",全关。"啪",全开。"咔咔",半关。"啪啪",半开。离水晶灯距离最近的一个吸顶灯黑了,再开也不亮。他跑到黑灯下面,看见了灯的原始面目。磨砂外壳挡不住周边强光照射,显露出笨拙的 H 形灯管,突兀地伸在漂亮贝壳样灯罩里。不再发光的黑灯像一块菌斑,污染了高贵典雅的穹顶,又离水晶吊灯太近,暗暗在他心里投下阴影。

陈水宝曾经叫过盛黎明兄弟,有些场合还给他端过咖啡,并大声地向众人宣布:"这个兄弟是我见过难得的好人。他在这个岗位上干得最出色。"有些坐着的人,都感动得站起来。陈水宝很早就加入保险业务员队伍,在基层走家串户、苦口婆心等事情上做得稳妥高效。他给盛黎明这些新进员工培训时曾强调:一定要把客户当作自己亲人看待,这样才能真心服务好他们。台下,盛黎明点着头,虽然他知道做事没这么简单,可有了前辈经验,自己只管向前冲好了。

此时,他已打开所有灯。强光照耀,如同白昼提前到来。然而致命的黑斑正在吞噬光明。光线掉转方向,向黑斑奔去,会场内生机勃勃的红色地毯、橘黄色座椅,竟然显出灰的基调。黑斑正在吸走光亮,还有刚刚亮堂起来的人心。盛黎明试站在主席台中心位置,微微仰头就看得见那块黑斑。隐隐地,他感觉黑斑就是自己内心某个角落在现实中的映射。每次,他总是小心翼翼地绕过那个区域，从不敢触碰，甚至一想到它，就赶紧回避。现在，不知怎么的，黑斑在近乎完美的会议室中出现。恰好在这当口，偏偏落到自己头上。难道还非得检讨自己内心？

"我就知道，事情没那么简单！"他自言自语地说，"必须解决，越快越好！"

他有会场联系人电话，可午夜已过，不好意思联系，很可能联系了也远水救不了近火。要找现场的人解决！他走出会议室，在仅保留保安照明的大厅、走道里左奔右突，没有找到一扇开着的门。他已被关在庞大复杂的建筑里。哪怕有红外线探头也好啊！这样值班人听到警报会赶来查看。令他失望的是，一切安静得像在水中央。

电话铃声响起，吓得盛黎明浑身一哆嗦。

"改好啦？"

"好是好了，不过似乎水宝主任又改主意了。"

"他没跟我说啊，改什么啦？"

"他平时说话直来直去，可刚才表达得让我也摸不着头脑。"

"他还没睡啊？"

"他让我们暂停部门汇报片制作。重点关心了宣传片修改情况。我把你让改的具体内容说了一下。他东拉西扯了半天，不像以前的样子。搞得我们很为难。"

盛黎明把拳头重重砸在双层玻璃上，玻璃外面是博览中心大平台。上周末，他还带女儿在这里练滑板，教练表扬的时候，女儿回头对他笑了笑，结果碰到大玻璃摔了一跤。他没有冲上去，嘴里喊着加油，挥手让女儿自己站起来。现在通过平台可以望见奥林匹克公园高大的树木。树梢之上，是暗淡星空，无月之夜，星星很多却无耀眼之星。他脑子里响起 *Wish* 的旋律，平和舒缓的乐曲行进到一半，一个女声刺破平淡，将人带进星空，然后不停地在未知领域盘桓。看到星空，想到宇宙，他心里顾忌的东西忽然减少很多。

"主任好！不好意思，这么晚打扰您。我还是要问一下，明天上午的宣传片修改的思路，请您再明确指导。"个别措辞修改后，盛黎明用劲点了发送键，然后继续找保安。两个事情摆在星空下，都比一粒灰尘要轻千万倍，但是搁在他心头，就特别难受。这大概就是"宇宙便是吾心，吾心即是宇宙"的道理吧。

终于，在胡乱奔走中，他撞到了巡逻保安。说明情况后，两个保安跟盛黎明去会议室。

"坏了的灯就在醒目位置，明天九点开幕式，台上领导都会注意到这个黑灯……"一路上，盛黎明渲染情况的严重，大有千里大堤毁于蚁穴的担忧，直到推开会议室大门，他将手指向穹顶。

两名保安对望一眼，其中一个身材高大年纪稍大的对盛黎明说："你太累了，需要休息。我们那里有床。"他大致指了指去休息室的路线。

　　可盛黎明根本没听。他愣愣地盯着完美耀眼的灯看，每只灯都光洁通透，他已经无法判别刚才那块黑斑在哪里，哪个才是刚才黑了的灯。刚进陈水宝任总经理的公司时，陈水宝说保险事业的发展，最重要的就是靠团队，再优秀的个人也只有在团队帮助下才能拔尖，个人碰到困难和挫折也只有在团队协助下才能战胜和克服。难道灯也有团队？忽然间，他发现闪亮着柔亮光的灯，都是笑盈盈的。笑他。

　　保安离开时，关了顶灯，让盛黎明早点结束工作。盛黎明觉得暗下来的灯没了章法，光亮退去，灯也遁入黑暗。他不敢再去开关灯，亮也好、黑也罢，都是保安操作的。他时常会为类似的小聪明而开心。而且，小聪明的来临完全没有预兆。

　　陈水宝早就回了信息来。盛黎明还是没看懂内容。

　　"宣传片是为了向与会领导和嘉宾充分展示近几年来我公司取得的重要成绩、主要做法，以及面向新时代我们的发展规划，因此必须客观，不能抹杀为公司发展作出贡献人们的功劳。"

　　面对不知所云的"指示"，盛黎明悄悄放下准备打字的手指，心里忽地产生了莫名其妙的灵感。他拨通了电话。

　　"这样吧，两个版本都给我保留。马上传过来，我在这里播放试试效果。"

在壮阔的背景音乐和雄浑的配音下，盛黎明担心的事情又发生了，LED 大屏幕出现了黑斑。与灯不同的是，那块黑斑不是固定在哪个角落，而是在整块屏幕上飞来飞去。他揉揉眼睛，怕是飞蚊症、头晕症产生的后果。不是。黑斑像个老熟人一样串门，毫无规律和长短。他根本无法质问制作者，根本说不清哪个时段会出现黑斑。是屏幕问题，还是放映机问题，或者是数据问题，都无法判别。那边已经等得不耐烦了，催问审片结果。他推说再看一遍，其实他已不放了，整块 LED 也黑了，四周出奇地静。他对着屏幕发呆。两个版本都做得很好。但他就是不敢下令把制作者放回家。

"辛苦兄弟，你就帮忙帮到底吧。"

"哪有这么搞法的？"

"陈水宝的话放到哪里都正确。我想的对策也是万全的。"

"你这是要把我逼死啊！配音，你就说配音怎么办吧？总不见得把刚回到家的播音老师再拖出来？"

"按刚才我的办法，不需要补配音。"

盛黎明重新在折叠椅上躺下。闭上眼睛，回想极其漫长的一天。若干年后，各类隐情已藏不住、各种事件已经发生过，今天很可能成为他人生标志性的一天。想想也好笑，基本上什么都没做的一天，居然会写进他一个人的人生史。换个角度说，那些忙碌的、自命不凡的日子，只不过是笑话，根本不值一提。而以前他是多么看重、珍惜。不说其他，就说那个"重中之重"的五年规划，每年都在修订，等于每年做一个计划，还没到两年，当初他组织精干团队花大力气做的成果，已经面目全非。

突然，在盛黎明眼皮深处，出现一块黑斑。他睁眼、闭眼好多次，黑斑都在，而且每次出现在不同方位。他兴奋地一跃而起。

他跑出会议室，下楼，来到大玻璃窗前，睁大眼睛看黎明前至暗夜幕，他觉察到黑幕上的黑斑，正挂在他视野的左下角，那么不经意，像是用墨随意点了一下。黑斑来得这么及时，可以解释一切！此刻，他非常想做一件事情，就是等日出。初升的太阳，哪怕给他仰望几秒钟也好，那个黑斑印在太阳上，将成为太阳黑子。这是个伟大的想法。之所以伟大，是因为不切实际。

他缓缓回身，踱回会议室。陈水宝的样子和说话腔调又浮现在脑子里。或许过若干年，他也会成为"新陈水宝"，但他也抱定一个宗旨：再怎么样，也不能活成让人讨厌的人。

灯不敢开、LED 也不敢随便点亮，他只能刷刷手机。繁杂小视频、朋友圈、微博、公众号等等，都在量身推送信息，看着看着，他隐约觉得心里一块石子在抖动。自己都在做些什么呢？全靠揣摩别人心思活着。他只能长叹一声。

第三个视频被压缩到五分钟。硬着头皮，他打开 LED 大屏幕试放片子。放完，他小心翼翼地将前两版宣传片也放了。他又跑到会议室门口，把灯全打开。连水晶吊灯也打开了。光彩夺目的会议室里，回响着激昂的声音，他一步跨到台中央，享受着光、影、声带来的荣耀。黑斑尽在他眼珠转动的掌控中。他恨不得现在时间快进至九点。似乎手里捏着一块雪糕，朝心爱的人奔去时，每一秒都担心它会融化。

当他再次静下来，日光从每个角落钻进来。他知道时间再早，也不能躺下了。现在唯一要做的是，找个合适的时间，向陈水宝确认用哪个版本。

卫生间水龙头冲出难以置信的激流，溅得盛黎明衣裤前半面湿了一大片。他继续把龙头开到最大，越看越像一支水枪。令他满意的是，自然光下，白花花的水、淡蓝色的墙、深赭色的地板，都有一块黑斑在快活抖动。那是他可以移动和控制的黑斑。

最早给盛黎明发消息的竟然是杨云洁。她丝毫没有提女儿身体的事情。

"那个事情很有可能是误传，是另外一个市公司领导出事。通报据说是官网昨天凌晨发出来的。"

他给杨云洁发了简单的三个字："知道了。"然后追了一条信息："女儿身体怎样啊？"

"活蹦乱跳！现在送她去上学。"

他开心地献上了爱心。

随后一段时间里，关于那个领导被通报的信息，从多人号码启程，直扑进他手机。

他知道，是时候给陈水宝发信息请示了。

"主任早上好！按照您的指导意见，昨晚我与融媒体中心的同志们制作了三个宣传片版本。我已压缩在手机上，马上发给您审阅。确定哪个版本后请指示我，我做好播放准备工作。"

不到十分钟，陈水宝回了信息："你们辛苦了，拟用第一个版本。上班后，我向领导汇报后确定。你先准备起来。"

盛黎明往窗外望去，早锻炼的人们已在初升太阳下运动起来。看太阳黑子，那就是个梦。

领导就位之前，陈水宝拉着盛黎明坐在他身边。

"搞完这个活动，你赶紧回家休息，不然小杨可不会饶过我呢。"

两人很长时间没有这样手臂碰手臂地坐着了。盛黎明忽然感觉时间停滞了，不仅停滞，还在往回倒流。自然而然地，音乐声流淌出来。宣传片开始播放。

"啪"的一声巨响，一个吸顶灯爆了，还带出一团烟雾，所有人眼前都一闪。领导们一惊，互相望望，停顿几秒，带头鼓起了掌。会场响起雷鸣般的掌声。

黑斑

盛黎明微微抬头，就是那个灯！

"哎！大屏幕上怎么有黑斑呢？"陈水宝悄声问。

"没有啊！我没看见。"盛黎明擦擦眼睛回答。

"糟了！是我眼睛里的黑斑！"陈水宝摘下眼镜，用餐巾纸用力擦着镜片。

盛黎明挺直了腰板往前看，脸部肌肉松弛下来。

窃　贼

在"醉香粤"等陈凯旋，我挑了靠窗位置。服务员上了壶陈皮菊花茶，并递上纸质菜单，没让我扫码点单。我把目光移到细雨蒙蒙的窗外，雾气浓到对面高楼都模糊不辨。餐厅位于二十八楼，脚下街头的车辆和伞移动缓慢。潮湿给人带来不适，即便是"醉香粤"这样的高档茶餐厅，原木桌面也黏糊糊的。

餐厅里播放着香港歌星的成名歌。大厅里只有两小桌客人，一桌是一对中年男女，另一桌是三个打扮时髦的女郎。我离他们都比较远，听不见他们的交谈声。我感到满意。我不想与陈凯旋说话被人听见。包厢也都空着，午餐时没必要进包厢，最小包厢都有两千块最低消费。

人影一闪，陈凯旋到了。他穿了一件米色风衣，领子高高竖起。

"这天还戴围巾啊。"我的意思是怎么戴一条花围巾。

陈凯旋笑笑，把花围巾放到桌角，掏出丝绸手帕，轻轻地擦拭无框六角眼镜片。围巾边上刺着一朵黄玫瑰。我记得以前南斯拉夫还是罗马尼亚电影里出现过黄玫瑰的镜头，忘了是窃贼的暗号还是标记。

"哎，菜没点？"陈凯旋举起手机要扫码。

我连忙挡住他手机镜头："不用扫，我点过单了。"

"一定简单点啊。"陈凯旋很认真，却又有点迟滞。

服务员上了几道菜后，他才把目光从窗外移回来，叫一声："太多了，吃不掉浪费。"

也许是铺满餐桌的各色海鲜刺激了陈凯旋，他目光落到了我身上："你最近忙什么呢？"

"还有什么好忙的？生意这么难做。"我必须把自己说得几乎无路可走，才说得出求陈凯旋的话。

"上个月我把新区那套别墅卖了，还了拖欠工资。唉！真是没法搞。"陈凯旋用叉子一挑，芝士焗的龙虾肉被拉出红红的壳。

黄白相间的肉像我的心事，一下子被摊开到白色瓷盘里。我放弃这道菜，把筷子转向金枪鱼片。"你这么大的老板，还会欠员工薪水？"

"嗯，这完全是两个世界。"陈凯旋两三口就把半只龙虾吞了，擦擦嘴，指指我指指自己，"你认为的，和真实的现状，永远不会重合。"

认识陈凯旋之后，我才知道他以前曾是一个诗人。"经营现状总不至于连你自己都不清楚吧？"我还是认为他在回避一眼就能看穿的这顿饭的意图。

窗外雾气越来越重，再往下看，路口、汽车、行人都不见了，只有几条钢筋混凝土建筑的轮廓线坚挺着。

服务员上菜节奏像许冠杰歌曲的节奏，温柔地端上菜品，优雅地撤走空盘。

"我不准备在这里待下去了。"一盘六个生蚝，陈凯旋吸溜进五个。

我如意算盘落空。原本我微微弓着的腰挺了起来。我又站回到二十年前，与陈凯旋平起平坐的时候。"你也真是的，有这么大的盘子，怎么能说走就走呢？"

大概是我说话声突然增大，陈凯旋停下手中的筷子："你还记得大楼失窃案吗？"

"我怎么忘得了呢。"我也跟着停下筷子。

他说的大楼，是我们以前共事单位所在的商务写字楼。大一点的公司租上下两三层，一般的公司占一层或半层。我们公司是典型的家族小公司，五个人只租三间房间。老板是个大胖子，自然独占一间。他天天打游戏、看光碟。坐我们那间最里面的是老板姨夫许建国。许建国以前在机关里待过，下海也就这几年的事。老板让我叫他许经理。整天在外跑业务的是老板小舅子童飞。陈凯旋与老板一个姓，是他堂弟。第三间房间最神秘，只有许建国有钥匙，我反正从没进去过。虽说我跟老板不是亲戚，可他是我父亲的学生。父亲看我从国外学了像是很牛的 MBA，结果回国后"干啥啥不行"，这是父亲的话，我却认为自己英雄无用武之地。父亲让我来大胖子老板这里打工，至少不会一再亏他的钱。这个公司虽小，生意还不错。童飞说是他的功劳，许建国从鼻孔里哼一声，陈凯旋则在旁边撇嘴。我懒得去打听里面的是非曲直，这个工作说到底是临时的，没人想做到退休。许建国似乎不一定，已经快五十了，再做十多年退休也很正常。

但是，一桩看似跟我们公司没有多大关系的盗窃案是一个重大转折点，从此公司经营急转直下，业务减少、利润下降、工资拖欠，陈凯旋第一个离开公司，随后走的是许建国。我离开时，老板又补充了两三个员工，似乎都是童飞那条线上的亲戚，准备力挽狂澜。不过，在我离开一年后，公司名字在写字楼的楼层指示牌上消失了。

"哎！我的这些事情，都与那个案件有关。"陈凯旋开始吃提拉米苏。

"这事过去都十年了。"我也不急着问什么原因，心里愁的是这里钱借不到下一步该怎么办。

陈凯旋挥手叫来服务员："有烟灰缸吗？"

"对不起先生，这里是无烟餐厅。"

"那你把空调关掉。"

"对不起先生，空调在除湿。"

陈凯旋瞄了一眼服务员，再点了一杯咖啡。

"我在你后面进了公司。"他盯着我说。

"什么？"我一时抓不住重点。

"确切地说，我在窃贼后面进了单位。而你是在窃贼之前。"

一下子，当年的场景回血般迅速充斥我大脑。

张国荣快节奏的《拒绝再玩》打断了我的思绪。

陈凯旋凑近我问："你说过，最怕警察问的就是走的时候有没有关防盗门，对吧？"陈凯旋把花围巾套进脖子，撇嘴嘀咕道："空调风对着我，颈椎吃不消。"

我点点头，警察现场调查过后，我的确在小酒馆对陈凯旋吐露过担忧和窃喜。我最担心的事，警察居然问都没问，只取了我的手模和鞋模。当时，陈凯旋听后，把满是酒气的嘴凑在我耳边说："监控在出事一周前坏了。"其实，我后来也想通了，员工晚上回单位拿个东西，走时匆忙忘关防盗门，这很普通。警察关心的是窃贼留下的痕迹，大楼管理者关心的是安保有没有巡视、关门。令我疑惑的是，怎么恰巧监控就在一周前坏了呢？

"那么，那天你到底做了什么？"我的记忆里没有关于陈凯旋的情节。

窃
贼

· · ·
· ·

陈凯旋做了一个暂停的手势，起身去洗手间。

餐厅午市差不多结束了。空荡的大厅即将迎来喝下午茶的客人。服务员过来，收去午餐餐具，摆上坚果、水果、小点心和红茶壶。我付了这一轮的钱，可以吃到傍晚五点钟。

突然间，我为陈凯旋的吃相感到羞愧，一个知名企业家，怎么就变成这样了呢？我打开手机在网页上查陈凯旋的名字，跳出来的文字、图片、视频，满眼都是"向世界一流咨询公司迈进"的口号。有的直接从陈凯旋嘴里说出来，有的通过媒体报道出来。我往下拉着，眼睛盯着搜索负面消息。终于，一则微博吊住我胃口：

> 一男子从凯旋咨询公司本部大楼跳楼身亡，据内部人士透露，此人系该公司董事，罹患抑郁症多年。警方也已做出自杀鉴定结果。

博主附上的几张图片，没有涉及血腥场面，都是公司大门、大楼、绿地等。我叹了口气，要不是看文字在先，那些图片不正是向国际一流企业进军的场面吗？

陈凯旋回到座位，要求服务员把红茶换成陈皮老白茶。我又加了两百块钱。

背景音乐换成了巴赫弦乐四重奏。闷湿的下午，我被古典音乐催得倦意十足。就这样，时间在恍恍惚惚中流逝。

"老是吃了不动，只能用老白茶来解腻。"陈凯旋说话还是"抛"，可灵魂不在了。

我喝了一口煮到恰到好处的老白茶："味道还真不错。"

陈凯旋也喝了，却皱眉批评道："不香。汤色不够亮。"

上次请陈凯旋吃饭的时候，他电话基本没停过。菜还没上完，他就走了。现在，与他对坐两个多小时了，我倒接了几个电话，回了几条信息，陈凯旋电话屏幕始终是黑的。

我忍不住把那条微博打开给他看。

他把头低下，食指敲打桌面："嗯。这就是所谓的压倒骆驼的最后一根稻草啊。"

我看看发微博时间，是上周。"我还没去过你公司呢。"

"算了，别去了。再说我也不在那里办公了。"

"怎么能说不做就不做呢？"

"房子都是租的，到期退租了。员工都签合同，倒是个麻烦。不过，大麻烦在这里。"他指指心窝处，指头瞬间又指向我，"好巧呢，我本来也想找你的。"

我有点奇怪："到处都是国际一流咨询公司的口号，难道这就是你说的'两个世界'？"

"永远都存在两个世界，一个是被看到的世界，一个是真实的世界。"陈凯旋加重语气重复。

"说来也奇怪啊，生活在这么小的一个城市里，许建国辞职后，我就再也没碰到过他。"我算了一下，起码九年没见到许建国了。

陈凯旋哈哈笑起来："有些人只是不来碰你而已。有些人你甩都甩不掉。"

"对了，你们还是亲戚呢。"我饱腹以来的酸软松散，顿时消失无影。

我的话，似乎让他感到不舒服。他深深地闻着手指上的气味，我能看出他不能抽烟的痛苦。我再看一眼窗外，雨悄悄地停了，雾气也在散去。

"我们去边上的翠湖公园走走吧。看来消食光靠老白茶也不行的。"我的提议正合他所需。

虽然两个男人套着风衣，其中一个戴着花围巾，肩并肩地在公园散步是一件很滑稽的事情，不过陈凯旋能抽烟，我能听故事，还是跟我有关的故事，那就都不算什么了。

果然，大口吸烟的陈凯旋，思路活跃很多。

陈凯旋转头问我，烟雾扑到我脸上："你了解许建国吗？"

我摇摇头。泛泛地了解，显然到不了陈凯旋问的那个程度。

"那是个阴影，无处不在的阴影。我吃饭时觉得有人站在后面，睡觉时觉得有人站在床前，走路时觉得有人藏在角落里偷看。我知道他是谁，但就是摆脱不了。"

我被他说得汗毛凛凛。

"这人就是许建国。"陈凯旋又点了一根烟，"不过，这也只能怪我自己。"

虽然陈凯旋在讲述时用了"鬼使神差"之类的词，但是我不相信。他肯定是计划好的，在说给我听的时候，他尽量美化自己，也是人之常情。

那天晚上，我在游戏房打牌，总是输，气得我在路边摊喝了三两烧酒兑两瓶冰啤酒，撸了三十来根各式肉串、一袋油炸花生米，身子热得不行，感觉都要闷出毛病来了。小店里买包烟，我晃晃悠悠地在热闹街市里走。到处都是摆摊吆喝的人，操着各地方言。我到堂哥公司也有两年时间了，感觉本事没学到，内部倾轧精通了不少。碰到火爆热闹的摊位，更让我烦躁加倍。我躲进小巷，点烟抬头的瞬间，那幢写字楼镶嵌在小巷正上空。闪亮的轮廓灯像海上游轮的彩灯，闪烁的灯光下，一场嘉年华正在盛大举行。

我昂头走路，目标就是离开才几个小时的大楼。但总是走不到，街巷一直在拐弯，等我意识到，光盯着高大目标，不低头看路，路会把你越带越远时，我已经走在了下半夜的街头。

酒醒了，烟也抽光了。我终于到了大楼入口处。安保室没人。我坐电梯到公司所在楼层。刚想摸楼道钥匙，却看到防盗门是开着的，心里想着很可能保安正在逐层锁门，我似乎听到了硬塑料圆盘上钥匙互相碰撞声。

然而，转进楼道，我就感觉出事了。每扇房门都开着，房间却都是黑的，一些纸片和杂物散落在走廊里。我轻手轻脚地摸进我们的办公室，借着打火机的光亮，惊恐地看到被洗劫的场景。此刻，我压制住报警的冲动。一个怪念头在我脑子生成：许建国的工作室到底是什么样的？

对门那个房间敞开着，我进去之后才知道，那里还被一隔为二，外面一间放资料、材料、杂物等，里面一间是许建国的工作室。小偷撬了几扇外间书柜的门，没怎么动那些刻录盘、录音带、录影带等。里间的贵重设备，看上去他们没动过扛走的念头。

我不敢开灯，还是举着打火机绕过那些笨重设备。许建国以设备贵重为由，阻止我们进入这个公司"特殊领地"，肯定有隐情。

我找了副手套，在许建国工作室小心翻找。我也不知道寻什么，找着找着，突然笑起来，根本用不着小心翼翼呢，大胆撬就是了。

除了工作资料、书和个人用品，我没找到有价值的东西。我一屁股坐在打印纸盒上喘气。突然，盒盖往下沉了沉，我屁股敏感地感受到了。掀开盒盖，里面已经没了打印纸，有一个黑色垃圾袋。

我抱着又是旧毛巾、破衬衣、牙刷牙膏、洗发水等杂物的心情打开，一瞬间，我呆住了，打火机差点掉下去。

袋子里是一沓沓百元人民币。都用皮筋扎好，有厚点的，有薄些的。下意识地，我盖上纸盒，再去把门关上，又坐回纸盒上。我觉得腿是那么酸，原来，我再不敢扎实地坐下去，而让自己蹲成了马步。

就在这短短十几二十秒的时间内，我做出一个重大决定：把钱拿走！许建国平日里不阴不阳的做派，藏在这里的钱大概率来路不正。

我假设了几个情况：假如钱是公司的，那么警察来调查时，许建国会报案，甚至会跟堂哥一起说；假如钱是许建国私人的，那么他更会急着报案说款子失窃。所以，我把钱拿走，却没有拿出大楼，只是放到了大办公室，也算留了后手。我把吊顶石膏板往上顶，把黑色垃圾袋藏在吊顶与天花板的空隙里。说整个过程，好像费了很多时间，其实最多待了跟你回单位拿那个破照相机花差不多的时间。

让我一点没有犯罪感的是，这个公司就是陈家的公司，我做出任何事情，都是为陈家着想，是家事。

怎么出去，倒是费了我不少脑细胞。进门时，我什么都不知道，大大咧咧地还往门卫室探头探脑，唯恐他们看不到我。好在监控系统出了问题，我设计了一条安全撤退路线。从安全通道楼梯往下走，到地下车库后，从汽车出入口走上来，就可以绕开大楼门卫室。果然，非常顺利。

我那一夜连第二天上午根本没闭眼，在心里盘算着各种可能出现的情况和应对方法。与你正相反，你是接到许建国电话后开始焦虑的。不出所料，许建国电话响起。我故意跟他多聊几句，他还是那副沉稳的样子，说起话来不紧不慢。有时太正常就是不正常。于是，我心里有了底。

后面我们到单位接受讯问、整理现场那些事情你都经历过，我就不再重复说了。

我也穿了件风衣，黑的。风雨已经过去，天还是阴沉沉的。一阵风来，树上雨滴落在我衣袖上，格外明显。我抖抖风衣，问最关心的一个问题："那笔钱后来你怎么处理的呢？"

"那就是我创业的启动资金啊。"

"难怪你很快就辞职了。原来你有了单干的资本。"

陈凯旋苦笑着，还摇着头："如果时间倒转，事件可以重来，说什么我都不去做这件事了。人啊，都是被因果裹挟着的。种下什么因，结出什么果。许建国即便贪他外甥的钱，自然也有果报在他身上显现，而我硬挤进他的因果循环中，邪恶的、阴暗的东西像长了眼睛似的，钻进我身体、我们公司。"

我也跟着摇头："你们这些大老板，动不动就是因缘、因果，你们愁眉苦脸说着这些的时候，屁股下都是垫着小山般高的钞票的。而我们呢？愁的就是你们最不缺的东西。那些道理，我们都来不及去想，只想解决眼前麻烦。比如今天，我就是想跟上次一样问你借点钱。你说卖了别墅还员工工资，可我更没有钱，也没有别墅。"

真是变天了，陈凯旋居然默默地听完了我的牢骚。放在往常，陈凯旋根本不会听这些话。每次碰头，他只给我三刻钟时间。我只要边吃饭边吹捧他，款子便能尽早到账。

陈凯旋扔掉烟蒂说："如果家族企业是一条鲸鱼，那么沾亲带故涌上来的就是藤壶，它们吸附着鲸鱼，想方设法扎进鲸鱼肌肤，以获取更多营养。鲸鱼极难摆脱这些超级寄生物。"

"这样说来，你应该拿了钱反过来举报许建国，反正钱都是你们几个的，落入谁的袋子，在我这个外人看来都一样。"

陈凯旋在空中画了一个三角形："这三个角代表我、许建国、童飞，堂哥的位置在中心。"随后他示意一个角拉长，"这样的话，如果中心位置不跟着移动，那么从另一种角度来看，那个角是不是偏离中心了？"

"所以呢？"我看着他。

"每个人后面都要有靠山啊。家族企业更是这样，哪条线在老板的心目中重要，他们就将充当'鲸须'。"

"鲸须？"我疑惑地看着他。

"鲸鱼一口能够吞几十吨海水，在吐出海水的过程中，鲸须挡住海水中的食物，供鲸鱼慢慢咽下肚子。"陈凯旋继续说，"刚开始无疑是许建国，后来便是我了，都先后充当堂哥最重要的'鲸须'，不过，他自食其果，悔悟得晚了点。也许，这是鲸鱼、鲸须、藤壶三者错综复杂的关系必然导致的。"

我不得不重新梳理一下这三个人的关系。那些上班的日子里，我见童飞总共不超过十次，他与许建国那层亲戚关系，真是比纸还要薄了，与陈凯旋也差不多。他们三个的家族谱系完全不同。表面上看，童飞跟老板关系似乎最好。他每次回公司，就钻进他姐夫办公室，一待就是半天，里面不时传出他放肆的笑声和脏话。

"失窃事件后，我跟堂哥说了钱的事。他几乎想都没想就让我收好。没过几天，我父亲找到我，让我离开公司。只有我离开，堂哥才能向许建国摊牌，让他走路。不要看我现在做的是咨询公司，那时出去后，开办的还是广告公司，这是堂哥的意思。我顶在前头，他隐身后面。当然，他默认是那笔钱的主人。"

难怪几年前我会在广告博览会上碰到陈凯旋，由此重建联络。

我笑着说："这么说，你也变成一条鲸鱼啦？"

"事情的复杂程度简直超出想象，这些比喻都是我通过许建国的所作所为深刻体会到的。我这根'鲸须'走到前面，是因为堂哥要摆脱'藤壶'，事实证明，'鲸须'可多可少，甚至没有，'藤壶'却无法清除。"

我暗自吃惊，陈凯旋一直说的背景，似乎有点明朗了，却还是与我的认识有点差距。

"我印象中的许建国，有点架子，待人接物还不错。"我没好意思说许建国是那个公司里我印象最好的一个。

"许建国也开了广告公司。"

"他跟外甥血拼？"

"堂哥把业务转到我成立的公司后，称自己身体欠佳，把公司关了。"

"童飞和他那条线上的人怎么办？"

"许建国把他们招过去了。既然外甥不做了，姨夫也就无所谓了。这也是精彩的地方：鲸鱼为了摆脱藤壶，常常跃出海面，或者潜到海底，拍打海水、磨蹭礁石，都是为了摆脱不堪承受的负担。"陈凯旋叹了口气，"堂哥是退到幕后了，我却成为他们的主要目标。"

那是夏日的一个燠热上午。我走进办公室，套上一件灰色亚麻西装，坐在办公桌后面想了几分钟，然后站起身，走到书橱第三扇门前，稍稍用劲一扭，书橱转动，露出里面的休息室。堂哥正坐在床边，瘦削的身子被宽大外衣罩着。

"准备好了？"堂哥问。

"我都想好了。"我觉得最后还是要征求一下他的意见，"你真不出面，在这里听？"

"出不出去都一样，许建国跟你谈，就跟我谈一样，他明白的。我相信你！"

窃
贼

087

我把想得到的各种情形再跟堂哥讨论了一下，觉得没有什么问题了。出去的时候，我问他："空调帮你调高点？胰岛素打了吧？"

堂哥对我笑笑，点点头。

我带着这种"血缘信任"，冲上了前线。

许建国穿了件白色圆领汗衫，手里拿一把与身体非常不协调的小宫扇。如果不是堂哥办公司，我跟许建国见面的次数一辈子不会超过三次。

"你这么搞法，大家都完蛋。"我没有请他坐下。

许建国摇摇扇子："我不跟你谈。"

空调发出滋滋声，我头脑异常清醒："我是法人、董事长。"

许建国嘿嘿笑两声："办法和规则很简单。切西瓜的人，最后拿属于他的那片。"

我以为许建国说的是广告业务："争来的单子怎么可能给对方？"

许建国在沙发上坐下："两个公司业务差不多同源，下游制作公司也就这么几个。必须有个公司退出，退出的公司在另一个公司持股。"

我跟堂哥商量的对策当中，没料到这个。一时间，我沉默了，盯着办公桌上的台灯不眨眼。

"你看，你看，还是让幕后老板亮相吧。"许建国沉稳地说话，充满着挑衅。

堂哥全权授权我，如果他觉得有必要出来，会通过遥控开关点亮台灯。

盯着台灯的那几分钟时间里，许建国也不说话。

"好吧，我退出广告业。入你公司股份的方案明天做好给你。"我把目光投向许建国，似乎正率领庞大的藤壶军队扎向鲸鱼肥厚的头部。

许建国毫无表情，不过他随意摇动的扇子僵在了胸前。

他没想到我会用到他的策略，心甘情愿地当"寄生虫"。

小宫扇重新挥动起来后，许建国又有了新点子："入股，当然好，欢迎欢迎！我们还是有亲戚关系的嘛。不过，那次盗窃案中，我损失了不少，我从来没吭一声。现在你做得这么好，应该弥补一下了吧？"

我忽地站起来，脱掉西装，声音提高："你好意思说贪污的钱是你的损失吗？有本事你当天在警察登记失窃钱财物品调查表上写上去啊！"

许建国的身体往沙发里靠："不要激动嘛。那个公司，还不是靠我以前在政府机关做事时积累的业务关系维持的？经营活动，不都是我在管理？合同、产品，不都是我在审核把关？"

我冷嘲他："那你直接干不就行了？还要屈居外甥麾下？我来替你回答吧。是因为你名声太差，为人太算计，机关里升不上去，出来做又怕搞砸。不错，那些关系是你列出的名单，可都是我们在联系、维护着。他们把单子给公司做，可不是因为你。"

"随便你怎么说，嘴上图个痛快，可以可以！俗话说'合久必分，分久必合'，我看谁都不要把话说死。从长计议，毕竟都是一个大家族的。这样吧，你我互相入股，互不干涉业务，却都有个牵制。"许建国的话似乎很有道理。

突然，台灯亮了。

我看到了，不过我没理会，却对许建国说了一句令我这么多年来后悔不已的话："可以，我们签订合同。"

陈凯旋漫长的叙述停顿下来。

我忽然想起他讲的一句话，便问："你说即使我不约你，你也会来找我？"

陈凯旋回答道："这是堂哥的意思。这些年他一直在思考并实践，让私人企业摆脱家族化，走向资本市场。"

"这和我有什么关系？"我是他们手里最轻的一颗棋子。

"那个，嗯，你看到的微博，跳楼死去的是堂哥啊！"陈凯旋停住脚步，声音低了下去，可我听得很清楚。

我大叫一声，钉在原地动不了："怎么会这样？"

"是的，事情就是这么残酷。特别是企业发展到一定规模，制约创新、发展的往往就是内部争斗。这种惨烈程度，不是亲身经历，很难想象。这几天盯着看鲸鱼的纪录片，每当出现鲸鱼拍打海水、剐蹭游轮或礁石的镜头，我都想着堂哥痛苦的表情，压得他无法喘息的，并不是该死的疾病，而是该死的'藤壶'。"

我叹口气，想了一下自己的小公司，也面临着这样的困境。自己对外聘的人不信任，对亲戚又不敢严格管理。事事亲力亲为，老婆兼做会计。有能力的进公司几个月就跳槽，没能力的亲戚赶都赶不走。由此放大到向国际一流咨询公司进军的企业，解决不了内耗问题，必定很难发展。

"咨询公司进入到发展瓶颈，按照市场化要求上市发展，堂哥主动退出董事会。他还是过于乐观了，认为率先退出后，要求许建国、童飞他们退出就有了理由。但是，那些人的贪婪，超出你想象。"

天更加阴沉，我们在公园里走得实在累了。花园椅子上满是细小水珠，我用餐巾纸粗粗抹了一遍。我俩坐下来，草木散发出森林气息。

"堂哥让我找你，本是他原意，他去世后，变成了遗愿。"
"他什么意思呢？"
"他想让你管理公司。"
"我有什么才能？自己公司都弄得乱七八糟的。"
"是的，自己的公司弄不好，才要请外人来弄啊。我认为堂哥至少是勇气可嘉，你是他心目中优秀的'鲸须'。他只是低估了'藤壶'们的力量和韧劲。"陈凯旋摸出的烟壳里，已经没了烟。他没把烟壳扔进垃圾桶，而是拿在手上转着，"许建国的广告公司很快就关了门。而我们转行做的咨询公司，生意越来越好。几年发展后，好多机构找上门，想帮助公司上市。于是，许建国把全部精力投入到'盯牢'凯旋公司上。以董事之名横加干涉公司业务。贡献智慧的管理人员、拼命工作的普通员工，积极性都受到极大打击。"

陈凯旋捡起飘落在凳子上的一片黄叶。"这就是我当初错误决策酿成的恶果。堂哥难得来公司，许建国通过内线知道他行踪后，找到他外甥，要求提高分配和福利水平。我们去阻拦，他又翻出陈年旧事。什么堂哥小时候一直靠着阿姨、姨夫的资助上学；以前那个公司草创时都没有给他股份；那次大楼盗窃是堂哥一手策划的，等等。"

我立刻跳了起来："盗窃事件真是老板演的戏？"

陈凯旋没有正面回答我："他早就不是一个大胖子了，这些年，难缠的病、难缠的人，把他弄得身体垮下去，精神也不正常了，后来神志也模糊了。"

公司里充斥了父系、母系、姻系的多重斗争，还能把事业做出色，我不由得敬佩起陈凯旋来。刚把这层意义表明，陈凯旋却哭丧着脸说："代价实在太大了。斗得人都不在了，事业发展还有什么意义？我算看透了。我们的经验和教训，你可以参考。舍弃自己小天地，来做个职业经理人吧。这也是堂哥对你的期盼。"

花园椅面对着一潭池水，天色转暗，池水颜色越来越深，吞噬着周边的一切。

夜饭花

吴玉莹用手指弹两下白炽灯，钨丝抖动几下，亮了不少。她检查一下刚才的线脚，稍稍有点歪。拆掉皮手套腕部的一行黑丝线。她把针在头发上撇撇，扎进细嫩羊皮里。试了几针，她放下针线，搬个小圆凳，摆到八仙桌上，爬坐上去。白炽灯像个小火炉。她时不时用手绢擦额头汗。羊皮手套只外发给心细针密的织工。美国很远很远，要颠簸挤压不知道多少回。她每次回针前，都往空中多拉一把。

远处传来汽笛声。她挥手的一瞬间，顿住了。去美国的手套应该坐飞机。回家的人坐船。国建到哪里了呢？信上说两天一夜。一小半路了。她透过老花镜框上沿空隙，望了望天井上方的夜空。鸣汽笛的船在往南走。南面最想去的地方是杭州。到灵隐寺许愿，都能如愿。针扎进左手拇指，她用嘴吸住手指。不过一次只能许一个愿，多了会难为菩萨。今天的日历纸晚饭时已经被她撕了。明天吃晚饭时，国建就到了。她心跳快起来。一行针脚又歪了。

信就在竹匾里，她拿起又读一遍。这些话都背得出了。她感觉自己读出声音，墙壁上有回声传到耳朵里。仔细一听，像吴梅莹的声音。姐姐不识字。她微微一笑。出嫁时，识字这一条被书香世家看中。

今天上午，吴梅莹来，竹篮里放了几根玉米、一小袋花生、一块五香豆腐干。她留姐姐吃饭，吴梅莹坚持要走，她一路送出去两个街口才返回。

"国建回来了。"

"国英也快了。"

"谁叫我不识字呢。"

吴玉莹向来不还嘴。这次却直说了："也不是我识字才能把国建弄回来的。"

十字路口等红灯时，吴梅莹问她："礼物准备好了吗？"

"什么礼物？"其实她心里是清楚的。

她做不下去了，爬下小圆凳，进东厢房开五斗橱。

先摸到硬邦邦的衣服，她手没停，往里伸，直到触摸到柔软丝滑的料子，才歇口气。捧出来两件东西：一段料子，一个黑漆木盒子。

"阿婆，你拿什么东西？"蚊帐里传出男孩的声音。

吴玉莹手一抖，随即压低声音："还不睡觉？"

"热！"

她钻进蚊帐，手拿蒲扇，一边拍孩子，一边说："睡吧小群，明天是个好日子。"

一阵阵微风吹拂下，小群眼里闪过一片星空般的蓝。蓝色的梦，一般都是好梦吧。她慢慢地从凉席上撤身，将蚊帐塞进席子下。

白炽灯下，她展开料子，绿底碎紫花缎子发出一股浓浓樟脑味。她记得"祥泰"绸缎庄老板娘把一包樟脑丸放进料子里，可保五十年不遭虫蛀。她举着料子，一寸一寸地在灯下移动，果然三十多年过去了，没有蛀洞。老板娘还说，量尺寸做旗袍，她亲自开料。说这话时，她举了举金柄裁衣剪刀。一道光从刀刃闪到柄上，金光刺激吴玉莹眼睛，绿绸缎用黄纸包裹，纸捻线拦腰一扎。多年后，传闻老板娘用金柄剪刀剪开自己喉咙，吴玉莹慌乱地把绿绸缎找出来，扒下纸和线，撕碎扯断。绿绸缎不舍得，被留了下来，它躺在五斗橱最深最黑的角落，每年黄梅天才被翻出来晒一次，看一次。她拿起竹匾里的尺，一尺一尺地量。她感觉它老了，在缩水，数字却不会撒谎。幅宽四尺二寸，长七尺八寸。她摸摸脸，那时候也跟绸缎一样的。顶真起来，眼睛变成挑刺工具，寻找着褪色、变色、蛀洞等。她仔细找，"祥泰"老板娘的笑脸隐在光晕里。她额头渗出汗来。终于，她找到一块色斑。几乎蒙在白炽灯上才发现。淡淡的一点红，在绿与紫接缝间。她松下手，料子和尺落到竹匾里。老板娘的笑脸消失。

她打开黑漆木盒。上层铺满杂色小珠子。她记得下轿进这个家门时，胸前就是戴了这些彩色玻璃珠子穿成的三串项链。吴梅莹对她说，夫家新玻璃厂刚开业，除了烧制酒瓶、酱油瓶、花瓶外，还可以做灯泡、小珠子，小珠子染成各种颜色。第二层，有三格，分别放了一块白玉、一块翡翠、一片金锁。她手指在三样饰品间徘徊。三十多年前，她都戴过。最喜欢的是雕成葫芦状的翡翠，碧绿通透。金锁是婆婆给她的，锁是空心的，里面有个滚珠，走路时发出响声。突然，她抓起了玉，那是一小段被雕成竹子的白玉。

　　小群睡安稳了。她关拢东西后，用一根红丝线将彩色珠子与白玉穿在一起，试着套进脖子试试，取下，想想，加了几颗稍大的红珠。

　　她不再去想白玉，就像白玉从来不存在那样。黑色皮手套起到转移注意力的作用。她加快穿针引线速度。她总有个疑问：有了缝纫机为什么外国人还是喜欢手工手套，价钱还高？合作社里踩缝纫机的女工，脚踩踏板，手送料子，直行、转弯、掉头，没有脱一针、多一针的。她的技术无论如何是赶不上缝纫机女工的。

　　半夜，温度降下来。她收拾好东西，走到天井里锁门、上门闩。一转头，石臼四周夜饭花开足了，月光下，昂首开着紫花。

　　最漫长的一个白天即将到来。关窗时，手抖得厉害。一滴雨打在她手背上，她暗暗叫声不好。浓云正渐渐锁住月亮。还好还好，水路没事。她这么想着，扇着蒲扇。扇子不时碰到身体，她看了一眼小群，想起一件事。

客堂间白炽灯重新被拉亮。她戴上老花镜，查看贴在墙壁上的《公用券、备用券使用须知》。烟是三号公用券，酒是五号公用券，猪肋条是三十三号备用券，什锦糖是六十五号备用券。她的字一笔一画，粗细相同，甚至长短都差不多。包装纸滑，铅笔字难写，一横，她描了好几次。

梦里她听见发大水的声音，轰隆隆地。所有船都在浪里沉浮，一会儿比塔顶还高，一会儿比井底还低。她心神不宁。醒来，她撩起窗帘，屋檐湿漉漉的。走到天井里，夜饭花朵收起，叶片上滚满水珠。打开门，一阵风吹进来，她闻到遥远湖面的水腥味。

小群吃泡饭时问她："一篮子好吃的啊？"

她掀开面上的青花布，显出叠放整齐的羊皮手套。

"我也要去！"

"吃干净才能去。"

走出去一百步，她想起碗橱里只剩下最后两个鸡蛋了。摸摸口袋，除了票证和钱之外，粮票多带了几张，都是全国粮票。

她拉着小群的手，拐进下塘街。果然，河水都快漫出河床。一只小船被冲到驳岸上，几个小孩用力抓住船帮拖拽。

"你怎么不吃白焐蛋？"

她笑笑："我胃不好，吃了不消化。"

"等我长大买好多鸡给你吃。"

她做出惊诧的样子："那要换掉多少全国粮票啊！"

小群用手指远方，长长地划一条弧线，终点是篮子："我去外面挣好多好多全国粮票。"

她攥紧孩子的手："不要再离开！"

街边一只煤炉刚生着，浓烟呛着了她和小群，眼泪鼻涕一大把。

外发加工点门还没开。门口已有好几个织工阿姨拎着篮子、布袋等着。吴玉莹跟她们打了招呼，静静地排在队伍最后等着。她们正在拿出赭色猪皮手套比做工。她不敢拿出羊皮手套来。

钥匙碰撞声传来，阿姨们迅速收起手套，有的还用袖管在手套上迅速擦几下。

韩雪英从弄堂里转出来，脸色铁青，看都没看门口那些人。开锁推门的劲很大。吴玉莹暗自担心。悄悄地，她往后缩了几个。她从怀里摸出一粒糖，塞给小群。

"做了这么长时间了，连'筋'都不会挑？"

排第一个的阿姨，矮了身子，急忙坐到长板凳上开始返工。

"看看这针脚，你手指比萝卜还粗吗？"

"你斜视啊？这条缝快歪到阳澄湖了！"

"这么松，还没到顾客手里，全都散架了。"

不到十分钟，长凳上坐满了返工的阿姨们。吴玉莹看到一道阳光出现在阿姨们的脚边。她心里突然一松，觉得一切都很好很正常。走到窗口，掀开青花布，小心翼翼地递上篮子。

韩雪英拿起一只手套，正面看，反面看，指缝里看，就是不说话。吴玉莹几次想问，最后还是咽下了话。

后面排队的阿姨们发出抱怨声。吴玉莹对用脚踢墙的小群说："别乱动，快了，马上就好。"她以目光询问韩雪英时，韩雪英避开了。

"全部返工！"韩雪英把篮子一推。

吴玉莹按住篮把，轻轻说一句："今天我没时间。"

韩雪英微微抬头，语速由慢到快："再忙也没办法，飞机不等人，下班前必须交。下一个！"

吴玉莹被一个胖胖的阿姨挤到一边。正在返工的一位阿姨腾出空当给她坐。她摇摇头说："我不知道怎么改。"

"今天时辰不对，退每个人的货。"那个阿姨压低声音说着，用引线的手遮掩口鼻。

吴玉莹牵着小群的手，走到门口。韩雪英猛地叫起来："还有脸提书记名字？我最恨的就是开后门！"

吴玉莹一怔，快速拉小群离开。

石板街潮湿，布鞋在打滑。空气中弥漫着焦臭味。

酱园店营业员扔出三号、五号公用券，收了一张六十五号备用券和七角钱。

吴玉莹拿起纸袋，小群伸出手，要到了一颗硬糖。

"飞马有没有？"

营业员叼着烟，往柜台上一挥："不要券的有。"

吴玉莹扫了一眼，摇摇头，准备要走。

"阿姨！国建要回来啦？"一个女营业员从里面转出来。

吴玉莹笑笑点点头。

"不要藏。我同学妈妈，快卖给她！"

叼烟营业员慢吞吞地从抽屉里拿出一条"大前门"，用指甲在当中一划，烟断成两半。女营业员抢着拎出两瓶"洋河大曲"。

"哎！这是主任留的。"

"让他找我。阿姨，把券给我，再付一块二。"

吴玉莹想了半天，也没记起女营业员的名字。

那时候，国建既不喝酒也不抽烟。她排在买肉的长长队伍里，挎着的竹篮变得沉重。

队伍里好多人跟她打招呼："回来就好啊！"

她应承着："是啊，是啊。"头却低着看小群，腰也弯了下来。

排到她时，只剩五花肉了。她左挑右选，瘦肉一条粗红线般嵌在白雪里。

退出队伍时，迎面碰到吴梅莹。

"家里都找遍了，只有这个还像点样子。"吴梅莹在弄堂转角处递给吴玉莹一个红布小包裹。

小群抢着要看。吴梅莹搂住他："小群乖，等会给你吃话梅。"

吴玉莹打开看了一眼，就把包裹塞回："这对银筷子是你结婚时打的，我不能要。"

"这次人家出了这么多力。"

两人推来推去。

"难看的。快收起来。"

"你留着给国英吧。我昨晚找好东西了。"

好长一段时间，吴梅莹不说话，脸上带着惊讶。

一辆吉普车从她们身边驶过，腾起一股灰尘。吴玉莹望车子开出去很远才收回目光。

吴梅莹挥挥手："哎！你还真会留。不过，既然留着了，就要一直留着！"

吴玉莹努努嘴，用力挤出笑容："留着不就是要派用场吗？"

"你啊！"吴梅莹叹口气，"国英的事情，你要关心。"顺势，吴梅莹又把银筷子塞进手套当中。

吴玉莹想去拿，看见家门前有人影晃动，快步走上前。

一男一女正在敲门，说是街道办的。

吴玉莹开门，请他们进去坐。

"跟我们去一趟街道。"女的说话没表情。

"能告诉我是什么事情吗？"

男的说："书记让我们来的。"

吴玉莹把家交给姐姐，跟在街道办事员后面走到街上。太阳出来了，她脖子后面汗渍渍的。

"于国建是你儿子？"

吴玉莹点头时，用余光瞄了一眼书记。书记穿白衬衫，脸也白净。

"柏军霞跟你儿子什么关系？"

"对象。"

书记端起搪瓷茶杯喝口水："一起回来？"

"是的。"

"什么原因回来？"

"我儿子身体不好，病退。"

"柏军霞也是？"

吴玉莹摇摇头。

"你知道她是什么人？"

吴玉莹点头到一半，又摆起手来。国建的信，她通常细读五遍以上，她只知道柏军霞家里有背景。这也是她愁苦的事情。国建说想早回来结婚，只有病退一条路。柏军霞答应了他。她没见过柏军霞，根据信中描述，她觉得儿子选错了路。

她只把他们回来的消息告诉了姐姐。今天，似乎整条街的人都知道了。

"也好，你不知道也有好处。"书记翻出几张纸，"这份表格让于国建填好，上我这里来报到。"

吴玉莹拿着《街道办集体企业职工入职登记表》，觉得像在梦里。她额头上挂满汗珠，嘴唇干燥，呼吸也变得急促。一个不好的念头在她脑子里盘旋。

碰到她的人都向她祝贺。可她觉得每句话都像针一般刺进胸膛。在她看不到、听不见的地方，每个人都在用手指她，说着刻薄的话。

多么相似的情形！她想到了跑，便跑了起来。眼睛迎风流泪，眼泪止不住像雨滴般洒落。

二十多年前，一个男人租了西厢房。他不上班，整天在房间里写写画画。她给他做两餐。他也不出来吃，说声谢谢接过托盘端进去。他转身时，有股特殊气息飘进她鼻子。她时常照镜子，把头面收拾整洁。四目相接的时候，两人都会笑而不语。等她闻不出他身上气息时，日子已经过了好几季。租客不出门，却准时付房租。她不免担心他的经济状况。她主动提出减免租金。他说声谢谢，下月还是把钱交到她手里。她的担心更甚，夜里开始失眠。那些花草在夜里生长和盛开的声音，逃不过她耳朵。好几次，她都听见了流星划过天幕的声音，像一团火燃烧的声音，还有轻微爆裂声。

有一天傍晚，一辆吉普车停在家门口。两个穿军便服的年轻人走进西厢房。半小时不到，两人提了四个皮箱走出来，上车等着。他走出来，劈面问她，要不要跟他一起走。她惊得牙齿都在打战。他没急着上车，静静地站在那里等她回答。她转过头，看见紫色夜饭花开成一片，其中有一株白色的，夹在紫色当中，时隐时现。

她朝白色夜饭花方向说："我有孩子。"

他没说话，迈着缓慢的步子走出天井。

突然，她闻到了一股熟悉的气息。

西厢房桌子上留了个牛皮纸信封，里面是一块被雕成竹子的白玉。

跑进小弄堂，她渐渐平静下来。抚平登记表。举到亮处仔细看，还好，没沾上汗滴。举着举着，她觉得一股力量压下来，让她双臂酸软，两腿发颤。

吴梅莹看到像水里捞出来的吴玉莹，放下抱在怀里的小群。

"刚才又来了好几个人。"

吴玉莹坐下，拿起蒲扇扇风。

"我都把他们打发走了。"吴梅莹拉过凳子，凑上前，"国英现在这个样子，你无论如何要帮帮忙。"

吴玉莹停下扇子，想起银筷子的同时，想起一篮子要返工的手套。

"唉！"她叹了口气。

吴梅莹脸上不悦："先吃中饭吧。我烧好了。"

"啊，不是不是。怎么说呢？唉！烦人。"吴玉莹在桌上摊开一双双手套。吴梅莹帮着一起查看有没有瑕疵部位。看到最后，吴梅莹也叹了口气。

她们盯着手套看，不知道从什么地方着手改。小群嚷着肚子饿。吴梅莹盛了饭菜。

土豆咸菜汤里放了麻油，香气扑鼻。小群很快吃完一碗饭。

"吴阿姨！吴阿姨在吗？"门口传来韩雪英的声音。

吴玉莹放下筷子，拿起一只手套："我在，正在返工。下班前，肯定保证……"

韩雪英抢过手套，像欣赏刺绣一样，啧啧赞叹："这手工，简直到了工艺品水平。梅莹姐，你看看。"

吴梅莹没理她，收拾碗筷，擦净八仙桌。

吴玉莹呆呆站着，不知说什么好。

"哦，早上那些话，我是讲给其他人听的。她们做工实在太差，又不服帖我。如果我连你的活都退，她们就没话讲。你很配合我，只是受委屈了。你也知道，我一直看重你，不然也不会把出口羊皮手套悄悄塞给你做。早上真是对不住啊！本来我早就要来说明情况，街道办通知开会，书记讲了好长时间。来晚了，来晚了。"韩雪英说着，将手中布袋打开，看都不看，将手套全都拢进袋子，扎紧口袋，放在凳子上。

吴玉莹看着袋子，一股酸劲钻进鼻孔，她用力吸几口气，想着那些手套坐上飞机飞到离星星很近的地方，才缓过来。

"国建要回来了，真是太好了。"韩雪英显得比姐妹俩都高兴。

"是啊，是啊。"这句话，吴玉莹今天回答了很多遍。

韩雪英冲着端碗筷去厨房的吴梅莹背影说："国英还好吧？"

吴梅莹没搭话。吴玉莹接上话："我还是再检查一遍手套吧。"

韩雪英说："菊红插队的地方，还在国英那里往北两百里。火车、汽车都不通，从县城摇船过去要一整天。她去的那年得了肠胃病，三天两头拉肚子。第一年春节回来时，瘦成一把骨头。我带她看中医，吃了几服药，有好转。一回去，又发病。我把草药寄过去，效果不明显。每次想到菊红风都吹得倒的样子，我气都喘不过来。"

吴玉莹说："国建也一样。后来吃明矾沉淀的井水，好多了。"

"他在农场，不一样。接触的人也不同。"

吴梅莹回到客堂，抱起小群坐下："生活上的事情，不是我最担心的。国英接触的人，让我整天担心。"

吴玉莹把手套叠得整整齐齐，重新放进韩雪英的布包里。

"队里有个老光棍，整天盯着菊红，害得她不敢单独出门。"

"国英隔壁住了一个神婆，叫许师娘。解放前在那个地方很有名。最近，她要收国英做徒弟。我接到那封信，差点昏过去。国英受了蛊惑，看上去还挺乐意。"

吴玉莹听着她们的话，胸口发闷。

"梅莹姐，听上去国英还挺不错。菊红随时都会丢性命啊！"韩雪英的眼泪说来就来。

吴玉莹递上手帕。

吴梅莹说："韩老师，你也算街道上头面人物了。脑子里的毒比身体上的难除。你们知道国英在信里跟我怎么说？"

吴玉莹摇摇头，有点吃惊，平日里姐姐没说起过。

"许师娘算过了，做她儿媳妇后，一切都好了。"

韩雪英止住眼泪，嘴角微微往上翘了翘。

忽然间，吴玉莹想起了乘吉普车离开的房客。那时国建与小群差不多大。眼睛定定地看着小群，她内心泛起苦涩。

韩雪英盯着吴梅莹说："国建身体比菊红强多了，都办了病退。"

吴梅莹话快说出口时，瞧见妹妹对她摇头，便低头剥一粒话梅给小群。

韩雪英从兜里拿出两颗水果糖，想塞进小群手里。小群攥紧拳头，直摇头。

韩雪英只能把糖放在八仙桌角上："孩子真可怜。"

吴梅莹声音高起来："你不要瞎讲。"

"哎！我怎么啦？父母都不在，孩子当然是可怜的。"

"呸！胡说八道。不在身边和不在，天大的区别。"

"还有什么比孩子离开父母更痛苦的事？你说我，难道你不想国英早点回来？"

"你来不就为菊红的事情？不要扯远了。"吴梅莹不耐烦地拍拍八仙桌。

韩雪英转头向着吴玉莹："你姐说得对。整个街道都知道国建女朋友的事情了。我就是来托你把菊红办病退回来，不能再这样下去了，要出人命的。"

刚才两个女人说的话，吴玉莹像是没有听见，仍然呆呆地看着小群。孩子的脸上半段像父亲，浓眉大眼；下半段像母亲，薄嘴唇尖下巴。每年春节、端午、中秋，她会收到没有发信地址的来信，除了问候，每封信国琴都说快回来了，还附上几张五市斤的全国粮票。那些无法回复的信已塞满一抽屉，他们只回来过一次。突然而来，匆忙而去。那天上午，她正在煤炉边忙，听到天井里小群的哭声，慌忙跑出来。他们正抱着小群拼命亲，小群恐惧地大哭。她扶住八仙桌，慢慢坐下，感觉再也走不动一步。一股气全泄了。国琴扑在她怀里哭，她却流不出一滴泪。太阳还没落山，一辆吉普车开过来，接走了他们。望着车子带着尘土远去，她抱起小群，轻轻拍着又哭起来的孩子。

"你说对不对？"韩雪英提高嗓门问。

"啊！你说什么？"吴玉莹恍惚地问。

"你就说肯不肯帮菊红吧。"

"那也要先解决国英。"吴梅莹抢着说。

吴玉莹左右看看，苦笑着说："我都不知道实际情况，哪能答应下来啊？"

"哎呀！你不要装了，我都听书记说了。去年底开始，有路的都在陆续回来。"

"什么事，你都是巧。早上退玉莹的手套，是巧。开会听见书记聊天，是巧。菊红身体不好，也是巧。"吴梅莹不识字，却字字说到节骨眼上。

"你这是什么话？菊红身体不好，是街道上都知道的事情。当初……"

"当初你不就是为了保宝贝儿子留在身边嘛！"

"好像你没有儿子似的，你把国英送去乡下，儿子在市里端了铁饭碗。"

吴梅莹听到"铁饭碗"三个字，跳了起来。小群吐出嘴里的话梅核，还要捡拾，被吴玉莹拉住了手。

"他干的是最苦最累的工作，你们这些坐坐机关，动动嘴的，哪有切身体会？"吴梅莹指指门外，突然发现已经围了一群人在看，"这条街的阴沟、排水管、石板路，全是他们清理、疏通、排好的。他身上老是有一股霉臭味，用肥皂打多少遍都没用。你儿子呢？切切卤菜熟食，刀就是一杆秤。朋友来了一大块好肉，普通顾客切肥的还搭边角料。"

"市政是全民，熟菜店是集体。你弄弄清楚好吧！"

"什么全民集体？老百姓就是看实惠。看你儿子又白又胖的样子，不知道吃下去了几头猪！"

"你嘴里放干净点！"韩雪英把装手套的布袋往青砖地上一扔，忽地站起来，"什么猪不猪的，你骂谁呢？"

门口传来一片笑声。

吴玉莹用身体将两人隔开："我求求你们，不要争了。如果我有办法，不要说国英、菊红，其他邻居的孩子我都愿意帮的。可我自己都不知道怎么办呢。"

韩雪英说："你有事不要憋在心里。"

吴梅莹看了一眼韩雪英，对妹妹说："家里还有好多事呢，我先回去。晚上我们过来。"

韩雪英抄起布袋子，以极慢的步子穿过天井。门口几个熟人跟她打招呼，她不耐烦地做手势让人们走开。

吴玉莹关上大门，见小群在揉眼睛，想起最重要的晚饭还没准备。

她用淘米水洗净青椒、苋菜和小白菜。把肥膘切成段，下锅熬，国建喜欢吃油渣白菜。最好用大白菜做。可这个天，大白菜还没上市。

闻到香味，小群起床，凑到热腾腾的油锅边。她夹几块带一丝瘦肉的油渣，放进红花小碗里，撒上一撮细盐，上下微颤。

小群端碗跑开后，她在砧板上切菜，切剩下的可怜的一小条瘦肉。她准备青椒豆干炒肉丝。这已是家里的顶级菜了。再高级，她也做不来。

切着切着，刀慢了下来。她又听见天井里的落雨声。然而，她想了想，刀慢下来的原因，不是因为下雨。雨的事情，昨晚就想通了。

她索性停下来，用围裙擦擦手。看看光线不是太好的客堂，东厢房、西厢房的门都开着，里面更暗。这么多年来，她习惯了在黑暗中摸索，白炽灯光使她不自在。如果不是小群或者赶活，夜里她不愿意开灯。灯是喧闹的，黑暗是宁静的。有时在暗夜里，她不自觉地叹口气，自己会被吓到。

街上传着很多家庭矛盾的故事，大多是婆媳关系不和。

她反复擦了好几遍手，才打开抽屉，把白玉从信堆里拿出来，彩色玻璃小珠子发出清亮响声。银筷子最终还是被吴梅莹留了下来。左手白玉，右手银筷。吴玉莹掂量着，拿到窗前亮光处看，看完又掂量。最后，打开五斗橱，摸到绸缎，取出黑漆木盒子，把两样东西全放进去。关上五斗橱门后，想了想，上锁，拔掉钥匙，放入衣服内兜。

切好菜，她走进西厢房，再打扫一遍卫生。家具逐渐隐入黑暗，显眼的只有两条白被单，被单被席子覆盖了主体部分，下沿就更加突出。一个床是她昨天临时搭起来的。现在，席子就像躺着的两个人，九十度角度，是她稍稍心安的位置。

八仙桌上出现了过年才端出来的玻璃果盘。她往里面倒什锦糖、话梅、花生和瓜子。突然，她发现三粒瓜子粘在手指上，手心里全是汗。她微微用手劲甩一下，一粒瓜子跳进边上的竹匾，躲藏在针线、针箍、剪刀、老花镜中，就像一个逃匿的人。她慌忙在竹匾里寻找，针扎了手，剪刀划了手。她为打捞一粒出了意外的瓜子，费了好大劲。

"咚咚咚"，一阵急促的敲门声，她停住找瓜子的手，呆呆地望着红色大门。小群冲出去，双手高举刚够到司必灵锁。

门被推开，小群差点摔个跟头。

"回来啦！他们全要回来了！"韩雪英直冲客堂，脚跟几乎没沾天井。

吴玉莹不敢相信。急着问："谁说的？"

"书记说的，一年之内全回来。消息现在全传开了。"

吴玉莹送走韩雪英，看到街上人的脸上全是笑意。

她转身倚在大门上大口呼吸。

天井还有光亮，今天的夜饭花却全都开了，紫紫的一片，一株白色夜饭花不再躲藏，高高地钻出花丛，显得格外鲜艳挺拔。

水　生

他朝湖走去。

脚踩到草丛，水滋出来，鞋帮湿了。往前再走几步，鞋进水了。他没穿袜子，脚感觉到泥沙的摩擦。鞋是女儿在省城给他买的，黑色鞋面上有两道红杠。他非常喜欢，除了在女儿家里脱下，其他时间都穿着。

今天，他要把心爱的东西都带走。

想到这里，他抬腕看了看手表。时间对他来说无所谓。早上起来，他用白毛巾仔细擦拭手表，竟发现表链上擦下一道道污痕。这只上海牌手表是结婚时戴在手上的。当时公社里只有书记和他戴一样的表。

他背了一个旧书包。水过膝盖时，他轻轻拍了三下书包，算珠抖动，发出呻吟。他低头对着书包说："别怕，别怕！快了，快了！"这是他最近说的唯一的话。

湖滩芦苇中惊起一群野鸭，扑棱着翅膀朝湖心飞去。

他胸口沉闷，水已过腰。

湖不大，小时候，伙伴们从这里游到湖心岛，也就一顿饭工夫。夏天水大，湖心岛只冒出一个尖尖头。有一次，他第一个登岛，一边呼唤着伙伴们，一边用石子打水漂。突然发现石子沉下去的地方，有一块椭圆白影。他一个猛子扎过去，露头观察，却看不见白影。伙伴们正在尖叫，他迷惑地回头看，他们个个在岛上惊恐地张牙舞爪。突然，一片阴影闪过，一股力量把他往下拉。他全力挣扎，人却直直往湖底沉下去。渐渐地，他手脚不再乱动。耳边的咕咚咕咚声变成夏日里柔和的风吹树叶声。湖底闪着银光，一名白衣少女静静地坐着，一群又一群小鱼在她飘舞起来的长袖、长裙之间穿梭嬉戏。他很想变成一条小鱼，缠绕白衣少女。后来，他被运输船船员和伙伴们协力救上岸，发了整整三天高烧。赤脚老医生给他搭脉，迟疑了半天，没有开药，只吐出几句莫名的话：

"水生啊水生！要去清凉、无扰、纯净的世界。"

他望了望湖面，没有船只，没有漩涡，水甚至像静止的。他默默地叫声："我来了。"水的阻力大起来，他压制住本能，没有扑进水里。游起来，就失败了。

除了失败，他想起一生中难得的几桩值得称道的事情来。培养了一个财经名校研究生毕业的女儿，算是一件。一想起女儿，他几乎透不过气来了。有些事情，女儿还不知道，他想补充进去，可那封信昨天傍晚就已寄往省城。

女儿的别墅真大！前后都有花园，顶层还有个大露台，他喜欢坐在露台上看夕阳落下远山。一眨眼，山上翠绿就暗淡。就这样，他呆呆坐着，直到天黑透。

女儿的轿车还没停稳，一条黑色短毛大狗就扑向车门。女儿跟他说过，家里养了条狗。他不喜欢狗，狗的品种、名字都没记住。

"乐乐！这是爷爷！"女儿一只手搂住狗脖子，一只手指向他。狗朝他大声叫了几声，被女儿呵斥后，摆动尾巴贴到他腿边。他不敢动一步。它围着他转了几圈，奔向正在进屋的女主人。

长方形餐桌太大，他和女儿只能坐直角位，才能靠近。女儿打开外卖饭盒的同时，向他解释，居家保姆明天上岗。

"明天开始就正常喽！"她伸了个懒腰，以拥抱的姿态迎接即将到来的轻松。

他正在认真研究黄黄的一盒是什么饭。

好多年前，他也吃过黄黄的饭。这是队里对加班收割稻谷突击队员的奖赏。他不停地记账、打算盘，半天都没站起来过。队长说他是脑子辛苦，也该享受。一海碗堆得满满的玉米粒新米饭，配上一小碗刚用猪油炒好的雪菜肉丝。他的胃就像一个抽水器，快速不停地吸着食物。

他对眼前的饭产生了疑惑，也产生了亲近感。

"这是咖喱牛肉饭，你尝尝味道呢。"女儿饭吃了一半，把熏鱼、油焖茄子推到他面前，打开汤盒，是萝卜排骨汤。

他先喝口汤，再小心翼翼地试了口咖喱饭。一种从没有过的感觉突然涌上心头。如果一直在乡下，怎么也尝不到这样奇特的滋味啊。这是好吃的怪味，有点像第一次吃臭豆腐。

他吃到一半，停下了筷子。胃不再像以前那样动力足了。上月的一天，他在村里溜达，碰到远房侄子。聊了几句，侄子突然说他面色差，瘦了很多。他回家找了镜子看，果然，颧骨突出，眼窝深陷，连嘴巴也瘪了。

"看病的事，我找好医生。名医们都忙得很，你安心等着就是。"女儿收拾餐盒，用塑料袋扎紧，放门口。乐乐一直盯着看，女儿给了它一根磨牙棒。

"虽然让保洁公司来搞过两次卫生，可还是乱糟糟的。我们也没时间弄。等阿姨来了就好了。"

女儿让他睡一楼朝南的房间，窗外桂花树、梅花树相间。桂花香透过窗子，布满整个房间。唯一不足的是，要出门穿过客厅上卫生间。

他早早地躺下，关了灯，带着香气的光影在天花板上游荡。他摸着滴溜滑的凉被，告诫自己这不是在水底。闭上眼睛，出现在脑海的却是一个保姆的形象，五十多岁，矮小身材，瘦削的脸，皮肤惨白，嘴唇突出，小眼睛……他慌忙睁大眼睛，这是怎么搞的？

乐乐又叫了几声，门开了。女儿说话，女婿说话。关灯，两人上楼。他重新闭上眼睛，突然听到乐乐沉重地叹了一口气。他觉得一块石头重新压到心口。

第一次晕厥后醒来，他发现自己趴在竹椅旁边，手里攥着大门钥匙。他没有立刻爬得起来，嘴边水泥地上留了一摊液体。他咂巴一下嘴，湿湿的。

渐渐地，意识恢复。从竹椅上站起来，他想去湖边遛一圈，这是吃完一碗稀饭加乳腐、酱菜的早餐后的习惯。

他睡不着觉已经有好多时日了，他没告诉女儿，想着大概自己会好起来。电视机一直放床脚跟，《新闻联播》开始他就躺着看，困了就闭眼，声音总在耳里进出，也不知道睡着没有。他不关电视，没了电视的影音，他连打盹都困难。有梦了，他心里充满惊喜，即便是短暂几秒钟。梦境只有一个：发大水。水往他身上灌，旋转、漂浮、晕眩，每天早晨起来，房子都是晃的，他必须在床边闭眼深呼吸两三分钟，才敢站立起来。

从竹椅边站起来，他觉得挺新奇，看了看挂钟，估摸一下昏过去的时间，半小时不止，和死去没有两样，无梦无想。难得好睡眠！

电视里曾放过一部外国科幻片，患疑难杂症的病人，被冰冻起来，过若干年后解冻。他们醒来后，觉得前一秒刚被冻起来，但眼前站的却是他们的后代了。

这件事让他害怕，想出了预防措施。躺着、坐着，不能一下子直起身，要尽量缓慢。减少看湖次数，阴雨天不去，天黑、天未明不去。后来，大风天，也不去了。

没有任何预兆，又发生第二次晕厥。午后，他站在村里小超市门口，跟老板聊天，天气晴朗又舒爽。聊着聊着，他像袋面粉一样歪倒。老板吓坏了，也不敢动他，打了急救电话。他被送进镇卫生所。

醒来后，他望见一片白色，吓坏了。医生护士一走动，他才定了心。当晚，女儿从省城赶来。她一来，事情变复杂。他听见走廊里女儿跟医生急匆匆地说什么，随后他手臂吊着针，被送上救护车，转县医院。

九点后，不能进食进水。隔天清晨，他坐在轮椅上，做了一生当中最多项目的检查。

女儿神情严肃地问医生一个又一个问题，医生的回答不能令她满意。他望着煞白的天花板，想念小屋里的电视机。

他问女儿什么时候可以出院，她回答等检查结果出来再说。他扳着手指等时间快点过去。

医生只开营养液了。他像正常人那样行走自如了。女儿待了一个星期却还没走。他感觉自己身体出了大问题。遇到阴霾天，情绪更加低落。房间里有病友，他不能整夜开着电视。他整夜睁大眼睛望天花板，听着病友们的呼噜声。他恳求女儿办出院手续。她说还要做一个脑部的项目，要排队。他更加相信自己的判断，脑子完了。

他最自豪的是有个好脑子。没上过几年学，却对数字有特殊的敏感。队里记工分，他随口可以把每个人的数字报出来。队里让他去公社学会计，不到半年，他赶上了老会计打算盘的水平。老会计把珍藏的红木算盘送给他，并把闺女嫁给了他。

乐乐对曹阿姨总是不停地叫。他以为是陌生的原因。过了两个星期，乐乐还是这样，他觉得很烦，也很怪。

乡下的土狗，他厌恶它们。它们也不对他叫，远远地绕开他。看在女儿的分上，他迫使自己喜欢乐乐。女儿女婿上班，他主动喂狗粮给乐乐。乐乐用几乎分辨不清的黑眼珠翻他几眼，默默地吃完狗粮，摇着尾巴躲得远远的。

"我是不是有什么问题？狗老是对我叫。"曹阿姨嘀咕。

曹阿姨是个胖子，大眼睛、厚嘴唇。不是他梦里保姆的样子，他放了心。

曹阿姨干活勤快，胖胖的身体一直在流汗。她想接过喂狗任务，乐乐一点不领情，鼻子缩得皱纹四起，白牙突出，用低沉的哼哼声唬曹阿姨。曹阿姨吓得又是一身汗，手抖腿颤。

他还不死心，把鸡胸肉撕成一半，自己拿着先喂乐乐，然后让曹阿姨喂。曹阿姨不敢，他就握着曹阿姨的胖手，一起把香喷喷的鸡胸肉递给它。乐乐又是一阵狂叫。

曹阿姨流泪了。

"我老家有种说法，猫狗能够看到人看不见的东西。猫狗嫌弃的人，一定身上有不干净的东西。"

曹阿姨老家在他邻县，风土人情、菜肴口味、日常习俗等相差不多，他想女儿找到曹阿姨做事，多半是考虑他的生活习惯。

他时常安慰曹阿姨："好多人都不懂事，不要说猫狗了。你勤俭又卫生，是个好人。"

曹阿姨圆脸上有时会飞上一朵红晕。很快，她又四处忙开了。

三百多平方米的三层别墅，四百多平方米的院子，白天只有他和曹阿姨带着乐乐。夜晚，他把电视机静音地开着，怕吵到曹阿姨。这样小心翼翼地歪躺着，有时竟然可以睡着两三个小时。

清晨，他照照镜子，脸上多了点肉。

午饭，他不让曹阿姨弄复杂，最多两菜一汤一碗饭。有时曹阿姨做些家乡的面食，他耳边就响起水流的汩汩声。

渐渐地，他俩午饭就在厨房里吃，乐乐闻到饭菜香，远远哼几声。他们也不睬它。

"老板娘交代我要烧好吃的，说你要补充营养，我总担心营养不够啊！"曹阿姨看看他，又低头看看碗里的吃食。曹阿姨额头冒出一层汗，他想用纸巾替她擦擦，可忍住了。

"她觉得我晕倒两次是营养不良。我认为是这里出了问题。"他用食指抵住太阳穴。

"哎哎哎，不要胡说，我看你什么都好！"

"县里医院做了很多检查，到了这里也做过几次检查，可你知道，有些问题医生也看不出来。"

"医生说你没事，你还怕什么？"曹阿姨眼睛亮起来，"我年轻的时候……"说到这里，她显出一丝羞涩，"经常晕倒，开始也怕得很，后来医生说我贫血。就这么简单。我看你就是这里的问题。"她也用食指，指向的却是自己的心窝。

他想了想才接上话："医生的话不能相信。"

以往，每天晚餐，他都要问女儿医院方面约的情况，名医有没有空，报告单解读得怎样，是不是该吃点药。从开地暖的那天晚上起，他只是默默地吃饭，不再催促女儿了。天冷了，一些开关封闭了。女儿忙着与乐乐亲热，似乎也忘了跟他说那些事情。

他开始讨厌乐乐。它在女婿进门后极尽谄媚的样子，勾起他心中不快。

女婿也不是省城人，家乡在几千里之外的乡村。追求女儿时，经常上他家帮着干农活。吃饭时，拿出自带辣酱，往白饭里拌，搞成通红才大口大口咽下去。在山区，大家都是这么吃。他看得眼睛冒火。可没办法，女儿看得中。

女婿毕业后留校搞科研，先是成立工作室，后来组建公司，公司很快上市。生产什么产品他不太清楚，只知道女婿发了财。

女婿也很忙。

他有次开玩笑对女儿说："他快跟你在法国读书的儿子差不多了。"

女儿皱皱眉，很疑惑的样子。

他继续说："你儿子，还知道一放春假、秋假就回来。他呢？基本上人影都不见。"

"他公司事情多，缺人手。"

女婿一天很晚回来。乐乐已经在窝里躺着睡着了，一听见声音就跳出来，候在门口。门一开，这条黑影就往女婿身上扑，女婿不耐烦地驱赶它，用脚轻踹，更加激起乐乐的兴致。女婿用威严的方言，以大到隔壁邻居都听得到的声音叫了声："滚走！"

女儿马上俯下身子，抱住乐乐："你吼什么吼？都几点了？再这样的话，滚走的是你！"

女婿经过他房门口，看都不看一眼，快步走上楼梯。他看见斜对过保姆房的门开了一条缝，里面熄灯了，看不出什么来。

女婿从没进过他房间。他们碰头都在餐厅。女婿没什么话。当初绝大多数亲戚看了这个小伙子后，都对他说，人老实！他反问他们，老实在哪里？他们回答，不会说话，不油嘴滑舌。只有公社老书记拍着他肩膀说，不说话，肚子里做文章。他周围的人，都是正常说话的人，有些人话多点，有些人话少点。可像女婿那样可以从吃饭开始到结束没一句话的，没有。

直到那晚，他才惊奇地发现，女婿是个很能讲的人。那天躺下后，他感觉气闷，起身缓缓走到三楼大平台上，倚着角落，看着黑暗中的山水棱角。女婿接电话也上三楼。这个电话大约打了半小时，女婿说的话，相当于他听过女婿说的所有话的总和。

开始时，他被异象震惊，以为脑部疾病又发展到一个新阶段。女婿不仅话多，而且语速很快，丝毫没有迟滞，逻辑性强，重复的话也少。猛地，他回过头来留意女婿说话内容。他本想从暗中走出来，打个招呼，让女婿电话继续。可电话内容逼迫他不得不隐身。莽撞地冲出去，势必伤害到好多人。他忍着，裹紧深灰色棉布睡衣，寒意还是从外面直钻进去。

女婿打完电话进去，他还僵硬地在外面站了好久，那个他认为肯定出了问题的脑袋，因为里面念头转得飞快，而滚烫起来。

他往城里走，挎包没背多久，便跟眼皮一样沉重起来。羽绒服包裹着的毛衣被汗浸透了。他把拉链往下拉一点，冷风吹进来，又拉了上去。

问了几个人，换了几辆公交车。终于，他远远地望见长途汽车站几个字。

"请出示身份证！"

"哎呀！"他叫了出来，然后又小心翼翼地问售票姑娘，"没有身份证可以买票吗？"

"军人证、学生证可以。"

他碰了一鼻子灰。算计得再好，还是有疏漏。

他坐在车站门前花坛上，抽出水瓶，拿出面包，像郊游般解决了早餐。

女儿昨晚跟女婿大吵了一场——准确地说，是女儿把女婿烂骂了一通。女儿用的都是诋毁、侮辱男人的话，女婿的回应就是几句：你有完没完？这样你满意了吧？太过分了！

吵架内容，与他那晚阳台上凑巧听到的事情似乎对应得起来。女婿公司有个漂亮的CFO，最近一直跟着女婿各地出差。风言风语传到女儿耳朵里，她借题发挥。

"乐乐的狗粮，我让你买，你说网上买更方便。你买了吗？老是出差、出差，哪有这么多差好出？我看你们公司就某两三个人出差忙。回家也就罢了，还老是窝在沙发里看手机。可狗粮呢？动动手指的事情，你倒是办啊！"

他觉得还是要劝和为好，套上深灰色棉睡衣，走出房间，朝保姆房望一眼，正想上楼，突然看见女儿的拎包挂在餐椅上，几张 A4 纸几乎要从包里跌落。他把纸抽出来，平整地放在餐桌上。女儿撒泼式的谩骂传下来，他摇摇头。摇到一半，他惊觉，那些纸正是医生对他各项检查指标的分析结论。

他看着看着，站不住了，坐着看。女儿叫骂的声音忽地变小了，变成墙外树木摇动的声音。感觉脑袋变大了，呼吸也急促起来。虽然那些话云里雾里，但是总不是好话，有些还特别刺耳。

他望望楼梯，女儿不容易啊，这么多烦心事压在她心头。就让她爆发吧。

他拖着沉重的双腿，到厨房拿了一瓶水，几片面包。他知道这个夜晚肯定又没法睡。趁他们还没有起来，去赶头班车回老家。

"我死，也要死在家乡！"他喝完最后一口水，咽下哽在喉咙口的一小块面包，含糊地重复着这句话。

一个打竹板的人走过他面前，又返回来。

"您要老鼠药吗？"

他斜睨一下那人。没说话。

"您老别瞪我啊，看看，我这可是什么都有。"那人把肩上的褡裢放下，并肩跟他坐到一起，随后点了根烟。

他瞄了眼地上，灭鼠灵、蟑螂笔、驱蚊棒等，什么都有。看到他有了兴趣，那人叼着烟，一件件东西介绍得神神道道。似乎用了他的药和器具，天底下五毒四害就绝了种。

"你这些都是小玩意儿，上不了台面。"他冷冷地说。

那人眯起眼睛，嘴里吐出浓烟。"你想办啥？"

"狗怎么办？"他突然冒出一句话来，连自己都吃了一惊。

那人眼珠一转，两根蜡黄手指轻轻在半空中点了点，随即在身上肮脏的棉袄里翻来翻去。

一个纸包被打开，里面是六颗普通白色圆形药片。

冬至夜，曹阿姨做了荠菜肉大汤圆。

他一口咬开，荠菜香味直冲鼻子。吃了几口，他想起了家乡味道，冬至过后，一年快到头了，心里泛起阵阵酸楚。推开碗勺，他铁板着脸。他心里在哭泣，只有触碰到他身体才能感觉到，后背在起伏、颤抖；他无声的悲伤，让空气凝固了。女儿、曹阿姨，也都僵在那里，一动不动。乐乐小心地转到沙发靠背后躲了起来。

他声音显得僵硬："我要回去！"

女儿像哄孩子般应付："好的好的，我送你回去。"

"明天就走！"

"明天不行。我有个讲座。今天你不舒服，先休息，明天我们再定回去时间，好吧？"

"再不走，我就要死了啊！"他拍拍桌子，跺跺脚。

"不是跟你解释过了？那些报告分析只是一家之言，后来不是其他专家拿出新意见了，你也在场听了的。"

他看着女儿，想起她小时候的样子。头发一把还抓不住，就嚷着要扎冲天辫。他扎辫子又慢又丑。

"我要妈妈扎。"

"妈妈到很远的地方去了。"

"我要去找她！"

"你找不到的。"

"她什么时候回来啊？"

"等你懂事的时候。"

"胡说！我知道的，她已经死了。"他手里的皮筋断了，女儿散乱着头发跑了出去。

他点点女儿握餐巾纸的手："你就把身份证还给我吧。"

没人说话。大汤圆的热气滋滋地冒着，花岗岩下地暖热力十足，可他还是感觉冷。他怀念那张盖两床棉被的小床、清晨呼得出白汽的小房间。

等了一段时间，他站起身，默默地走进自己房间。关上门，没有开灯，坐到床沿，摸到床头柜里的香烟和打火机。他平时不怎么抽烟。这个时点，他忍不住想抽，还没点到烟，就听客厅里曹阿姨大叫一声。

他冲出去，看见曹阿姨捂着手臂坐在餐桌边的地上。女儿也从二楼跑下来。

"你怎么啦？"

"乐乐！它咬我。"

"让我看看！"他把曹阿姨手移开，白皙的手臂上，有两个血牙印。

女儿说："我去开车，送医院清创包扎，还得打破伤风针。"

他把曹阿姨搀扶起来，见她额头又有汗。这次，他毫不犹豫地抽三张餐巾纸，轻轻地按压住她手臂伤口，再顺带把鼻尖上的汗珠也擦了。

"怎么回事啊？"

曹阿姨指指他吃剩的荠菜肉大汤圆："我怕你还要吃，就没有收拾掉你这碗。洗碗的时候，看到乐乐前脚搭在餐桌上，想要吃碗里的汤团，我过来赶它，却被它咬了一口。"

他扶着曹阿姨往门口走，用眼睛恶狠狠地扫视室内，没有发现乐乐。

北风已经吼叫了一整夜。他有时盯着荧幕上的老电影，有时盯着窗外。慌乱的树枝在黑暗中抖动，接着在铁灰幕布下继续颤动。

昨天晚上，女婿慌张地带着女儿回了老家，老父亲病危，恐怕熬不到春节。他们这次去打算办完事回来。两个大箱子发出沉重叹息，被曹阿姨用力提到车子后备厢里。女儿按下窗户，对他挥手。

雪没下来，天极阴冷。车子拐入马路前，卷起一堆黄叶。

曹阿姨劝他快点进屋。她也要走，乡下要过节。春节前这些习俗、仪式召唤着在外打工人。

他躺着，盯着窗帘，外面已经亮了很久了。他不想起来。起来和不起来没有差别。失去睡眠，每天都在熬时间。

他想起女儿关照的最重要的一句话：喂好乐乐，早晚遛遛。他侧过身，肚子有点饿。客厅里悄无声息。他忍住，看谁挺的时间更长。

闭着眼，心里数着数字，这是他喜欢的游戏。突然，他似乎听到了一些动静。仔细辨别，竟不是乐乐发出的。他保持镇静，悄悄地穿衣裤，小心地把双脚插进棉拖鞋里。把房门拉开一条缝，他大吃一惊，一眼就看见曹阿姨在厨房忙碌的身影。

"你不是回老家啦？"

曹阿姨没有转身，声音从自来水流淌声中钻出来，尖尖的："一早儿子回去了，我让他顺道把我在这里放下来。"

他坐到餐椅上，曹阿姨把粥、鸡蛋、包子和牛奶端上来。

"你……你这是何必呢！"他注意到门口有个大红色的旅行包。曹阿姨忙了一阵了，脸上红红的。他忽然感到很热，头上冒了汗。地暖开足了。

到了中午，云层里有光透出来。他放大食量，给乐乐满满一盆狗粮之后，取过粗粗的狗链，往乐乐脖子里一套，散步

水
生
·
·
·

出了门。曹阿姨在三楼阳台上对他招招手。他仰头笑笑。

阳光也难以照进他心里。走着走着，他身上有点冒汗了。敞开胸，吆喝着乐乐，不许这样，不许那样。他想起做大队会计时，省城来了个教师，戴副赛璐珞架眼镜，瘦得腰永远直不起的样子。他时常带点吃的到教师宿舍聊天，边吃边聊，各讲各的，听者都很惊讶。后来，教师回省城，据说做了蛮大的官。有两次，教师到他家拜访，他都在湖边晃悠，没碰上。他听村里人说，教师在县里跟县官说，他在这里有个朋友，叫水生。

水生水生，现在有半年没亲近水了。他有意识地带着乐乐找水，只找到了几片人工水塘。踩在咔嚓作响的枯枝败叶上，他往前探探身子，水呈淡咖啡色，他摇摇头。乐乐还在往前拱，他想抬脚一踹，忍住了。

好在曹阿姨回来了。回别墅路上，他忘记把棉衣扣子扣上。

他冷得要命，似乎水里的湿冷全都带到了床单上。他睁开眼，房顶在转。闭上眼，床在转。他伸手抓床头柜的水杯，一滑，杯子掉落摔碎。

曹阿姨进来打开顶灯，关掉电视。

他感觉她冰冷的手摸上额头。

"哎呀，烧这么厉害！"曹阿姨惊呼一声，马上打电话。

她的声音远远的。他想掏掏耳朵听清楚点，可手在颤抖。

"老板娘让我给你吃点药。"

曹阿姨走出房门，驱赶着乐乐："回你窝里睡觉。"他听见木棍敲打地板的声音。自从她被咬后，擀面杖一直斜插在围兜里。

退烧药吃下去，曹阿姨让他喝了两大杯热开水。也不知过了多少时间，他醒来，惊喜地想到刚才睡着了。出了大汗，身体像浸在水里，他鱼一般张大嘴呼吸，肺部失去了弹性，氧气进不去。他想到了深水里那个白衣少女。

"死是容易的，活着才艰难。"脑海里一个温柔少女声音响起。他不再刻意大口呼吸。开始时，憋得手指甲都掐进手心肉里。后来，他发现自己起了身，轻松地朝客厅走去，客厅没有任何摆设，只有一团白光，他迎着白光，身体失去重量，内心充满喜悦。白光裹着他飞翔，建筑、道路、山水在眼前一晃而过。他没有一丝留恋。他已感觉不到身体的存在，已和白光融为一体。他心情迫切，一头钻进黑暗隧道，隧道那一头微微显出蓝色，他加快速度飞翔。

突然，"啪嗒"一声，他从隧道里掉落，沉重、疼痛的身子又压上了他。

他睁开眼，曹阿姨满头大汗地在摇他，旁边乐乐也在呼呼喘着粗气。

"哦哟，总算醒了。吓死我了，你刚才脸都发紫了。"

曹阿姨嘴里的热气喷在他脸上。他别转头。

不能让他们知道！包括乐乐。他心里盘算着。

曹阿姨拿来干毛巾，替他擦汗，动作熟练又细致。他脑子里有个开关开了一下，随即关了。

曹阿姨又按照女儿指示，给他喂了几粒药，喝了两大杯水，搀扶他走进卫生间。

他双腿有点抖。肚子憋得难受，就是尿不出来。为缓解这种痛苦，他把注意力移开。天花板上有个小钩子，他想用麻绳打个水手结，头往里一伸，两三分钟的时间，就又能回到黑暗隧道里。轻松快乐、无忧无虑在蓝光处等着他。

曹阿姨接了个电话，拿来另一种药，药赤裸地躺在曹阿姨的胖手心里，他想知道是什么药，曹阿姨说老板娘把盒子、说明书都扔了，装在棕色玻璃瓶里。曹阿姨说话神色紧张。他疑虑重重。

感冒一天天好起来，曹阿姨不再给他吃感冒药，棕色药瓶里的药却还继续。吃了药，他能在电视剧演到高潮时眯着，凌晨到来前又会醒来，那是彻底的、令人毛骨悚然的清醒。

一天晚上，他才躺下，耳边传来大锤敲打墙壁的声音，响亮又规律。他听了很久，每一下似乎都是他人生的脚步，走得那么沉重，令人叹息。阳光照亮窗帘的那一霎，声音突然消失了。

吃早餐的时候，他问曹阿姨，她却什么都没听见。

他裹着棉衣在阳台上晒太阳。曹阿姨打电话的声音断续传来。女儿又在给她发布命令。他决定拒绝再服药。

太阳真好。他迎着阳光闭上双眼。眼前一片红光。突然，阴影一闪，黑暗盖住红光一秒钟。他睁眼，空中什么都没有，蓝天下，云都没有一丝。

阴影来自家里。

他异常紧张，蹑手蹑脚地回到屋里。屋里出奇地亮，他心发慌。他走向楼梯，在拐角处待了好久，阴影还是没有出现。他喉咙口又痒又喘。人老了，自己都嫌弃。他索性坐在楼梯上，什么时候阴影才能带着他飞起来？飞不起来也可以，把他带进深深湖底，那里清澈、纯净。他摸摸肥厚的眼袋、下坠的腮帮、松弛的肌肉，而这些到了水底都不成问题。

突然，阴影出现，他快速站立起来，眼前一黑，等金星冒过，他才敢缓缓睁开眼。乐乐正趴在他面前，黑黑的一片。

曹阿姨在厨房炒菜，饭菜香溢满一楼厅堂。

他带乐乐进卧室，关上门。拉开床头柜抽屉，拆开一包饼干，给乐乐先喂两片。乐乐咔嚓咔嚓嚼干净。他摸摸它的头，光滑顺溜。然后他伸手进抽屉最深处，拿出一个小纸包，里面包着火车站广场买来的六片药片。他把余下的饼干在手里捏碎，混入所有药片。

乐乐用信赖的目光看了他一眼，呼哧呼哧地将他手中东

水
生
．
．
．

西一扫而光，大厚舌头在他指间反复舔舐。他麻木地感受着乐乐的亲昵，有那么一两秒钟时间，他回过神来：我在干什么？怎么可以这样做？可是，阴影遮蔽眼前一切。对乐乐没什么不好，它很快就能抵达黑暗隧道的那一端，蔚蓝的极乐世界。他在成全它。

"没事，我在跟它玩呢。"曹阿姨听到乐乐狂叫，急敲房门问他。他以冷静的口吻回答。

乐乐躺在地上抽搐、抽筋，嘴角不断涌出唾液和泡沫，双眼睁得圆圆的，看着他。他看到了乐乐眼里晶莹的泪花。它挣扎着抬起右前爪。他没有去握。他坐在床边，双手扶着床沿，像被打了一针，思维定了向，仅有那条隧道。

乐乐闭上眼后，他站起身，绕它走一圈，走向窗户，打开，蜡梅香气飘进来。

"你在前，我在后。别怕，别怕！快了，快了！"

他身子开始发飘，有好几下，脚没有点住湖底。是时候了，他从裤兜里掏出一把硬币，撒向周围水里。有几枚下沉的时候，带着光。妻子走的时候，他蹲在墓穴边，朝底部抛硬币。那天太阳很好，有人替他撑伞，防止人影落进墓穴。今天，他为自己撒了硬币，影子清清楚楚映入深水里。

他心酸了。回头看看岸边，杨柳树正在抽出嫩芽，迎风微微摆动的样子，像极了女儿小时候的样子。

寄往省城的信，开头便是恳求女儿把曹阿姨请回来。乐乐是被他害死的，与曹阿姨无关。曹阿姨是好人，下不了毒手。女儿即使不再雇用她，也要补偿她多点。他在"多点"下面画了横杠。

乐乐也是好狗。他犯了罪，甘愿受惩罚。牺牲了乐乐，或许女儿家庭就能换种方式生活。女儿要放更多关心在女婿身上。女婿承受的压力和煎熬够多的了。

他告诉女儿，偷偷开了书房书桌抽屉，拿走了身份证，再仔细研究各种检查指标和医生结论。越看，他脑子越来越糊涂。意识唯一清醒之处，就是还能认清真正致命的是精神因素。

总之，罪人、坏人全是他一个人。可他自己也没有办法，被一种无形而巨大的力量牵引，无法抗拒。

而他，如果用一种体面的方式离开这个世界，就是回归水里。

把硬币撒完，对信的回忆也结束，他基本满意。不善于表达的人，竟然写了满满两张信笺。他得意的是，并没有把自己作为重点交代。女儿、女婿、曹阿姨是叮嘱的重点。

现在，他感觉脚完全点不住了，湖的深处吹来的风，把水鼓起波浪。他再回头看了一眼湖岸，再熟悉不过的景象，仿佛恒久不变。他轻轻仰头，顺势往水里躺下去，那片蓝天、那缕白云、那股清流，全都汇到他浑浊眼睛里。

水
生
·
·
·

雷暴雨之夜

一片大风刮过的空白，几乎失去了时间的所有痕迹。

——卡洛·罗韦利《时间的秩序》

我正在骑车，搭在龙头上的雨披里盛了一汪水。穿进小巷时，耳边响起一阵雷声，从远到近，绵密沉闷。腰里 BP 机振动，我摘下，在雨帘里看到闪烁的号码，有种压迫感。我没下车，摘掉雨帽，单脚点在小店台阶上，往窗口扔了一角钱。老板端出公用电话机。

"刘科长！我小王啊，您呼我？"

电话里有电磁杂音，雨打在遮阳篷上嘭嘭作响。刘科长的福建普通话更加难懂。

"您让我去火车站接客人？"

我抬头看了看白酒瓶上方的钟。模糊地量了一下离刘科长关照的接站时间还有两时针格。我就是推车去火车站，再推回来，也花不了两小时。刘科长提到了桑塔纳，司机在单位等。我掉转车头，慢悠悠地骑回单位。

要不是下大雨，天还大亮着，而现在却像冬季傍晚。除了路灯不亮，建筑物、行驶的车子都亮起了灯。下雨天我喜欢睡觉，下班前我拒绝了宿舍伙伴叫我一起打牌的要求。

单位食堂阿姨们已经在叮叮当当收拾碗筷。她们胡乱地盛一碗盖浇饭给我，让我靠最边上一张桌子吃，她们正在把凳子翻到餐桌上，拖地。我觉得脚冰冷，往桌底看，两个裤管往下滴水。阿胡子进来，全身没一处干的。阿姨们拿他当宝。递毛巾、热茶，往碗里下汤面，在大盆子里加荤菜、蔬菜。不过，阿胡子最终也被劝到和我一个桌上吃饭。

抽烟的阿姨递给阿胡子一根三五烟："下周末，帮我跑一趟省城，儿子毕业，带回来的东西太多。"

阿胡子低头猛吸一口面条，挥挥筷子："没空！"

抽烟阿姨吐出浓烟圈："不要跟我来这一套。就这么定了。大不了我出汽油钱、过路费。"

另外几个阿姨也围过来，叽叽喳喳都要跑私车。阿胡子从头到尾只说"没空"两个字，阿姨们根本不在意，愉快地互相排日期。她们似乎很有把握，阿胡子都会实现她们的愿望。

我试探着问阿胡子："胡师傅！刘科长说晚上火车站接客人，用新桑塔纳？"

阿胡子习惯性地挥舞筷子，嘴里"没空"的"没"字说了一半，筷子突然放下。他抬起脸的时候，我看到一条从右耳根划向右嘴角的刀疤。络腮胡里的刀疤，像浓密森林中踩出的小路。怪不得那些阿姨都喜欢阿胡子啊！

　　"什么人？来这么晚。"

　　"好像是供应防汛防疫物资的。我负责把他接到外事宾馆。"

　　"外事宾馆？"阿胡子牵动嘴角，刀疤闪亮。

　　刚才我回办公室时，刘科长还没走，又交代我一些细节。临出门，他回头把眼镜往上推推："一定要注意！注意态度。"

　　"唉！这雨下得，蚊香、风油精、樟脑丸都成紧俏物品了。"刘科长撑开伞，走进大雨里。一股霉腥味扑进我鼻腔。关上门，我开始打印接站指示牌。

　　"接郑金木先生！"

　　字体总打不大，只能拼接两张纸。字体合适后，又推敲了一下语句和标点。注意态度就是要重视这个人，从接站开始就要摆正态度。于是，我重新打印了接站牌。

　　"热烈欢迎郑金木先生莅临指导！！！"

　　用四张纸拼起来。

　　阿胡子看见这个牌子，往雨里吐掉烟屁股："呸。什么人呢！"

　　"非常重要！"我坐在副驾驶座上，看阿胡子踩离合器、挂挡、轰油门，五挡带助力方向的桑塔纳 2000，是我最想开的车子。驾校学习时练的是东风 130 轻卡，完全没有接触过轿车。

"重要个 P，老刘都不去接。"阿胡子把窗户关上，打冷空调吹前挡风玻璃。

雾气渐消。我正好问几个开车的问题。

"什么时候驾照出来，我带你转几圈。"阿胡子拍拍方向盘，让我定心，到时肯定让我用这辆新车练。

江南连日雷暴雨，火车全都晚点。我在出口处撑伞找了半天刘科长告诉我的车次，才在大屏幕一大排红色字最底下找到。

阿胡子没有熄火。我俩坐在车子里，围绕开车说了好久。我一直以为阿胡子是汽车兵，其实他是后勤兵。先做物资保障，后来才跑运输，调到遥远的西北干休所当志愿兵，为老干部服务。退伍回地方，自然被安排到车队开车。

"胡师傅，教练说开车集中注意力最重要。可我看您开车轻松得很，有时还说笑抽烟。"我本想说吊儿郎当，没敢说。

阿胡子开了一条窗缝吸烟，烟在冷暖空气争斗中游出车窗："开车就是熟练工。"

电闪雷鸣，阿胡子扔了烟头，把窗关紧。

说着说着，我们就没了话。我从后视镜里看得见桑塔纳屁股后面不时冒出的白烟。看着看着，我睡着了。我还做了梦。梦见我正在一列火车上，所有站火车都不停，而我要下车的站就在前面，我已经看得见突兀在平原上的红色两层建筑。就在我认为火车肯定甩站而过的时候，刹车了！我被抛起来，向对面座位撞去，惊恐中推出双掌。

"你撞鬼啦？快去，时间到了。"阿胡子大声叫着。

原来，我手打到他脸了。

雨停了。我拎着两把伞浑浑噩噩地走向旅客出站口。

两个穿长袖白衬衫的人匆匆跟工作人员打招呼，进到站台里面去接人。不一会儿，两人领着几个穿黑西服的人走在人群最前面出了闸口。几辆进口轿车等在跟前。

我踮脚望站台，没人影了。我把举着的牌子放下来，问工作人员要电话打。他们都对我摇头摆手。我急着打刘科长家里的电话。接不到客人是失职。

雨又下了，只听身后有人嘀咕："怎么没人？"回头一看，一高胖一矮瘦两个人被大雨挡在出口处。我继续纠缠车站的人，突然想起什么，默默朝那两人举起牌子。

瘦子碰碰胖子，胖子斜眼往我这边看。

"我！"他指指牌子，又戳戳胸口。

"啊！领导，郑总，不好意思，没见你们出来。"我递上伞。我只准备了两把，全给了他们。

"软卧最后出来呢。"瘦子补充道，"郑总谦虚啊，总让别人先走。"

两个工作人员边拉铁栅栏，边笑着。

瘦子手拿两把伞，一把撑郑金木，一把挡自己头上的雨。我提着两个手提箱紧跟着。

阿胡子远远看到我们，猛地启动车子，一个大拐弯，轮子溅起水花。桑塔纳眨眼间横到我们面前。郑金木没上车。我看他肥厚嘴唇动了动，胸口像鼓风机起伏。

瘦子说话每句话都带语气词："要不等接郑总车来了，我们再上这车啊！"

雨把我全身浇透了。可我不知道怎么回答才好。

阿胡子把整扇窗都摇下来，带浓重鼻音的粗嗓门把雨幕推开了几公分："车就一辆！啰唆什么？"

瘦子张嘴仰头望领导。胖子低了低头。瘦子赶紧拉开车门。

阿胡子车开得很快，轮胎与湿地面摩擦发出愤怒声。我下意识地抓牢车窗上的拉手。无人街道上黄色信号灯频闪，一晃一晃的。我偷偷示意阿胡子保持平静，但他双眼直勾勾地看前方，头随车抖动，像个机器人。

"哎！你哪个部队的？"郑金木的声音从后面飘过来。

空调出风口挂了一个八一帽徽，被阿胡子擦得光亮。

阿胡子丢了油门，车子平缓许多："你也当过兵？"

"老兵一个！"郑金木拖长语音。

"什么老不老？几年的兵？"阿胡子回了两次头。

车子已经慢到我都着急的程度。阿胡子和郑金木竟然一年上当的兵，在同一个军分区，同一兵种，离开部队也是同一年。

"后勤兵也有混得好的啊！"阿胡子感慨地望着我。

郑金木手伸向前拍拍阿胡子肩膀："战友啊！太巧了。等会让蔡主任安排，我俩喝点。"

没等阿胡子说话，瘦子蔡主任连声说："必须啊，必须呢！"

我走去外事宾馆前台联系入住的时候，阿胡子拎了两个箱子在大堂跟两人聊天。

服务员告诉我单位预订的是两个标准间。顿时，我汗下来了。请求他们换一个单人间。主楼没有单人间，附楼还有最后一间。我赶紧答应。

还好，连接主附楼之间有走廊。走在弯曲向前的庭院走廊里，郑金木在跟阿胡子聊喝酒。阿胡子说车子已登记过夜车，酒店边上小弄里有一家夜宵店，老板娘是熟人。

蔡主任陪郑金木进房间。在外面等的时候，我很犹豫，吃不准要不要跟去喝酒。吃喝之后的费用怎么办，这也是我考虑的重要方面。此时刘科长请示不到，即便请示到，他很可能语意含混。

阿胡子看出了我心思："你把另一个标间拿下，我们住，半夜都过了，刚到家又要出来，犯不着。吃饭我请战友！"

我没等他拍胸脯，连忙跑回总台，要回那个标间。多出住宿费，跟刘科长解释起来方便得多。

一个女歌手在弹唱："1997 快些到吧，我就可以去香港；1997 快些到吧，让我站在红磡体育馆；1997 快些到吧，和他去看午夜场。"

在女歌手身后，老板穿着汗衫在炒饭，勺子杵饭的声音超过了吉他声。女歌手疲惫地唱着，她谁都不看，透过破窗看灯光里的雨。

老板娘一分钟就给我们点好菜，扔了一个起瓶器在小方桌上。蔡主任便喊："四瓶啤酒啊！"

阿胡子跟着喊："再加一瓶蓝河大曲！"

午夜一过，歌声戛然而止。在不在听歌的人都回过头找女歌手。她在穿雨衣，吉他已经装在盒子里。

"我们刚开始喝，她就走。"郑金木喝一口白酒，夹了几颗油炸花生，厚嘴唇滴下油来似的。

阿胡子给郑金木点了根烟，挥手让老板娘过来："怎么不唱了呢？"

"才调解好，向街道保证，午夜后不发出噪音。"老板娘倒了一杯啤酒敬我们四个，"给你们加个菜，我送的！"

加的菜特别配郑金木胃口。他吧唧嘴，很大幅度地咬合，嚼香干辣椒炒肉丝。烟灰长了，蔡主任移动烟灰缸，郑金木下意识地弹一下烟。其实他并不把烟吸进肺，他享受着一吞一吐烟雾缭绕的感觉，偶尔还从鼻腔里喷出烟雾。酒是真喝，白酒啤酒轮着来。额头上挂满汗珠，头发微卷，趴在头顶，像刚淋雨进来。

雨一直没停。

阿胡子曾跟着部队往南开拔，快到边疆时得到停战消息，掉头回来。他总是遗憾没立功。"他们全立了！"

郑金木若有所思地垂着眼睛。

阿胡子问："你上前线啦？"

"呃，没有。我没有。"郑金木把头深深埋进胸脯，差不多两分钟没吭声。

我打个手势征求蔡主任意见，是否可以结账撤退。

蔡主任想要站起来找老板娘。阿胡子脸上刀疤红了，他伸出手按住蔡主任，情绪激动。

"那时，我们负责运物资。西南的河流多激流多，通常让水性好的战友先渡河，在对岸固定好拉绳，把一个个装备包牵引过去。我们还搞了几个小发明，缩短了物资运到前线的时间。"阿胡子目光越过郑金木头顶，盯住一个虚无的点，"那天清晨，我们往水性最好的人身上箍了一道尼龙绳，打了拉脱结。下水时，他对我们笑着说水凉，起来后得给点白酒喝。他就喜欢喝酒抽烟。结果，他没能上得来。我们看见他身子往下沉，就想拼命拉他上来，哪知道水的力量太强大，根本拉不回。他努力从水里伸出手，朝我们挥了好几次。他碰到潜流求救！我们都这么认为，必须把他拉上来。加了几个人的力量，拼命把他拉回岸边。绳子深深嵌进身体，活活把他勒死了。当天晚上，我睡不着，在岸边看那条黑乎乎的河，听哗哗的流水声，突然明白，他使出最后的力气，是叫我们放手。"

阿胡子无奈地摇摇头，用手指着脸上刀疤问我们："这是什么？这是把他拉上岸后，他们七手八脚急着把绳割开，划的。后来，我绰号就叫'刀疤'。"

郑金木闷头吐烟，大量烟雾飞升弥漫，随即飘向窗外，夹杂在雨雾里，好久散不去。他似乎想说什么，张张嘴，还是把一大杯啤酒全都灌了下去。

远处传来沉闷的雷声。大家都不说话，轮流端着酒杯。

蔡主任打破沉默："我来给大家说个段子吧。"

不仅我们，边上两桌人的目光也都聚过来。一个抽雪茄的大胡子，还用劲把凳子往前挪，凳子腿发出叽叽嘎嘎声。那不是干脆的木头与瓷砖的碰擦，而是掺杂了水汽的令人牙齿发酸的声音。

"从前，有个骄傲的哲学家要渡一条宽阔的河流。他找到一条渡船，对船夫开高价很是不满，不过他也没办法。只有一条渡船呢，他必须渡河啊！上船后，哲学家问正在摇橹的船夫：'你识字吗？'船夫说不会。'那你就失去了三分之一的人生哪！'哲学家又问：'你会算术吗？'船夫茫然摇头。'你失去了一半的人生哈！'哲学家站起身居高临下地判断。这时，船行至大河中央，一阵狂风刮来，船剧烈颠簸。船夫高声问哲学家：'你会游泳吗？'哲学家紧握船帮，紧张得话都说不出，使劲摇头。船夫判断：'那你将马上失去整个人生了啊！'"

没人觉得好笑，也没人说不好，大家只是继续喝酒。雷雨声又占了上风。我略微有点惊讶，以这两个小时对蔡主任的观察判断，似乎这个矮瘦、跟班式的人物说出来的段子应该关于女人、钱财，渡船段子不应是他说得出来的。

"什么从前不从前，船不船的？我来说个陆地上的现实故事！"郑金木很久没有发出声音了。我注意力被他唤回后，才发现他眼神直勾勾的，脑袋与眼睛始终保持一致。他每说一句话都要把重点词句重复一到两遍，导致时间拖得很长很长。

郑金木正经说话时，嘴非但油，还显得向一边歪。不过，说着说着，他眼里泛出了怪怪的光。

"那是一个下雷暴雨的深夜。司机开辆老吉普车，雨刮器拼命摆动，这段路不好走啊。司机看一眼副驾驶座上的院长，这个五十出头的矮老头，脸色漆黑，喝酒后出现奇怪的猪肝色。传染病院的护士们都说院长肝有问题。不过她们托他办事的时候，送给他最多的还是白酒。开出去三四公里，没了路灯。吉普车进到县道。院长双手紧撑手套箱，他刚学会开车不久，喜欢坐在副驾驶座上看司机操作。雨下得再大，司机也得把院长送回县城。隔天上午，院长要向县卫生局局长汇报购买新医疗设备的事情。车灯下，暴雨像瀑布。院长再三关照，开得慢点、再慢点。同时，他也在打嗝。司机觉得酒精在胃里搅了之后泛出来的气味特别难闻，不过只能忍。饭碗全靠院长呢。司机悄悄开了外循环，潮湿空气涌进来后花了前挡玻璃，他启动除雾功能，发现院长正盯着仪表盘下的各种按钮。他歪头解说，这是外循环键，这是风量键，这是除湿键……车子一颠！起初，两人都没什么反应。司机还在说着各种按键。一条闪电出现在车子正前方，照亮柏油马路。司机觉得马路没有想象中那么黑，而是带瘆人的灰。刚才是不是轧到了什么？说这句话的时候，舌头在打结。院长的酒好像下去了点，他安慰司机，可能是一块石头。明明是平坦的柏油路啊！司机要掉头回去看，院长抬起手腕看了看手表。司机朝前再望，雨小了。他心里盼着暴雨再来得猛烈些，把轧到的痕迹冲刷掉。他已经把被轧东西定位成一块土坷垃，最大承受是猫狗之类的小动物。然而，身体感觉越来越明显，那软软的一颠，轻轻的，软而有弹性。司机回想起来，手上还残存一丝温度。温度，这是生命的象征。院长已把手平放在双膝，闭上眼睛，头微微颤动。雨刮器速度在减缓。挡风玻璃上有了雨水噼噼啪啪的拍打声，像鼓点敲在司机心上。他加大油门，把车开进县城。他只扫了一下院长矮小的背影，就掉头快速折回。雷声隆隆，却在远去。他把当时记下的里程，做了一个加减法。还有差不多两公里，他打开远光灯，降到极慢的速度来回寻找蛛丝马迹。来回好几遍，路面仍然惨白、干净，毫无痕迹让他恐惧。在某一处，他停车，走到路边，攥紧一束芦苇。他心跳很快，眼前黑乎乎的芦苇荡里藏了多少秘密？有的永远烂在泥土中。泥土，想到这个词，司机非常恼火。他出生在农村，对土地感情深到比得上父母。走出农村后，他却又想方设法摆脱泥土束缚。带水汽的芦苇在黎明前的黑暗中摆动，他看不见，却听见了让他发冷的唰唰声。"

郑金木突然停了下来。没人在听他说故事了。阿胡子已经趴在桌上，脸朝着窗子，嘴半张着，不停地往外吹气。蔡主任仰头躺在靠背椅上，双手自然垂在椅侧，像绝望中人朝天叹息。

一阵冷风吹进来，我起身关窗："然后呢？"

郑金木用餐巾纸擦擦嘴唇，擦过之后，嘴唇似乎更亮了："第二天早上，被撞人的尸体被发现。"

我心生疑惑："那个司机不还回去看了？并没有任何痕迹啊！"

郑金木点点头："被撞的人爬向芦苇荡，掉进水沟里。"

"怎么往没人的地方爬呢？他有力气不是应该呼救吗？"话一问出来，顿时觉得什么地方不对劲。

"肇事逃逸。司机在院长陪同下主动投案。判了三年。"郑金木说话声音不高，那两人却醒来，显然听见了最后的话而不言不语。

阿胡子站起来付钱。蔡主任挡在他前面，硬在老板娘手里塞了几张钞票。

走回酒店大堂后，我跟蔡主任说清，自助早餐各自凭房卡吃，九点在酒店门口上车去单位谈事。蔡主任再三感谢。郑金木咬着牙签一声不吭地往里走。阿胡子伸出手，转向抓抓头皮。

后半夜了，窗外虫鸣声一片，雨停了。

我闭上眼睛，睡意从脚尖慢慢向上爬。到胸口时，我已经觉得身体在往上飘了。冷不丁地，阿胡子说了句："那司机就是郑金木！"

我含混地回答，尽量保持随即入睡状态："嗯嗯，我猜到了。"

阿胡子想点烟，看了看我，放下烟，按灭床头灯。

我意识到不能乱讲，就补了句："谁知道呢，瞎猜呗。"转个身，以更舒服的侧睡迎接迟来的梦。阿胡子还在说话，这些话是催眠曲。我记得的最后一句话是："怪不得只能做生意了。"

我在刺眼的光照下醒来。阿胡子正开窗抽烟。雷暴雨后的阳光格外耀眼。我看一眼闹钟，已经八点半了。我一跃而起。阿胡子转头指指写字台上的一个塑料袋。

两个包子、一个茶叶蛋、一片面包、一袋牛奶，我在八点五十前吃完了阿胡子带回来的早餐。

"郑总他们吃好了？"

"餐厅里没见着。我先去开车。"阿胡子显得没什么精神。

难道他没睡着？我坐在马桶上思考。牙刷套装，只被我拆了一套。我觉得阳光灿烂的时间不会长。

直到九点半，蔡主任才跑出来同我们打招呼，还要晚十分钟出发。我没问原因，客气地答应。刘科长呼我，BP机振动，被我摁住了。

郑金木坐在后排打着哈欠。他一个接一个打哈欠，还用纸巾擤鼻涕。太阳亮晃晃，热力逼人。阿胡子开了空调。他没有跟任何人说话，像一个忠于职守的老司机。

一进单位门，我就看见刘科长站在办公楼前，那时十点十分了。想到办公桌上还有几份没有写完的材料，我心里就着急。

刘科长客气地把郑金木、蔡主任请进一楼会客室。他去请领导前，给我布置了一堆接待事宜。我只好答应。跑回办公室，把材料卷进包里；跟食堂订午餐；让阿胡子换面包车，饭后去香江县；向香江那边通报郑金木达到时间。联系工作时，我觉得有什么东西在变化。打完电话，我才知道，天又阴了，办公室里纸张乱翻，暴风雨又将袭来。

我守在会客室门口，刘科长出来见到我，微笑点头。开饭后不久，刘科长走出小包间。我赶紧扔下餐盘小跑过去。

刘科长对我小声说："本来我要陪郑总去香江县，临时接到通知要去市里开会，还是你陪吧。"

透过半开着的门，我扫了一眼小包间。参加会谈的领导没陪饭。刘科长坐了主人位。

"咦，你怎么不进来陪？"

"我差不多吃完了。"

"什么话，跟我进去。"刘科长用胖乎乎的手掌推开小包间门。

我只好拉了一个靠背椅坐在蔡主任边上。刘科长以茶代酒，敬两位客人一杯。

这顿饭远远不及昨晚的夜宵生动、富有想象。刘科长一个劲地落实领导刚才会谈时定下的交易盘子。

"郑总，你无论如何后天一定要送到。你看这雨，没有停的时候。各处房屋、设施都遭受很大影响，干部职工们的防疫需求也在不断增加，要快啊！"刘科长筷子喜欢在盘子里搅两下，再夹菜。我放下筷子认真听他们说话。

"没问题，只要款子到位。"郑金木递给刘科长一支烟。刘科长挡住，摆手。郑金木收回手，自己点了抽。

窗外更黑了，小包厢灯全开，时间倒错。

大家都无心多吃。滚滚雷声在催促。

主食是饺子。我最喜欢吃饺子，但是每次都抢不到。我尝了一只，是韭菜猪肉馅，我最喜欢的味道。郑金木却没动饺子。刘科长疑惑地瞟他几眼，没说话。

散席后，我跑在三个人前面，到楼前找阿胡子。一辆白色面包车已经停在门厅。阿胡子正在试雨刮器。雨没下来，噪音却让我心烦。我拉开移门，刘科长跟郑金木握手道别。

"香江县出产檀香，可以让小王带你们去看看。"刘科长还在唠叨，"货赶紧发，我马上让他们办付款手续。"

郑金木一脚已经踩到车里，突然他改变了主意，要坐前面副驾驶位置。刘科长开始不让，劝了几次，只能随他。

面包车启动时很怪，我和蔡主任都坐最后一排，前面空了两排位置。开始，我还以为郑金木要跟阿胡子说说话，不一会儿，就听到郑金木呼噜噜的打鼾声。

面包车在暴雨中艰难行进。蔡主任悄悄告诉我从没见过这么大、这么持久的雨。我心里纳闷，做防汛材料的不应该多到暴雨现场中吗？

郑金木的呼噜声随雷雨声起伏。

上了高速公路雨更大，天色比黄昏更暗，每辆车都开了车灯。

"刘科长是转业干部吧？"

"你怎么看出来的？"刘科长文静得很，我好奇地看着蔡主任问。

"他总把'副'放在职务前面喽。只有部队这么说：李副政委、张副团长，地方上很少说：赵副县长、钱副市长啦。"

"你也当过兵？"

152

"我学医的呢。"

"做医生很好啊，怎么……"后半句被我硬卡在喉咙口没说出来。

蔡主任摇摇头，压低声音说："昨晚郑总说的那个故……"

"故事"的"事"字还没出口，只听阿胡子怪叫一声，随即"嘭"的一声巨响。我像一只皮球，被一股愤怒的力量踢向前排，幸好着地滚了一下，屁股和大腿吃了分量。第二次碰撞力来自横向，我已有准备，狠抓座位扶手，可惜没抓住，胸口撞上第二排座椅。

瞬间，汽油味冒出来，车厢里腾起一股烟。我只有一个念头：赶快逃出车厢。移门被卡住，根本拉不开。我捂着肋骨朝前面那边爬。前排两个安全气囊全打开了。阿胡子和郑金木正忙乱地解安全带。我突然发现郑金木身子变小了。任何肉体相对一桩事故，都是渺小、无助的。蔡主任捂着满是血的脸也爬了过来。郑金木和阿胡子一人拉一个，把我们硬拉出来，根本不管我们痛得哇哇大叫。

暴雨中，我们翻过隔离栏，找了一棵大树躲雨。蔡主任头撞在椅背上，口鼻都在流血。他还不忘提醒说："小心雷劈！"

"车爆炸才可怕。"阿胡子恶狠狠地说。

突然变道的蓝色轻卡被我们的车顶了一下，车子斜着撞向护栏。轻卡驾驶员也下车奔逃过来。

"我去揍他！"阿胡子拔拳要冲。

那个驾驶员大声骂道："我正常变道！你顶我屁股，你是全责！"

阿胡子一把揪住那驾驶员衣服："你再说一遍！"

"我说一千遍！你开小差、顶屁股，全责！"

郑金木把阿胡子拉住。两人僵持了好久，四目相对。最后，阿胡子狠狠地甩开郑金木的手。

"我给你看样东西。"郑金木从怀里掏出一颗玻璃球给我看，"看到里面有什么了吧？"

玻璃球中心抽了真空，飘浮着一小片金叶。雨打在玻璃球上，放大了金叶的细节。我仔细看时，像芦苇尖形状，絮状发散。随着我手的晃动，金叶像指南针般缓慢转动。

"我肠胃不好，肺也不好，中医要我多喝芦苇根煮水。"郑金木停顿一下，似乎想起什么似的，"我这个人就是这样，一旦碰上什么，就会一直盯着不放。嗯，应该说是被盯上更合理吧。索性做了这片芦苇尖小金叶，在明远寺长老那里开了光，贴身放。"

蔡主任用手绢捂着肿起来的鼻梁，眼镜架不上去，他眯眼看我们。

警车闪着警笛远远地开来了。

郑金木还在对阿胡子说："每次坐车，我总会拿出这个球看一眼。如果芦苇尖朝着我，我要么不坐，要么选更安全的乘坐方式。哦，当然还有火车、飞机、轮船，坐之前，我都会看一眼小金叶。"

阿胡子终于点燃了一根烟，抽一口后，拿烟的手在颤抖："今天芦苇尖对什么地方？"

"所以我坐了副驾驶，强迫自己系安全带。"

我看了一眼蔡主任，发现他眼中有一种奇怪的紧张。

刘科长的车子几乎紧随着警车到了。他一下车就撑伞为郑金木挡雨。同车来的车队长给了我两把伞，把阿胡子拉到一边询问车祸情况。

阿胡子指指点点，像在控诉蓝色轻卡的违章行为。

我们三个上了刘科长的车子，先离开车祸现场，车从阿胡子侧面开过，我从带雨滴的玻璃窗里看到那道刀疤，正随着他张大嘴巴，把脸劈成了两半。他转脸注视我们离开。

一路上，我听着刘科长饶舌的道歉话睡了过去，直到香江县才醒来。车外阳光灿烂，一个多小时前雷暴雨下黑暗的高速公路像一场噩梦。这次，车上五个人，人人都系了安全带。

在香江县只待了一个平静夜晚。隔天上午，刘科长带客人考察了一个防洪设施。总共一间屋子、两台泵，看了半个多小时。刘科长没提出去参观檀香厂，也没有安排第二个考察点。时间尴尬。蔡主任凑到郑金木耳边说了几句。郑金木点点头对刘科长说要去临县看看。刘科长夸张地挽留，午饭和下午参观都安排好了。郑金木摆摆手。我特意观察了郑金木上汽车前的动作，没发现他看小金叶的动作。他敦敦地坐在后排，伸出大手对刘科长和我挥了挥。蔡主任不住地道谢，鼻血换来刘科长对款项的再三承诺。

从香江县回来后，我一直忙着写材料，对郑金木他们的事没再关心。一天傍晚，到食堂吃饭，听到几个阿姨在抱怨，从今往后没人再愿意给她们开私车了。我随口问了一声。她们告诉我阿胡子辞职了。什么原因？有说做生意去了，有说欠债后债主杀上门来了，更有人说他被抓进去了，总之不再开车了。

而对我来说，最不可思议的是，郑金木、蔡主任后来也没出现过，那个雷暴雨夜消夜以及高速公路车祸，像另一个世界发生的。有几次，我在刘科长面前提起郑金木、蔡主任，刘科长眨巴着眼睛，像在努力回忆着什么，最后总是笑笑摇摇头。

前天，家里的拉布拉多狗小特右前腿突然瘸了，走路靠三条腿。老婆让我带它去宠物医院看看。我推开一家宠物连锁医院门，护士登记完小特信息后，让我在一小间诊室里等医生。

医生身穿蓝色医护服，戴了口罩，推开门冲着小特问："腿怎么了啊？"

"蔡主任！"我一下就认出来了。

"啊！小王，不不不，王科长！王总啊！"蔡主任摘下口罩，热情地握手。

检查完小特，蔡主任说没什么问题，配了内服、外用的药，没要药钱，送我出门。

"你怎么做这个了？"

"我老本行啊。"

我忽然明白，他说学医，这个医是兽医。

到车前，我随意问了一句："郑总现在好吧？"

"他死了哎。"

我牵小特的手松了一下，金属链子掉在地板上，发出清脆的声音。一个灵魂飘到了空中，我不由得抬头望一下天。刚才晴好的天，现在乌云密布。

"啊？怎么会？他还年轻啊。"我估算了一下，最多六十五六。

"你们那个胡师傅哪，后来来了我们公司，和郑总天天一起喝酒。有一天晚上喝多了，隔天郑总就再没起得来啊。"

"胡师傅？阿胡子师傅？"我再次惊得嘴合不上。

"是的，他带了刀找上门来的。郑总说的故事你还记得？"蔡主任用食指在太阳穴上转了转。

我点点头，鼻尖上滴到一滴雨。

"胡师傅说故事里被司机撞死的是他哥哥。等他从西北干休所赶回来，事情快处理结束了。他带上刀要去找肇事司机报仇。家人们在抢夺尖刀的时候，划伤他的脸。他住院半个月。"

那条刀疤到底是怎么回事？我被弄糊涂了。

"胡师傅闯进郑总办公室的时候，我也在。他说自己从小被哥哥带大，哥哥被撞死，都没能见他最后一面。他舍命也要为哥哥报仇。然后，我就跪下了。"

天边传来一阵雷声。我觉得听力出了问题，把头凑上去。

"嗯，是我跪下。那个故事里司机是郑总，院长是我爸。那晚，开车的是我爸。他喝了点酒，抢走了司机郑金木手中的钥匙。"

黄豆般大小的雨砸下来。小特不停地晃动身子抖毛。我注视着蔡主任，他脸上全是水珠，眼镜片起雾。

这发霉的季节！

金钱镖

田水淼望一眼座机，又用食指点一下手机屏幕。没有电话，没有信息。他端起茶杯，空的。刚想习惯性地喊一声，眼光落在饮水机上，把话收回，站起身踱到窗口。接热水时，他跷脚看高楼下街景。昨晚一阵秋风扫过，满街落叶。一辆辆车子碾过树叶，他似乎听到了清脆的咔嚓声。他叹了口气，叹完又觉得好笑。

有人敲门。机要员来送文件。他翻开文件夹，提笔要签，想了想，把自己名字写在了领导批示栏的右下方。收笔时，他似乎不经意地跟机要员说了句："让小蒯来一下。"机要员礼貌地答应了。

没人来。所有电话都沉默。他扔下厚厚的《道德经今释》，脑子里不停地跳跃着蒯其康的样子。以前来的次数多了，他做什么手势，小蒯就知道要倒茶、递烟，还是安排饭局。

他不想再等下去，饭点刚到，就去食堂。领导们坐最里面的一张大圆桌。他自觉地背外而坐。其他领导陆续到来，每个人看上去都慈眉善目，心情开朗。领导们的笑声时常会惊到正在默默吃饭的员工。今天，他说了一个段子，引起一片笑声，可他感觉没有以往来得热烈。有人在看手机，有人在看电视，还有两三个头凑在一起窃窃私语。这在一年前是不可思议的事。他低头吃饭的时候，听到他们议论的焦点是，空缺近半年的市委书记快来人了。最热门的人选就是现任省文化厅厅长。他心头一动，随即又平静下来。突然，议论戛然而止。田水淼顺大家目光转头。董乐天正在几个人簇拥下，走进餐厅，来到大圆桌边。等饭菜、水果、酸奶等都备好，一把手才对着饭菜搓搓手，冒出一句："手有点僵。"立刻，好几个声音交叠在一起："降十度！""夏天直接到冬天。""明天就反弹了。"

田水淼立刻想起去年差不多这个时候，也在吃午餐，他无话好说地说了天气，随即，几张嘴巴里蹦出的内容，无不是关于温度、晴雨、冬夏的。"人生就是无休止的重复演出"，他脑子里突然蹦出这句话。有个名人似乎也说过类似的话。他撇撇嘴，重复的表演让人乏味。

一个人影快速地将一件风衣抖开，董乐天双手一张，长双排扣枪驳领黑色风衣便罩在藏青色西服外。田水淼顿时想起《上海滩》，周润发演的许文强，黑色大衣一甩，白手绢一扬。许文强固然英俊潇洒，也要靠敦实粗糙的丁力陪衬。眼下，陪衬的人就是蒯其康。有小蒯在，哪怕一根木头，也会散发海南花梨木的气质。

田水淼喝口素汤，笑了笑。他笑出了声。边上一个领导赶紧把一只猪蹄塞进嘴里啃，用力时，眼睛憋成斗鸡眼。

董乐天走了，像阵风，带走好几个人。

田水淼仔细想了想，其实上午与其找蒯其康，还不如直接找董乐天。找小蒯只是他的习惯而已。

董乐天接任田水淼整一年时间。田水淼只跟他吃过两次饭。一次在交接会后，另一次是重阳节，都是礼节性的。春节前，只是开个情况通报会，董乐天委托总经理应付了这帮老人。都不是原来的角色了。想想以前董乐天几乎每天都在他眼前晃，田水淼就更不愿意主动找董乐天。不过，这回看来非得低一次头不可了。

一年来，田水淼改掉不少多年来的习惯。改的过程，就是适应新生活的过程。比如，他现在正裹紧灰色薄羽绒衫走在天鹅湖公园步道上。几十年来，他养成了午睡习惯。宣布会开完，脑子里有个声音提醒，是时候改变了。于是，吃完午饭，他就走出单位。小视频不停地给他推这个城市有趣的地方，他不断地去寻找发现。这么多年，他既困在高楼堡垒里，又乐于被围围。现在，他重新打开新天地，一个普通人拥有的天地。

他在湖边展臂伸腿、活络筋骨后，脱下外套，在地上挑了几块薄石片，左手手腕一用力，石片在天鹅湖里连续打出十几个水漂。

田水淼热身完毕，走入杉树林。他凭遥远记忆和当下理解恢复了十八路船拳动作。脑子里杂乱的思绪，悄悄隐去。他以呼吸引导拳法，进呼退吸，内外形成整体。关节在拉伸，拳掌在延伸。船在湖中行驶，在浪里颠簸，打拳人要扎牢下盘，随波浪起伏，在船甲板的有限空间内闪展腾挪，打出虎虎生威的重拳。田水淼双脚抓地，脚下仅变化两三个姿势。双手冲劈撩贯崩、推挑穿插砍等拳式掌法行云流水般打出。一套拳打下来，微微气喘，脖子根挂了汗珠。他摸出餐巾纸擦汗，习惯性地扫了一眼手机。好几个未接来电和微信电话。都是蒯其康的。

田水淼没回电。把电话塞回兜里。微闭双目，手抱腹前，屈膝下蹲，腹式呼吸。他开始站桩。站桩过程中，他没有做到毫无杂念。每次，都会有些许突出于心胸的东西。也许，他在一世人生中，过于动脑筋，已经习惯把简单问题复杂化了。这是他这类中不溜秋干部的惯性思维。今天站桩出现的杂念无疑由蒯其康引发。蒯其康自然不会因为上午他召唤没回音，而在此刻拼命打电话解释原因。多个电话的背后，只能是蒯其康受命必须要尽快找到他。

田水淼额头渗出了汗珠。一滴汗在眉尖找到跳水平台，腾起落到鼻尖上，这一砸，砸出田水淼一个喷嚏。他赶紧擦汗披上薄羽绒衫。走路过程中，他没再看手机，不过却原路返回单位。

大门口，田水淼碰到几个散步回来的老部下，聊着大家关心的天气和房价，一起坐电梯上楼。

服务员摸准田水淼只上半天班，早把他的茶杯洗了。他有点口渴，泡茶又麻烦，就凑在热水器上接了点温水喝。他心中有数，不出意外，喝完水，蒯其康该出现了。

果然，他在椅子上坐定，刚把头靠定。蒯其康就敲门进来了。

"总算找到您了。打您 N 多个电话，就是不通。"小蒯说话时，习惯性地身子前倾，双手交叉在小腹前。他表示紧急、焦虑，通过肩膀表现出来：一会儿左肩膀耸一下，一会儿右肩膀拱一拱。

以前，田水淼觉得小蒯动作滑稽有趣，有时还笑着指给客人看。现在，田水淼没这个心情了。"嗯，我没注意电话。有事吗？"

"乐天总请您去一下。"小蒯把右肩往前送了送。

名加职务的称呼法，在员工看来是与领导走得近的表现。田水淼没什么表情，眼光落在没有开的电脑黑屏上。"他找我什么事？"

"这个嘛……"小蒯有点吞吞吐吐。

"我跟你说的那个事情，你有没有汇报？"田水淼追了一句。

"当然！我早汇报过了。"小蒯急着加重语气。

"他肯帮忙吧？"

"这我就说不准了，他只说'知道了'。要不我再去说说？"

田水淼见状，摆摆手："你不要说了。我去一下。"

这个城市被好几个湖泊包围。田水淼出生在小渔村。每年开捕日，一艘艘渔船驶向波光粼粼的湖心。村里小面馆从开捕日起，日夜营业。归航晚到半夜的，起航天蒙蒙亮的，在凌晨灯火通明的小面馆里相遇。被野风惊醒了的田水淼，跑到烟雾弥漫的小面馆里听渔民们讲故事。那些醉眼迷离、肤色黝黑的老渔民都喜欢说船拳。说得田水淼心里痒痒的，可没人教他。不是别人不愿意教，而是没人会。渔民们都说，船拳就快失传了。

田水淼十岁那年国庆节，姐姐嫁到邻近的渔业村去了。这事让田水淼震惊。比他高大半个头，昨天还一起在塘边捉泥鳅的姐姐，怎么就嫁了人呢？带着问题，他独自一人到湖边，机械地往湖里扔石子。

风中，湖面荡来一艘小船。田水淼乱扔的石子差点打到划船人，这人穿着破旧，加上矮小瘦削，活像个流浪汉。田水淼情绪更低落，别过头去。那人却打着呼哨，笑着高声招呼：

"上船玩玩！"

没有动力，没有风帆，靠他俩轮流摇橹，往湖心驶去。那个自称韩三的人，手脚没停过，在船头船尾来回自如，像在平地上一样。田水淼心中暗笑韩三，定力还不及一个小孩。湖里兜一圈风下来，田水淼累了。跳上岸刚想离去，转身发现韩三竟然在船头甲板上打起了拳。他随口问了一句，听到韩三的回答，愣住了。

韩三打的是船拳。

田水淼没料到，董乐天寒暄几句后，就问了船拳："听小蒯说，您现在每天坚持练船拳啊？"

"工作忙的时候，搁下了二十来年呢。现在算是重新捡起来吧。"

"运河沿线但凡与船拳扯上一点关系的城市，都在申报国家非物质文化遗产。据我了解，正宗船拳可是发源在我市呢。"董乐天拿起一沓资料递给田水淼，"作为本市最大的文化企业，我们有责任弘扬地方优秀文化。"

"好啊，好啊。"田水淼翻着资料，嘴上显得很高兴，心里猜测董乐天提这个方案的背后是什么。田水淼估摸，全市会打几下船拳的，最多不超过五十个人，都比他年纪大。如果真能申报成功，对抢救、普及、发扬船拳都有重大的意义。

"您曾跟着韩三师傅学拳，又热爱船拳。我想请您担任这次'韩三船拳'申报组的组长，您看怎样？"董乐天把拟好的一个小组名单递过来。

田水淼瞄了一眼："还是要你任组长，我弄个名誉就行。"一帮现职人员，跟着二线干部做事，肯定很别扭。他观察董乐天的反应。

董乐天想了想："行！我做组长，您做名誉组长，排名在我前面，就这样定了！"

田水淼没再多说，站起身想走。董乐天提了一个要求："我跟您练船拳，肯教我吧？"

田水淼糊涂了。难道董乐天铺垫了这么长时间，就为了找他学船拳？船拳有什么好学的？他心里想，嘴上特别热情："哎呀，什么运动不好啊？你还偏偏要练船拳？"

"我这个申报小组组长，不会个一招半式，说不过去吧？"董乐天拉了拉他的手。

"那好！每天中午十二点半，天鹅湖公园杉树林恭候。"

田水淼快走到门口时，像突然想起什么来，回头跟董乐天说："哎呀，你看我，有个小事差点忘说了。"

董乐天瞪大眼睛，一副期待等鱼上钩的神情。田水淼便觉如鲠在喉。正好有人来汇报工作，田水淼连声说："再说吧，再说吧！"

韩三每天从芦苇荡里钻出来，有时摇着船，有时蹚着水。田水淼把母亲做的早饭分一半给韩三。韩三有什么吃什么，都觉得挺香。母亲发现儿子饭量大了，也没说什么。

提出学打船拳，完全是田水淼受了小面馆渔民们的蛊惑。可韩三从不认真教拳。别家师傅对徒弟动作做不到位，严肃纠正，有的还要动手打。韩三看田水淼这个动作不对，那个招式古怪，就在一旁哈哈大笑。气得田水淼大声问他："那我要做到什么样你才满意呢？"

"来来来，我们来比试一下，你要赢得了我，我才教你船拳'秘诀'。"

韩三说的比试，是用石片往湖里打水漂。只见韩三取薄石片在手里，侧身挥臂抖腕，石片像装了弹簧，在水面连续弹跳，直到目力所不能及。

开头一个月，田水淼一次都赢不了韩三。他的船拳学得也很慢。就站桩、马步冲拳、仆步穿掌几个动作。

反而，韩三对怎么打水漂，倒是手把手地认真教田水淼。眼力、脚劲、手势等，反复讲解示范。看来游戏娱乐，是韩三生命中高于一切的东西。

那天，田水淼一块薄石片打出了前所未有的距离，超越韩三时，韩三双手举高，连续在岸边泥塘里欢快跳跃。

田水淼打水漂赶上韩三后，韩三又教他用石子打水鸟，什么有趣打什么。刚开始打野鸭，后来打野鸽子、麻雀，最后连知了、天牛都要打。动物都有灵性，远远侦察到这两人行踪，立刻四处奔逃。

韩三顿时觉得兴味索然，叼根小草，呆呆看湖面。

一天清晨，他把船摇走了，再没回过小渔村。

有段时间，田水淼会做同一个梦。一个人威风凛凛地驾驶着七桅船，乘风破浪而来。他兴奋地等在岸边，落日把帆船裹住，圣洁光彩耀眼。船到岸边，他才发现站在船头的人，并不伟岸严肃，却是嬉笑顽皮的韩三。

梦和现实一样，都会随时间发生巨大变化。田水淼重新认识韩三，早已大学毕业，分配到专业对口的国土资源局工作，几年下来，已是副科长。有一天，在档案室查资料的时候，他看到一盒录影带，标签上写着：韩三船拳。他赶紧放映磁带。

一个没有几根头发的瘦小老头，穿着肥大白色练功服，站在一条游船的甲板上，面无表情地打着拳，说是打拳，其实就是比画几个动作。镜头推近，老人确实是韩三，一个不会笑，精神萎靡、呆板僵硬的韩三，怎么看怎么别扭。不过，在片尾，打出的韩三在武林享有很高的地位，让他深感惊讶。他问到做乡村调研的同事，怎么能找到韩三。同事跟他说，拍完录像后不久，韩三就去世了。

韩三的形象重新在田水淼脑子里鲜活起来，是田水淼退居二线后重拾船拳后的事。韩三教拳不系统，东一榔头西一棒槌。十八路船拳得一个个动作去还原，时间太久了，有时动作找对了，可连接动作却忘了。每个动作显得孤立、生硬。田水森就想着打水漂的事，哪个动作不对头，他就去湖边扔石片，脑海深处只要传来韩三的怪笑声，动作就成了。

回到办公室，田水森脑子里又现出两个截然不同的韩三形象，不禁叹了口气。

蒯其康来了："您平时锻炼都穿什么衣服呢？"

田水森一听就知道，小蒯要给董乐天买运动服。"他不是打网球吗？还没运动服？"

"您的运动不是比较特殊吗？"

"特殊？你看今天我就脱了外套练的。穿什么无所谓，关键在这里。"他指指心窝。

小蒯突然来了灵感似的："那必须是太极服啊！两位老板在天鹅湖边舒展身姿，简直太棒了……"

田水森打断他的话："哪有这么好，船拳就是土拳、渔民拳。"

小蒯从刚才振奋的状态中，一下子跳出来："您可不能这么说，土拳也是文化遗产啊。乐天总可把申遗当回事了啊！光这个星期，他就亲自跑了两趟省文化厅呢。"

田水森又听到省文化厅，却没动声色："他为什么要跟我学拳？"

小蒯像背台词一样："乐天总各种场合都说，船拳申遗组长要带头传承船拳精气神。"

"那绣花申报，他岂不是要学针线活？"田水森知道那些人嘴里没一句真话，也就不去计较了。

小蒯小心翼翼地问："您自己的事，刚才跟乐天总说了没？"

一提这件事，田水淼突然直起上身，昂首说："没有！"

田水淼没穿蒯其康一早拿来的黑色太极服。午饭时，他也没见董乐天在食堂吃饭。走向天鹅湖的路上，他回想这么多年来与董乐天的交往。他俩年纪正好差一轮，都属龙。他在国土资源局做规划科长时，董乐天大学毕业进了县国土资源局。他去县里开会、调研几次后，发现董乐天最大的特点——观察领导特别细致，服务特别到位。即使简单吃个工作餐，董乐天都把他的筷子、碗勺调整到左面。他并不是完全左撇子，可吃饭却用左手。董乐天接待他一次后，就记住了这个细节。在他的关注关心下，董乐天一步步成长起来。

组织部门询问他接班人选时，他毫不犹豫地推荐时任总经理的董乐天。这些年的党委会，董乐天从来没有对任何议题产生疑问，全力支持他所有决策。每天上班前，董乐天总会到他办公室来一趟，请示一天重要事项安排，比办公室主任都跑得勤快。每天吃完午饭后，董乐天总陪着他绕单位大院走上几圈。有些他吃不准的决策，只要露出一点意思，董乐天就悄悄地去做好铺垫。那时候，他们俩说的话，都比在家说得多得多。

他也听到一些关于董乐天的传言。晚上经常参加市领导的聚会，周末、节假日跑省城、跑更远的地方。即便这些都是事实又如何？他迟早从岗位上退下来，自己人接班总是好的。

建设文旅综合广场，是田水淼退下来前最大的手笔。项目从规划、设计、立项、预算、评审、报批，到开工建设，他都亲自抓。终于在前年底打下了第一根桩。他带着董乐天跑去点了炮仗。然而，正是这个项目成为他与董乐天扩大裂痕的导火线。照他的想法，退下来之后，董乐天自然会安排一些事情给他做。就像以前他经常扔一些容易出成绩、风险相对小的项目给董乐天管一样。

董乐天没让他管文旅综合广场工程的事，实际上什么工作都没安排。嘴上说得好听、动情："您辛苦了这么多年，壮大了企业，培养了我们。我怎么好意思给您分具体工作呢？全公司任何事都归您管。您关心的人和事，我肯定尽全力办好。"

田水淼低头走路，有人喊了一声，他抬头一看，董乐天穿了一套白色太极服站在湖边等他，小蒯手捧董乐天脱下的外套朝他走来。他走上前，跟董乐天寒暄几句。

"董总上午调研县里工作，县长非要留吃饭，董总一刻钟就解决问题，马上赶过来。"

田水淼嘴上说辛苦，把外套脱了，想挂在树上，却被小蒯接到手上。他笑笑，好久没这种待遇了。想想还是回归普通人的好。他脑子里又出现师傅韩三在录像里出现时的拘谨、紧张，他是怎么被请过去，穿上规范的衣服，按照摄影师要求做着僵硬的动作，都不重要，重要的是他陷入一个尴尬、严峻的环境。有时环境会致命。没有消解能力，人会被环境吞噬。

连续一周，周末也不例外，董乐天天天准时到。田水淼每天花上十来分钟给董乐天说船拳拳理。董乐天跟他说说申遗进度。

田水淼七天教了董乐天一个动作：站桩。没有第二个动作。

蒯其康先急了。他跑到田水淼办公室，手拿一大沓船拳资料："您怎么就不教乐天总呢？"

"谁说不教？这是基本功。当年韩三师傅教我，光站桩就两个月。"

"您看您，乐天总毕竟工作忙啊。"

田水淼笑眼带刺："忙，就不要吃这个苦了吧。"

蒯其康说："我知道您着急孩子的事情，我也在想办法呢。一有消息我马上向您报告。"

田水淼琢磨的还是董乐天在想什么。

第八天下起了大雨。午饭后，董乐天随田水淼回到办公室。蒯其康问："我把您练功服拿下来？"

没等董乐天表态，田水淼摆了摆手："今天休息一次。"

看得出董乐天想找他聊天。"你也够累的，去躺会儿吧。"把蒯其康支走后，他与董乐天分坐在三人沙发两端，中间距离有点大，两人同时挥手都碰不到。

"虽然只学了一周时间，但是对船拳的敬畏之心，牢牢在我心里扎了根。"董乐天喝了口茶。

有些人显得特别真诚，不知内情的，被感动很自然。田水淼在位时，有时也会傻傻分不清。董乐天刚任总经理那年，公司承建的全市最大的文化艺术中心出了安全事故，死了三个工人。三人死亡是个槛。处理得当，可以算四类事故。不然算三类事故。三类事故对安全责任人的处理很重，一把手有被撤职的风险。董乐天那个阶段吃住在单位。整理相关材料，去有关部门汇报，与死者家属谈判，开每日例会研究下一步工作。每天一早，田水淼桌上就会出现一份事故处理日报。董乐天一句话更让他觉得自己选对了人："总经理就是要为董事长冲锋陷阵。"虽然后来上级对他和董乐天的处分并没有减轻，但在心理上，他觉得董乐天是扛事担当了。当时他想，把位置让给董乐天，总比让一个陌生人来接好得多。一年下来，他对自己的失误判断后悔不已。

董乐天刚碰到船拳的皮毛，就满怀深情地表演，更让田水淼觉得好戏在后面。

"船拳招式不多，动作相对简单。"田水淼拍拍大腿，"最重要的在这里，根基不牢，地动山摇呢。"

董乐天边听边点头："与安全生产同一个道理。要不是您狠抓安全生产保证体系和监督体系，我的日子哪有现在这么好过啊？"

田水淼笑着摇摇头："现在公司文化产业建设项目面广量大，保持住安全稳定的局面，都是你带着大伙干出来的，跟我没多大关系。"

窗外大雨如注，雨水打在双层玻璃上，像一桶又一桶水浇上来。两人的脸都转向窗户，静听之下，暴雨扑在窗户上的声音还是传了进来，细微却震撼。而他们都借雨势，填补尴尬时间。

田水淼端起茶杯喝口水，放下杯子，顺手理一理夹克衫袖口。

"我还在县里工作的时候，有一次，走到湖边看水厂取水口位置，一场暴雨把我淋得全身没一处干的，还好那是夏天，如果像今天这么冷，那我非得感冒不可。"董乐天忍不住开了口。

田水淼没接话。

电话铃声打破沉默。董乐天随手按下接听键。"秘书长好啊！好久没见，我正准备这两天上你那里汇报工作呢……"显然对方说了句要紧的话，董乐天套话刹住，脸变得严肃，声音转小，站起身往门外走去。

田水淼还是听见断断续续的几个词：变化、有可能、再等等……

董乐天回来就说："都说雨天、雪天睡觉特别舒服，您现在戒了午觉，我还得眯一会儿，能睡十来分钟，下午精神就足了。您上次跟我想说什么事情来着？"

明明董乐天找他有事，可就是不说。这一年来，董乐天第一次到他办公室，而且坐了这么无聊的一段时间，却变成来解决他的事情。田水淼想继续坚挺，内心却无法抵抗。

"还不是我小孙女的事情啊！"

董乐天像从未知道田水淼诉求那样，语中带疑问："她不是在美国留学吗？"

"毕业了，回来了。"

"时间太快了，我记得她去的时候，我还给她买了一个旅行箱呢。现在已经学成回国了，好事啊！祝贺祝贺！"

"唉！好什么呀，回来找不到工作。"田水淼话锋一转，"她想进我们单位，你觉得怎样？"

"好啊！热烈欢迎啊。"董乐天用手拍一下沙发，又迅速收起，"不过，我手上暂时没有编制啊。"

董乐天的话，等于白说。没有编制，小孩到什么地方干活都一样。可恨的是，董乐天又补了一句："这可是您当初定的人力资源规定啊。"董乐天说的的确是实话。田水淼定下规矩，进编制，必须考编。不考编进来的只有转业军人安置等特殊人员。

田水淼本不想说，可他没忍住。"小孩虽然达不到'千人计划'高度，可也能算高级优秀人才哪。"他控制情绪，尽量缓慢地深呼吸。他没想到董乐天这么干净利落地回绝。小孩出国那年，董乐天刚进班子，做事卖力，田水淼的任何事情，都排在第一位。

往事不堪回首。

董乐天接着又说了看人才引进方案、找机会等套话，走出办公室。蒯其康正巧下电梯，就马上按往上的键。田水淼似乎听到小蒯说了句市里领导怎样的话。董乐天对他瞪了一眼，吓着小蒯把剩下的话咽进肚子。

进电梯前，董乐天笑着回头说："明天天好，老时间见！"

第九天中午，董乐天没来。田水淼按时站桩、打拳。

就这样又过了一星期，田水淼心想这出莫名其妙的闹剧，估计也就收场了。按照他以前的脾气，非弄个清楚不可，但是现在，他早没了较真的劲头。渐渐地，站桩时杂念也少多了。

可董乐天又出现在天鹅湖边。他没带蒯其康，也没穿白色太极服。

"今天继续练拳啊？"田水淼故意提高声音。

董乐天捡起一片石片往湖里削去："韩三师傅不只教您拳术啊。"

"你说削水片啊。"田水淼随便拿一块石子，左手一抖，比刚才董乐天打出去的远了一倍。

"您这水平，啧啧！"赞叹声里，董乐天从怀里取出一个掉漆旧方形小木盒。见田水淼没什么反应，追问一句："这盒子您熟悉吗？"

田水淼摇摇头。

董乐天把盒子打开，里面有个小圆坑，内嵌一枚铜钱。董乐天把铜钱拿到田水淼眼前："这您总该认识吧？"

田水淼见陈旧木盒出现，立刻意识到董乐天这些天一直在精心准备。而铜钱的出现，有"靴子落地"的感觉。"他到底还是有事求我啊！"田水淼舒了口气。为了这个问题，上周那个雨天中午，他就想好答案了。可那天不知为什么在关键时刻，董乐天避开了话题。

"知道，这是'金钱镖'。"田水淼回答得很坦然。

两人都不打无准备之仗。董乐天单刀直入："听说您也有一枚啊？"他拿起铜钱，眯眼观看。铜钱正面"康熙通宝"，背面方孔两侧是满汉文"臺"字，铜钱边缘被磨得锋利如刀刃。

田水淼没有答话。董乐天既然开了口，必然奔向主题。

"金钱镖被称为暗器之王。我也是最近在查看资料的时候才知道，韩三不仅是船拳高手，还是使暗器的高人，擅长打金钱镖，他发出去的镖，江湖人称'夺命金钱镖'。"

查看资料？一个文化产业公司董事长，去查武林陈年往事？田水淼淡淡地说："金钱镖没见他用过，用石子打鸟倒常有。"

"您看您急的。我也没问您要那一枚金钱镖啊。"董乐天手里摩挲着金钱镖，步步为营，"'康熙通宝'常见，但是满汉文'臺'字铜钱很少，又被做成杀人暗器，更是罕见。韩三的独门暗器来头大着呢。"

田水淼摇摇头。"你也不要动不动就用暗器、杀人、夺命这样的词。"

"我可是有依据的。韩三身背命案！"董乐天终于释放出惊人信息。

从韩三出现的第一天开始，田水淼对这个"天外来客"就非常好奇。韩三没说过故乡、出生、经历、往事等，只是从湖上来，又在湖上消失。可韩三一天到晚只知道嬉笑耍宝，这样一个"老顽童"，与杀人凶手挂起钩，田水淼内心完全拒绝。

"您啊！到现在还不知道韩三的真名吧？他叫韩德保。"董乐天掏出手机，调出相片给田水淼看。

照片拍的是一张旧报纸。右下角有张通缉令："韩德保杀人在逃，悬赏黄金十两！"大致内容是湖匪韩德保，绰号韩三，深夜进入村大户人家行窃，被家丁发现，仓皇逃窜，逃跑途中用金钱镖射杀两名家丁后逃入湖中。

田水淼眼前又闪现录像中韩三的样子：眼神呆滞、动作僵硬，原来是被一只无形的手控制着。朝夕相处三年，少年可能会被一些现象迷惑，但是也最能感受到最真的东西。

最后一天清晨，韩三带着他来到一片树林。晨曦中，金黄杏子挂满树枝。韩三没有像往常那样捡拾石子，只是右手手腕一抖，一只杏子飞出。他跑到跟前，杏子里嵌着一枚铜钱。韩三用袖管把铜钱擦亮，贴住眼睛，对准初升太阳。

"你看，太阳很小啊，在孔方兄里呢。"

田水淼一直记着韩三这句话。这世界还能有多大？还不就被框在一枚小小铜钱里？

韩三把金钱镖送给田水淼，既没说怎么用，更没说要珍藏之类的话，还是那句口头禅："玩玩，玩玩吧。"

看着韩三吟唱摇船在湖面消失，田水淼手握金钱镖，锋利的刃口磨着他日益粗糙的左手指。他轻轻一抖手腕，金钱镖飞出，牢牢钉在树干上。他震惊异常。一次又一次的游戏，让他成了暗器高手。

董乐天开口道："这几天我没来，是去跑了省里有关部门，争取留学高级人才选聘落户的事情，基本上办得差不多了。"

田水淼的确好几天没碰到董乐天，蒯其康也消失不见了。董乐天给了这么大的面子，他一下子感动起来了："哎呀，真是太麻烦你了，我呢，现在只有这件事情最大了。办好之后，我就彻底放心了。"

"哎！您怎么能这么说呢，单位的大事要事还要请您把关呢。"董乐天重新打开小方盒子，取出金钱镖，以极其随意的动作，挥手扔进天鹅湖。随后，他把空盒子递给田水淼。

田水淼先是一惊，默默接过盒子。他也不想去搞懂到底发生了什么事情。现在，他很愿意交出那个小玩意儿。湖上似乎飘来韩三的玩笑话："这是最后一只镖，哈哈哈。"

"他们交来的都是假货。别有用心的人，拿着假冒金钱镖来找韩三算账，说韩三发镖打死了他们的亲人。韩三为此被拘押，在讯问过程中，韩三没有人证物证，也不能自证清白。"

"韩三绝对不是韩德保，他更不会杀人！"田水淼一字一句地说。

"我也愿意相信啊。不过，现在各种传说太多。我们得有证据啊，您手上的金钱镖拿去鉴定，不就水落石出了吗？"

田水淼心里还是疑惑，可事到如今，爽快应承，就是互相给面子了。"明天给你。"

一周后的晚上，田水淼在家看电视。本地新闻播出新上任的市委书记到湖滨开发区调研的新闻。书记去的地方，吸引了田水淼。小渔村似乎变化不大，山水、村落等无不勾起他回忆。

镜头里的这位新书记，田水淼太熟悉了。在他领导下，省文化产业从传统型向创新型、创意型拓展。去年，文化产业占 GDP 的比重已经达到百分之六，数字化、特色化、融合化成为最鲜明的导向和趋势。在他主政省文化厅期间，全省申报国家级非遗项目成功五百余个，新建博物馆一百多处，馆藏国家级文物增加五十多件。"十三五"期间全省最重要的申报人类非物质文化遗产项目：吴越腔戏曲，就是他在联合国教科文组织会议上，主持系列介绍和展示后，单独用了二十分钟时间进行中英文演讲，征服了来自各国的专家。申遗成功后，他被誉为网红厅长。他曾经视察过建设中的文旅综合广场，田水淼和董乐天双双陪同，说起文化的传承，他说了句："古人的智慧，就是我们的财富。"田水淼和董乐天都点头称是。工作餐期间，董乐天请厅长解密当年申遗的艰辛，一下子戳中厅长要害，他动情地说了近一个小时，面条成了疙瘩。田水淼对这位年富力强、充满魅力的领导充满敬佩之情。

田水淼眼睛渐渐越睁越大。就在湖边，他曾经向往去对岸的起始点，建成了一个小广场。广场正中一座雕像被蒙了红绸。领导们在雕像后一字排开。

突然，他扫到身穿白色太极拳服的董乐天，站在领导这排的最右边。董乐天凭什么和领导站在一起？还穿了练功服。他暗自纳闷。镜头再次转向董乐天，他手里捧了一块红布包裹的东西。

几位领导走上前，拉开红绸。一个浓眉大眼、鼻直口宽的汉子站立船头，挥舞双拳。船前刻着四个字：韩三船拳。

田水淼正在感叹塑像与真人相去太远时，董乐天走到雕像前，手捧红布包裹的东西，对韩三塑像深鞠一躬。转身，把红布掀掉，露出一个旧木盒子。田水淼心头一紧。董乐天打开并竖起盒子，展示给大家看。田水淼一眼认出正是自己给董乐天的那枚金钱镖，顿时血往脑子里涌。随即，董乐天把盒子递交给一位领导时，保持姿势十来秒钟，掌声响起，灯光频闪。屏幕打出字幕：韩三船拳传人董乐天捐赠市博物馆传世文物金钱镖。

田水淼脑袋"嗡"的一声，一把握紧冒着热气的保温杯。短短几秒钟，手掌松弛下来，嘴角牵动，一丝不易察觉的笑浮现。他喝口热水，长长地伸个懒腰。一生经历的事情飞速在眼前展播。他的心，比以往都静，再大的风雨都吹打不进。

他有意无意地听着新书记的讲话。"今天，是我到任的第三天，基层调研首选小渔村，就是要展示市委改变传统渔业村旧貌的决心……以弘扬船拳文化为切入点，以'韩三船拳'申报国家非物质文化遗产为契机，全力打造集渔业、观光、文化、水产加工为一体的乡村振兴试点村……董乐天同志作为韩三的嫡传弟子，向市博物馆捐赠韩三遗物，世所罕见的国家级文物：康熙满汉'臺'字文金钱镖，体现了一位党员干部的高风亮节……"

生而为人

如果问我为什么反复来这世界？我想答案是非常明确的，我想生而为人，要在世界上做一回人呢。可是，我做了几辈子善事、好事，还没轮上这件好事。不过，我也看到了希望，最近几世，我一直在进步。

我曾是河边泥土里的一条蚯蚓，刚吃了几口湿泥，就被人挖出来穿在钩子上钓鱼。后来，我降生在高高的云杉树顶，啄破蛋壳那一刻，刺眼的蓝色、醉人的绿色相互颠倒交换，我深深地呼吸，把每一颗负氧离子都存到肺里。我张大嘴巴，等待第一口食物。一个黑影掠过云杉顶。红隼盘回来，叼走了我。等我再次拥有意识，发现自己在水里。我有点慌张，开始扑腾挣扎。一个宽厚背部把我托举出水面。那是母亲，她教我在海里游泳，在空中换气。在那一世里，我见到了很多人。他们总是乘船漂浮在海面上，看到我跃出海面，他们尖叫、惊呼，鼓掌、挥手。在海洋活一世，漫长寂寞，成为人的愿望更加迫切。那些穿漂亮衣服的人们，是世界的主宰。他们能够按照自己意愿行事，这是很多世的我想都不敢想的事情。我救起溺水者，引导航船驶出暗礁群，为下一世成为人多积累善行。

不知在多长时间里，我一直在黑暗中坠落，没有一丝光亮，我只觉得一股力量在拉扯我，时而猛烈，时而轻柔。似乎老天爷在犹豫：该怎样安置这个灵魂？无边黑暗、无穷静默里，好多灵魂支撑不住而"自爆"。我没有！我对赋我感知、思维的力量充满感激。并不是每个灵魂都能听得清、看得准。我等待着，承受着，准备好哪怕无尽坠落五百年也无所谓。我憧憬下一世。未来令我内心始终燃着小火苗，那是我生而为人的世界啊！下坠速度突然加快，就像流星擦过海平面那样快。我有了挤压感，俗世的一切排山倒海般压到我刚刚成形的身体上，我哭着叫着开始崭新一世生活。

亮光、声音、气味向我袭来。我兴奋地急着撑起身体，却怎么也起不来。一条暖烘烘的舌头伸过来，把我全身舔个遍。我享受着新生命的礼遇，感激母亲在我最脆弱时候的抚慰。忽然，一个可怕念头闪现。我笨拙地转头看身体，湿漉漉、毛茸茸的一团。唉！还在考验我啊！我到底什么地方做得还不够好？说不出的沮丧！我别转头拒绝吃奶，希望早日结束这一世。脑子里出现一个声音："承受吧，一切才会好起来。"

我叼着母亲的奶头无聊地望四周。杂乱肮脏的犬舍被铁丝网分割成小块，每个犬舍顶端有个简陋的水泥小屋。母亲就是在那里的稻草堆上生下我，还有两个妹妹，它们都是白色，而我是黑的。母亲在爬满苍蝇的食盆里吃一团黏糊糊的东西，舔发黄发臭的水。它从不迟疑，总是快速大口吃干净。只有我和妹妹们知道，它全是为了我们。

一辆破旧皮卡停在犬舍外小路上。一只狗叫起来，所有狗都狂吠。母亲吼叫频率似乎更高。我紧挨着母亲，它身子在抖。蓝色小铁笼装了我和两个妹妹，放上皮卡车厢。我最后看了一眼母亲。它头顶铁丝网，眼睛通红。它试着伸出爪子，却被卡在铁丝孔中。我想安慰它，于是也叫了几声，弱小的声音淹没在那一大片叫声中。妹妹们好奇地看着拎笼子人腰间的钥匙串，钥匙互相碰撞的声音吸引着它们的目光。

我心里难过。一路上把屁股对着它俩。它们用爪子撩我，张嘴咬我，我动都不动。戴钥匙串的人每个笼子都撒一坨烂食。我不看一眼，垂头趴在笼角。那人叫来驾驶员。

"这只小黑狗是不是死了？"

一根粗大蜡黄的手指伸到我鼻子前："没死。病了。赶快扔了，再喷点消毒水，省得闹犬瘟。"

我望着远去的皮卡，似乎听见了两个妹妹惊恐的叫声。本来，我是要保护它们的，如今却早早地离它们而去。好在它们可爱，还是会有人愿意照顾，狗粮、水，是不会少的。我能理解，如果一个家庭必须有受苦受难者，还是我来吧。毕竟我还在接受考验，生活压得越重，灵魂跑得越远。做人真是好啊。小司机一句话，就能要一条狗命。

我已经三个月大，相当于人五岁。五岁孩子正好上幼儿园。我转头观察地形。公路绿化带麦冬、沿阶草蔓延到小河边，我选了最茂盛的草丛蹲下。

迷迷糊糊中，一场雨把我落醒。我连打几个喷嚏，心情不好竟然带来感冒。如果这样上天就把我收走，不能怪我经不起考验了。想着想着，流泪、发烧、抽筋的痛苦变得无所谓了，反正我昏睡过去，这一世也就了结。

傍晚，我被脚步声惊醒，强撑起头看，河边坐了一排钓鱼人，还有脚步匆匆赶来占有利位置的人。

"有只小狗！"一个孩子的声音嚷道。

"不要碰，当心是病狗。"从河边传来男人粗壮声音。

"小狗病了更要救啊！"男孩很固执。

我对他翻了翻眼珠。赴死路上还有这么多障碍。

男人收钓具，用一张带腥味的塑料纸裹了我，放在电动自行车踏板上。男孩不时从后座朝前探头看我。我不想睬他。

到宠物医院门口，我闻到同类熟悉的气味，努力把头昂起，却又垂下去。一双戴手套的手把我接过去。

"先验血。"

我被放在一块尿垫上，一个戴口罩的护士给我抽血。先前戴手套的女医生轻轻抚摸我。当她揉我头顶时，我舒服地闭上眼。

"医生，这是什么品种的狗？"

女医生撩撩我耳朵。"应该是串串吧。"

"杂交狗啊。"钓鱼男人嘟囔一声，退出治疗室。

我听得见父子俩的说话声。

"我不回去。我要带它回家。"

"你敢！你已经救了它。"

"它在生病，我不能不管它。"

"生病有医生治。你会治病吗？早点回去，明天还有测验，考不好你试试看！"

男孩从门框边露出半张脸盯着我看了一会儿，对我摇摇手，意思明天再见。从此我没再见过这个男孩。其实我在诊所不只待一天，而是三天。或许是因为我影响了隔天的测验，他父亲禁止他出门。后来，每当遇上烦恼事，我总会想起男孩半张脸：善良、羞涩、顽皮、歉意。

第二天，女医生拿着报告单对护士说："没毛病，就是感冒了。等那对父子来付检查费后，可以抱回去了。"

护士说："我看那男的不想要的样子。"

女医生又戴上黄色橡胶手套，轻轻抚摸刚被送来的一只蓝猫："等到晚上。不来就在群里发领养信息。"

医生说我身体没问题，我自己感觉也好很多。我被关在一个小隔断里，浓重的药水味让我嗅觉打折。哀伤、衰老、病痛的气味还是不时钻进我鼻子。还有死亡气息游荡空中，有几只狗敏感地哀嚎。

我花了好多时间想老天怎么安排我成为一个串串？母亲是一只漂亮的黑白色边牧，又关在繁殖中心，怎么可能接触其他狗？我的出生真是意外啊！是的，我这一世就是被老天爷安排错了。

"领养信息怎么编啊？这家伙什么都没有。"宠物医院消毒，准备关店时，护士忽然想起了我。

女医生今晚值班，没脱蓝色工作服。她凑到我跟前，像看花一样端详我："往上推三个月，作为它生日。马犬、边牧杂交犬。写上最聪明、最灵敏、最健壮的串串。"

"您有依据吗？"护士在手机上输着信息问。

"我的话没有科学和医学依据？"女医生语气威严。

"总得给它起个名字吧？"

女医生伸手点我额头："这块白斑就是串串最明显的特征，黑中唯一的白。就叫它雨点吧！"

"雨点好啊！又快又灵。您就是水平高！"护士笑着点手机。

我看不到自己额头的白斑，心里不快活。如果不是这块白斑，我就不会被认为是杂交狗。我不想隐藏身份，可把身份直接推在最前方，也太过分了点。

"领养写免费。治疗和药费写上去。"女医生已经走出去了，又回头关照。

"写多少？"

"三千吧。"

过了安静的一夜，诊所重新热闹起来。接送宠物的人围着医生问这问那。一个染黄头发的年轻男人举着手机挨个找，在我面前蹲下，比对着。他叫来护士。

"一千！最多了。"黄头发说话声音飘飘的。

"你不知道药费多贵？雨点是我们从生死线上救回来的。"护士语气夸张。

"一千二，不行我回去了。"黄头发站起身。

护士请示后答应了黄头发。他给诊所转了钱，打开笼子，一把抓住我脖颈皮拎着往外走。那一刻，不仅是悬空天生恐惧，更多的是伤感。看来这一世的苦才开始。

黄头发把我随手扔在后排座上，恶心味道刺激得我差点跳出车厢。还没开车，他就点烟，那是又粗又长的雪茄，我连打好几个喷嚏。

黄头发烟不离手，驯我们时也叼着。测试的时候，他抛出一根肉骨，我们六个几乎同时冲了出去，围场里坑坑洼洼，我跌倒了再爬起来，抢到了肉骨，咬下去才知道是塑料的。后到的几个家伙抢夺塑料骨头，我笃悠悠地走回黄头发身边。他很满意，从兜里掏出异香扑鼻的一小块肉干给我吃。后来，我只要看到黄头发把手伸进裤兜，就知道必须争第一才能吃到肉干。第二以下，等待它们的只有呵斥和棍棒。

生
而
为
人

黄头发租的地方三面环山，围场在缓坡上，缓坡向下延伸到湖边，湖边是办公楼、训练场、犬舍羊圈马棚。黄头发不单驯我们，还驯马。每次驯完马，他都骂骂咧咧的，看来马更难搞。

　　其他几条狗血统很纯正。黄头发的朋友们看到我都要问："这小黑狗是什么品种啊？"

　　"世界上最聪明、最灵敏、最健壮的串串！"黄头发居然照抄护士广告。

　　坐、卧、起、跑、定、握手、拱手等基本技能，黄头发教两三遍我就全记住了。其他几个狗对此很不舒服，它们联合起来围追堵截我，在不致命的地方留下咬痕，我时常被弄得一瘸一拐，跑到黄头发身边，他抽着烟，只看看我脖子、眼睛，就哼着小曲走开。从表现看，我无疑是最出色的幼犬。不过，黄头发似乎不怎么喜欢我。他养一条整天叫不停的泰迪，棕色毛看上去脏兮兮的，全身唯一干净的是眼白，看上去瘆得慌。黄头发给它吃肉干，并不叫它做动作。这世界的规则就是人定的，他们喜欢怎样，就设置成什么样。我技能再高、智商再高有什么用？种姓之间都有难以突破的鸿沟。

　　我在孤独中一天天长大，身体有了微妙变化。我痛恨的棕泰迪，近来身上竟然散发出好闻气味，我只能以快速甩头来摆脱这种使我接近它的冲动，效果不好。我竟然凑到它屁股后面去闻了好几次。第一次，我被黄头发用木棍打。棍棒落在我屁股上，我跳起来逃，他开着电瓶车在后面追，叫骂声在湖山间回荡。我不知自己做错什么了。做事不就要听从内心召唤吗？人类就是这么总结施行的啊。

我又一次被送进医院。不是上次那家。不过动静比上次大多了。我被绑在了手术台上，准没有好事！我拼命地叫，声音凄惨。黄头发把口袋里所有肉干都掏出来，被我用头甩得到处都是。

"雨点！雨点！"一个温柔女声喊我，我停止挣扎，找声音的方向。感觉腿上凉凉地被扎进一股液体。眼睛模糊了，再也喊不出声音，我掉入漆黑无知的世界。

醒来后，我浑身不舒服，站不起来，甩不了毛。脖子上套了伊丽莎白圈，后腰缠了绷带。我想叫几声，喊出来是哼哼唧唧的声音，吓自己一大跳。我趴在笼子里只能看到正前方的世界。正对着我的是一只白色老拉布拉多，它把右前腿伸出笼子，输液袋里乳白色液体缓慢滴入它体内。它把头枕在右前腿上，眼睛微闭，外界变化影响不了这视角。大家都知道它要死了，它自己更清楚。它在等什么呢？我尽量表现得坚强，尽管麻药过后，腰以下又酸又麻，我忍住不哼哼唧唧。在病狗们持续不停的哀嚎声里，希望给它最后的好感：今世还是有很多值得留恋的东西。

我从没看见它抬起过头，其实它从没动过，生命体征由医生每天查看后的点头还是摇头决定。那天，医生拆了我绷带，犹豫一下，没拿掉脖圈。突然间，一辆轮椅被推到对面笼子前。白发老头一只手蜷曲在胸口，另一只手拿着一条蓝色旧毛巾，颤颤巍巍地凑到拉布拉多鼻子前。一瞬间，它眼睛转了，看见老人的那一刻，五官一起动了，叫声呜咽，鼻孔张大，耳朵颤抖。它站不起来，把不挂水的那只前脚努力抬高，去碰蓝毛巾。老人弯腰伸手想握它的脚。距离越来越近，就差几厘米。两边再也无法接近，脚、手都在抖。它眼里流出泪水；老人抽动背部哭，嘴里喊着谁也听不懂的名字。它听得懂，声音变撒娇声。医生开笼子，把它抬到老人车上。老人摸着它的头，轻轻为它梳理杂乱毛发。它发出欢快叫声，仿佛马上可以跟老人回家。叫声渐渐减弱，它在老人抚摸下，闭上了眼睛。老人用蓝毛巾盖住它的脸，一只手紧紧箍住它。他哭声不高，抽泣得医生、护士全都抹眼泪，哭得病狗们一声不吭。

我从此成了一只忧郁的狗。黄头发把我接回去的时候，棕泰迪坐在副驾驶座上。它不时回头瞧我，我根本不想理它。

回去之后，黄头发对我加强训练，速度和力量双管齐下，鞭子和棍棒轮番上阵。有一天，我在攀登障碍物时掉落在地，黄头发拎起鞭子狠狠抽打我，抽了十几下后，他突然大叫："为什么不逃跑？为什么不哀叫？"

我也在那个时候发现自己不会叫了，以前碰到一点事情就胡乱挣扎、嚎叫。现在不了。我变得不一样了。

黄头发打一阵，问几句。直到他浑身是汗，无力再打我。

我也悟到一个人类缺陷，他们还是怕遇到硬骨头。下世如能做人，我会成为不一样的人。本能告诉我，遇到挑战、危险、威胁，狗总是第一时间冲出去，哪怕敌人再强大。我要把这种力量延续到下一世。

沉默的狗是可怕的。一起训练的狗，撞上我冷冷目光，欢快行为、恶劣举止都会停止，耷拉着尾巴悄悄躲开。

黄头发训练我们只有两个项目：飞碟和苹果。飞碟好理解，黄头发把飞碟扔出去，谁接到，在最短时间回来交给黄头发算赢。苹果是真的，被挂在离地两米多的树梢上，黄头发半蹲候着。我们跑过来，脚踏他肩膀借力，再奋力向上，咬下苹果是胜利者。在不停冲撞、发力、咬合中，我渐渐地发现，飞碟飞得更快更远，苹果挂得更高。与我一起训练的狗，一只只减少。直到有一天，黄头发单独训练我。他带了秒表、卷尺，测我叼飞碟寻回速度，量苹果离地高度。

独练两个月后，来了几个穿西装的人站在场边看。做完几次热身，黄头发被那几个人喊过去。黄头发回来时，攀梯子到最高处，把苹果系在树顶。他站直身子，用手拍拍肩膀，我直冲上去，狠狠按在他肩膀上，跃起时，头高高扬起，苹果在空中被咬得粉碎。我听到一个人大声惊叫。我转过头寻找那个惊叫的声音。那是一个穿西装的光头，张着的嘴圆得可以塞进汤圆。笑意由我肚脐发生，直冲鼻腔。笑出来的同时，一股气泄了，我从树顶摔下，脊背着地。

我并没有被送进医院。黄头发不想费力，把我扔在围墙外。他很聪明，觉得我很快就会死。围墙与马路间有条小沟，都是垃圾、污水。我醒来时，满身尘土，变得与土路一个颜色。往来卡车扬尘覆盖了我。我试着动弹，下半身没有知觉。我奋力翻滚，终于滚进小沟，避开凶险土路。

我吃垃圾、舔脏水，听围墙里狗们各种叫声，一点都不羡慕。可能，我马上会死，可我尝到了自由的滋味。想到这里，我也仰脖叫了几声。没有声音！我忘了已经发不出任何声音了。这一世，就这么完结。我心情复杂。熬完这世，生而又不为人，等于吃两遍苦。世上没有确保的事，不过积累善行总是对的。

第三天，我已经意识涣散，只有出气，没有进气。这时，两个人走到围墙边撒尿。

"我撒在一只狗身上了。"

"这狗挺大啊。"

"现在行情怎样？"

"十五块一斤应该没问题。"

"这狗又脏又臭，快要死的样子。"

"又不给你吃！"

我被他们用化肥袋装了，扔进汽车后备厢。为卖出去之前我死不了，他们喂我吃了两根火腿肠，一瓶矿泉水，还往我身上浇了两盆自来水。

"瞧，眼睛这么活泛，不是病狗。再说了，肉好不好关你什么事？"

车子停在一个破旧汽车修理店前。

"瘫痪狗？只能给八块一斤！"狗贩子戴手套和袖套，其实他并不杀狗。

"什么？这狗是训狗场淘汰的工作犬，品质好的。"

"行吧，我也是爽气人。九块，多要一分，你们就走吧。"狗贩子搬笼子，每个笼子里都有一只狗，神情沮丧。

我也被扔进一只笼子。笼子一摞摞地插进厢式货车。我前后左右都是沉默哀伤的各类狗。一个笼子里装了三只小狗，整个车厢只有它们在打闹。我心一沉，想起失散的两个妹妹，不知道它们现在过得怎样。

笼子全装上车后，卡车并没有开动。也没有把后门关上。他们在等待什么。趴着、想着，我睡着了。

"哐当、哐当"两声，狗们集体叫唤。我醒了。从门快关上的一瞬间瞥见外面，一片漆黑，只有汽修店门口亮着一盏白炽灯。开车了，他们专门挑难开的小路，晃晃悠悠向前。笼子里的狗叫成一片，深夜一辆狂吠的车子，不被人注意不可能。

车刹停。戴袖套的人打开车后门，提一把刀。电筒光扫过笼子两遍，他突然伸手拉开装我的笼子，刀尖往我右后腿上扎一刀。群狗乱叫。第二刀，一些狗不叫了。第三第四刀，叫的狗很少了。扎到第十刀，只有个别狗发出呜咽声。

重新启动，这辆狗肉走私车已成为沉默夜行者。黑暗中，我能感觉到，弥漫的血腥味使它们都掉转了身体。我四周出现了一个大大的空间，飞速旋转着，任何东西，包括感情，都会被转飞。我希望伤口流血更快点，盼望流血殆尽速死。我不知道贩狗贼是怎么想的，为什么不直接在我脖子上割一刀？看来万事天注定，我能在生与死的夹缝里滑行，两股力量都在往外推我。我是个令人嫌恶的灵魂。不知再要飘荡多少世，才能尘埃落定。我孤独地等死，又没死成。

卡车紧急刹车。周边吵闹声骤起。乱糟糟的声音里，出现警笛声。车厢后门被打开，十几个人往下卸笼子。刚才沉默的狗们，重新叫嚷，悲伤到兴奋，有时就像伸腿、缩腿那么迅速。

"快看！这毛孩子被砍伤了。站不起来了！"

"该死的狗肉贩子！杀千刀的。"

我被抬上一辆越野车后座，上面铺了一块白色大毛巾。两个女人坐上车，烫长波浪头发的开车，短发女人坐在我身边，观察我。我一动，她就向长波浪报告："它抬起头了。"

"有个伤口还在冒血。"

"它在喘气。"

她每报告一次，油门就被轰得更响。我被她烦透了，头一歪，装死。

"啊！它不行了！"

轮胎碰到了一块石头，腾空而起，差点翻车。为了死得明白，我只好重新昂起头，显出良好精神状态。

"雨点！啊，是雨点呢。"

我耳边传来护士熟悉的声音，我又回到最初父子俩送我来的诊所。

"真是雨点呢。这么大了。它怎么啦？"女医生被护士喊过来后以熟悉的手法摸了摸我头顶的白斑。

"它快死了，救救它啊！"长波浪说话带哭腔，短发女人倒不响了。我无所谓的样子刺激了她们。

我又被推进手术室。这次有经验了，索性早早闭眼了事。医生对护士嘀咕好久，我都忽略，只记得一句："这条腿被扎烂了。还是锯了好。"我心里一怔，随即想到，一切都是老天爷的安排，就这样吧。

不知道是不是长波浪特意关照，术后我住进了单间。不是单个笼子，而是单独一个小房间。好环境利于康复。两天后，我就戴着伊丽莎白圈在房间里站起来了。后半身甩掉了一条腿，知觉全恢复。那些坏的、怪的、麻的东西，被坏腿带走了。只是走路还不熟练，经常摔倒。

长波浪和短发女人一天来看我三次。我努力搞成三足鼎立，稳稳当当的样子。她们把医生、护士都叫过来看，大声笑着，胡乱鼓掌。

我没进得了她们俩家里，有点意外，也很失落。后来，我隔着铁栅栏望见无遮挡的天际线，重新觉得有自由就是最大的幸福。高层楼顶被几户人家割据，长波浪家占最佳位置，我看风景，吃狗粮，很快发胖。

"看，这人要领养雨点。"短发女人把手机端到长波浪面前说。

"你跟他聊过雨点残疾的事情？"

"我当然说了，他很同情雨点，说会照顾好。"

"那就好。"长波浪转过脸，对我说："不是我们不要你，是我们家里收养的猫狗已经太多。我们会对你负责的。"

我呆呆望着她，想再也看不见美丽天际线，心里不是滋味。

来接我的人鼻子特别大，每说一句话，鼻子都会抖一抖，显得斯文、谦虚、真诚。听说我没证、没体检证明，大鼻子犹豫着把牵引绳交还长波浪："不合法的事情我不做。我第一次养狗，得特别当心。"

"办！你放心，养犬证、健康卡，我们去办，然后交给你。"

"嗯，那我先领走雨点。证和卡，我隔段时间过来取好了。"

"你可要照顾好它啊！"长波浪眼里有了泪花，"它吃了很多苦，要不是能力有限，我不愿给别人领养。"

大鼻子停下脚步。短发女人用肘刺长波浪胳膊。

长波浪反应过来说："你身份证给我们登记一下！"

"我忘带了，下次一起给，一起给。"

大鼻子在撒谎！我坐上他车子就明白了。破旧杂乱的车厢里猫狗气味无数种叠加在一起。我抬高头，从车后窗望见两个女人，一个看车，一个看手机。

　　"哦？又有领养通知？狗还是猫？"大鼻子电话通过蓝牙接入车载音响，"又是狗啊？猫的话，几个初中生发私信给我要。什么呀，你看遍地都是流浪猫，你去抓试试。他们想干那种事，胆儿又小，还要求我把猫四肢捆住，最好贴住嘴。"

　　我惊得舌头打结，吐出去收不回。

　　"是的，狗麻烦点，动静大。那些屁学生怕狗。也有直接提出要狗的成人，都是变态。不过话说回来，这买卖来钱多啊。我们整天寻领养告示，眼睛都快盯瞎了，能折腾出几个铜板？"大鼻子等红灯，喝口水，讲话间隙回头看看我，"刚才，我从两个老女人那里搞到一只三脚狗，你问问那些畜生，要不要试试狗，哎！加上一句：这狗断腿残疾，还不会叫！"

　　挂了电话，大鼻子骂了句："老子得多养你一天！"

　　那是一个用一人多高铁丝网围起来的露天围场。二十多条狗在沙地上趴着、站着、走动着。我被大鼻子赶进去不到半天，就成这里的老户了。二十多只总数没什么变化，进出却很快。大鼻子喜欢快速倒手，这个露天围场就像驿站，更像"死亡驿站"。想到极可能落入变态人之手，三条腿支撑着我烦躁地沿铁丝网来回奔走。夜色在我的惶恐中降临。我并不怕死，有尊严的死比浮生重要得多。让我心脏怦怦狂跳的，来自巨大的压迫，每个生命都会感觉恐惧的逼迫。现在，我是一块砧板上的肉，等待的不是一刀两断的决绝，而是丧心病狂的剐刑。那些变态的人，是谁给他们权力虐待猫狗。从老天爷的角度看，他们必将得到恶报。不过，换他们哀伤颤抖地躺在砧板上时，已经生而为人的我，不会去折磨他们。他们不知道我不忍这么做。他们永远不会理解。

突然，我浑身每个细胞都被调整到训练状态。大鼻子满脸堆笑，陪着两个男人走向围场。一个微胖圆脸，小眼珠突出眼眶，嘴角挂着白沫；另一个戴眼镜，瘦得腰能被我撞折，他不时用手指抬镜框，还回头张望。

"就是这只。对对，黑狗，头上有块白斑的。"

三个人蹲在我面前。这时，我心跳仿佛停止了。等待判决，就是这状态吧。

大鼻子见两人不响，又补充说："缺条腿，跑肯定不行。不会叫，你们不用担心弄出声响。"

"谁说我们要对它怎样？我们可怜它，收养它。你不要想错了。"圆脸男人嘴边白沫又堆起，口气强硬。

大鼻子连忙说："好好好！你们是大善人。这个数！"瞬间，他收起笑容，伸出两根手指。

瘦腰男人骂道："你有病啊。玩我们呢？"

大鼻子站起身。"有病没病我不知道，就这个数。"

圆脸男人打圆场说："大家心知肚明，点到不说破。价钱再谈谈。"

"没得谈。"大鼻子突然隔着笼子用手摸我头顶，"不行拉倒！"

我突然猛地间歇吸气，用冷空气冲淡复杂感情的侵蚀。

一沓票子"啪"地被扔在沙地上，翻起下面几块狗屎。

"这是两千二，多给的二，代表你这个二货。"两人笑起来，引得所有狗狂吠。

三人进围场，两人手里抓着网兜、P绳，他们包抄过来。出于本能，我歪歪扭扭走向大鼻子。

大鼻子愣了一下，喊出一生中最响亮的两个词："雨点！跳！"

恍惚中，我又回到黄头发的训练场。我眼光敏锐，肌肉充血，神经绷紧，脑子正在升温，马上到了！中枢指令是跳和跑。

那只孤独的脚恰恰踩中了大鼻子的鼻子，在空中腾起时，我已经在考虑如何三足奔跑了。我到达甚至超过了黄头发训练我达到的最高点，空中转身时，我看见两张丑恶的脸惊骇地盯着我。他们并没有立即拉开铁栅栏门冲出来追我。我站定身子，加速奔跑，一颠一颠，很难平衡身子，后半身像被拖着的赘肉，跑不动。我似乎听到圆脸男冷冷的说话声："跑啊，看你怎么跑！"我停了下来，腿部肌肉绷紧到极点，可还没有冲出大鼻子建筑的范围。那两人不紧不慢地拎着网兜和P绳，向我靠近，他们脸色潮红，眼神发直，手微微颤抖。大鼻子没有跟过来，他靠在铁栅栏上，一手捂着鼻子。

还有两米左右的距离，他们停下。圆脸男挥网兜试探，兴奋而紧张。他一点一点靠近我，估计一下子能兜住我头部后，他猛地发力，网兜张开血盆大口。我低头，朝他肚子撞去。撞倒后，又咬住瘦腰男人裤子，往前一带，两人摔得叠在一起。

我深深呼吸几次，先慢后快，平衡好重心，往外跑去。我听到大鼻子夸张的笑声和纸片在空中飞舞的声音。我没有回头看。

定下神，我才发现这里是丘陵山区。山路崎岖，阴暗潮湿，我却内心光明。在浓密灌木丛深处，我深睡一觉。阳光晒进林间，我也没醒来，直到几只松鼠蹿到树上，折断的松枝掉在我头顶。我伸伸懒腰，把肚子朝向天空。听鸟儿鸣叫、风吹树响，一切都像没有发生过似的。我可以在这里静静地待下去，做一只自由的野狗，安安静静地，这辈子就这样过去了。

可我翻了个身，站起来。抖搂身上的落叶和尘土，走出树林。我喜欢自由，不过，脑子里有一股力量驱使我回到人间。为什么做一次人的信念如此强烈？人间到底有什么吸引我？我已付出一条腿的代价，回到人间，可能遭遇更大不幸。无数根草刺到身体，我还在往城市里走。

啊！灯光海洋在不远处闪现。我是想做一个不一样的人哪！

彩虹瀑布

张燕燕打开女卫生间边上一扇窄木门，侧身进到杂物间，用蓝色抹布拍拍反扣周转箱底部，坐下来，膝盖顶住了门。她留条缝，空气和光线都挤得进来。Wi-Fi是对面商贸公司的，物业经理悄悄告诉她的。后来她发现不知道密码的，都是长相难看的阿姨。相比之下，她错班打工的便利店环境相对简单，接货、摆货、记账、收款、核销。她怕跟人打交道，尤其眼神不能相对。可她也知道自己脸红时，更加鲜亮漂亮点。到这把年纪，脸怎么还能红？她拿着手机坐在小黑屋里，享受安逸时分。

走廊静悄悄的，大家都在午休。张燕燕关闭音量看小视频。推送最多的是心灵鸡汤、幼儿成长知识，最近又多了腰部保健。她前几天搬货时闪了腰。商贸公司的胖子经理总是把吃的东西扔满垃圾桶。不过里面也有宝藏。刚才午间保洁时，她从里面捡到了半袋小包装巧克力，看看包装袋，还有三个月过保质期。她把小方块巧克力倒进工作服口袋，拍扁微微隆起处。前些时候，一个阿姨拎了两个空纸盒出门，被物业经理拦住，并喊大家集合，做警示教育。"业主哪怕扔一片纸，我们都不能捡！"两个纸盒被罚两百块。那阿姨受不了大家的指指戳戳，隔天走人了事。那天，她站在九楼阳台上，见一个时髦女人摇摇摆摆走出大楼，女人扭头甩长波浪头发时，她才发现就是拿纸盒阿姨。穿了浅蓝色大衣、黑色长裙、黑色长靴，风头压过商贸楼里的白领丽人。她侧脸看玻璃窗映出的人像，想象大衣、长裙、靴子上身的样子。小视频里有个六十出头的奶奶公开征婚，她比自己大十岁呢。张燕燕挺挺胸，米色工作服有了线条；昂昂头，被发卡卡住的长发拼命想挣脱出来。

小门突然被推开，正撞在张燕燕膝盖上。胡姐硬挤进来，不顾张燕燕吸气揉膝盖。

"你猜，我刚才去超市买鸡蛋时撞上了谁？"

这份工作是胡姐介绍的，张燕燕对她一直很客气："不知道啊。"

"李姗姗！"胡姐一字一顿说。

张燕燕放下手机："她一个人在超市？"

胡姐点头说："我鸡蛋都没买，盯着她买了一大堆东西后出超市，在地下二层停车场，开一辆白色宝马走了。"

"你没看错吧？"张燕燕了解这个表姐，有点粗枝大叶。

"怎么可能？跟吴勇的婚礼现场我在吧？她生下小米粒

204

后，我去医院看过她。米粒百日宴，她还伸手给我看腱鞘炎鼓出来的部位呢。"

张燕燕眼前是胡姐晃动的影子，她不想去看她夸张的表情。胡姐已经不由自主地流露出异样语调。

五年了，每天都感觉有事会发生。今天事情终于来了。说不上好坏，却别扭得很。右手麻了，眼看手机拿不住，左手还算争气，接了过去。

"你没事吧？"胡姐低下头问。

"没事没事，腰在便利店搬东西时扭到了，影响手脚。"借力胡姐一只手，张燕燕站了起来。

"你在便利店做，说不定哪天就碰到李姗姗呢。"

张燕燕没说话，倒是有一点被胡姐的话触动。她低头拎起黑色垃圾袋从消防通道走下楼梯。走到六楼半拐角，她仰望空荡荡的楼梯，随后静静地坐到台阶上。

时间在张燕燕脑子里仿佛停止了。

也不知道过了多久，楼梯上传来杂乱的脚步声。张燕燕站起身，拎着垃圾袋快步走到一楼垃圾房。

垃圾房后面是设备房，噪声很大，没人来。张燕燕在设备房边拨打儿子微信电话。前两次无法接通，第三次她快挂的时候，吴勇接了。

一听声音她就气："你还没起来？"

"什么事啊？这么早。"吴勇的声音像在砂皮上擦过一样。

隔着十来条街，张燕燕似乎都闻得到儿子的口臭，下意识地用手扇扇鼻前空气，莫名其妙的恶心让她改变通话初衷。"这里结束后，我直接去便利店。四点钟你去接一下米粒吧。"

　　"唉！又让我接。"

　　"喂，喂，你准时啊。"她看手机屏幕，对方早结束了通话。

　　她还是不放心，补了一条文字信息发过去。吴勇没回。

　　转过设备房，路过几株梅花树，白色、红色、绿色的梅花开得正艳。她不由得放慢脚步。好多年没留心花开花落了。吴正军曾经答应过她每年去郊外看花，说得有模有样的，什么梅花、桃花、樱花、梨花、玉兰花等，在她眼前泛出五彩图景。只有一次，吴正军车上没货。张燕燕所在的日化厂还没转制，她还是正式质监工。那天，她下早班。吴正军载着妻子开上高架，穿过隧道，驶入国道、省道、县道。小货车迎着夕阳在村道上颠簸，两边是大块油菜田。张燕燕摇下车窗，条条金黄带子带着甜香向她扑过来，她微闭着眼，强烈的色彩冲击让她浑身酥软。

　　她刚把脸凑近梅花，闻到淡淡花香，就听见几个女人说笑声由远到近。她连忙闪到一边，沿墙脚根快速走入大楼工作人员通道。赏花应是商贸楼白领人士的事。

　　物业电梯很慢，她索性走楼梯到九楼。刚爬到五楼，电话嗞嗞地在口袋里振动，那些小块巧克力也跟着抖动。忙乱中拿手机，两块巧克力跟着掉落，摔下五楼。她心一惊，这是不好的预兆。

"吴佳佳奶奶啊！请您赶快来一下幼儿园。"

"啊？米粒怎么啦？"

"您快来吧。"

楼梯下到二层，张燕燕脚一软，瘫坐在地上。她伸手抓住楼梯扶手挣扎着站起来，手一松，人又倒下去。她急得火都蹿出五官，如果脚不能走，用手都要爬过去啊！这么一想，身体随楼梯斜势，滚落半层。她咬咬牙，手再一用力，身子滑到一层。消防门开了，胡姐进来，惊得大叫："我的天啊！你怎么啦？"

她说不出话，指指腰和腿，又指指大楼外。

"好好，我马上打120，送医院！"胡姐摸出手机。

"不不！去……去幼儿园！"

"啊？米粒幼儿园？她又是怎么回事？"

"快！快！"

"好好好。"

胡姐骑着电动自行车不停地超车，走快车道，闯红灯，可张燕燕还觉得慢。没等车停稳，张燕燕就跳下来，腰腿力量重新回到身上了。她冲向幼儿园大门。院子里停着一辆救护车。几个老师正散乱地围着救护车，见张燕燕跑进来，其中一个老师迎上来。

"景老师！米粒到底怎么啦？"张燕燕问出话去后的零点几秒等待时间里，想到了"判决"这个词。

"您别急，我带您进去看孩子。请放心，医生刚才说现在稳定了。"景老师走得很快，眼镜快从鼻梁上颠下来。

"这……这到底是怎么回事啊？"一间被清空小朋友的午睡室里，米粒正躺在小床上，张燕燕扑了上去。

戴口罩的救护车医生转头对景老师和园领导们说："孩子要去医院做检查。"

米粒轻声叫了声"奶奶"，双手无力地举起来，张燕燕看到孩子胳膊上青一块紫一块的。

"佳佳今天上午精神不太好，脸色苍白，我让她不要参加活动。她很乖地一个人坐在边上看书画画。午餐她吃得很少，我摸摸她额头也没发烧。正想让她早点午睡，突然她晕倒在地上。"在救护车拉了警笛开往医院的路上，景老师才有时间告诉张燕燕情况。

"昨天晚上给她洗澡的时候，我也看到她胳膊上隐隐有几条红印子，还以为是跟她爸闹着玩碰到的。"张燕燕讲完这句话，才想到给儿子打电话。

吴勇又没接。张燕燕不想再浪费时间，就在微信上写了句"速来一院急诊室"发了过去。

景老师按照医生开的一沓单子，到各窗口付费、拿号，再带抱着孩子的张燕燕挨个地抽血、检查。

全部项目做完，米粒躺在急诊室病床上，眯着眼睛，脸色更加苍白。张燕燕守在边上，眼神不敢离开须臾。

到时间，景老师去各处取报告单。

看病的人少了，医院静下来。张燕燕才闻到一股花香。扭头看，窗外开满一树绿萼梅。突然她想到什么，眼光回到身上，原来她还穿着米色工作服。还有胡姐！奔向幼儿园时，根本忘了胡姐。她赶紧打胡姐电话，胡姐也没接。她微信上简短说了下情况。"没事了"三个字打上去的时候，她说出了声音。

跟在景老师后面有两个医生。年轻的医生对张燕燕说："孩子血小板、红细胞等指标都非常低，需要住院治疗。"

"啊！这么严重？"张燕燕连忙问，"这是什么病？"

年纪大的女医生戴上口罩，上前翻看米粒的眼皮，检查嘴唇、手指，再看看腿和脚："从指标上看是贫血，具体什么问题还要继续检查。"

"严重吗？"听医生说贫血，张燕燕偷偷地舒一口气。

年轻医生说："要给孩子输血。不过现在医院和血库都没有孩子匹配血型的血，最好是亲属的血化验合格后用。"

"好好！抽我的。"张燕燕撸起袖子站起来。

米粒睁开两只大眼睛，眼里蒙上一层荫翳。她把手伸向奶奶。张燕燕抓住轻揉几下，交给景老师。景老师双手紧紧捧住。张燕燕跟年轻医生去采血窗口。忙乱中，张燕燕的胳膊撞到病房门框。验血时，她看了一眼酸痛的胳膊，没有任何痕迹。米粒身上一碰就会有青紫块出现，她早就发现了。小孩子皮肤嫩，身子娇弱。每次她都这样安慰自己。

她坐在塑料椅子上等结果时拿出手机看看。胡姐给她发了好几条语音。明天大楼消防演习，她回去帮着物业经理准备工具、场地去了，也跟经理说了米粒的情况，经理很关心孩子，而且他在一院有医生亲戚，等等。

经理是个热心人，永远剃着板寸头。张燕燕脑子里闪过经理的模样。眼前一片白色，一抬头，年轻医生的白大褂挡在前面。

"您血型与孩子不符，不能输血给她。"

"怎么会？"张燕燕才按下去的心，又吊起来。

"您是 B 型血，孩子是 A 型血。"

张燕燕赶紧掏出电话："没事，她爸爸在来的路上。"

"亲人的血当然最好，来不及的话血库也能提供。"年轻医生说。

张燕燕说："来得及，来得及。"打到第三遍，吴勇总算接了电话。他还问东问西，磨磨蹭蹭。张燕燕火冒起来。

"米粒昏倒了！你不要废话，赶紧到一院主楼三楼抽血的地方。"

一刻钟后，张燕燕看到电梯口出现一个佝偻的瘦子，连忙挥手示意。

吴勇戴眼镜眯眼看半天，才发现母亲。一颠一颠跑过来，左脚鞋带松了。

"赶快去验血，米粒要输你的血。"

"究竟是怎么回事啊？"吴勇的大喊使医护人员都回头看这边。

"轻点！快去。"张燕燕心中着急，按照医生要求去窗口办入院手续。

等她手续办完，手拿入院单回到急诊室时，年轻医生和吴勇都站在病床边了。

"他也是 B 型血，也不能给孩子输血。"年轻医生告诉张燕燕结果。

"什么？他可是她父亲啊！"张燕燕叫起来。

就在一瞬间，她瞥见大家眼光快速从米粒身上移到吴勇脸上。她心里咯噔一下。身体上所有的酸痛又回来了，她赶紧坐下揉腰腿和胳膊。

"您不要着急，A 型血不紧缺，孩子住院后马上向血库申请，马上就能挂上。"

吴勇背着米粒往住院部走。张燕燕一手举着塑料药水袋，一手握着各类检查单、报告单跟在边上。景老师也想跟去，被张燕燕坚决劝阻了，让她回去后向幼儿园领导报个平安。

光线暗下来。到住院楼要走一段室外道路。张燕燕这才觉得身上冷，赶紧脱下工作服盖在米粒身上。看到米粒对她微笑，这是今天米粒的第一次笑，她舒服不少，也挤出笑来。

年纪大的医生正在病房等他们。安顿好之后，这位被大家称为林主任的医生请张燕燕母子到她办公室。

"根据刚才检查结果初步判断，孩子患的是再生障碍性贫血。"林主任见张燕燕很不安，接着说，"不要太紧张，这个病是有办法治疗的。"

"林主任，我们弄不清怎么回事，孩子就全托付给您啦。"张燕燕鼻子一酸，双手捂住了眼鼻。

"治疗治疗，你们放句话，能不能治好？不行早说，我们去北京、上海找最好的专家看！"吴勇又嚷嚷起来。

张燕燕把吴勇推出办公室："去，看看米粒水要不要换了。"回身，她向林主任道歉："不好意思啊林主任，我儿子不懂事。"

"没事，我们见多了。"

"您认为最好的治疗方案是什么呢？"

"骨髓移植！"

"那不就是治疗白血病一样啊？"

"这里面的道理我就不跟您多说了，就一句话：骨髓移植后，孩子的干细胞能正常工作、正常造血，血液就跟健康人一样了。"

"是不是要血亲配对？"

"是的，父母亲、兄弟姐妹，或者血缘近的亲属。"林主任顿了顿说，"当然，也有与志愿者配对成功的，可概率很低。"

坐在病房塑料圆凳上，张燕燕用手捂住米粒挂水的胳膊。吴勇叫的叉烧饭表面起了一层白油，张燕燕更不想吃了。看吴勇咂巴嘴把盒饭全吞下去，她内心涌出酸涩。儿子这种样子像谁呢？肯定不是自己。而吴正军更是把名誉看得比金钱重要。北阳台改造的小书房墙上挂满了吴正军的奖状、奖章、获奖证书。

突然有一天，吴正军把小货车卖了。坐到小书房里不停地写啊写，然后出门打印、寄信、汇款。终于，吴正军等到了第一个奖状。他献宝一样给张燕燕看："看看！华夏杰出学者！华夏代表全国，我现在就是全国杰出学者。"

张燕燕炒着青菜，不解地问："你写了什么，人家就封你这么大的称号？"

"说到这个，可是我国文化史上的创举……"

"欸！"肉丝滑进滚烫油锅，张燕燕没听清丈夫说的内容。她担心的是家里的经济状况。

"你可真是癞蛤蟆看着天鹅，自己也不掂量掂量。"张燕燕的声音带着烟火气。

吴正军凑在张燕燕耳边说："我就是要搞点名堂出来！人生在世总要留点什么下来吧？"

吴正军最后的日子里，只要艰难地抬手指向房门，张燕燕就把他抱起来，放在轮椅上。那时他只剩下六七十斤体重。小书房是首要巡视场所。望着墙上的红印章，他眼里就闪过光。

他另一个牵挂重点就是米粒了。张燕燕把他推到儿子房间，小米粒正在婴幼儿床里睡觉。他歪头端详粉嘟嘟的小米粒，缓缓用手按住自己心脏，抬头对妻子挤出微笑。

想着想着，张燕燕在病床边一下子没忍住眼泪。

吴勇不耐烦地说："有什么好伤心的，大不了找最好的医生看。"

张燕燕实在不想跟他多谈，对儿子淡淡地说："你回去吧。"

看吴勇跌跌撞撞远去的背影，张燕燕根本没有起告诉他李姗姗消息的念头。她忘不了那个夏日夜晚，吴勇带李姗姗到家的情形。见李姗姗的第一眼，她就在心里说了句：完了。

微型电扇不停地在她和吴正军上空转动，吴正军先是穿了件背心，后来直起身，把背心脱了，赤膊躺在席子上。他俩都没说话。到了下半夜，她才迷迷糊糊地睡着。一脚踩空，她被惊醒，看床头闹钟，才四点半。她不想把吴正军吵醒，刚撩开蚊帐，吴正军幽幽地叹了一声气。她闻到了一股焦烟味。

晚间查房，林主任告诉张燕燕，血浆明天一早就能挂上。张燕燕谢过后，心里还不踏实。网上好多小视频说血库管理混乱，有专门卖血的人，这些人好多有传染病。输血有可能被感染，什么艾滋病、肝炎啊，听起来很可怕。胡姐在机关小卖部做过售货员，见多识广。张燕燕刚想拨微信电话跟她商量孩子输血的事情，一个声音在内心发出，强烈地制止了她。

米粒上幼儿园也是托得胡姐，转了几道关系才弄进现在的街道公办幼儿园。报到那天，张燕燕、吴勇带着米粒高兴地与胡姐在幼儿园门口碰头。然后，不高兴的事情就发生了。尽管吴勇根本不在乎，但是在张燕燕心里却留下了难以抹去的不快。

胡姐说："小米粒长得真漂亮，比妈妈更好看。"她抱起米粒，用夸张的口气逗孩子："哦！一点不像爸爸。嗯嗯！我们才不要像爸爸，都难看死了。"

这是一个打在张燕燕心底的结。人对一个事物的过度关注，极易导致思维偏执。有个阶段，张燕燕总觉得胡姐话里有话。一个传言在亲戚朋友之间游走。吴正军得了重病，有亲戚认为是被气出来的。

护士拔去米粒手背上的针时，孩子已经睡着了。张燕燕打来温水，用新毛巾给米粒擦洗身体。背部又多出几块瘀青，她责怪自己抱孩子时手脚太重。躺在坚硬躺椅上，一个念头占据整个脑袋，挥之不去。

夜里，孩子们不停哭闹，病房门开开关关，灯光忽明忽暗，张燕燕每隔半小时竖起身，看看米粒，掖掖被子。陪护的家长都像钟摆似的荡来荡去，没有安稳时分。张燕燕被心事压得喘不过气来，不时用拳头捶胸口。天亮的时候，嘴角爆出来一排疱疮。

吴勇很晚才来。林主任查房已经结束。护士开始为米粒挂血浆。

"你怎么来这么晚？"

"起不来。"

"你看你，没工作还不早点过来帮忙。我等会要去趟单位，你待在这里不要离开。"

"我什么都没吃就赶过来了。"

张燕燕怕吴勇搞砸，出去的时候在护士站拜托护士长看着点。

她乘公交车到单位，把工作服脱了，穿上带帽羽绒服，去物业经理那里请假。胡姐也在。

"啊！巧了，林主任就是我表妹。我马上跟她打个电话！"物业经理的头似乎刚理过，每个字就像根根刺向空中的坚硬短发。

张燕燕连声感谢，连胡姐说的话也一起谢了。

"你瞎谢什么啊？"胡姐陪表妹出来就开口责怪，"我不应该去看看小米粒啊？"

"经理和你都应该谢。我还有很多事情要麻烦你呢。"如果胡姐去陪米粒半天，自己就能放心地做最紧要的事情，"要不你吃了午饭就去医院，我去办点事情。"

"这才是自己人说的话呢。"胡姐挥挥手让她赶紧去忙。

张燕燕打开家门，直奔卧室。窗台是个小飘窗。上面堆满杂七杂八的东西。翻了很长时间，在一堆吴正军获奖证书下面，她找出一个绿色塑料文件夹。果然，离婚文件中，一页纸上有李姗姗的联系方式。

把电话号码输进手机后，张燕燕一时间愣在那里。然后她忙开了：洗衣服、打扫卫生、出门买菜。不能总吃医院餐，米粒现在最需要营养。她买了牛肉、猪血、猪肝，还有芝麻、桂圆和红枣。回家路上想着这些食材怎样搭配着做菜。

转过一个弯，她突然拿起手机，毫无预兆地拨打刚储存进手机的李姗姗的号码。对方很快接了，是个男的，说她打错了。

她料到了，应该是当年李姗姗胡乱写的手机号码。刚沉静下去的心，又提了上来。放下菜，她想到去超市蹲守的方法，这是最笨，也是唯一的办法。她摇摇头，开始弄菜。水冲在手上，凉凉的。阳光斜斜照下来，手微微发光。手机铃声大作，手上的光四散奔逃。

"带点巧克力来，米粒要吃。"

"医生说可以吃吗？"

"问过了——"吴勇拖着长腔。

"现在情况怎么样？"

"还是老样子。挂水。哦，等等，阿姨跟你说话。"

胡姐声音传来："林主任刚才又来看过小米粒了。我说了经理的关系，她也知道了，说最好要骨髓移植。"

张燕燕不接电话的右手在平摊的抹布上反复蹭着，像磨一把刀。收起电话，她丢下了一大堆还没有处理好的食物，往外跑去。

去超市路上，她想了好多问题，但没有停步，反而小跑起来。万一就这几分钟内被李姗姗走脱了呢？

胡姐说的那个超市入口和出口分开。张燕燕选择站在出口处，出来是负二层停车场。

风在往超市通道里倒灌，她把羽绒服帽子拉到头上。汽车转弯时，发出吱吱嘎嘎声。每一辆白色宝马都成为嫌疑对象。

她在心里祈求每一个她知道的神灵。

进地库的车子越来越多，时常挡住她视线。她往出口站近点，发现产生盲点。进进退退、左右移动，终于找到一个理想位置。一个个人走出来，一辆辆车子开走。她看着超市工作人员拉下卷帘门，从汽车通道爬坡而上，转好几个弯，侧身通过智能栏杆。街上已经没什么人和车了。走向医院的路上，她撑着阵阵酸胀的右腰、拖着僵硬的双腿，打定一个主意。

"你还能找到李姗姗吗？"她把吴勇拉到走廊里问。

"找她干什么啊？"吴勇昂起头，却挺不起腰杆，像一只冻僵的鬣狗。

"米粒的事情。"

"那更不能找她！"

"你能找到她？"张燕燕语气尖利。

"唉！我哪能找得到她。五年前都找不到，现在更找不到。"

"废话。要不是你拿她钱，当初肯定找得到。你爸早说过，你心里有鬼。"

触及这事，吴勇双手往口袋里一插，一副随你怎么说的样子。

让张燕燕没想到的是，辞去便利店那份工作后，她在地下停车场一等就是大半年。其间，她不断调整蹲守策略。起先默默记住少妇出现在超市频率最高的时段，然后尽量跟经理汇报、与胡姐商量，安排她上"两头班"。中午、日落后，她便准时到负二层老地方。这样也迫使吴勇承担起责任。如今米粒接送都交给吴勇。景老师在接到、送走孩子的第一时间给她发微信。

她变得经常咳嗽，怀疑是天天吸入尾气的结果。

经理出面催了表妹几次。林主任组织人员比对骨髓捐赠者。张燕燕仔细想了，能够做的还是只有蹲守。她看过一本外国电影，里面有轮盘赌场景，她觉得现在米粒依靠的两条线，都像这个押中概率极低的赌博方式。

她总是从布袋里拿出折叠椅，背靠灰墙。有时车子挡住视线，她便站起来观察。在这里，大家都匆匆忙忙的，只有整理推车的大爷们朝她瞄瞄，最多点点头，从没搭过话。

一个秋天晚上，张燕燕折叠椅都没带，脸上肌肉放松着。下班时，经理告诉她，林主任说一位捐献者初步符合要求，正在进一步筛查。天地色彩在变深变浓，路上的风透着凉意。一个网红正在广场上直播唱歌。他唱道："我的未来不是梦，我认真地过好每一分钟。"到达负二层，正好是七点整。种种迹象表明，这很可能是她在这里的最后一次蹲守。她给自己打气。

拿出手机，经理发来的信息，不知道读了多少遍了。每个字都背得出了。突然，眼前一条白影一闪。抬眼后不到一秒，她便爆发出快速有力的喊声："李姗姗！李姗姗！李姗姗！"

穿白色连衣裙的女人愣住了。没等她完全回身，张燕燕已冲到她身边。这时，张燕燕一字一顿地不停重复着那个日夜盘旋在脑际的名字。她紧盯着那张年轻又保养得很好的漂亮脸蛋，用不同语调说这三个字，把痛苦、焦灼、失望、愤怒、期望、懊恼等情绪都裹挟在里面。

女人傲气精致的脸被一寸寸地打压下去。她低声说着："我不是李姗姗。"低头侧身想从张燕燕身边挤过去。

"米粒！"张燕燕释放掉激动情绪后，想到事情的关键，"米粒需要你。"

李姗姗回转身，下巴微微上扬，冷冷地说："协议里写得很清楚。"

在蹲守的一千多个小时里，她都在脑子里推演应对各种情形："米粒病了，她需要你。"

李姗姗脸上闪过一丝惊诧，话还在坚持："生病就治病呗。"

"她的病需要亲生母亲帮助。"张燕燕不敢直说骨髓的事。

年轻女人显出惊慌，购物袋滑到地上："米粒得了什么病？"

张燕燕拿出一张 A4 纸，递给李姗姗："这是米粒生病后画的。一天黄昏我带她去公园，她看到了天边的彩虹，回家后就画了这张画。她边画边跟我解释，金色的代表奶奶，黄色的代表景老师，绿色的代表爸爸，咖啡色的代表胡奶奶，每一条都是长长的，从地面上升到天空，转个身，再落到更远的地上。她说这张画的名字叫'彩虹瀑布'。一道红色彩虹在最上面，与其他彩虹不同，红色彩虹飘在最上面，很短，两头不着地，我问米粒，她没说话，一个劲地摇头。临睡时，她轻轻地在我耳边说：'红色彩虹是妈妈！'我问：'为什么是最短呢？'她揉着眼睛说：'她从来不到地上来。'"

李姗姗转身盯住"彩虹瀑布"，左手伸出去，手指划着弧线，右手则不停地将散发缩到耳后。

这个张燕燕熟悉的动作发生在一个初秋夜晚。晚饭后，吴正军忙着处理自己的作品，大多发送到广告单、通知书、征文赛上的电子邮箱。要寄送稿件的越来越少了，那天正好有几封。他在蓝色邮政特快专递壳子上开信封，字很大，棱角分明。张燕燕洗好碗，准备下楼倒垃圾。吴勇进门，后面跟着一个漂亮姑娘。他张口就笑："爸妈，我们要结婚了！"张燕燕看吴正军时，笔已从他手指间滑落，老花镜掉到人中上。张燕燕忍不住问怎么回事。吴勇搂着漂亮姑娘说："我俩明天去登记！"张燕燕看着眼前形象相差太大的两个人说："姑娘……"吴勇插话："姗姗，李姗姗。""我儿子喜欢开玩笑，你不要介意……太……太年轻了。"李姗姗不说话，连连摆手，"妈，你看你，我们是一见钟情。"张燕燕紧盯着李姗姗的脸。女孩羞涩地低下头，轻声说："他人挺好。"同时，用手将头发绾向耳后。李姗姗走后，吴正军问儿子在哪里认识的。吴勇说出"舞厅"两个字后，张燕燕看到吴正军身子晃了晃。黎明时分，她听见身边传来长叹声。

李姗姗手指收回，凝视"彩虹瀑布"上某一点很久。突然，她停住右手，短发从耳根散落。她抬起头，脸色发红，语调单一："可以，不过我不见她。"

张燕燕一瞬间仿佛正爬到树最高处，突然同时落下两根保险绳。内心平静有底气。她从容地答应道："没问题。我谁都不说。""彩虹瀑布"重新滑进张燕燕包里。

白色宝马车马达轰鸣着从自己身边掠过，张燕燕记起了李姗姗不辞而别的那个清晨。

厨房窗夜里忘了关严，一团团浓雾从窗外滚进来，张燕燕认为小米粒哭闹跟雾霾有关，轻轻敲了几下房门说："姗姗，孩子是不是被呛着啦？"房间里没人应声，小米粒继续哭闹着。张燕燕推门进去。吴勇缩身侧脸对墙睡得很沉。在吴勇身边，叠放着两堆小孩衣服，还有一瓶奶。张燕燕摸摸奶瓶，温度正好。她把奶嘴塞在小米粒嘴里，将她抱起，看着她圆滚滚清澈的眼睛，张燕燕鼻子一酸。她希望自己想的不是真的。她甚至没喊醒做梦的儿子，就跑到街上去侦察。雾里，马达声阵阵，就是看不清车和车里的人。或许李姗姗有事出去一会儿呢，她抱着小米粒等啊等。吴正军买菜回来，知道情况后，一边洗手，一边叹气："跑——早晚的事。就是……只是……也太早了点吧。"

好在这半年，张燕燕在马达轰鸣声中过惯了。看着宝马高高翘起的屁股，也没觉得闷在铁罐里比自由行走在街道上，有什么了不得之处了。

得到就意味着要失去。那位捐献者最终还是没有通过配对。张燕燕心里的天平霎时全倒向李姗姗，回想负二层蹲守的最后一夜，她"猖狂"的言语和举止都有一根保险绳在打底。她感觉后怕。赶紧拨通李姗姗给的新电话。

"你什么时候有空来医院？"

"我已经做过体检了，血液、骨髓都可以用。"

"骨髓要做配对，你还是到这里血液科来一下吧。"

李姗姗沉默了一小会儿，吐出两个字："行吧。"

放下电话，张燕燕想着向李姗姗保证的事情。她把捐献者需要保密身份的要求向林主任说了。

"可能是你们电视电影看多了。"林主任笑了笑，表示医生就是要为病人和亲属保密。这样的事情和要求林主任也见多了。

不过张燕燕还是让米粒请了半天假在家，关照吴勇看护好女儿。吴勇无奈地说："身体蛮好，好好的学不上，还要搭上我。我最近头绪多，忙得很。"

张燕燕知道股市行情一直不好，吴勇心情始终低落，只能稳住他："行了，有个理财快到期了，到时转给你。"

吴勇乐了，张嘴呵呵笑，一口灰黑牙齿。张燕燕越看越难过。可有什么办法呢？

李姗姗一身灰衣灰裤，戴了个黑色口罩。张燕燕在心里嘀咕，要不引人注目还戴什么黑口罩！

点头、引路、挂号、开单、登记、检查、挥手。张燕燕回家路上回忆不起来跟李姗姗说了些什么，或许根本没说一句话。是的，真是没有多余的话可以聊的。出走后，李姗姗或者是以李姗姗名义的人寄给吴勇一份离婚协议书。令王正军、张燕燕吃惊的是，吴勇拿出协议"唰唰唰"在上面签好了字，就像刷信用卡买东西一样轻松。

隔几天，张燕燕买好菜走在回家路上，林主任打来电话。最后一句话戳在张燕燕心上："父母双方给孩子配对不成功，是常事、常事。"突然间，她又犯了病，脚一软，坐在地上，蔬菜水果撒了一地。路人扶她在路边石凳上休息。她觉得自己一直在小看吴勇。或许，吴勇比谁都清楚。甚至在结婚前，他告诉父母李姗姗"有了"的时候。

张燕燕再给李姗姗打电话。这次李姗姗声音细弱。张燕燕连喂了几声才听见回音。

"你知道结果了？"

"我知道了。"

"唉！怎么就会这样呢。"张燕燕觉得不该打这个电话，甚至不想告别就挂电话。

"最佳时间就是现在吗？"李姗姗声音提高了点。

"医生说越早越好。"

没有预兆先挂电话的是李姗姗。张燕燕觉得一口气没吐出来，窝在心口闷闷的。

一个月后一天下午，天气转凉，下着小雨。张燕燕正在地下室清理仓库。昏暗灯光里，她把一沓又一沓废弃文稿装进彩条编织袋。吴正军去世后，他的文稿也是被她这样装进塑料袋。都是没有意义的东西。她又恢复了打两份工的生活。

仓库门猛地被推开。惊得她大叫了一声。

经理气喘吁吁地说："林主任打不通你电话！她让我告诉

你，配上了！"

她没反应过来，还在琢磨经理的激动情绪，带霉味的空气里突然有了仙气。

"医院来电话，配对上了啊！刚刚的事情。"

"啊！我……我怎么没接到电话呢？"张燕燕站起来，举高手机看信号，手机顶到了经理额头，经理往回退，差点摔倒。

经理给她看林主任发来的微信："向吴佳佳定向捐献者配对成功。"

"定向？"

"刚才我打电话问了，有个三十多岁的男人定向捐骨髓。"

张燕燕心里盘算着"三十多岁的男人"。

做完移植手术后，张燕燕就想打一个电话，电话拿出来放下去，来回好几次。直到拿到十几张化验单。

"主要指标都正常了。"张燕燕被阳光刺得眯起了眼。

"太好了！"

"是的，太好了。"

"那个，'彩虹瀑布'还在吗？"

"嗯，在的。"

"帮我把红色彩虹两头画到地上吧。"

张燕燕咧咧嘴，想着往地里深深扎进去的两条红线，苦笑着。

回到那个初夏

一

柳蕙兰躲在一棵高大法国梧桐树后，不眨一眼地盯着马路对过的幼儿园。家长们戴着口罩围在大门口。柳蕙兰戴了墨镜。五月午后阳光已很毒辣，穿透树叶，落在柳蕙兰身上。头上汗珠顺着发梢往下掉。那些被太阳暴晒的爷爷奶奶们，全然不顾地昂起头往幼儿园里张望。

她早就望见了那个高瘦秃顶的脑袋，还有那张得很大的嘴巴。她似乎能闻到一股烂苹果气味。不由自主地，她闻了一下口罩里的味道，也有淡淡的酸腐味。最近一次体检，血糖指标是正常的。回去后再去做糖耐量试验，毕竟遗传基因在这里。

一阵哄闹打断她的思绪。小孩子排成队站到了门口。一人一卡，家长出示接送卡，老师核对后放孩子。柳蕙兰看到，那个始终飘浮于人头之上的秃脑袋，挤到了最前面。随后，不见了！她急着扩大搜索范围，再迟几秒，她就要跳出大树遮蔽了。突然，那个发亮秃顶直冲眼前，压得很低很低，与手牵着的戴眼镜小男孩说话。

那个低头哈腰的姿势，触动了柳蕙兰的心。四十多年前，每天放学，父亲柳鸿基以同样的姿势，拉住她的小手，问学习、饮食、游戏。那时，柳鸿基喜欢穿深色西服，打红格子领带，头发细密，嘴里气息清新。柳蕙兰问得最多的一个问题是："今天晚上，我们吃什么呢？"柳鸿基给的总是同样的回答："你想吃什么，我们就吃什么。"

男孩嘴唇在动，柳鸿基不住地点头。柳蕙兰都觉得父亲的腰快受不了了，灰衬衫一角掉出黑裤子，皱巴巴地荡来荡去。

"啪"的一下，小男孩手掌拍在光头上。柳鸿基还在笑和点头。"啪啪啪"，连续地，一下比一下响亮。

柳蕙兰按捺不住，想要冲上前。脚一抬，却碰到树根，这一顿，挡住了她。关我什么事！他是活该！她用劲抠树皮，手指很痛，也觉得凉凉的。

小男孩拖着柳鸿基，离大树越来越近。柳蕙兰赶紧调整站立方位，好在老人和孩子越来越多，找人难，躲避容易。

小男孩双手吊在柳鸿基右手，脚腾空，去踢柳鸿基的肚子，大吵大叫，声音刺耳。

"小火车！我就要电动小火车！"

"小心眼镜！不要用劲啊！"

"我现在就要！"

"要去大商场才能买到啊。"

"拿手机网上买，他们都这样买的。"

"我，我不会。回去让你妈买，好吗？"

"不好！马上给我买。"

"好好好！买买买！你走稳点。"柳鸿基哄着孩子往电动自行车停放点走来。

有家长带着小朋友从柳蕙兰身边经过，告诫孩子："你可千万不能这样对待爷爷啊！"

那孩子哈哈大笑："那不是他爷爷，是他爸爸！"

家长愣了一下，停住，转头又看了看柳鸿基。"耍赖皮就是不对，你听清楚没？"快速拉孩子走开。又有一些家长相互嘀咕着。

看着柳鸿基花了九牛二虎之力才将小男孩放上电动自行车，柳蕙兰想起了母亲贾雪梅。如果母亲还在，这样被人侧目的事情不会发生。

十五年前，贾雪梅失手打碎一只碗，病也渐渐浮出水面。打碎一打碗之后，柳鸿基陪她去医院检查。与父女俩猜测的一致，多项指标表明，贾雪梅患了肌萎缩侧索硬化，俗称渐冻症。贾雪梅那年已经退居二线，再过两年就退休。学校也就顺水人情做到底，不再要求她上班。

柳蕙兰还在本市国有银行上班，作为后备干部，每时每刻都得振奋精神，应对突发事件，抓住突如其来的机遇。行长把她从企业信贷部调到人资部做主任，就是即将提拔的重要信号。人资部由两块组成：组织和劳资。她实权与副行长们差不了多少。名义上还要听听他们的意见建议，实质上，就听一把手的。每天，业务工作已经够忙的了，还要接待上级领导、兄弟单位同行，自家领导喊陪个饭，更是不能拒绝。看柳鸿基照顾母亲辛苦，自己又帮不上忙，柳蕙兰请来一位保姆，比她大三岁，叫薛三妮。

柳蕙兰靠在大树上，摘下墨镜。仰头看着迎风摇荡的法国梧桐宽大的树叶。幼儿园大门重新锁上，门口恢复冷清。一只小风筝被幼儿园围墙的铁丝网挂住，沮丧地垂下头。柳蕙兰走到围墙边，伸手，够不着。她找到一根竹竿，把小风筝挑落。仔细一看，风筝是一只彩色蝴蝶，褐色身体，有几扇金黄渐变到玫红的翅膀。她把它放到树杈上。走出一段路，回头看时，蝴蝶的漂亮翅膀正在抖动，一阵风过来，蝴蝶就要飞上天空。真像自己以前的状态啊！柳蕙兰边走边想。最好的年华，总在不珍惜中悄悄滑过。

在薛三妮照料下，贾雪梅病情稳定。柳蕙兰把全部精力都用在工作上。样样工作，她都要求保持全省第一。几个月、一年下来，该得的荣誉都有了，手下员工都觉得可以歇口气了，可她要求更加严格，提出要争全国一流。私底下，对她的负面评价多了起来，什么只想自己升职，不管员工死活；只要眼前业绩，不做长远规划；只解决表面问题，从不触碰历史遗留问题；等等。自己花了数倍甚至十倍的努力，换来的却是闲言碎语，柳蕙兰咬牙顶着。在这关键时候，行长换了。一切都要重新来过，好不容易挨到了临门一脚，门却移走了。柳蕙兰沮丧极了。可她又不敢表现出来，才三十五岁啊，又是行里重点培养的对象。她什么人都不敢倾诉，只有找完全不搭界的薛三妮诉苦。薛三妮从农村来，银行在她眼里是一座大衙门，柳蕙兰是衙门里的管家。管家的烦恼，在她眼里，就像土地娘娘担心没人来烧香这样稀奇古怪。

"他们欠你钱吗？"

"没有。"

"他们挤对你吗？"

"嗯，也还好。"

"这就是了。戏里说，一朝天子一朝臣，连宰相都没办法，想开点。"

"说是这么说，我还是觉得，怎么就落在我头上了呢？"

"听说，我们县委书记隔三岔五往你们那里跑呢。"

薛三妮那个县，柳蕙兰去过好多次。七山二水一分田，光靠几棵梨树、桃树，发展不起经济。年轻人都跑出去打工，少数人在外闯荡多年回来经营生态农场、土菜馆、民宿，旅游业成为县支柱产业。薛三妮有时心里不痛快，就用石钵杵大蒜头："还不如回家在山脚下开个店。"

柳蕙兰跟父亲说了好几次，多加点钱给薛三妮。柳鸿基总是摇摇头："三妮还真不是因为钱。"

不是为了钱，那是为什么？柳蕙兰心里痒痒的。

有一次，她见薛三妮又捣蒜，把钵抢过来，以更大的劲舂。薛三妮骂道："你想把谁砸死啊？"

厨房的油烟一会儿飘向保姆，一会儿飘向年轻白领，当她们身上都染上一股油馏味，两人心情都渐渐平复。薛三妮的老公在深圳打工，跟发廊女有了关系。柳蕙兰被调动工作，去了支行做行长。

"都是命！不服不行的。"薛三妮举着滴着油的锅铲说，同时狠狠按下抽油烟机按键。柳蕙兰后面只看到薛三妮的嘴在动。那张嘴，即使在女人眼里也非常性感。上嘴唇宽大丰厚，下嘴唇微微往上翘，像一朵莲花。如果不是薛三妮额头偏窄，导致眼眉舒展不开，那么就真是一等一的美女。

"你回去开民宿、乡土菜馆，要是申请贷款，我给你解决！"柳蕙兰想四十岁不到的薛三妮肯定不甘心长时间做保姆。

薛三妮有个表哥开饭店已有十多年了。她与柳蕙兰约好，抽空回去一趟，尝尝表哥手艺，看看投资发展环境。

贲雪梅坐在轮椅上微笑地看着她们。她胸部以下已完全不能动。每说一句话都要花费很大精力和体力。她必须让面部表情夸张来表明自己内心想法。面无表情是基准脸，开心就微笑，痛苦就皱眉，厌恶就撇嘴，努力克制负面表情。母亲一微笑，柳蕙兰心情就好许多。

　　快乐与痛苦的问题，始终缠绕在柳蕙兰心间。不经意间，下班高峰悄然来到。她在车辆与人流中左冲右突，像极了事业和家庭的突围。这些年来自己付出了这么多，得到了什么？有些事情，难道真的该由自己来承受吗？

　　柳鸿基发给她的信息，她从来不回的。直到昨天她收到一条长达千字的信息。硬把她拉回八年前的那个初夏。

　　请假，购买高铁票，订宾馆。这些操作在五分钟内全部完成。然后，她花了五个小时决定要不要取消假期，退票、退旅馆。直到大楼保安礼貌地敲门进来，报告柳行长银行大楼即将开启夜间保安模式，她才真正决定回家一趟。

二

　　薛三妮从表哥的饭店回到家，已经过了十点。

　　"小宝睡了？"

柳鸿基正点火给薛三妮热粥："他有点累，九点不到就睡了。"

"你不要弄东西，我吃不下。"看完小宝，薛三妮回到狭窄餐厅。电视开着，乳品广告里的孩子们个个面色红润。

柳鸿基还是端了一碗皮蛋瘦肉粥放到薛三妮面前。薛三妮呆呆地看着碗里升起的热气。

柳鸿基从裤兜里掏出一个塑料小盒，取出几粒药片，喝口水吞下去："你表哥怎么说？"

薛三妮摇摇头："他正要办生态农场，把钱全砸进去了，还向银行贷了一大笔钱。"

这回，轮到柳鸿基发呆了。

附近高架桥上的车辆不时经过，像一波又一波的潮水冲击。

"还是我给蕙兰说吧。"

"不！"薛三妮回答得没有任何间隙。

"你难道要把小宝的生命拿来赌气吗？"柳鸿基端起水杯，不停喘气。

"赌还有输赢，事实是，我们早就输得一塌糊涂。"薛三妮此时心中只有悔恨。如果时间能重来，她还会选择这条路吗？她缓缓抬起眼，面前坐着的枯瘦老头，头发全都掉光，并不挺拔的鼻梁上架着一副金丝边眼镜，牙齿掉了几颗也不去种，脸色黑灰。她回想十几年前柳鸿基的样子，似乎也没有找到任何可以称道的英俊或者睿智。自己怎么会走到这一步呢？

贾雪梅全身能动的部位只剩下头部时，薛三妮照料得更加细心。每隔两小时给贾雪梅翻个身，每天擦洗全身。虽然用了尿不湿，可大便还是要用手伸进肛门抠出来。她知道，这样的活，柳蕙兰做不了，长时间肯定受不了。

出太阳的日子，薛三妮推着轮椅在公园里转。贾雪梅已经很难做出表情，兴奋或者恼火时，她喉咙会发出哼唧声，只有薛三妮和柳鸿基能大致猜到意思。

薛三妮总是带一把梳子出来，对着草地和树木，慢慢地给贾雪梅梳头。鸟儿叽叽喳喳飞过时，贾雪梅眼里流出泪水。薛三妮挺理解贾雪梅的孤独。柳鸿基退休后被私人老板高薪聘去做技术顾问，他是信息通信方面的专家，行业内小有名气。柳蕙兰去基层做了一把手后，嫌离家太远，租了一套支行旁边的公寓住。周末才回一次家。空荡荡的四居室，经不起风和阳光的抚慰，地板冷不丁的一声爆裂，空气都会一颤。后来，薛三妮才想到，这是"心颤"。

"告诉了她，她会帮小宝吗？"薛三妮早就对柳蕙兰不抱希望。

"她会帮忙的，小宝说什么都是她弟弟呀！"柳鸿基总算顺利喝完半杯水。

"在外面造谣的是谁？难道还有别人吗？"

"她是我女儿，我相信她不会传谣。再说，事实不是已经很清楚了吗？"

薛三妮腆着大肚子到公园散步，没到半圈就走不下去了。每个似曾相识的人都躲着她，却又以她听得见的声音议论着肚子里的小孩。

关上门，薛三妮靠在出租屋粗糙的墙壁上，放声大哭。她才四十五岁，难道后半生都要在闲言碎语中烦躁地度过吗？

薛三妮永远忘不了那个冬日午后。她推贲雪梅在阳台上晒太阳。看着远处落叶树林，不知不觉就掉下了眼泪。半年前，她离了婚。最令她难过的是，过错在对方，刚初中毕业的女儿却选择了跟父亲到深圳打工。失去女儿，是她最大的痛。贲雪梅听见了她的抽泣声，喉咙里发出咕噜咕噜的声音。她连忙止住哭声，把耳朵凑到贲雪梅嘴边。可惜，含糊的、不成形的话。她根本揣摩不出意思。她只能点着头按牢轮椅。没多久，贲雪梅又发出更急促的声音，她再次凑上前，还是听不懂。她把柳鸿基叫过来。两人都不知道怎么理解贲雪梅的焦躁指令。

柳鸿基试着说话："听说最近新区开了一家康复中心，下周我们就去试试。"

薛三妮看到贲雪梅眼渐渐睁大。那时，眼皮已是贲雪梅很少能动用的地方了。她眼睛越睁越大，黑眼珠突出了，随后眼白也突出了，上下眼皮两道弧形渐渐撑大，形成了一个圆。伴随着三个同心圆的形成，鸣号声响起。这是她能发出的生命最强信号。

半年前，柳鸿基辞去了私企的职务，真正退休回家。按他的说法，钱是赚不完的，家庭、亲人最重要。薛三妮买菜做饭的活，柳鸿基全揽了过去。薛三妮知道，其实他可以不做任何事情的。时常，两人在狭窄的厨房侧身而过，在进门时相视一笑。他在水槽前洗菠菜，一棵棵地洗，几根极其珍贵稀罕的白发垂下来。菠菜的颜色很绿。她喜欢看他认真细致做每件事，缓慢而认真。时间仿佛因此停滞。很多时候，人不需要太赶时间。薛三妮得出这样的结论。

然而，贲雪梅却在逼回。她是如此急迫，以至于薛三妮吓傻了，盯着那双变形到极致的眼睛，也在竭力睁大自己的眼。柳鸿基弯下腰，从薛三妮的眼睛转移到贲雪梅的双眼上。

"我明白你的意思了。"柳鸿基语气坚定，"你就放心吧！"

薛三妮浑身燥热，不敢看贲雪梅的眼睛。直到再次听见急促痰鸣声。薛三妮抬起头看到那双眼睛又恢复往日模样，眼光一直注视着她。对的，她还没有表态。她没有看柳鸿基，只是认真地对贲雪梅点点头。点头的实质是什么？她只知道是个承诺。

贾雪梅五七后一天，薛三妮正在打包行李。她跟柳鸿基表明了离开的决心。突然，客厅传来"啪"的一声响。她跑出房门看时，柳鸿基倒在地上，还有倒下的两张凳子，灯泡的碎片遍地都是。

柳鸿基右股骨骨折。薛三妮没走成。

半年后，柳鸿基扔掉拐杖的第一天，就把薛三妮领到阳台上。虽然温度还很低，春天气息却已到达。

"当时我们不就是为了应付她啊？你还当真了。"

"我当然当真啊，而且她的意思明确又坚决。"

"即使这样，我也不能跟你过。"薛三妮心里很矛盾。她其实已经是一个无家可回的人。这个家的每一件东西都是那么熟悉，熟悉到无法舍弃。可她还是不能就这样轻易答应柳鸿基。还有个柳蕙兰。她从柳蕙兰的话语里琢磨出一些味道来。

"三妮姐，你可以加入家政服务公司，先去摸摸行情。以你的能力和水平，自己办个类似公司一点都不难。有事可以随时找我。"

"我想还是回老家，帮表哥做点事。"

做出决定后，薛三妮趁柳鸿基外出，乘长途汽车到了表哥家。行李还没打开，柳鸿基就追来了。

表哥以生意人的脑子开导她："你不就怕落下闲话吗？仔细分析其实并不存在。凡事都要从长计议。我这里你能待得了

238

一时，也待不了一世。总还要出去。与其以后再找，眼前的就应该考虑起来。年纪大点呢，又无所谓的。大家都求实在。下半辈子你也安稳，不用再吃苦。"

虽然薛三妮想得跟表哥差不多，心里却还是有个东西顶着她。

果然，薛三妮跟着柳鸿基进家门，劈脸撞见坐在沙发上等他们的柳蕙兰。

"你们太不要脸了！"柳蕙兰脸色阴沉，声调尖厉，朝两人做了指心的动作，"有没有问过这里？"

那时，薛三妮将身体隐在柳鸿基后面，听到的是柳鸿基沉着的回答。

现在，薛三妮从口袋里无力地挖出一沓整整齐齐的手工借条："都是我不好，把积蓄和你的退休工资都投给了表哥。"

"那真是个无底洞。我提醒过你，你还总相信他。"柳鸿基话里带着抱怨，"石子丢在水里还有个响声。"

薛三妮没有搭腔。把借条重新塞进牛皮纸信封，摸到桌子上的订书机，狠狠地在封口上订了三根细细的钉。

"今天放学时，小宝闹着让我买轨道小火车。"

"我来买吧。哎，今天不知道明天的样子。"薛三妮又落下了眼泪。

"中午我在市一院跟心外科主任碰了头。"柳鸿基尽量以平静的口气说话，"马方综合征引起的各种症状，在小宝身上已经有反应。特别是这次检查出二尖瓣有严重问题，必须做手术了。"

薛三妮在想自己家族里自己所见之人，并没有心脏遗传病。听柳鸿基说，他们家也没有此类病例。还是衰老的原因啊！当初，他们两人像叛逆情侣一样，像对抗父母一样，对抗柳蕙兰。

不领结婚证。不住家里。不与柳家来往。

柳蕙兰顽固地定下"三不原则"，引发这对年纪差了二十二岁的情侣的过激反应。

忽然有一天，薛三妮发现自己怀孕了。她的第一反应，不要这个孩子，但被柳鸿基阻止了。他想要一个孩子，特别是男孩子。他希望自己的一切在孩子身上延续。根本没有想到老人生子、高龄产妇等不利因素，容易导致基因突变。这已经超出医学治疗范畴了。

摆在薛三妮面前的最大问题是，即使向柳蕙兰妥协，她会接受妥协吗？到现在，薛三妮还记得与柳鸿基在一起后的唯一一次与柳蕙兰的见面。正是这次面对面的交谈，两个女人感受到彼此内心锐利又笨拙的东西。

谁知道呢？或许柳蕙兰这几年又有了很大变化呢。薛三妮只能听天由命。

三

宾馆冷气很足。柳蕙兰冲澡后，穿上丝绸睡衣，凉飕飕的。戴上蓝牙耳机，打开收藏音乐，久石让的《海岸》如潮水般涌到她脑际，无比舒畅自由。倦意袭来，她索性钻进被子里。夜幕缓缓降临，窗纱背后渐渐暗下来。头渐渐被吸入松软枕头里，连冷风的嘶嘶声，也若有若无了。

母亲出现了，坐在床边，替她盖上被子。有点热，她悄悄地把右脚踢出来。让她吃惊的是，这是一只孩子的脚。她转过头，贾雪梅黑发披肩，眼睛眯成一条缝。

"小兰醒了啊？喝点绿豆百合汤吧！"母亲端起床头柜上的金边白瓷小碗，喂了她一小勺，"凉凉的吧？我放了一小块冰。"

她点点头，还想喝。这是母亲亲手做的。通常是她生病，母亲才会做。是的！自己又病了。只有母亲的汤水才能化解。

她一口接一口喝着绿豆百合汤。她已经想好向母亲求援的问题。

母亲收拾起碗勺，站起身，被她伸手拉住。她的手又细又小，弱小无力。

母亲微笑着重新坐下，用手抚摸着她的脸。

"妈妈，晚上陪我睡觉。"

"小兰长大了，要一个人睡觉了啊。"

"我生病了。"

"好吧，今天晚上我陪小兰。"

"我病的时间很长。"

"病得再长，也会好起来的。"

"我难受。"

"心里难受吗？"

她慢慢吸口气，感觉胸口压着一块石头似的。于是，点点头。

母亲继续说："把话都说出来吧，我的宝贝。"

"哇！"柳蕙兰放声哭出来，把自己哭醒了。

房间里已经漆黑一片。她暗自叫声不好，开灯冲到卫生间，镜子里的她泪眼蒙眬，眼圈通红。她准备好的问题还没有问，怎么自己就哭了起来。她就是这样，每到关键时刻，都是自己先搞砸。平息情绪，打开药盒，拿出两片药片，一黄一白，喝口矿泉水吞下。

支行行长比市分行管理者更多地接触到社会方方面面。各色各样的人找上门：有扛着大旗要求大额贷款的；有借"靠山"帮助解决职务问题的；有拉关系做金融生意的。开始时，柳蕙兰泰然处之。没把那些吹肥皂泡的人当回事。不料，市分行一把手又换了一位。她吃惊的不是换领导，而是一个月前，有人坐在她办公室，指名道姓地说不出一个月人事肯定变动。还有一次，她拒批一笔明显不符合规定的贷款，有人吵到她面前，说不出一周，邻区支行就会放贷给他。果然如此。

眼看年轻人一个个走上领导岗位，她经常走到地图前思索。市分行位居市中心广场的核心，她所在的支行离市分行很远，除了开会，她很少去市中心。不过，她从不担心信息闭塞。总会有人愿意做灵通的媒介，她在心里称他们为"灵媒"。

他们通常抓住你最痛的地方，或者挠到最痒的部位。在支行工作时，他们分析柳蕙兰内心最渴望的就是职务升迁，能够进入市分行领导层。

这是最符合常情的分析判断。柳蕙兰的确也这么想，这么努力的。不过，她还有一条途径，是他们无法知晓的。

瞧着手机上的时间，她显得有点慌乱。草草地在脸上涂抹一番，就开始换衣服，套装换到一半，又脱下，心念一动，换上连衣裙。穿着白底淡紫碎花的裙子在镜子前转几个身，总是觉得什么地方不对。补戴了小珍珠细钻项链，似乎还有问题。啊！唇膏没涂。她选了砖红色。同时，挑高了眼睫毛。一下子，整个人精神起来。

网约车司机打来电话，已经在宾馆门口等候。

城市的变化，就像女孩子的成长。隔一段时间就得刮目相看。那么，钟欣呢？他会不会有什么变化呢？柳蕙兰从没将钟欣列入"灵媒"，更没有将现在她的状态归结到他身上。不过，每当要做出重大选择的时候，她便不由自主地给他打电话。昨天，他的反应似乎波澜不惊。

"我们见个面吧。"

一句话，就把她想说的话堵住。她回味着他的嗓音，他的语气，仍然像八年前那样沉着迷人。

钟欣辞去公务员之后，加入经商队伍。经商需要资金。柳蕙兰认识了找上门来的钟欣。第一次，他也是通过领导打招呼。正好碰上柳蕙兰焦头烂额。地铁开挖，预先没通知他们，把整个支行包围起来，连个通道都没留。柳蕙兰烦躁地跟戴安全帽的施工负责人交涉。围挡搭建没有停下来。

钟欣见状，平静地对柳蕙兰说："交给我处理吧。"

第二天一早，施工负责人让工作人员正对着支行门面开个口子。他跑到柳蕙兰那里打招呼，保证以后总有通道可以从马路上直接进支行大门，并且悬挂醒目指示牌。

惊喜之余，柳蕙兰赶紧在杂乱的办公桌上寻找昨天那个一身铁灰色西服高个子高鼻梁男人的名片。

钟欣走进了她的工作和生活。

奇怪的是，钟欣从不请吃饭。一星期来她办公室坐一回，就是闲聊，聊轻松话题，说八卦新闻。柳蕙兰注意到钟欣来的时候，总是穿西装，天冷套一件西装大衣，天热穿浅色亚麻西装。他头发梳得一丝不苟，还喷男士香水。他总是隔天发消息或者打电话预约。柳蕙兰每次收到信息，就格外注重形象，如果坐下觉得腰部有赘肉压迫，就一整天不吃东西。银行规定上班穿工作服，她就跟钟欣在外面咖啡店、轻食店见面，这样她可以换上最适合时节穿的衣服。从钟欣的眼里，她看出了欣赏和喜欢。不过，她不问钟欣个人事情。

"灵媒"总是要想方设法请柳蕙兰办事的，而钟欣选择了不令人反感的模式，这是他们不愿意费神费力去做的。

有好多事情，都是柳蕙兰离开这个城市后想通的。离"桃花缘"咖啡店越来越近，周围熟悉的建筑也多了起来。想想钟欣真是个特别用心的人，八年前他们最后一次坐在一起，也在"桃花缘"，也是早早热起来的一天。

"桃花缘"咖啡馆中式化了，设置了包厢。钟欣订的包厢叫哥伦比亚。这是世界上最好咖啡产区的名字。

柳蕙兰推门进去的时候，仿古座式大钟正好敲响八点钟。钟欣正在翻杂志。他就是与众不同。在大家都玩手机的时代，他连微信都没装。

"不好意思，我晚了！"

"没事，我也刚到。"

包厢里放一张小方桌，四张皮质圈椅。柳蕙兰把小拎包放在自己一侧的圈椅里，面对钟欣坐下。令她惊讶的是，自然而然地，已经以小方桌为界，画了一条线。这在以前是不可能的事情。她心中感慨，表面微笑。

咖啡馆主打套餐。柳蕙兰点了咖喱牛腩饭套餐，要了圣培露气泡水。钟欣点了海南鸡饭套餐，要依云矿泉水。

"既然这里叫哥伦比亚包厢，那么给我们每人来一杯哥伦比亚浅度烘焙清咖吧。"

服务员点头出去。还真有哥伦比亚咖啡豆。

"听，这是《回到那个夏天》！"柳蕙兰吃惊地看着钟欣。

钟欣微微一笑："那是你最喜欢的久石让。"

随着钢琴曲向复杂多重演进，柳蕙兰微微仰头说："小姑娘单纯可爱，为救父母深陷复杂神鬼社会中，能拯救她的只有纯真善良。"

微笑渐渐收敛。钟欣没有表现出久别重逢的欣喜，只是试探着问："昨天匆忙，你在电话里说的，我没怎么听明白。"

"你说过要投资凯瑞医疗，后来投了没？"

"现在我是凯瑞医疗的董事啊。"

柳蕙兰把小宝患马方综合征需要动心脏外科手术的事情重新说了一遍。

钟欣默默听完，没有答话。这时，服务员敲门进来送餐。

两人静静地将自己面前的饭菜吃完。其间，略微停顿几次喝水。他们动作一致，互相躲避眼神。

哥伦比亚咖啡醇香四溢。背景音乐在放《关塔那摩姑娘》。

海滩、吉他、舞动的女郎，在柳蕙兰眼前跳跃。

"这次不再有约定了？"钟欣突然发问。

"什么？"在这两个字出口的一瞬间，柳蕙兰感觉自己失态，于是，冷静地长吸一口气，"唉！小宝毕竟和我有血缘关系啊。"

"当初他们是怎么考虑亲情关系的？"

钟欣的话，让柳蕙兰感觉不适。这似乎是人之常情：亲密的人不说高调的话。柳蕙兰只能回答："人还得看得开点。"

"就这样和解了？"

"不然呢？"

隐隐地，柳蕙兰感觉钟欣似乎在使用一种谈话技巧：角色互换。

她喝一口咖啡，再喝一口带汽的水。"其实，你很清楚。你支持我，我就增添信心。你犹豫一下，我心里就会没什么底。可不管怎样，就像八年前那样，我还是会按照自己的想法去做。"柳蕙兰直视钟欣几秒钟，随后话题转移，"今天下午，我去幼儿园门口，看到了那一老一少。用一个成语形容，真叫触目惊心。家长和小朋友们走后，有一段时间，我连走路的力气都没有。我救了一只被缠住的美丽蝴蝶风筝，却救不了自己。"

"我知道你善良。你已经做好为小宝动大手术的全部准备，只是还需要人在后面推一把。"

柳蕙兰抬眼看钟欣，他笑的时候，鱼尾纹很明显，以前还真没注意到。大家都在变老，老去带来的最大变化是淡然。

那次，她把心中最真诚的想法说出来时，钟欣惊讶地表示，不可能与她一起去外地生活、工作。那只是她想象出来的幻象：比翼双飞、芙蓉并蒂。

更加吃惊的是柳蕙兰。她用五分钟的沉默时间，回顾了熟识钟欣的整个过程。她认定，钟欣也跟她想的一样，不管在什么地方，只要两个人在一起就是最好的。

然而，钟欣是有家庭的男人。柳蕙兰一直回避这个事实，直到她人生中最大难题出现。钟欣也在家庭问题上回避、沉默。这是欺骗吗？柳蕙兰无法确定，她也想过祭出杀手锏，每当这个时候，贾雪梅的声音总会在她脑海里回荡："宽容他，也就是宽恕了自己。"

柳蕙兰哭出声来。那是她有生以来哭得最厉害的一次，到后来，双脚都抽筋了。钟欣紧紧地抱着她。

四

薛三妮没让柳鸿基知道自己去找柳蕙兰，她借口去表哥家。

薛三妮在高大写字楼前给柳蕙兰打电话。一丝惊讶传来，随后像一弯月亮般冷静。

"我没有时间，中午有个接待。晚上更不行，要加班出报表。"

薛三妮预料到了，随即给了柳蕙兰一点压力："最近，我发现了一件你母亲的遗物，专门来送给你。"

一楼门厅靠玻璃幕墙的地方，摆了几张小圆桌、小靠背椅。薛三妮坐下等柳蕙兰。

写字楼东面一到三层，是柳蕙兰所在商业银行的地盘。薛三妮听说，从四大国有银行跳到商业银行来的高管，工资翻倍都不止。不过，工作压力很大，不加班根本完不成指标，因此转行、跳槽、辞职非常普遍。

柳蕙兰黑西装白衬衫高跟鞋，胸口系一条蓝白橙三色围巾。如果没有胸前的亮色，薛三妮会觉得眼前这个女人毫无生机。

柳蕙兰没有坐下，站在幕墙边望窗外喷泉，手指拨弄着透明塑料胸卡。

薛三妮从包里夹出一个信封，走上前，递到柳蕙兰眼前。

摸到信封的一刹那，柳蕙兰眼里露出疑惑。薛三妮以鼓励的目光让她挑开信封。没有撑满信封的一张老照片悄然滑出。

那是一张着色照片，贾雪梅双手紧握又粗又长的辫子，身穿格子布衫，上面打了好几个补丁，眼里充满仇恨，凝视远方。过度修饰和上色，使贲雪梅的五官轮廓分明，两道加粗挑起的眉毛使眼神更锐利。

照片背后写着几个字，"雪梅演铁梅纪念。一九七一年三月十日"。

柳蕙兰端详照片时，薛三妮轻声说："坐下聊聊吧。"

"我没想到你给我送照片来。"

"那天，我在理书时发现的。老柳从家里带出来最多的就是书。前阶段下暴雨，靠在墙根的书都潮了、霉了。"

"他还好吧？"柳蕙兰还在低头盯着照片看。

薛三妮调出一张手机照片，上面写着柳鸿基每天要服用的七八种药："还好，能出医保。"

"一九七一年，我还没出生。他们还不认识。听说他们是在一次游行时认识的。我爸高举旗帜喊着口号，快步疾走时，踩掉了拿着喇叭喊口令的我妈的布鞋，被人流裹挟着的两个人，怎么都回不过去找鞋。他们干脆踢掉鞋子，光着脚往前走。走到了一起。"柳蕙兰抬起头，不再回避薛三妮的眼神，"我本来是老二。我哥哥刚出生三个月就去世了。经历了这件事后的我妈，再也没了照片上的身姿和精神。"

薛三妮听柳鸿基说起过这件事。婴儿去世原因不明。贲雪梅为此一直不肯再孕。隔了好几年，贲雪梅的状态逐渐好转，才有了柳蕙兰。

"或许是害怕再次失去，我妈就特别担心我。不让我上街玩，不让我学游泳，不让我参加剧烈运动。在她心目中认为会出危险的，一概不让我学。于是，我整天在脑子里学游泳、练跑步，每天晚上总在'翻山越岭的征途'中睡去。我爸不是这样。悄悄地带我去爬树、逮蟋蟀、抓小蝌蚪。什么意外都没发生。于是，我愿意跟爸爸在一起。家里不知不觉地分成了两派。我妈仍然占绝对优势，只是对立面也在暗自壮大。终于，在高考前，两派斗争从暗处走向明处。我坚决不肯按照我妈设计的考师范当教师的路走，而是选择了自己不擅长的会计。其实，我对会计几乎没什么概念，更谈不上喜欢，只是想背叛我妈。我爸对此不发表意见。我认为这就是对我的支持了。"柳蕙兰话锋一转，"我成为今天的我，就是我妈不断反对，我爸默默支持的结果。空下来的时候，我会想按照我妈设计的路线走，我现在会是一个什么样的人？很有可能更好。现在的我，经历过你们无法想象的痛苦，或许还要承受更大的痛苦。本来我还有一个可以信赖和依靠的人，现在，你把他夺走了。"

在柳蕙兰锐利眼神逼视下，薛三妮反倒觉得坦然了。

"我理解你的心情。当时我也劝你爸，就按照你提出的'三不'原则办。这样大家都好过。其实吧，那个阶段，我被人戳脊梁骨。说什么的都有，保姆上位啦，早就勾搭上啦，去夺老头子财产啦，等等。"薛三妮低下头，"那段日子已经很不好过，然而，突然又怀上了，我的第一个念头就是哪还能要啊？可老柳却像小伙子般兴奋，他常挂在嘴边的是'没什么见不得人的，我做梦都想要个儿子'。"

薛三妮又拿出一个稍大一点的信封，没有直接递给柳蕙兰，而是轻轻摆到小圆桌上。"在我强烈要求下，老柳拖了几年后，终于同意与小宝做亲子鉴定。这是昨天出来的报告。"

柳蕙兰一直紧箍的双手松弛下来，可她没有伸手去拿小圆桌上的信封，只是看了两眼，先是快速地扫一眼，接着盯着看了好几秒钟。她冷冷地说："这难道就是你专门来找我的原因？"

薛三妮压低声音，没有抬头看柳蕙兰："是的。不过，我还有一个请求。"

柳蕙兰把亲子鉴定书放回小圆桌，纸片却滑落在地。

薛三妮没去捡，吞吞吐吐地说："老柳年纪大上去了，小宝在长大，他们都需要一个安静安逸的环境，我完全为他们……"

"不，你想都不要想。"柳蕙兰语速放慢，显出坚决，"你们做出那样的事情，就应该承受这样的结果。"

薛三妮垂手拎包朝大堂外走去。柳蕙兰高跟鞋声渐渐远去。她看见一对年轻父母牵着一个小女孩的手在前面走，小女孩不停地蹦跳，父母的手始终没有放开。突然，她想起了自己的女儿。进城找工作时，她想把女儿带在身边。有人说既然准备做住家保姆，孩子就会成为累赘。如果当初把女儿带着，她就不会选择柳家，女儿对自己的感情不会淡去。身陷暴风雨中的人，才会反思当初为什么要风雨兼程。

其实，薛三妮始终觉得来城里后对她帮助最大的是柳蕙兰。

那年春节刚过，薛三妮背着行李到城里劳动力市场登了记，挤到同乡打工妹宿舍里，半个月过去了，没有任何消息。休息不好，加上心里焦虑，她准备回乡。整理背包时，中介打来电话，有人看了她的条件，提出要面谈。

那是一间车库改造的门面房。一群人围在中介贴出的招工广告牌前，几个大嗓门阿姨在跟老板讨价还价。薛三妮上前问询，老板指指用塑料珠帘隔出的里间。她朝里望去，一个穿白色套装的年轻漂亮女人跷着二郎腿坐在椅子上看资料，其他人跷二郎腿感觉懒散，这个女人却显得干练有气质。老板娘站在她身边指着资料，低头介绍着。

四目相对的一瞬间，薛三妮觉得有一种久违的感觉。日后，她问柳蕙兰，为什么第一个就选中自己。柳蕙兰说，第一眼很亲切，亲切的背后是淳朴可靠。

那是一套四居室住房。柳鸿基在女儿读初三时，用市中心的老房子置换了新区的电梯房。薛三妮走进这房子就闻到了一股浓浓的中药味。柳鸿基相信中药的力量，遍访城里著名老中医，结合西医诊断结果，给贲雪梅制定中药治疗方案。薛三妮看着守在煤气灶边炖中药的柳鸿基，便觉得女主人虽然生病，却还是幸福的。

柳家不分餐，薛三妮直接上桌吃饭。贾雪梅好强，早些年都坚持自己吃。跟着贾雪梅的节奏，柳家一顿饭基本要花一个小时。听柳蕙兰带回单位八卦、社会新闻，是薛三妮了解这个城市的基础。柳鸿基平时话不多，心却很细，也很周到。柳蕙兰多说几句行里人事纠葛，他总伸出右手，以平息的姿态让女儿多吃饭、少讲话。每周有一两次，他会喝点酒。薛三妮看他也不是一个会喝酒的人，起初喝点黄酒，后来听说黄酒糖分多，就改成低度白酒，每次喝上一两盅。洗碗时，薛三妮挺喜欢闻酒盅残留的淡淡酒香。虽然柳鸿基喝高兴时说的信息通信专业方面的事情，她根本不懂，可她喜欢这种气氛。在大声说笑时，大家忘了时间。

薛三妮拐出高楼，回望白底红字的大幅银行招牌。知道这个银行，也是柳蕙兰首先提起的。她记得有个阶段，柳蕙兰外面突然少了很多应酬，几乎每天都回家吃饭，吃饭时也没多少话。那天晚上，柳蕙兰眼睛哭肿回家，还把酒找出来喝。柳蕙兰酒量大，不过那次却醉了。她趴在马桶边上一遍遍地干呕。薛三妮拍着她后背，端温开水给她喝。

"他是个骗子！完完全全的骗子！"柳蕙兰眼睛整个都是红的，看上去像熟透的桃子。

等薛三妮追问时，她又不肯说了。

"骗子很多。我也被骗过。"似乎只有先和盘托出自己的事情，交出投名状，才能获取柳蕙兰的信任。

就是在那个夜晚，薛三妮知道了钟欣这个角色。阳台上，夜风吹拂，柳蕙兰一边说着与钟欣的故事，一边在酒中醒来。薛三妮望着远处闪烁的景观灯，想象着钟欣的样子。这样的男人，哪个女人不喜欢呢？

五

柳鸿基走上三楼，来到心外科王培主任办公室，有点气喘，他站在门口深呼吸好几次，让自己平静下来。王培是他大学同学的弟弟，用不着挂专家号。只是不能上班时间到门诊看。

敲门进去。王培还在吃盒饭。几个学生还围着他签字。签好字、吃好饭，王培才想起来问柳鸿基吃过饭没有。

"退休职工吃得早。我们一般十一点就吃午饭。"柳鸿基又问了王培哥哥的近况。

"他还好，每天要吃十来种药。"见柳鸿基不解的样子，王培继续说，"在发达国家，衡量医疗水平的一项重要指标就是人均吃药量。老龄社会，这个指标高，人均寿命也高。"

柳鸿基算了一下，自己七十三岁，目前吃七八种药，似乎挺符合王培的理论。毕竟自己年纪大了。念头忽地又转到小宝身上。他才六岁，就要遭受一次大手术，还可能要终身服药。

"上次，你说一定要动手术，我们回家商量了一下，决定还是听你的意见，尽快开刀。"柳鸿基和薛三妮回去商量要不要动手术当然是至关重要的，还有就是怎么解决手术费用的问题。柳鸿基不是没钱，而此时恰恰陷入尴尬境地，真就没什么现钱。

他给女儿写了长长的一段话，通过短信发了过去。柳蕙兰没有回一个字。不过，他相信她会认真看待这件事。

今天，薛三妮又去表哥家讨要投资的本钱，他觉得希望渺茫。这个精明的先富起来的农民浑身透出狡黠，利用薛三妮的要强心理，一步步把这个本就畸形的家庭拖下水。村里几乎每个人都入了他的股，他虽然不是村主任，但是打着为村里人赚钱的幌子，很有号召力。每年，他都按照口头协议，支付全体入股人红利。大部分人又把红利返还给他，继续投资。薛三妮非但把红利转投，还把柳鸿基大部分退休工资追加上去。

这两年，他宣称要办大型生态农场，又吸引了不少资金。红利仍在发放，却薄了许多。柳鸿基让薛三妮注意，想办法抽回本金。薛三妮说表哥正在干大事的时候，怎么能够釜底抽薪呢？柳鸿基知道薛三妮那些鲜活的用词以前来自地方戏，现在来自小视频。她喜欢用成语，却总搞岔一点意思。最有趣的一次，一家三口打车去看电影，周日中午路上很堵，薛三妮急着看手机导航，安慰小宝："快好了，过了前面的高架桥，就一马平川了。"柳鸿基听见出租车司机笑出声来。他轻声对薛三妮说："不要瞎用成语。"从小事就能看出薛三妮对待大事的态度。她总是觉得事情往好的方向发展，大家都认为不可能的事情，她却坚信会发生奇迹。这似乎也是柳鸿基喜欢上这个比他小二十二岁女人的主要原因之一。

柳鸿基上次从王培那里回家，就已经想好彻底向柳蕙兰妥协。他终于想通了，向女儿低一次头，也是一件很正常的事。但是，在八年前，他不肯妥协，宁可与薛三妮搬到简陋的出租房住。或许，当时认真坦诚地谈谈，不至于弄成现在这样。可他没有。父女俩同样固执。现在，为了小宝，任何事情他都愿意去做。

王培给柳鸿基倒了一杯茶："孩子这个病比较麻烦，属于染色体变异的遗传性疾病。还好你们细心，发现他近视、胸闷、背疼等现象后，及时到医院看病。上次我也说过了，心脏的问题最紧要，马方综合征不是靠一两次手术就能解决问题的，但是不做手术，就会危及生命。"

"不瞒你说，我们也咨询了其他医生，大家的说法都差不多。"柳鸿基摸了摸光头，拿出高级工程师的细致严谨来，"这里是近俩月，小宝在各大医院检查的影像资料和化验单，请你再仔细看看。"

有人进门通知王培下午开会时间提前到一点半。王培眼里露出些许为难神情来："你看，下午有一个心脏搭桥手术的术前会诊会议，我还得认真准备一下呢。"

"明白，明白。"话这样说，柳鸿基却还不站起身。

王培最了解患者家属的心理："做心脏瓣膜置换手术，不能说没风险。相对其他外科手术，这是风险比较高的手术。不过，既然要做，我们就会做好准备工作。小宝要做的人工二尖瓣置换手术，我们成功做过几百次。我的团队还是值得信任的。"

手术费用的事情，王培已经给柳鸿基估算过了，在十万元左右。一两年前，这个数字根本不算什么。可如今，还真能憋死老英雄啊！

下楼梯时，柳鸿基注意到两侧墙上挂满了著名医生的照片。有一位老太太，已是近九十高龄，可还是坚持每周坐半天妇产科门诊。柳鸿基记得她，当年贾雪梅就是在她的不断鼓励下，才重拾信心生下了柳蕙兰。

生命就是这样神奇。柳鸿基六十六岁时，竟然得到了小宝。小宝出生到现在，除了上幼儿园，没有离开过他身边超过半小时。

· · ·

有一天，小宝放学后，闷闷不乐，坐上电瓶车时，突然冒出来一句："以后我叫你爷爷吧。"

他一愣，随即装作很高兴的样子答应道："好啊！就叫爷爷。我们一言为定。"

晚上餐桌前，薛三妮听见小宝叫柳鸿基称呼改变，起初还以为两人在做游戏。当她见父子俩当真时，气就上来了。先把小宝拖进卧室猛打一顿屁股，柳鸿基再劝都没用。每下都打得结结实实。小宝睡着后，柳鸿基不得不面对薛三妮的质问。

"你还嫌外面流言谣言不够多是吧？"

"我不就是哄孩子开心吗？"

"本不想告诉你的。报告出来的第二天，我就去见了柳蕙兰。我低声下气地去见她，为什么？一来我得自证清白，二来也想给我们争取更好的居住条件啊。"

柳鸿基坐在医院紫藤走廊石栏上，抬头望茂盛的细小而繁茂的绿叶，花开的季节已经过去，花儿明年会再开，自己则是不可挽回地走向凋零。

薛三妮去见柳蕙兰的事情，给柳鸿基一个提醒，必须考虑自己身后之事，实际上，除积蓄和养老金外，柳鸿基还有讲课、评审、做项目、做咨询积攒下来的钱，本想防老养老，被薛三妮一激，统统拿出来买了一套房子，房产名字是薛三妮母子。

如果小宝的病早一年发现，他就不会签合同了。薛三妮也这么说。她似乎正从混沌中清醒过来，小宝的病像一盆凉水，把她从头浇到脚。

紫藤走廊里医护人员、患者、家属们匆匆而过。对于一些生命来说，这里是起点，对于另一些生命来讲，这里是终站。柳鸿基并不急着走，离接小宝放学还有差不多三小时时间。他环顾四周，把目光抬起，又落到自己张开的双手上。这个城市里，如今与他经常接触的人不超过十个。那些吹捧他专业技术好的人，邀请他去做讲座的人，让他在某些文件和文本上签名的人，都上哪儿去了呢？现在，没有人再会刻意结识他，他慢慢变成一件行走的古董。克服孤独的办法，就是坐在街边花园石凳上，看大街上往来车辆和行人。孤独感暂时压了下去，恐惧感袭来。光线一明一暗之间，就有生命逝去。年轻时，他觉得只要生命有价值，时间长短无所谓。现在，他才明白那是因为死亡之神还没接近他。面对加速到来的衰老，他靠回忆以前生活或者工作中的细节来考验自己的神智。

柳蕙兰初三时写给男同学的"情书"，曾被柳鸿基发现。那只是一张信笺，被双面胶反贴在柳蕙兰书桌台板下面。很普通的黑细条纹信笺上密密麻麻地写着宝蓝色字。柳鸿基取出钱包，想给贲雪梅几张钞票，忘了里面夹了几枚硬币。其中一枚晃晃悠悠"长跑"进了柳蕙兰房间，直奔书桌底下。柳鸿基展开信笺后的第一反应，是绝对不能让贲雪梅知道。他迅速看完，借机重新把信笺贴回去。下楼走路去上班。信里的称谓和第一句话，不时撞击他内心。"老公：你知道我是多么地爱你吗?"走在春风里,柳鸿基阴沉的脸,竟然慢慢露出了微笑。他至今记得这个笑。女儿正在为自己的感情而奋斗。她迟迟没有发出这封信,说明对事情还没有把握,这也是成熟的标志。

午后,天热了起来。江南五月天,说变脸就变,柳鸿基还穿着外套。这时,实在吃不消才脱,再连喝几口保温杯里的茶水。柳蕙兰在感情上的犹豫不决,从初三延续到现在。听薛三妮说过一些柳蕙兰的情感故事,可结果呢?在高铁两个小时车程外的黎明市里的柳蕙兰,至今还是一个人。要是自己偷窥那封信后,就对女儿说一套成人理论,是不是现在就不是这个结果了呢?

柳鸿基轻声叹口气。柳蕙兰的敏感正是和自己一样呢。都毫无必要地使自己有操不完的心。眼下,小宝的手术变成一个铜钱眼,万千条线都正在穿越。

六

钟欣离家的时候,老婆问去见什么人。他说是一位生意上的朋友。

柳蕙兰曾经是他生意上的朋友。后来,就不仅是这样了。

钟欣驾驶一辆新款国产电动汽车。提货时,师傅问行车噪声要不要提高。他却说降到最低。开车时,他喜欢听交响乐，噪声会降低音质。

他把手机歌单调到柴可夫斯基专辑。《如歌的行板》《四季船歌》《睡美人》等旋律响起，他想自己的过去，更想象未来模样。柳蕙兰与他不同，虽然也爱音乐，却偏向更流行的轻音乐、新世纪音乐、爵士乐等。古典唯美遇见现代抒情，谁也说服不了谁。

没有昨天的那个电话，钟欣已经把柳蕙兰打包藏进内心的一个偏僻角落了。生活和生意就像一条小船任意在安静湖面上漂着。平淡得出门连衣服都不愿意挑选。不过，他还是害怕急风暴雨袭来。

昨晚到现在，钟欣始终处在一种恍惚的状态。今天上午公司开例会，大家都说完了，就等着董事长讲话。他却僵在那里好久。似乎在思考，又像心事重重。他终于开始说话，开头的一段话，大家有点摸不着头脑。

"公司发展到现在，应该感恩每一个做出贡献的人。不懂得感恩的人，即便取得了一点成绩，也是暂时的，不会长久。我希望公司每一位员工，从今天起都要反思，以具体行动报答帮助过我们的人。"

《四个小天鹅》乐曲响起，钟欣心情舒展点。踩着八分音符活泼跳跃的音乐，他回到了大学毕业刚参加工作的燃情岁月。他学的是文秘，被区政府作为选调生招录进党政办做秘书。负责文字的副主任抽烟很厉害，退回来的稿子上密密麻麻都是红杠杠和红笔修改的字词，还有浓浓的烟草味道。一帮文字秘书没日没夜地跟着副主任写材料。任务重的时候，一个星期回不了家。四十多平米的大办公室成了钟欣和小伙伴们的讨论室、卧室、餐厅。领导习惯晚饭后看材料，修改意见到钟欣他们那里时，最起码九点后。修改、审核后，大家不敢离开，万一领导再有修改意见呢？后来，钟欣渐渐摸到规律。凡是接到任务立刻完成的稿子，领导往往认为秘书不认真，不细看就会打回重写。而临到会议、活动召开前递交，也不好，领导感觉秘书作风太拖拉。材料搞好，在副主任的带领下，再改一两稿，隔天上午，趁领导神清气爽的时候递交，效果最好。

钟欣至今怀念那五年文字秘书时光。他被包裹在一个安全泡里，不用走出去，也不想走出去，辛苦和汗水就能换来领导的赞誉和单位的荣誉。精彩文字被他调兵遣将，嵌入最合适的位置，每个字词对稿子的主题都发挥了最切实际的作用。后来，他才意识到这是一种变相的权力。向所有部门、单位、相关个人索要材料，背后都有"领导"这面大旗撑着。权力带来的不全是利益、金钱，还有便利。正是靠着这种便利，秘书班子才完成了一项又一项任务。

领导也注意到每次开会时都坐在角落里认真聆听、记录的高个子秀气年轻秘书。他调取了钟欣的档案，非常满意。不久，钟欣成为领导的"工作联络人"。

钟欣刚结识柳蕙兰时，为她解决了几件小事情，靠的就是做领导联络员时积累下的关系。接触柳蕙兰几次之后，他发现这位年轻支行长身上发生的变化。戴着的眼镜不见了，黑色工作服换成淡蓝色套装，妆化得不浓不淡，显出高个子姑娘的魅力。约见面，午餐、晚餐时间都行，可以在茶馆、咖啡馆、轻食餐厅听听音乐，看看街景。谁能拒绝这样敏感漂亮的姑娘呢？钟欣遵循这样的原则：他不说阻碍他们关系的话，但是只要柳蕙兰问起，他必须说实话。这也是临别时，领导教导他在江湖上闯荡的规矩：可以沉默，说话一定要说实话。

成为朋友之后，柳蕙兰问起为什么离开领导，选择自己创业。钟欣对这个问题已经回答了很多遍。

"累了，想换种生活方式。"这是他的标准回答。对柳蕙兰还有一句："领导高就到外地工作，我不愿意去。"

柳蕙兰听罢摇头："太复杂，我搞不懂。"

说是这么说，钟欣知道柳蕙兰干练外表下，有一颗焦躁疲惫的心。他从没说过你们行长是我好朋友之类的鬼话。不过，在柳蕙兰心里，钟欣的确是"一条特殊路径"。而钟欣从内心也抵触不实在的人和言行。有些人活跃在官场、商界之间，做不了实事，东传谣西打探，贩卖信息，随意许愿。不管是官还是商，只要你有诉求，就难免被他们套牢。钟欣在领导身边看多了，认为这就是一群骗子。可现实就是这样残酷，他就做了感情的骗子。

钟欣把车子停好，跨出车门的一瞬间，发现自己身上穿的竟然是与柳蕙兰的第一个难忘之夜穿的米色薄羊毛西装。随手在一排西装里拿的，竟然是这件。是不是人越恍惚就越容易显出直觉呢？他边走边想，闻到了咖啡香。

有段时间，他俩特别喜欢泡咖啡馆。面对面说上一两个小时根本不够。钟欣明显感觉到柳蕙兰对单位的不满在增多。女人与男人不同，对信任的人倾诉是本能。女人在单位里成功的概率低，竞争更趋白热化。

柳蕙兰言语间，多了一个人的名字。钟欣听了两三次就明白这人是柳蕙兰当前职场上最大的竞争对手。她比柳蕙兰更年轻、学历更高、岗位更核心。"重点培养对象"最近似乎从柳蕙兰移到了她身上。钟欣没有资格评价人家，也只能在边上出出点子。

"一般来说，被列为重点培养对象的，组织上都会有说法，只是根据个人业绩、多维度评价、专业对口等进行安排。不过，你不要嫌我庸俗，最有力有效的就是主要领导。"他观察着柳蕙兰的神色，感觉她不反感，就继续说下去，"你们一把手这几年走马灯似的换，好多人想搭关系，还没搭结实，人就调走了。不过，总有办法的。"

柳蕙兰对他的"生来自带官腔"，发出几声冷笑："晚了。今天纪委找我谈话。近期收到举报我的好几封人民来信。"

钟欣有点沉不住气了："纪委，纪委也可以想办法啊。"

"唉！你也变成他们一样的人了。"柳蕙兰无力地说，"举报信一些内容涉及你。我接到函询，虽然那些业务都经得起检查，但我心里像吃了苍蝇一样难受。"

"这就是要求进步的代价。"钟欣脱口而出。

然而事情还没休止。

那天一早，他就接到柳蕙兰电话，嗓音沙哑，说有要紧的事情说。茶馆、饭馆、咖啡馆都还没开门，他们约在运河公园见面。他到约定地点时，柳蕙兰已经坐在花园椅上对着运河水发呆。柳鸿基打电话跟柳蕙兰说要与薛三妮结婚。

"他的样子让我愤怒。完全是通知我一声的架势。而借口更加奇特，说我妈安排他们俩'相依为命'的。"柳蕙兰重复了那个成语，"是的，他说了相依为命。我差点昏过去。我满世界找那个女人。她躲到乡下去了。"

钟欣只能听，不发表意见。

"我一夜没睡，想来只有你了。"柳蕙兰把身子靠过来，"你娶我吧。黎明市有个商业银行招聘市分行长，我在这里已经心灰意冷，我俩一起去吧，你我都开始新生活和新事业。他们算什么呀，我俩才是真正的'相依为命'啊！"

钟欣像触电般，心脏狂跳，浑身出汗。他一直在找合适的时机跟柳蕙兰说自己的事情，可一再拖着，面对眼前的一切美好，他都在心里说，就让残酷的现实再等等吧。在这个时候摊牌，非常残忍，后果可能很严重。

他忽然明白，柳蕙兰并不是一无所知！所谓的纯情少女，只要经过职场锤炼，都会变得敏锐世故。通过他的各种表情、各类言语，甚至动作，柳蕙兰其实早已清楚这是一段畸形恋情，只是不想去戳破。

现在，柳蕙兰心力交瘁，她心里萌发一丝幻想，如果成真，那也算慰藉心灵了。对着滚滚流淌的运河水，柳蕙兰孤注一掷了，对他发起挑战，以往的温柔顺从、不闻不问，一下子卷成利刃，直刺他心口。想到这里，他感觉事已至此，躲避不是办法，只有硬着头皮坦白。

天阴了下来，运河水滚滚向前。南来的船吃水很深，装满各种原材料，船工站在船头，对北往的轻快船只挥旗吹哨："靠边！靠边！"

"桃花缘"咖啡店里人们三三两两围坐在一起，轻松自在。钟欣跟随服务员来到哥伦比亚包厢。虽然八年没来，哥伦比亚几个字一直深深印在他脑海里，最后一次总是最难忘的。

其实，那只是礼节性的告别。所有事情都有了定论，柳蕙兰主动约了他。钟欣那次迟到了。不，他没有迟到，到咖啡馆时，日光还很亮。栀子花肆无忌惮地开遍城市每个角落。他漫无目的地围着咖啡馆的街道走了一圈又一圈。想起柳蕙兰的好，顺时针走一圈；想到自己的不好，逆时针走一圈。直到再也想不出好坏来，再也闻不出栀子花的香气来，脑子里一片空白，他才进入哥伦比亚包厢。柳蕙兰身穿白底淡紫碎花连衣裙在等着他。

开始十分钟，钟欣还试图挽留柳蕙兰。而柳蕙兰朝他微笑，祝福他日子过得好，事业更上台阶。那个场景很滑稽，角色完全倒错。劝解的人，郁闷辛酸。被劝解的人，笑意盈盈。

"你怎么不祝福我呀？"柳蕙兰微微抬起头，小珍珠细钻项链在灯光下晶莹闪亮。

"哦！哦！当然要，要的。"

钟欣认为这是自己说过的最蠢的话。

柳蕙兰说相依为命就是要长久在一起的。

不过，蠢的背后，也是隐藏了诚挚祝愿。

现在，那只仿古座钟敲响了八点钟。钟欣手里翻着杂志，等柳蕙兰到来。

七

柳蕙兰打开房门，一股霉味扑面而来。由于不开窗又有窗帘遮光，那些家具、电器、摆设看上去还是老样子。而当光亮透进来，柳蕙兰一眼就瞧见蒙在那些东西表面的厚厚灰尘，灰尘均匀地覆盖着，像给房子喷涂了一层灰漆。

贲雪梅的遗像挂在沙发背后，柳蕙兰爬上沙发，用手帕将黑框照片擦了一遍又一遍。随后站到沙发前，双手合十，缓慢地朝母亲遗像鞠了三个躬。耳际掠过一阵银铃般的笑声，她用心一听，竟然是自己童年的笑。潜意识中，她总是把最纯真的一面展现给母亲。

走在屋里，每一步都发出空荡回声。每个房间，她都去转转，却只把自己房间的窗户打开。一阵清凉的风吹进来，她不由自主地连打几个喷嚏。条件再恶劣的地方，时间长了，人都能适应，反而对原来的地方过敏了。

没地方坐，她走到阳台上，双手撑栏杆眺望远方。不远处就是她最熟悉的中学操场，在那里，她度过了几年中学时光。一群群孩子正在上体育课，有跑步的、做操的、跳高的、踢球的。她想仔细看看踢球的小伙子们，却有点看不真切。

八年时间，一眨眼就过去了。柳鸿基和薛三妮的确没进过这房子。出租屋的条件肯定比这里差很多。柳蕙兰心里泛起复杂滋味。

这个阳台上发生的故事，被柳鸿基渲染得太离谱。她不想问薛三妮。她坚信，母亲绝对说不出那样的话，哪怕暗示。这些都是他俩为黏在一起而捏造的。柳蕙兰渐渐气急起来，听得见呼吸里有呼噜呼噜的声响。

一个熟悉的影子出现在客厅。柳蕙兰离开阳台。

"呃。大门敞开着的，我就走进来了。"柳鸿基摘下戴着的黑色棒球帽。

阳台光照着柳鸿基。柳蕙兰近距离看父亲。内心翻来滚去的话，一句都说不出来。而源头就在"爸爸"这个称呼，她无论如何叫不出。阀门打不开，水压再高，也一滴不漏。

棒球帽实在没地方放，柳鸿基又把它戴上。鸭舌有点歪。

这个动作让柳蕙兰误解："你走吧。"

关键时候，柳鸿基怎么肯走。他连忙把帽子扔到桌子上，帽子滑行，显出一道轨迹。

"这些年来，你一个人在外面，真够辛苦的。"

柳鸿基打的苦情牌，被女儿弹回去。

"我是辛苦，你更辛苦。"柳蕙兰穿了黑色套裙，里面衬一件白色真丝衬衫。她双手抱在胸口，双玫瑰蓝宝石胸针起伏不定。

柳鸿基又打出亲情牌。说话时，身子微微向前倾，似乎被谁一推就会倒下。"我没几年活了。以前的事情，都不谈了。这次，你就看在快死的人的面子上，最后帮一次忙吧。"

本来，柳蕙兰不管是心理上还是现实中，都做好了充分准备，却没想到父亲会以这样低下的方式讨好她，求她。

父亲不会像关心小宝这样关心自己。柳蕙兰转过头，瞬间，眼泪在眼眶里转动。外面的天阴了下来。她模模糊糊地看见乌云在翻滚，隐约听见远处传来雷声。

来的路上，她已经想好怎么处理好这件事，包括小宝手术的方案、费用等，她都通过钟欣了解得差不多了。前天晚上与钟欣见面后，她一夜没睡好。梦里总是两个人在森林里奔走，相距再近，当中都有猛兽、溪流、沟壑阻隔。

他们都只知道自己！谁在乎我？柳蕙兰掏出纸巾，轻拭眼泪。"虽然我在黎明市，但是大家还是知道了我的家庭背景和离职原因。我的父亲娶了比他年轻二十多岁的保姆，还在六十多岁时生了个儿子。这样的传言让每个人都很兴奋。他们像鬣狗盯住腐肉不放似的，用奇特的目光盯住我。那样的场景你能想象到，大家都在怀疑，这是老头生的吗？还有其他故事吗？柳蕙兰的隐情是不是更深？"

柳鸿基叹了口气："我也没想到事情会弄成这样。"不过，他并没有向女儿道歉。

柳蕙兰猜想，在柳鸿基意识中，所有的闲言碎语撼动不了他与薛三妮的感情。

柳鸿基掏出手机，翻开相册，递过去给柳蕙兰看小宝的照片。

"看，这额头，你俩都是又高又阔啊。"

从照片上，几乎找不到姐弟俩相近或者相似的地方，柳鸿基只能用额头来敷衍。

"我见过孩子。"柳蕙兰恢复冷静，"他又哭又笑的样子，哪里像得病了？"

柳鸿基迅速看一眼女儿，似乎在脑子里搜索画面。随即，眼睛一亮。不过，还是克制地说："千错万错，孩子没错的。"

暴雨中带着腥味。雨点砸进室内，灰尘随之翻滚。屋子里暗了下来。柳鸿基又将手机拿到女儿面前。隔一两秒向左滑动屏幕，出现一张张照片。柳蕙兰眼里出现惊恐表情。

"你看到的只是小宝的表面现象。你不知道的是，他闹完后，就在电瓶车上睡着了。我把外衣脱下，披在他身上，还不敢开得太快，只能慢慢地比走路稍快点。他受冷发烧，每次都可能要了命。"

柳鸿基还在翻相册。柳蕙兰实在看不下去，便扭过头："不，不，我不要看。"

柳鸿基还在努力加大砝码："这是手指畸形，这是膝关节变形，这是胸骨凹陷，这是血管外露，这是眼睛肿胀……"

"好了！好了！"柳蕙兰大声叫道。她脑海里浮现出犹太人集中营、非洲难民营里的情形。每个人大概都如此，只是他们表现得更加突出而已。自己难道不也是光鲜外表下伤痕累累？难道不是平淡生活下暗流涌动？

直到此时，柳蕙兰才觉得昨晚约父亲回家碰面是个错误。如果不愿意帮助小宝，她也不会立刻放下手中工作跑过来到幼儿园门口张望，不会让心中已成"死灰"的钟欣复燃，不会把手中跌到只剩一半买入价的股票割掉。如果发自内心要救小宝，就应该扔下钱，什么都不问。然而，她就是过不了内心这一关。她甚至还打起了如意算盘，在家里，在母亲的遗像前，让柳鸿基忏悔、认错。事实上，她反被柳鸿基抓住弱点，节节败退，快到崩溃点。

柳蕙兰想祭出母亲来，但是忍住了。她耳边响起一首歌，没有歌词，只有一位女性哼着"啊咿啊咿"的曲调。

突然，柳蕙兰看到暴雨中的一道闪电。有时候，转机说来就来。她盯着父亲飘忽不定的眼神说："我要见薛三妮。"

柳鸿基似乎早就料到女儿这个要求，缓慢地连连摇头。

柳蕙兰发梢沾了雨丝，甩头时更带劲："我要见了她才说其他。"

"我求你就这样吧，我们已经够苦了。"柳鸿基矮下身，光头对着女儿。

柳蕙兰面朝暴雨，没有再说话。

柳鸿基以近似求饶的口气说："你就放过她吧。"看女儿还是一动不动，继续说，"她真的来不了。现在，她陪着小宝在医院。中午，小宝突然晕过去了。"

一切都在一连串响雷过后，归于平静。

雨绵密地飘着，这似乎才是初夏该有的样子。细雨不想打扰僵立在室内的那对父女。

柳鸿基慢慢伸进口袋，掏出一小沓纸："买这套房子的时候，就写了我的名字。你看在八年来，我们遵守'三不'约定，没有踏进这房子的分上，就让我把房子卖掉吧。"

柳蕙兰是这房子的合法继承者。她接过那沓纸，每张纸的右下角都有柳鸿基的签名。他的名字签得偏，腾出了柳蕙兰签字空间。柳鸿基、柳蕙兰各得售房金额的一半。

"我实在没办法了。"随着柳蕙兰沉默时间加长，柳鸿基脸色红涨起来。

柳蕙兰清晰地记得，搬进这房子是在暑假的一天。她跟贲雪梅打扫卫生、搬小物件、开通水电煤、装灯装窗帘等，已经忙了两个星期。贲雪梅表扬柳鸿基最多的一句话就是："买电梯房太英明了。"而柳蕙兰认为父母最正确的是买了可以看到学校操场的房子。那段时间，柳蕙兰的心都在已经放假的学校里。那里有一支足球队每天下午四点开始集训，九月将参加市里初赛，也是省里的选拔赛。整日里，那个高个子中锋的样子一直在她脑子里跳跃。他擅长头球破门。柳蕙兰的心，每天被他撞开很多次。但是，她却仍然只停留在阳台观望、欣赏的程度。她似乎早已为倾诉找好了最准确的词汇，可没有合适的表达途径。当她下定决心写好一封信，又掐准递送时间和地点时，足球队出线了——代表市中学参加省里的决赛。虽然去省里只有两个星期，也不是不回来，但是大巴把足球队员接走那天，柳蕙兰却没有去现场送。她后来听说那个中锋手里捧满了女生送的鲜花。她把黏在新书桌下的那封信拿下来，擦亮一根火柴烧了那张纸。

这套房子给柳蕙兰带来的创伤记忆远远大于快乐时光，

可为什么她还不舍呢？

"你缺钱，我可以借给你。房子不要卖。"

柳鸿基早就准备好了。在自己女儿面前，他还是和盘托出："我给三妮母子买了一套新房子，贷了点款，每个月还要还钱啊！"

柳蕙兰心里震颤，这真是"贪吃蛇"游戏的现实版：有房不住，贷款再买房，卖房还新房贷款。而始作俑者就是她自己。

"你去医院吧。让我再想想。"她收起纸张的声音，压过了外面的雨声。

八

薛三妮早上起来就有点恶心，刷牙时干呕了几声。柳鸿基跑过来问情况。她说没什么。他说去准备材料，早点去见柳蕙兰，她还是没吭声。

柳鸿基戴上老花镜，对着笔记本读了一段小宝治疗方案。这是王培的初步想法。沉默了一会儿，两人重新四目相对时，都做出讲话的表情，却都没开口。她猜他想说两个人一起去。

意外怀上小宝前，薛三妮已经在一家家政公司做到了主管。私人公司老板很客气，说等孩子大点还可以回来做。薛三妮还真想过回去做。不过，这个念头一起，便被狠狠地掐灭。她不甘心柳蕙兰给她设定的最高目标。

公园、菜场、社区里，大爷大妈嘴里的股票、基金信息，她全都记下来，晚上思考，白天操作，开始她还真赚了些钱。她得意地告诉柳鸿基，不超过五年，就能靠炒股票买房子。柳鸿基告诫她见好就收。她后悔没有早点听柳鸿基的话，也许听了也没用。

奇怪的是，小宝也跟她一样精神不振，早饭不肯吃，双手握着两个小机器人，缩在沙发里。薛三妮给他量热度，没问题。喂完王培开的药，把他眼镜摘下，盖上一条凉被。

"小宝怎么还是这样呢？"

"我来打电话问问王培吧。"柳鸿基打王培电话，关机，"他可能在做手术。我等会再打吧。"

薛三妮点点头。柳鸿基本来不同意这个方案："让姐姐出点钱救弟弟怎么啦？一点不过分啊！"

是薛三妮坚持现在的方案。她心里的执念就是：凭什么我不能成为与柳蕙兰平起平坐的人？

柳鸿基永远站在高于女儿的角度想问题。薛三妮要把他拉回来。这个方案只是提前领取了柳鸿基在房产上应得的份额。她之前的功课做得很扎实，强化了柳鸿基给女儿的那条长信息的情感，传递出更加走投无路、悲凉、诚恳、求助等内涵。长时间短视频的碎片化教育，提升了薛三妮的表达能力。

关键是，薛三妮太了解柳蕙兰了。

有一次，柳蕙兰下班回来，一言不发进房间，吃晚饭也不出来。她在洗碗筷的时候，突然听见柳蕙兰房间传出很大声响。随即柳蕙兰拿了汽车钥匙冲出大门。她坐在客厅边看电视边等柳蕙兰回来。时间越来越晚，她歪在沙发上睡着了。被柳蕙兰摇醒后，她看了一眼挂钟，凌晨两点。

"你都去哪里了啊？"

"嘘！小声点。"虽然很晚，但柳蕙兰神情轻松，与下班时截然不同。

薛三妮也不困了，便追问原因。

"还记得那个同我竞争的比我年轻的女主任吗？"

薛三妮点点头。

"今天省行来考察她了。组织部处长找我谈话的时候，我说尽了好话。但是，下午集中开会前，就有人在传这次考察的结果不是太好，是因为我说了很多坏话。我简直气死了，又没法跟每个人解释，自己全都说了好话，不信可以问组织部领导。进会场的时候，那女的看见我，竟然把头一扭，只当没看见。好多人都在诡异地笑。你说我受得了吗？"柳蕙兰抓起沙发茶几上的茶杯，将杯中水一饮而尽，"那女的晚上找了几个人喝酒，大家喝多了，真给我打电话，让我过去。我想怕什么？就应该过去。谁知道，她早喝得什么人都不认得了。其他几个还算有意识的自顾自回家，把她丢给我。午夜过了好久，她终于醒过来，看到我，抱住我一个劲地哭，一个劲地叫我'亲爱的'。那个时候，语言失去了作用。我和她通过一冷一热的双手，触摸到了对方的内心。"

薛三妮赶紧给柳蕙兰端来热牛奶和华夫饼干。柳蕙兰去睡了，她却辗转反侧睡不着了。

那天晚上薛三妮具体想什么记不起来了，无非就是当时眼前的那对母女。她们的性格有差别，骨子里却完全一致。不管是表面硬朗，还是柔弱，她俩的内心都善良坚强。

其实薛三妮一直对那天午后贲雪梅在阳台上举动的真实意图猜不透，只是柳鸿基坚决地、不容置疑地宣布贲雪梅的"决定"。自己和柳鸿基在一起，真是贲雪梅心里真正想要促成的事情吗？

每年，快到清明的时候，薛三妮总是会梦见贲雪梅。贲雪梅住在鲜花盛开的公园里，穿着白色长裙，微笑着从花间树下，向她款款走来。梦往往到这里就中断，贲雪梅也不说一句话。不过，有一年，贲雪梅站到她跟前，说了几句话："公园里空气这么好，你怎么还戴着口罩？下来吧，跟我一起走走。"她想走，双脚却没动静，低头一看，原来自己坐在轮椅上，那把熟悉的轮椅！薛三妮惊醒，发现自己蒙着被子睡觉，把被子踢开，大口畅快地呼吸空气。随后，一丝忧虑爬上心头：自己会不会像贲雪梅一样，被困在轮椅上？不能自主呼吸，直到窒息？

她把梦讲给柳鸿基听。他满不在乎，梦是假的，假的就不会影响到现实生活中的任何事情。她一直把柳鸿基的话当老师的话来听，直到小宝身上的症状不断出现。先是小宝说看东西模糊，眼科医生说是假性近视，给配了儿童矫正眼镜。后来小宝在幼儿园里动不动就磕得青一块紫一块的，老师们连忙说没有碰过他，也没见他跌倒摔伤。她用手摸小宝的瘀伤时，发现关节肿大，马上去看内科医生，一番检查下来，查出来小宝患了先天性遗传疾病中非常麻烦的马方综合征。

薛三妮开始坚定地相信梦境就是现实的延伸。梦里的场景，人必定会经历到。当她有一天跟柳鸿基吵架时，脱口而出："你就是个老江湖、老混蛋！"两个人顿时都愣住了。经过很长一段时间后，柳鸿基一屁股坐在餐椅上。

"我还要怎么对你才好呢？"

"我现在的生活是被你刻意安排的，我们到了这个地步，你不觉得这是报应吗？"

"我没有安排任何事情，只是顺势而为！"柳鸿基叹了口气，"如果你觉得不如意，那我们分开吧。"

薛三妮火上来了："现在你说这个话，有没有责任心？"

"我们分开，不代表我不管小宝。"

"我真是吃尽你的苦头了。"薛三妮哀叹，"我怎么会这么轻易被你骗了呢。"

"你不信也没办法，事实就是这样。你懊悔，回过头去重新再来，极有可能结果还是这样。"柳鸿基站起来，"现在最要紧的是看好小宝的病。"

"看病！看病！你以为看了就能治好小宝的病？"薛三妮一下下地捶自己胸口，"我这里难受，我已经上当受骗了，不能让小宝再落入你的圈套！"

薛三妮变得神经质，动不动就跟邻居大声嚷嚷。大家都怕了她。有位好心阿婆让她加入烧香团。

"我是不相信这些的。"说完这句话，薛三妮又很后悔。过几天，她悄悄地打听城里哪座寺庙最灵验。有人推荐了市中心的城隍庙。她去了。

城隍庙很小，她在大殿上拜完城隍爷，还不安心。其他每个殿，她都走进去，见塑像就拜，口中就是那么一句话："老爷啊！保佑我家小宝平安健康啊！"起身在功德箱里撒几枚硬币。硬币落在铁皮箱里的声音，传到耳朵里，她便听成了神仙爷爷、奶奶们的应承。每次从庙里回来，她像洗过一次桑拿浴，逼出毒素，浑身舒服。几天过后，毒素卷土重来，她不得不面对化验单上的红色箭头，不得不催柳鸿基四处找名医看病。只有每周一次屈膝跪拜的时候，她眼前才出现大片嫩绿，小宝在这希望之绿护佑里成长。

今天本来薛三妮要去城隍庙的，见小宝精神不佳，柳鸿基又要准备出门，她准备改天再去。

这是周末晴朗的一天，各种各样的声音传进出租屋，有音乐声、喇叭声、叫卖声、吵闹声等，小宝只是歪头闭眼，连孩子们的叫喊声都引不起他兴趣。薛三妮每隔一刻钟摸摸他额头，问身体有什么不舒服，小宝轻轻摇头，脸色苍白。

生这个孩子的时候，她已经四十五岁了。二十年前，生女儿的时候，她像做了一个梦。梦还没醒，女儿已经被抱到她眼前。怀上小宝后，一系列不良反应接踵而来。呕吐、眩晕、高血压、高血糖，身体像拖拉机一样沉重。最难受的时候，她闭上眼，手按在隆起的肚子上，似乎握住了里面的小手，与孩子一起喊着加油。她产生一种信念，一定要把孩子生下来。这与刚怀孕时完全两样，新生命唤醒了母爱。医生觉得风险很大，毕竟她是高龄产妇，柳鸿基更是接近暮年的老人了。

看着蜷缩在沙发里的小宝，薛三妮的心一阵阵被抽紧。整个上午，她都守在小宝边上，神情恍恍惚惚，至于柳鸿基跟柳蕙兰的见面，她已经麻木。她眼前不停地晃过一些景象，都是她来城市后的片段。开始时，模模糊糊，带着灰黄色，到后来，立体清晰，这似乎象征着她的心智开启的过程。

午饭总还是要做。出租屋的厨房与客厅相通，她在厨房里烧菜做饭，眼睛一瞄，就能看见小宝。

柳鸿基从房间里出来，手里拿着一沓纸："我准备好了！

哎！你快来看，小宝这是怎么啦？"

薛三妮扔掉菜刀，奔出厨房。小宝脸朝下趴在了沙发上。

救护车很快就来了。王培电话也打通了。他答应在急救室等。

薛三妮抱着小宝，一直感觉救护车没在跑，从窗户往外看，又觉得车子开得很慢，简直比自行车还慢。她哭着哀求车开快点。随车医生密切注意着小宝的情况，让她不要太着急了，问题不大。

"什么叫问题不大？慢了就晚了啊！"她有点失控。

直到王培仔细检查后，她才恢复常态。王培要求小宝立刻住进病房，尽快安排手术："再拖下去，我也没把握了。"

小宝病房靠窗，窗前有一棵大香樟树，风吹动树叶，发出缓慢而深沉的沙沙声。

打了激素挂上营养液的小宝睁开眼："今天天真好，我要去草地上放风筝。"

薛三妮露出今天的第一个笑容。

九

钟欣打电话给一院副院长，请他介绍一位心外科权威专家。副院长脱口而出：王培。

即便钟欣打着副院长牌子，王培还是没有特别关照，让他在专家门诊室外坐了一个多小时冷板凳。钟欣再进去时，王培对他说只有五分钟时间，午饭前还有十来个人排队，现在已经十一点一刻了。

钟欣便不再客套，把手机拿出来，读了几句柳蕙兰给他转来的短信。

"你说的症状像马方综合征，不过要把病人带过来仔细检查。我不能隔空诊疗，更不能说换二尖瓣就换，即便确诊，我们还要会诊，才能确定能不能做手术。"王培望了一眼钟欣，"你们凯瑞医疗做得是不错，不过换不换，能不能换，怎么换？都是医生的事情。"

钟欣走下楼梯，就给柳蕙兰打了电话。他们完全没有说钱的事情，只是研究或者掂量王培意见的分量。

钟欣同意柳蕙兰的观点，再咨询几个北京、上海大医院的专家。凯瑞医疗客户遍布各地，大多是著名医院。半天时间联系下来，那些专家与王培说的差不多。这时，电话那头的柳蕙兰态度却发生了转变。钟欣觉得她在等什么事情落地，节奏因而慢了下来。现在钟欣该做的，就是泡一杯茶，看暮色中叽叽喳喳飞舞着的小鸟们。似乎刚才那场暴雨没发生过，它们一直做着夏日美梦。看着窗外景色，钟欣脑子里回想着与柳蕙兰的往事。

他遇上柳蕙兰，进而改变人生轨迹，是一件小概率事件。当时，他完全能够直接找市分行行长。是宿命，才使自己在十几个支行中，选择了柳蕙兰所在的那个支行。

与柳蕙兰喝茶、喝咖啡的过程中，他渐渐走进柳蕙兰的世界。整个过程就像花儿绽放，随着时间推移，柳蕙兰逐步向他开放，并引向深入。他决定用自己有限的资源，帮柳蕙兰做点事情，却又怕起反作用。他不贸然行事，是对柳蕙兰负责。

好机会终于来了。老领导要回来几天，打电话通知了钟欣。老领导在黎明市任要职，公务繁忙，连春节都只回故乡两三天。这次老领导带了一个大规模招商团来，在拜会本市领导的同时，还要举办工商界联谊会、招商会、投资洽谈会等大型活动。

联谊会上，钟欣把柳蕙兰带过去，介绍给老领导。

"这是小柳，如果不是她的支持，我从您身边离开到现在很可能一事无成。"

"小柳行长，看上去就能干！怎么样？有没有兴趣到黎明市发展啊？"

老领导一句客套话，柳蕙兰倒是当了真。

过了几天，钟欣接到柳蕙兰电话，说要见面。他们在西餐馆点了牛排分着吃。

"我实在干不下去了。"柳蕙兰用勺子狠狠戳提拉米苏蛋糕，"以前，大家都知道我是单位重点培养的后备干部，排名靠前。十个后备当中只有三个女的。其他两个的条件都比我差很多。但是今年以来，她们先后都被提拔了。最尴尬的是，一个做了我的顶头上司。不管她水平怎样，这样的局面让我干起活来，处处感觉别扭。"

钟欣宽她的心："现在干部年轻化，政府里也都这样，年轻人当领导，指挥着一帮老头子很正常。"

话一出口，他便觉得又变相打了官腔。

果然，柳蕙兰较真了："你是说，我是个无用、没出息、没水平的中年老妇女，残花败柳，只配归她管理？"

钟欣拼命摇头，嘴里含着最后一块牛肉，不敢出声。

"老领导那天说的话，我可都记在心里呢。你看，他还真掌握实情呢。"柳蕙兰从包里拿出一张黎明市的机关报。

报纸第四版的半个版面，都是面向全省招聘高级管理人员的启事。很快，钟欣就扫到了银行招聘这一栏。

"可这是地方商业银行啊。"

"唉！如果是国有银行，那不叫招聘了，叫省行间调动了呢。我刚才说的新晋成为我上司的市分行女副行长，省行组织部来考察时，传言说大家提了不少反对意见。即便如此，又有什么关系呢？她还不照样提拔，先是到省行参股的一家保险公司做副总过渡半年，就调回来做副行长，成为我们行最年轻的领导。我不羡慕她，她不就是有个好公公吗？"柳蕙兰用手拍拍广告，"虽说丢了编制，但商业银行收入高。再说我去了老领导那里，岂不是还有了靠山了？"

钟欣知道柳蕙兰用"灵媒"两个字抨击那些政治骗子，他们只知道柳蕙兰要求进步。

钟欣知道柳蕙兰的内心。好多次，两人紧紧相拥的时候，柳蕙兰会突然间冒出来一句话："世界只有我俩该多好啊！"

钟欣知道柳蕙兰无法解决自身矛盾，只能宽慰她："衣着光鲜的人，不一定内心光亮。每个人都有无法避开的压力、委屈、打击，你要去老领导那里发展，我肯定帮你打招呼。不过，现在我们的重点还是在省行做工作。"停了一下，钟欣观察柳蕙兰的表情，没有反对。以往，只要一提去省行拉关系、做工作，柳蕙兰立刻摆手、摇头。钟欣看到柳蕙兰一步一步的变化，时至今日，才敢打感情牌："我真的不希望你离开。"

柳蕙兰把目光缩回到残存蛋糕碎粒的点心盘上，认真地看一道道在洁白瓷碟上刮出的咖啡色痕迹："我不是名牌大学毕业，在单位做了几年，业务水平远远超过名牌大学生。当时部门领导把我破格提拔，我就认为把业务和管理不断提升，就自然有慧眼识英才的领导。当然，这是一种趋势或者规律，事实上，做得好总比做不好来得强。但是，到了一定程度，这样的规律不灵光了。金字塔越往上通道越狭窄，容纳的人越少。我傻在什么地方？等着领导来发现自己。吴刚紧张地张开箭壶，准备接住从地球射来月宫的一支箭。现在想来，我就是那个呆吴刚。"

手机铃声响起，把钟欣拉回现实生活。柳蕙兰来电询问北京、上海大医院专家对小宝手术的意见。

"他们都知道王培，认为没必要去北京或者上海动手术。"钟欣还没说完，柳蕙兰插了一句进来："我爸通过关系找的也是王培。"

钟欣立刻明白这父女俩见了面，在电话里不好多问："那我明天再去找一下王培。"

"来不及了，我爸说今天小宝发病，已经住进王培管的病区了。"

钟欣心头一怔："那我马上联系。"

"你联系好，我跟你一起去医院。"

拨打王培电话的时候，钟欣脑子里浮现出柳蕙兰风风火火的样子。那年，她选择离开的原因始终是个谜。有工作的，有家庭变故的，也有他的，每次想起这事，钟欣总感觉自己始终没有吃透真相。按照柳蕙兰的脾气，逃离不是最佳选择。她去黎明市后的一段时间里，钟欣每天都感受到烈焰灼心般的痛。

而现在，钟欣从救治小宝这件事上，感受到柳蕙兰的变化。再深的恨，时间会淡化它，爱能化解它。

钟欣跟王培约在医生值班室见面，他随即打电话通知了柳蕙兰，犹豫了一下，还是提出开车去宾馆接她。

柳蕙兰看上去很疲惫，头发乱糟糟，衣服也有点皱。坐到副驾驶位，柳蕙兰就问凯瑞公司什么时候能提供人造二尖瓣。钟欣打方向时，说明天就到。

车子堵在高架路上，夕阳只剩最后一道余晖。

"有时候，你是不是很难分辨这是黄昏还是黎明？"此刻车里流淌出来的是肖邦的《夜曲》，"那是你不熟悉黎明的样子。"柳蕙兰抬起手，还想说，被钟欣打断。

"我来过黎明市好几次。"

柳蕙兰的手收不回来了，僵在半空。胸口起伏，呼吸加重。

"每次去看望老领导，或者谈生意出差，我都住广场喜乐酒店，专门要面向广场的房间。从那里可以清楚地看见你们银行。一天之中，你进出银行好几次。你来得很早，喜欢站在玻璃幕墙前喝咖啡。我认为我们目光交汇过好几次，有时我就坐在广场石凳上；有时我站在酒店房间窗口；有时我走在广场喷泉间。但是，我没有勇气往前再走两三百米，进到银行来找你。"

"既然不想跟我见面，那你又何苦这样做呢？"柳蕙兰嘴角挂着一丝冷笑。

"我心里害怕。"

"害怕什么？"

"害怕你有什么事情。"

"我哪有事情？"

"看到你几次后，我稍微定了心。"

车流开始缓缓启动，钟欣微微加了油门。

"我真感谢老领导的关心！"柳蕙兰停顿一下，轻声说，"我只回来过一次。在你家别墅门口待了一段时间。"

一辆摩托车从边上插上来，轰鸣的马达声，盖住了肖邦的夜曲和柳蕙兰的声音。但是，钟欣全身流淌的血液为此停顿了一秒。

"你家花园很大，落地玻璃大窗很现代。你妻子很漂亮，个子也高，笑起来两只手喜欢叉腰，显得活泼可爱。你儿子总是在问你问题，而大部分问题的回答者是他姐姐，他却非得让你做评判。一对儿女围绕在你身边，你一直在笑。于是，我的罪过感减轻不少，认为自己做出了这辈子最正确的选择。"

钟欣立刻感觉到这最正确的选择，或许是八年前柳蕙兰的离开，或许另有更深含义。他想开口问时，医院大门已在眼前。

十

住院部门口围了一大堆人。一辆警车挡在门卫室前，警灯不停地闪烁。

钟欣打王培电话，不接。柳蕙兰拿出手机，吓一跳。父亲打了十几个电话过来，她开静音没接到，赶紧回过去。

"小宝不见了啊！"柳鸿基在电话里哭了起来。

柳蕙兰再问，电话那头只有哭泣声，已经无法回答。她扔下钟欣，朝人多的地方跑去。

柳鸿基被王培搀扶着，坐在了门卫室椅子上。一个警察站着问，另一个坐着记录。柳蕙兰扒开人群，推门进去，被门卫阻挡。

"我是他女儿。"

门卫放她进去，伸手把钟欣挡在外面。

"这是怎么回事啊？"柳蕙兰用手擦一下额头的汗。

"她，她把小宝带走了。她怎么可以这样呢？会害死小宝的啊！"柳鸿基垂下头。光头上全是汗，反射着灯光。

王培看到外面对他挥手的钟欣，跟警察说了一声，钟欣也进到屋里。

"你跟我说的，也是这个孩子？"王培确认一下。

钟欣轻轻点头："您觉得现在情况下要不要动手术？"

王培回答得很肯定："我还是那句话，做手术会有风险，不做手术孩子会有生命危险。"他看了一眼柳鸿基，"逃避不是办法，总要面对现实。"

"小宝！小宝！你到底在哪里啊？"柳鸿基连续不停地只会说这句话。

柳蕙兰问警察："熟人那里都打电话问过了吧？"

警察反问她："你觉得还有哪个要询问？"

柳蕙兰摇摇头。

"没什么的话，我们要回去了。"警察开始收拾东西。

钟欣上前问："你们怎么能走呢？孩子都没找到呢。"

"兄弟！我们已经帮得够多的了。都是看在王主任面上。亲妈不愿意年幼的儿子受手术之苦，暂时避一避，我们能立案吗？最多这是家庭矛盾或者纠纷，最终还是要靠家里内部协调解决。"

钟欣看了一眼柳蕙兰，默默退到一边。

王培送两个警察出门，握手道辛苦。

王培看围观的人还是不少，对柳鸿基说："走吧，去病房商量吧。"

"我不去！我要在这里守着。"

"万一他们回了病房呢？"

听王培这么一说，柳鸿基在柳蕙兰的搀扶下，慢慢走向病房楼。

被风一吹，柳鸿基忍不住连打几个喷嚏，接着咳嗽、喘气。他在路边歇了好一会儿。一盏路灯恰恰在此刻黑了。他便又哭了："老天爷啊！你就把我收走吧，早收早好啊！我把命借给小宝。"

王培把他们带到值班室。护士倒了几杯温水给他们喝。

柳蕙兰轻声问王培："下午不还好好的啊？"

王培把手插在白大褂袋子里，轻轻叹口气："暴雨来的时候，她还热心地替其他病友家属关窗，拉窗帘。惊雷炸响时，送药的护士说她抱着小宝讲小英雄哪吒的故事。让儿子学哪吒，坚强勇敢，战胜困难。后来，发生了一件事情……"

柳鸿基又开始喘气，像一头牛呼吸的声音。王培跑出去拿哮喘药。

柳蕙兰轻轻拍父亲后背。那场景恍若隔世。贾雪梅有时也喘不过气来，柳蕙兰也这样轻拍母亲后背，虽然那时母亲已经抬不起手来，可柳蕙兰感觉有一只手在轻抚她手臂，表达着爱意：孩子，辛苦你了！

今天好多事都碰到一起去了，越糟心、烦恼，温馨场景时常借机出现。

柳蕙兰回头看了看钟欣，心里涌上难以描述的滋味。

王培很快回来，给柳鸿基用了药。柳鸿基靠在椅子上，紧闭双眼，一言不发，呼吸渐渐平缓。

"下暴雨的时候，同病房的一个孩子没抢救过来，走了。孩子家属哭倒在病房里。她受了惊吓。雨后，她去问了医生详细情况。回病房后，就一直呆呆地看着外面那棵被雨打风吹的大香樟树。等大家忙着订餐、吃晚饭时，老柳来了，发现母子俩不见了。病房里的人都没注意到他们怎么走的。"

"东西全带走了吗？"钟欣插问了一句。

"没有。老柳看了，只带走几件衣服。"王培叹了口气，"刚才护士告诉我，下午小宝床位账户上打入了一笔钱，足够他动手术了。"

柳蕙兰把钟欣拉到值班室门外："是不是你打的钱？"

钟欣没说话，低头看褐色皮鞋往上翘的光亮尖头。

"这是我们家私事，你不要掺和进来。我找你，是请你保证人工二尖瓣的品质。完全没有其他任何意思。"柳蕙兰有点着急，"钱，我有。我真不缺。"

"怎么说呢？"钟欣还是抬不起头来，"我总感觉当初你的离开，最主要的原因在我。我的歉疚感，随着时间推移，越来越深入骨髓。"

"你想多了。钱我明天就打回给你。"

"我们还是先把人找到吧。"

"唉！天这么晚，手机又关机，哪有办法找啊？"

"关键在你啊！"钟欣的一句话，让柳蕙兰愣在那里。

病房上下楼道里散发着方便面和烤肠的香味。柳蕙兰站到半层转角窗边，呼吸着新鲜空气。爱得越深，恨得越深。她脑子里浮现出这两句话。

她拿出手机，给薛三妮发了一条信息："三妮姐：我只能叫你姐。好多事情过去也就过去了，特别是钱财的事情，不要太放在心上，人没了什么都是空的。可是，有些事情直到最后，也不会被原谅。最关键的是，你对小宝的爱，现在可能会走偏。当然，我没资格说孩子的事情。不过，我尝过失去孩子的痛苦。几年前，你特意来找我，说了小宝的事情和你们的处境，虽然我拒绝了你的请求，但内心却是被触动的。我这辈子很可能就这样了。可看着我爸的样子，既可恨又可怜。他需要小宝。我们想了很多办法，找了最合适的医生，也许不能完全治愈小宝的病，但是目前来说是最科学合理的方案。时间很宝贵，命运往往只在一念之间被改变。今晚，能决定小宝命运的，只有你。蕙兰。"

钟欣走下楼梯，站在柳蕙兰背后："你爸躺在王主任的躺椅上睡着了。"

"回潮啊。"柳蕙兰轻轻说了一句，钟欣没反应过来，她补充了一句，"黄梅天回潮。"然后捋一下头发继续说下去。

"小时候，每到黄梅季，我妈总会格外关注天气预报，只要有一两天出大太阳的日子，她都会把棉被、棉衣等摊在钢丝床、竹榻上晒太阳，有好多衣服，我都没见他们穿过，有的还是祖父祖母的衣物。我问为什么要把这些已经不用的都拿出来晒太阳。母亲说为了防止回潮。衣物回潮会霉，再也不能用了。我有点纳闷，不用的东西还怕回潮吗？后来我想清楚了，母亲晒的是记忆和怀念，她怕的不是衣物，而是心里回潮。"

钟欣略有所悟地点点头。

"如果碰到小宝妈妈，我会认真地跟她谈一次。我们曾经是好朋友。那件事情使朋友关系无法持续。回头看八年前的自己，我在焦头烂额中不得不把话说得那么狠。其实，吃苦受累的都是自己。现在，我不会让这个事情'回潮'。父亲很快就会老去，我也承担不起责任。我不会再来，只会在背后支持小宝的治疗。我也不能再来，'回潮'只能让事情失去本来模样。"

"我一直想解谜。想知道那个初夏你离开的真正原因。"钟欣声音很轻，被窗外来风一下子吹散了。

柳蕙兰背对着他，缓缓地摇了几下头："八年前，我曾有机会做母亲，但是我主动放弃了。从失去的那一天到现在，我每隔一周要去看心理医生，每天都要服用专用处方开的药片，哪怕停一两天的药，头脑都会产生幻觉。从内心深处产生冰冷的恐惧感，让我感到活在这世上，一点意义都没有。我外表光鲜，内心却千疮百孔。人要做对一件事情很难，因为必须接受众人质疑、时间检验。做错一件事情很容易，还显得那么合情合理，而长久舔舐苦涩的只有自己和至亲。"

她转过身，微笑地对钟欣说："不说了。我们还去病房看看吧。信息发出去好久了。"

两人通过病房玻璃查看口往里看，靠窗的那张病床还是空空的。

王培刚给柳鸿基量好血压。见柳蕙兰进来，对她说："你父亲身体很不好，心肺功能都不好，最好要住院。"

回到那个初夏

．．．

295

柳蕙兰感到一切都掉进了谷底，没有更深更暗的地方了。她说："您是知道情况的，如果我爸住院，那整个事情就搞得不可收拾了啊。"

王培点点头，没再说话。

"我不住院！我明天申请安乐死。既然成了大家的累赘，那么就让我早点消失吧。"

王培说："医院不会接受你这样的人申请的。"

柳鸿基无力地伸出手："唉！把我的手机拿来，我要再给三妮发个信息。"

正当柳鸿基戴上老花镜，字斟句酌地给薛三妮发长长信息的时候，值班室闯进来一个护士。

她气喘吁吁地对王培说："25床！那对……母子，回病房了！"

水边的蓝喉蜂虎

"任何事情都是好与坏的结合体。"

于乃今木头人似的站着，脑子胡乱蹦出一些"金句"，搞得她刚吃下的东西在胃里翻腾。一个声音在脑子里蛮横地骂"闭嘴"，另一个声音还在讲宏大宇宙哲学问题。骂人的脑子、思考金句的脑子，哪个被她掌控着？也许她什么也控制不了。思维本身就是矛盾，甚至错乱。

玄渊湖上吹来暖湿空气，刮过她凸起的颧骨，一滴汗从发梢滴落。她竟然能听到汗滴落在徒步鞋面上的声音。著名徒步品牌鞋拼单最优价，只有大一码的。她穿着走过山路、杂树林，脚背鼓起一个空心包。细微声音刺激她神经。这让她感到惊奇，感官变得更加灵敏。接着，汗一阵阵冒出，就像坏了的自来水龙头。她用手抹掉额头汗珠，凑到取景框前，继续观察水塘对过的树林里的动静。不仅镜头要对焦，眼睛也要调整好焦距，她翘了翘嘴角。"集中注意力！"她差点喊出声。

唯一使她满意的是，左右前后没人。就连天微亮出发走到没山岛后面，她都没碰到一个人。她知道自己抿了嘴，这是她在得意、强调重点时的表情。抬腕看看运动手表，老呆说的时间快到了。她听见脑子里冒了句："一切都是幻象。"果然，纷乱思考暂停。竖着的耳朵听到了"kerik-kerik-kerik"声，于是身体每个细胞都沉浸在欣喜中。

　　一对蓝喉蜂虎出现在取景框里。她手指暗暗使劲，拧动平衡台手柄，调节镜头方向、高低。

　　忽然，她眼底飘过一片乌云，只是一两秒时间。可能焦虑睡不好的原因吧。她对自己一直非常狠，没有信心。好像只有老呆没说过她什么不好的话，她心里泛起一小股"暖潮"。

　　雄蓝喉蜂虎叼住一条虫子，在树枝上反复拍打，时不时抬头望着身边的雌鸟。雌鸟竟然昂头望天空，根本不看飞腾跳跃的雄鸟。于乃今看得差点笑出声。人不如鸟。一点利益、一丝威胁就能被打倒。她决定向前。扛起三脚架猫腰缓慢移动。移两步，停一停，观察一下。继续挪向前。

　　老呆说过，好片子要近点、更近点拍。老呆长发黑中夹灰，波浪般纠缠。他出片很慢，有时一周只发一张。初看是随意日常，一条老街、一座老屋，简单的生活图景。于乃今试试重拍，没有老呆片子的效果。

　　几天前，老呆发给她一张蓝喉蜂虎照片，一对鸟同时仰脖高歌，显出蓝色喉部。那一道浅浅的蓝，让她望见里面忧伤的自己。

"唰"一下，取景框闪过一个黑影。于乃今抬起头，没有发现任何遮挡镜头的物体。连那对小鸟都没有反应，还在欢叫跳跃。她心中泛起疑云。早晨的荒岛，神经逐渐被静寂压迫得触角伸出肢体，攀上树枝，潜入水底，缠住花草，细细分辨正常与异常。所有细微动静都被判定有问题。日光下的恐惧比黑夜的更加细密。

于乃今从头到背已被汗水覆盖，空阔徒步鞋承受汗滴的声音，已不能吸引她注意力。她只想赶快把照片拍完，撤回岛码头边的民宿。抱怨了一晚，现在不这样想了。

她扫一眼尼康 Z9，适马 60-600 mm 镜头，按下快门。片子中雌鸟侧看雄鸟，雄鸟正昂首振翅飞起。她听见清脆、有节奏的 "kerik-kerik-kerik" 声。查看参数：感光度 ISO 2800，速度 1/1500 s，光圈 f/6.3，焦距 600 mm。

停手，她查看片子，每张都有小瑕疵。最核心的技术问题是焦点对准鸟眼睛。她每次都对不准，这似乎不能怪设备了。

脑子起了雾。于乃今用手挥散重重迷雾。"我又不是摄影师！"

昨天下午，一对年长情侣入住。有老呆同样发型只是白多黑少的男人看到她的摄影设备时，请她拍张照片。她随口蹦出这句话，接着又后悔。

男人对她笑笑，说声没关系，拎箱子上二楼。女人比男人年轻，热情地向她问好，聊了几句天气和环境，随后上楼。于乃今暗暗吐了舌头。回过味来，觉得男人说话声音带磁性，有个钩子钩住女人们旋转，越转越紧。她摇摇头，使劲摆脱声音迷药。

晚饭时间，女人主动做菜，男人端盆子和碗筷，还倒水递茶。三个人坐在一楼客厅长条餐桌边。全自助民宿生意清淡，只租出去两个房间。

晚餐吃了很久。女人向于乃今介绍男人是个朗诵者，开办的直播号、公众号、博主号叫"正华音诗"。于乃今说听过这个节目。女人很高兴，继续介绍男人并不是职业配音演员，而水平不比专业人士差。女人说话时，谁都插不了话。可能与她职业有关。她是一个私房菜馆老板。

男人说话时，于乃今不敢看他的脸。他问于乃今职业，她摇摇头，把头低下。男人便不再问了。这之前，于乃今不知道自己是声音高度敏感者。男人说话时，她举着的筷子在半空中微微颤动。

"我怎么就对不准小鸟眼睛呢？"于乃今深吸一口气，用一次性面巾纸擦去脸、脖子上的汗珠，奇怪了，今天一早出这么多汗。天还没亮透，她打开房门吃了一惊。男人已经坐在客厅里看书喝咖啡。他端给她一杯加奶咖啡。再问要不要吃煎蛋。她摇摇头，两三口喝完咖啡，拿起器材走出民宿。

于乃今凝神再看取景框时，"啊"的一声，她在心里惊呼，同时手指止不住地按快门，生怕漏掉什么。一群蓝喉蜂虎飞在树梢上。

直到头顶树枝上的麻雀和乌鸦、水塘边的白鹭和野鸭，乱哄哄地飞上天，她才觉出异样。

她把头转向身后。一个只在腰间围了点东西的赤裸的长发男人在奔跑。她大声惊叫。男人停下，朝她这里望望，随后从几十米开外的灌木林边缘直奔她而来。她为拍摄蓝喉蜂虎做的所有伪装都成了空。她跳起来，拼命往前奔跑，却一头撞在银杏树上。倒下时，她望了一眼天。出门时，朗诵者用磁性声音说今天有雷暴雨。果然，天阴了。

李菲菲醒来后习惯性地去摸手机，手机上没有提示信息。她才想到昨天下午已经上了没山岛。

令她不快的是民宿老板说谎。她和施政华一进门就看到三脚架和后面玩手机的于乃今。关上房门，笑就收干净，她对施政华抱怨："怎么搞的，明明说只接待我们，你马上问！"

施政华劝她："算了。这个岛只有一家民宿。晚上游客回去后，你就不害怕？"

"她一个小女人，只会多事。"楼下怎么不住一个小伙子呢？李菲菲闪过一个念头。

双手交叉在脑后，她呆呆地盯着天花板。吊灯边缘刚被涂料刷过，白色涂料包裹了金色底座，庸俗而聪明的色彩组合。饭店要经常装修更新风格，她琢磨这些颜色背后的东西：主持装修的是男是女？设计方案色调和色系是谁定的？这幢白色木结构别墅怎么成为小岛唯一的建筑？

手机振动，施政华发来两小段语音："早餐早已准备好。""醒了可以下楼吃。"大家都觉得他声音好听。初次听见他的声音，李菲菲离婚后不久。她闭着眼随机听电台节目。"你未看此花时，此花与汝心同归于寂；你来看此花时，则此花颜色一时明白起来，便知此花不在你的心外。"她睁开眼，把那段话反复听了五遍。查看主播名字：正华。那是一种令人着魔的声音。声音频率不高不低，正好在女人听觉最舒服的位置。声音柔和又不失阳刚气，落在她皮肤上，瞬间钻进毛孔，随着血液流进脏腑、脑子。这声音甚至不需要内容，她将主次倒错。又一次可能错误的爱的开始。

那个渔民不太说话，或许是李菲菲的错觉。他手握方向盘，马达噪声很大。靠港，帮施政华把行李箱和背包拎上岸，他立刻掉头回去。李菲菲觉得他回去的速度更快，像在逃离这个岛。施政华问民宿怎么走，渔民眼都不看，用手指了个方向。

几天前的深夜，一条留言在没山岛民宿评论区出现，李菲菲看了一遍，心里咯噔一下，举着手机下楼给施政华看。施政华的录音室在负一层，工作时，门口一盏红灯会亮。红灯边有个按钮，外面人按一下，工作室里的黄灯亮起。李菲菲按了按钮，在等红灯灭的时间里，给自己手冲一杯咖啡。滤纸上堆积的咖啡碎屑，让她头皮发麻。施政华走出工作室，穿了件白色圆领汗衫，一条黑色运动短裤。客户端的听众们怎么也想不到，这就是朗诵"轻轻的我走了，正如我轻轻的来；我挥一挥衣袖，不带走一片云彩"的主播的真实样貌。那条留言找不到了。施政华摇头笑着一步步登楼梯，回身轻松回答："我已经看到过了，没什么大不了的。"于是，李菲菲不再多想，去卧室整理岛上旅行的物品。

早餐是施政华做的三明治和咖啡。面包是李菲菲带上岛的法棍。咖啡是施政华常喝的云南小粒挂耳咖啡。橄榄油、鸡蛋、牛奶、培根、调料等都是民宿厨房里备好的。

施政华咬法棍的声音清脆有力，马上六十岁的人牙口还这么好。李菲菲时常觉得好听的声音经过口腔时，给唇齿清扫了有害病菌。她在法棍上涂了橄榄油，等橄榄油渗入面包，才小心地咬下去。蛋黄微微流出来，这是李菲菲喜欢的样子：又嫩又新鲜。刚开始与施政华交往时，有人说两人年纪相差大了点。李菲菲查了一下，好多艺术家夫妻相差的岁数接近二十，他俩相差十岁都不到。不过，人大多数行为都受外界影响。因此，当施政华主动找她，她又显出了犹疑。

"看来要下雨了。"

"那就不出去呗。"李菲菲喝口咖啡，觉得比施政华家里泡出来的酸。

"也好，二楼阳台上风景也不错。"施政华说决定了的事情时，总带着威严之势。

李菲菲想两个人坐在阳台上，要不要挑明话题呢？本来这个环节她安排在明天下午渔民来快艇接之前说的。

天的阴沉仿佛是一瞬间变的。

施政华望着窗外说："小姑娘怎么还不回来？"

李菲菲说："或许人家还在睡懒觉呢。"

"天麻麻亮就出门了，我给她泡了牛奶咖啡。"

李菲菲又咬了一口法棍，咬到了培根，口腔里的味道顿时丰富起来了，冲淡了心里的苦味。不过，她心里摆不住事情："你总是很贴心。"

施政华没说话，喝了一口咖啡。

于乃今让快艇绕着没山岛转一圈。她算了算，快艇转了不到十分钟，时速在四十公里左右，那么这个岛的面积大概一平方公里出头。小岛浮在玄渊湖上，她抬头望了望天。如果云上俯瞰，小岛就像一碗水里的一粒芝麻。

是的，她很闲，最能支配的就是时间了。她试着静下来，耳朵听得见"嗞嗞"声响，大概这就是时间运行的声音，或者是她无聊的配音。她想问问老杲感觉到的时间样子，甚至想写各人不同时间感的文章。拿起手机，又放了下来。她写不出来，或者说根本没素材写。

她不时摆弄悄无声息的手机。以前忙的时候，她恨不得用三个手机。她渐渐习惯很少收到消息这个现实。窥探别人动态成为新常态。一条留言引起她的注意。发在小岛民宿留言板上没多久，就看不见了。她心头一动，打电话给老呆。

"你说的没山岛有点意思。"

老呆声音压得很低，像在开会，可她知道这人很可能根本没会可开。他的嗓音介于男女声之间，每个词都可归结为"艺术表达"。

"我手上事情不少啊。不过，我可以帮你联系好。"

"我没让你陪我去。你把蓝喉蜂虎的照片发几张给我。"她觉得男人以自我为中心的本性不会改变，还经常做不着边的幻想。

"市里要办展，我报了你三幅作品。"老呆似乎感觉到什么，语气变得正式。

"随便吧。不行不要勉强。"她还在乎这个吗？三年前，她随便在画廊里挂张速写，不到一天就能出货。可是，再也回不到那个时候了。

她觉得老呆有点神秘，帮忙也不在节点上。不过蓝喉蜂虎的确只有他拍得最好。

开快艇的渔民不爱说话。她问三四个问题，他只简单回答一个。她确定晚上还有人入住，跟她一同住在小岛上时，害怕、兴奋同时到达，分不清好坏。

背着背包，拖着箱子，她在高低起伏的小路上走着。高大的银杏树、板栗树；稍矮的枇杷树、杨梅树、梨树、橘子树、桂花树；更矮的茶树、蒿草、芦苇、八角金盘等，四面八方包围她，杂乱又像有计谋。她望了望头顶的太阳，庆幸选择此时上岛。开快艇的渔民说了一句："以前这里是山。"她疑惑地在心里打了个问号。

恍恍惚惚中，于乃今睁开眼，记忆一瞬间全回到脑子里。不可能！她用手背擦了擦眼睛，还是看不真切眼前的东西。前一秒，她在拍蓝喉蜂虎啊！哦，取景框！她伸手一摸，却只碰到湿乎乎的石头。没等眼睛适应黑暗，"kerik-kerik-kerik"声响起。

有脚步声传来。赶紧，她闭眼装昏迷，右手抠到一块石头。脚步声在不远处停下。蓝喉蜂虎们也停止鸣叫。不过，她听得清它们扑棱翅膀的声音，还有隐约的流水声。

她尽量保持平稳，转动眼珠观察眼前场景。一滴水从钟乳岩上滴下，正落在她脸上，冰凉的感觉让她相信自己身处洞穴里。

怀着恐惧和好奇，她往脚步声来处投射目光。太暗了。蓝喉蜂虎们不停进出，消失又重现。渐渐地，它们胸前那块蓝，她能辨认出来了。于是，她看见了两点光亮，清澈透明。她站起身，两个光点也往上升。那是眼睛啊！瞬间，涌进她心里的不再是恐惧，而是忧郁，让她想要落泪的感伤。

她看到了自己童年的眼睛，淡淡的清亮的圆圆的、不时会落泪的、充满疑问的、怯弱而好奇的眼睛。大家都说她眼睛漂亮。随着年龄增长，眼睛失去光泽。人们开始只赞美她的才华。面对镜子，端详五官，每个都中规中矩，可结合在一起，就是不好看，最可恶的是眼睛，暗淡，带着讥讽。

关闭画廊的那天，街上没人没车，红绿灯无意义地轮转着刺眼的色彩。她懒得拆卸，用美工刀直接切割取画。她怎么也没料到市场萎缩得这么快。一年前约的名家作品全滞销。这几年她没画多少，可每张都融入她精巧的心思。她拿着《物理老师肖像》，想教过自己"量子力学"理论的物理老师，他无框眼镜后是一双无时不闪动的机敏双眼，可能不确定性总是占据心灵。她起笔画这张油画，是一个无风干燥的秋日午后，本想午睡的她感觉脑子里每个细胞都跳起了舞，最细微的粒子向宏观肉体发起挑战。那些奇思妙想，通过物理老师的眼睛透露给观众，眼睛上看似随意的几撇白色，远观却是镜片最贴切的反射。

暗处的双眼犹豫着向她靠近。她迈出第一步，非常湿滑，于是她控制好力量，往亮眼睛来处迈出第二步、第三步……

李菲菲看着屋檐不停往下挂的雨，嘀咕一声："怎么比春雨还长？"

施政华没接话，双目微闭，手持索尼录音话筒伸到雨里，戴着硕大耳机听着雨声。

李菲菲"哼"了一声，拍拍正在翻阅的《大山里的味道》，仔细看时，一粒粒黑点原来是散落的黑芝麻图片。

她近来视力越来越差。"菲常寻味"的生意也一样。

前个月，李菲菲把一楼转租给奶茶店，店面萎缩到二三层。通往饭店的窄窄楼梯上，她摆了薄荷糖、湿巾纸和鲜花。穿旗袍的迎宾姑娘陪每位客人走上楼梯。李菲菲砍掉了一个厨师、两个服务员、三个帮厨。有些事情她亲自上阵，比如迎宾岗位，比如帮厨。当水龙头冰冷激流冲到指尖时，她强忍着没哭出声。

十八岁时，她从旅游职业学校毕业，到一家宾馆做客房服务员。交班后，她喜欢去舞厅看客人跳舞。黑厚窗帘后，旋转灯、反射灯、射灯、频闪灯制造出另一个世界。她随着轻柔音乐晃动脑袋，跟着强烈节奏摆动四肢。客人没到前，厨师和服务员在舞厅里交流技术，他们大声叫音控室学徒放这放那。常常一曲未完，就要求换磁带。有个跳霹雳舞出色的厨师，他全身如同无骨，可以弯曲成任意形态。每个关节随时可以脱臼，却又能马上复原。他有节奏律动的身影像条蛇游进她心里。而跳慢四步时，霹雳舞厨师温柔挺拔，浑身散发目鱼花清新的海洋气息。到现在，李菲菲一听《在水一方》就会心酸。温柔老歌最能伤人。结婚后，他俩辞职开饭店。夫妻小店人手紧，她做服务员兼帮厨。那时，水龙头里流着欢快的水。霹雳舞厨师将宾馆菜大众化，类似宫廷菜走进民间，引起轰动。"寻味酒家"晚餐座位要提前一周预订。三套鸭、蜜汁火方、松鼠鳜鱼、清炖蟹粉狮子头等热门菜每桌必点。生意持续火爆了三年多。在一个多雨的秋季，来客数量突然下降。"寻味酒家"第一次挂出"订餐送名菜""满两百送五十""饮料免费供应"等标语。霹雳舞厨师冒雨出去走了一圈，回来告诉李菲菲，风向变了。当下吃香的是土菜风味菜，抢"寻味"饭碗的是各地来的土菜馆。每条美食街都飘着湘味小炒肉、大肠豆腐煲、椒麻炝腰花、孜然烤羊肉串的刺激气味。

李菲菲总以为努力可以创造机会，再创辉煌。可她错了。在她竭力应对市场变化时，霹雳舞厨师跟她分手，带着店里年轻的女服务员去了南方。谜底揭开后，她庆幸这些年照顾酒家，没生孩子。她退租"寻味酒家"房子，找了市口一般、价格适中的商业楼，改饭店名为"菲常寻味"。她既没有保留国宴菜，也没追捧乡土菜。她在"非常"上下功夫。比如炒虾仁，她打出的牌子是龙井虾仁，茶香进入虾仁，鲜香加倍。还有大肠，批成薄片，放在烤盘上，挤柠檬汁、撒椒盐，简单调味，又脆又香。同样食材做出来的菜，她在"寻味"价格上翻了三倍。"菲常寻味"客人不太多，基本固定，静谧中显出高雅。

施政华跟朋友第一次来，李菲菲一下子辨别出那个熟悉

水边的蓝喉蜂虎

的声音。那天，施政华穿一件白色长袖棉衬衫，稳稳地坐在主宾位置，头发很长，纹丝不乱。大家给施老师敬酒，他都站起来谦逊地干一小杯白酒。李菲菲拿了名片给每位客人发了，单独倒一杯白酒敬施政华。接着又倒一杯，说了句自认为水平很高的话："敬最美声音！"赢得一片掌声。

不过，最美声音听多了也能从中挑出刺。同居之后，李菲菲讨厌施政华日常生活中的每句话都用标准语音。不过，她忍着。当施政华拍死一只蚊子，骂了句粗话后，李菲菲开心地笑了出来。她希望共度老年岁月的人，说话带口音、吃饭有忌口、生活有癖好，而不是飘在空中仅供人欣赏的云彩。

李菲菲放下美食杂志。机会往往在沉默中消逝。她自认为善于抓住机会。"你那边怎么说？"她挥挥杂志，吸引戴耳机的施政华的注意。

施政华关闭话筒，摘下耳机，显然还是没听清李菲菲的问题。"雨声像跳舞的节奏啊！"

不知从什么时候起，李菲菲觉察到地下一层工作室的红灯亮的时间越来越短。各种公众号、网站、应用程序上，突然间冒出很多好听的声音，他们花大把时间直播，唱歌、朗诵、卖土特产。而"正华音诗"一条音频发布了一整天，收听量竟然只是个位数。

"你我都成闲人了，正好休息休息！"李菲菲没好气地对施政华大声说话。

"困难总是暂时的，就像这雨总会停的。"施政华不紧不慢地回答。

李菲菲觉得这就是典型的搭起臭架子的废话："你不要不承认，追捧你的时代不会来了。我的小饭店盘出去也是迟早的事情。"

"不见得吧。"施政华嘴角挂起诡秘的笑意。

李菲菲站起来，把杂志扔在茶几上："那是你！说吧，表个态，那个事到底怎样？"

施政华也站了起来，把手伸过来，想搭在李菲菲肩上，被李菲菲闪过。

"我已经想好了……"

楼下传来一声巨响，李菲菲愣了一下，施政华已经冲下楼梯。

于乃今摔在客厅地板上，三脚架倒在她身边。

李菲菲把于乃今扶起，坐到沙发上。施政华把三脚架归到角落，倒了杯水给于乃今。

"你没事吧？"李菲菲望着这个比她小十多岁的女人问。

于乃今嘴上说没事，心里知道，自己与清晨兴冲冲赶去拍蓝喉蜂虎的那个人已完全不同。眼前这对古怪中老年情侣，并不是她倾诉的对象。她决定把小半天经历隐藏，或许这将成为改变当前困境的一剂良药。看来那条留言说得很对，这是一个表面平静，实际暗流涌动的小岛。

"啊，我没事。开门的时候被门槛绊倒了。"

施政华把大门来回拉几下，眼睛盯着地面。

一道闪电劈在不远处，紧接着滚地雷声隆隆而来，木结构房子微微颤动。于乃今感觉李菲菲扶她胳膊的手正在箍紧。人在"天威"面前都会战栗。

电灯闪了一下，很快恢复正常。三个人松了口气。围着餐桌坐下，各自掏出手机，点点戳戳。

"没信号了！"李菲菲第一个发现。

施政华判断道："雷电打到了电信塔吧？"

于乃今急着说："怎么联系岸上啊？我要回去！"

"没办法，只能等明天下午三点。开快艇的人约好的时间。"

"我……我有事。"于乃今不说逃离。

"到这里来的人，不是闲人就是废人。"李菲菲把手机轻轻放在桌上，将它翻了两个身。"好在，我们物资储备丰富。"她拉开冰箱，左手做了个展示动作。

接着，她把头探进冰箱，取出一袋袋食材。开放式的厨房操作台热闹起来。

不到二十分钟，三份芝士牛肉通心粉、一盘番茄炒蛋、一盆生菜胡萝卜沙拉端到餐桌上。

"小于，你气血不足，多吃点。"李菲菲脱下蓝布围裙，顺手放在三脚架上。

于乃今每吃一口，就感觉胃里有只手往外推，脑袋正在膨胀。可她坚持吃着，好几次，上下打架的两股力量在喉咙口交锋，她差点窒息。

她觉察到施政华看似轻松地使筷用勺，实则目光不离她。

看大家吃得差不多了，施政华收拾掉碗筷，打开水龙头洗碗。于乃今刚想站起来，被李菲菲按住："让他洗，你歇歇。"

想着还在相机里的储存卡，于乃今急着躲进房间整理照片和文字。记忆随着时间流逝，正在惊人地衰减。

"来，喝点茶，外面雨这么大。"施政华端来红茶。

"我想休息休息。"于乃今没有碰茶杯，令她惊讶的是，她的要求竟然没有得到施政华、李菲菲的同意。这使得她重新审视与他们的力量比。

"我们来玩斗地主。"李菲菲手里出现一副牌，她熟练地洗着。

"我不会玩，我想躺会儿。"于乃今还在挣扎。

施政华用浑厚嗓音关切地问："上午发生了什么？"那声音牵引着于乃今的思绪。迷迷糊糊中，于乃今差点把一切说出来，她坚持着，咬紧牙关笑着说："好吧，我来学斗地主。"

李菲菲发牌时讲故事："以前我有两个客户，每周来一次晚餐，让我安排当天最贵的两个菜，吃重也不在意。他们吃得很快，离开时还会付小费。很长一段时间没见他们两个，我打电话关心关心，电话都停机了。一个周末晚上，他们中的一个来了，还是老规矩。我陪他坐坐，他把两个菜吃个精光。把身上所有钱掏出来也不够饭钱。我没要钱，问另一个人的情况。他说同伴生病了，再也来不了了。我以为是得绝症那样。他说不是的。他俩是牌搭子，一周去赶一场大牌局。保持几乎每场都赢的纪录。说到这里，那人指指头脑和心口。脑子好，关键是心有感应。赢太多场后，被人做局，钱输光不说，欠下巨额赌债。赌债可以用身体偿还，每人砍下一只手。他同伴要求砍掉自己的双手。他说这话时，望着我。我好像明白了，有些人和事情，失去了再也没有获得的机会。"

于乃今伸手抓牌时，总感觉一把砍刀在等着她。施政华没说一句话，仔细地理牌。只有他把打牌当成一桩正经事情。

"你打牌很厉害！还说不会打。"李菲菲当地主，连输三把。

"就是不会打，牌才好。"于乃今轻描淡写地说。

预订民宿时，网上联系人只说有可能会有其他旅客，强调一般在旅游淡季，还不是周末，几乎没人订房。施政华他们开门进来时，她正在研究蓝喉蜂虎的习性。李菲菲宽大的白衬衣随意荡在牛仔裤外，与她四目相交，笑容与招呼声背后，流露出遗憾、不满。她非常理解，很有可能自己眼中也含了这些意思。别墅空间很大，可她还是觉得私人空间被侵占。出发时，她花了两小时与杂志编辑讨价还价。如果在孤岛上孤身度过三天时间，并交出质量高的蓝喉蜂虎照片、随笔，有可能被推荐到特刊封面。专栏编辑十年前刊载了她的油画，配发了评论。一位美院教授为那幅《绽放》评论，她还记得一两句："年轻艺术家绽放光彩，用独特的笔触和色彩，归根到底是激情与爱。"她承认教授看到了画背后的一些东西。她当时正狂热地爱一位知名画家。爱他不修边幅、邋里邋遢，爱他的油画、书法、素描，爱他不善言辞、没有朋友和伴侣，爱他疯狂创作、不知饥饱、不问寒暑，等等。她把这些无法传递出去的感情，转化成油画。《绽放》获得成功，她的单相思也告一段落。不久，在一次画展上，她与知名画家并排站到红绸带前。她先拿起剪刀，双手递给边上的知名画家，知名画家没有任何表情地拿起剪刀"咔嚓"剪断面前红绸。展览结束，她开启了新生活。

施政华并没有把注意力集中到牌上。他一声不吭地想着治疗方案。没人注意到他嗓音发生的变化。同居的李菲菲当前有点着急。正是由于情感波动，让她忽略了他身体细部的变化。以前不是这样。他喜欢吃的东西自然不必说，连吃东西的蘸料品牌李菲菲都掌握。这些变化说明他们太熟，并准备一起老去。

他也知道，这次李菲菲准备逼他表态。

他不是拖着不想结婚。只是突如其来的冲击，扰乱了他心思。入冬就六十了，凡事做起来格外小心，没有再来的可能了。

离第一次踏进"菲常寻味"已有十二年了。第一眼见李菲菲，就被她挺拔的脖颈折服，高傲心气提到上面，挺直了女人的气质，快人快语也与他互补。

"您是正华老师？"

这个女声并不好听。施政华微微欠身点头。

"我最喜欢您播的《精读传习录》《解读道德经》《诵读诗经》，您的声音比电视台主持人更好听！"

施政华坐着，微微仰视，正好看到李菲菲光洁的颈部，一瞬间，他觉得世界上最美好的东西又回来了。

那时，他与妻子黎灿正式进入协议离婚阶段。财产分割、子女抚养这两大难题久久困扰着他。放弃前者，别人会觉得被扫地出门，他肯定是过错方。放弃后者，他始终觉得与儿子的感情好过黎灿。都不能放弃。没有过错方的协议离婚，需要一个双方都能接受的方案。同一屋檐下，三个人共同生活，都在数倒计时。儿子高考志愿全填省外高校，都填服从专业调剂。他知道这是儿子另一种出走方式。换成他也会这么做。他和黎灿去火车站送儿子，一人推一个行李箱，他们分别整理，是交付给儿子的纪念。三人都没怎么说话，走进检票口的时候，儿子回头向他们挥挥手，似乎下次相聚就在近期。突然，儿子偷偷对他眨眨眼，他赶忙看身上，并没有异样。目光再抬起，只望见儿子的背影。

　　他记得那天温度适中，阳光正在失去炽烈之威，树荫下散发着一股懒散气息，紧绷的神经得以松懈。他坐在石凳下，开始以自己认为公平合理的方式写分割财产方案。而那张纸，被黎灿冷笑着轻轻撕碎，扔进黑色垃圾桶，如同扔进窗外深不可测的黑夜。黑暗中人影憧憧，都是黎灿那边的人。而他只有一个人。在他的记忆里，朦胧地出现过一些人的影子，不多也不少，他们都在笑，笑声里带着水汽。黎灿的亲戚朋友像一棵大树，看不见的根系渗透到城市各个角落。他与儿子结成"同盟"，也就是在黎灿家族处处干预小家庭生活时。

　　"你跟厂长说要换岗位，有什么用呢？舅舅说找他就行。"

　　"这么热的天，中午你跑去运河公园做啥？"

　　"发表了一首诗歌也不告诉我，还是表姐排版时拍照片发给我了。"

　　"不要老参加工会活动，真要有出息，到小叔叔做导演的剧团呗。"

　　……

　　施政华每天起床，就觉得脑后有个摄像机跟着他拍摄，直到晚上熄灯睡觉，其间重要活动轨迹都被记录下来，传到黎灿那里。有一次，他下了狠心，在单位卫生间拆坏一台坐便器。卫生间总不至于安装摄像头吧？他特意查看了邻近的几个隔断，都没人。他得意地笑了。可是，这事还是被黎灿知道了。他不知道的是，清洁工休息的地方，紧靠卫生间，他弄出的非正常声音，引起清洁工的警觉。这事全厂人都知道了。"嗓音甜美的施工程师，原来是个有恶癖的人"流传开来，施政华从此只能寻求另一种抵抗：对家里任何事都不管不顾，不发表任何观点。按照他算计，不出一年，最多两年，黎灿肯定受不了，主动提出离婚。不过，生活并没有滑过他设计的曲线。他主动出让的权利，黎灿完全接管。他被纳入儿子一样管理，口袋里的零花钱也与儿子相等。两个男人一起走在空寂的午夜街道，施政华鼓励儿子凭借艺术天赋走到更广阔天地施展才华。儿子不愿受母亲家族管控，但也放不下父亲一个人孤军奋斗。施政华对着夜空给儿子朗诵了几句李清照的词："天上星河转，人间帘幕垂。凉生枕簟泪痕滋。起解罗衣聊问、夜何其。"儿子长时间仰望星空，说了句："我会帮你的。"

儿子走后的一天中午，他独自走到运河边。南来北往的拖船慢吞吞却又坚定地驶向远方。他心里早就萌动的念头又苏醒了。抛弃当下生活、工作追求的东西，转向自己的爱好。读中专之前，没人说过他声音好听。为尽早赚钱，他没读高中，上了工业中专的机电专业。语文老师是个秃子，说一口标准普通话。他用兰花指指点施政华朗读"关关雎鸠，在河之洲"。

"你有天赋，难得的磁性声音，再经过训练可以成为辨识度很高的独特声音。"语文老师说话声音很好听，比普通男声沙哑。他抽不带过滤嘴的香烟，一根根从口袋里拔出来，别人看不见牌子。"我本来可以有更好听的声音，都是被这根白色魔棍害了。记住，你是可以靠嗓子吃饭的，不抽烟、少喝酒。年轻美丽是女演员的资本，嗓子是你的资本。"也不管施政华愿不愿意，语文老师给他训练标准发声、语言表达、表演技巧等。施政华到现在还恐惧一节节拔高的收音机天线。语文老师曾无数次把天线抽打在桌上、凳子上、课本上、作业本上，夹杂着骂声的"啪啪啪"打击声，虽然不是来自身体的接触，但有时比肉体遭罪还恐怖。

那个午休时刻拖船的汽笛声，把施政华拉进声音的世界。他觉得家庭、工厂、社会里，缺他一个都不算什么。声音的世界里，他努力挤进去，成为"还真缺不了的那一个"。

然而，现在最精密的诊疗仪器做出了对于施政华来说最不能接受的结果。

他打出一张大鬼，被李菲菲炸掉了。他把注意力集中到牌上，一会儿，又开始猜想李菲菲的心事。

李菲菲手里总摸不到好牌，这似乎印证了"喜赌必输"的道理。她心思也不在牌上。网络断了，她觉得"菲常寻味"像断线风筝，不受她掌控了。

上午，李菲菲发了三条短视频到朋友圈和网站。内容都是包厢仅剩一两个，预订从速。会制作精美短视频的服务员被重用。如今，她们每天主要任务从服务顾客，到发短视频邀请客人。这在三年前，是被李菲菲耻笑的行为。她称那些发广告拉客的饭店，归根到底是因为菜品次、服务低、人脉差。然而，那些跟她打成一片，整天称兄道妹的人，一夜之间蒸发般的不在少数。

刚开始时，她没在意，有时还发个信息、打个电话聊聊，似乎自己一出马，那些客人立刻转向回来，菜照常、酒照常，人回归正常。然而，没有"正常"。

三条短视频基本没人点赞，看过的人也没几个。马上要吃午饭了，晚餐包厢还没订出去一个。她悲观痛苦，预感"寻味酒家"覆灭前兆又袭来。

她把服务员集中起来，严厉训斥她们短视频做得太差，缺乏意境和诗意。每个服务员早中晚必须发。发短视频只是形式。每个熟客，隔两天必须专人负责联络一次，以最谦卑恭敬的态度询问、邀请就餐。她公布考核办法：拉到客人餐费可提成百分之八，一周没拉到一桌包厢，扣发工资。可用尽促销手段还不见生意好转。实在没办法，只有打服务员们的"七寸"：卷铺盖走人。

职校每年都办同学会，她没去过几次。同学无非两类：成功、不算成功。事业、家庭、财富等几个因素是衡量标准。最近一次她去了，竟然与几个女同学重拾旧缘。分别才一周，几人又张罗小范围聚会。她自然提议将地点定在自己饭店。回家跟施政华说了情况，还说出心里疑虑："我们几个相处怎么这么融洽？以前都没有感觉到。"

施政华放下书、笔和老花镜。笔是红笔，他喜欢在句子重点词上打红三角。"你跟她们说了饭店生意不好？"

"哪是不好？我说快倒闭了。"李菲菲语速很快。她知道自己的弱点就是语出伤人而不自知。不过改不掉，五十岁冒头的女人都不想改身上的毛病，除非精神、肉体两者出现重大问题。

"人都是这样，见不得人好。你饭店生意好时，不爱搭理她们在次，主要是她们心理受到打击，都是同学，知根知底，凭什么你甩开她们一大截？嫉妒、不满会导致攻讦。不过她们与你搭不上界，自然蹭不上饭局什么的，那就只能不理不睬。现在，情况发生逆转，你遭罪、受难了，她们慈母般柔软的心灵有了救济方向。她们义无反顾地承担起心灵导师角色，生怕错过每一个悲惨环节。"施政华缓缓说话，像极了主流播音员对某事件的定性稿件。

"好了好了，被你一说，我浑身不舒服了。想想也不至于吧？"李菲菲摸了摸摆在玄关前的黑色灵璧石，她搬来与施政华同居时带来的最大物品，原本放在生意最好的包厢里的。带过来会使她家庭生活也好起来，她是这么期待的。

"好，不说你。说股票你就理解了。你买股票赚钱了，谁来祝贺你、佩服你？输钱了，每人都跟你分析失利原因，并热心地向你推荐另外的股票。"

李菲菲对施政华的佩服也分阶段。总体呈现下降趋势。

李菲菲初入职场，受到领班最直接的训导，就是挺胸微笑待人接物。施政华来过几次饭店后，当面夸她气质好。晓得她底细的朋友说这是涉外五星宾馆"一朵金花"。施政华居然拍着桌子说，当年厂里请德国专家在宾馆开会，对她就有印象。怪不得面熟！她很开心，一来虽然半老徐娘，漂亮还在；二来赞美来自她迷恋的声音，激动之外，身体的兴奋和舒畅达到近些年新高。

也有美中不足的地方。施政华外表太过普通，不开口的话，走在街上是个普通平民，走在田间是个普通农民，走在湖边是个普通渔夫。不过，要命的是，他不能开口，说话的时候，声音刮起的风暴，不仅把听者神志打乱，还让平常的脸变得富有内涵。

两人闹矛盾，李菲菲伸直双手，让施政华不得出声。她知道，哪怕施政华随便说几句安慰的话，都会扰乱她原本坚定的心智。就在她认为那些矛盾不可调和的时候，施政华提出来确定两人关系。她吓一跳。当时施政华刚与黎灿离婚。

那是一个春雨夜。李菲菲拉上店门，一转身，一把大黑伞罩在她头顶。哆嗦之后，她看清一张熟悉的脸，被细雨淋得发亮。

"我跟你回家。"没有多余的话，磁性声音压制住她内心的犹豫、不安。

她像一个听话的孩子，默默走到红色大众甲壳虫边，按下车钥匙。汽车行驶在空荡迷蒙的街道上，她感觉好似"夫妻双双把家还"。副驾驶座上的他侧脸轮廓清晰，往上翘起的下巴，特别性感。踩油门的时候，她已经在想象那个声音贴耳响起时，该有多么刺激和舒适。伴随身体的变化，她说出来的话，也变得无力、顺从："我还是把你送回家吧。"

施政华把脸转向她，一半明一半暗："我去你家。"

李菲菲无法抗拒地将方向盘调整到她熟悉的方向。

任何事情，有了第一次，接下来便顺理成章了。她与施政华的关系浮出水面后，喜欢拍马屁的服务员们都说老板马上就成老板娘了。老板真有福气，拥有那么年轻美丽的老板娘。

"什么老板娘？我就是你们的老板！"说归说，她心里柔软下来。

那个时期，施政华对她发动的爱情攻势，猛烈如同青少年。越是这样，她越踌躇。她时常想，如果摆一面可以回看的镜子在眼前，那么修正行为后的自己，还能成为现实中的自己吗？

于乃今借一阵雷声，将牌推在桌上："我真打不动了。我得躺下歇会儿。"

她看见两人交换一下眼神。李菲菲说："好吧，我也累了。大家都休息，晚上要吃什么告诉我。"

"随便！"于乃今和施政华说出同样的两个字。

闪电掠过天际。灯光又闪几下。接着巨大雷声响起，像要震出人的魂魄。这回，电也受了惊，没再恢复。施政华要跑出去看电闸，被李菲菲拦住了。两人争论时，于乃今回自己房间，把门反锁。风声尖厉呼啸着，房子有些发抖。

她心急慌忙地将储存卡插进电脑，电脑显示只有百分之五十的电。图片下载到电脑上，又用去百分之五的电。只要一耽搁，电量就跑掉，速度比以往快很多。她得加快速度，不管今晚会发生什么事情，必须先把早上那些事记录下来。

新文档建好后，第一行就卡壳。文字表达是她的软肋。脑子混沌发空，不知怎么记录。她把屏幕调得更暗，延缓电池衰减。许多话海浪般打来，却又迅速退潮。她摊开双手，手心冰冷有水。

老呆仰头思考的模样在她眼前晃过。她忽然有了灵感。有了老呆这个倾诉对象，话自然而然流淌而出。

"老呆：我把文档放在桌面，你知道我电脑密码的，打开就能看见这封标注写给你的信，现在没网络又停了电，我只能采取这样的办法给你留言。也许你永远看不到这封信，也许看到了而我已经永远地离开。"

她想了想，又删掉，换了一种口气，显得很坦然。有些事情没必要多解释。

"老呆：如果不是我给你打开或者发送这个文档，说明我和你命中注定无缘再见了。"

她还想斟酌。木屋檐上传来密集雨点声，风吹得窗户咯咯作响。她加快了打字速度。

"上次你给我看蓝喉蜂虎的照片，我就在想什么时候我俩能够开一辆车到野生动物出没的地方。那里没有人烟，你拍照，我对着夕阳画河流、树木和群山。叫比我小七岁的你网名老呆，我觉得特别合适。其实想想我们在线下总共才见了三次。第一次在你的摄影展上，第二次我在咖啡店认出了你，第三次我们一起去看了奥古斯特·雷诺阿特展。人与人就是这样，看似遥不可及，一旦进入彼此的生活，发现围绕在身边的人很少。不知道我们的未来怎样，到目前为止，我是可以对你完全开放的那个。我不知道你怎么想的，时间紧迫，之前一段时间我还在犹豫，现在我不能失去机会，怕以后没了。

"老呆，你一直很忙。而前年我就基本结束了忙碌生活。自从那次咖啡店加了微信，我每天时不时拿起手机查看有没有新消息来。怕你忙，不敢先发信息。我总是控制着自己不能将个人情绪带到聊天过程中，可有时失望甚至通过标点传递给了你。今天我希望你知道，我的失望根源在你。不过，我得到了满足，是不是给你带来不适？我始终把握不好。我所做的，只是努力地控制自己的情绪。

"这次出来，是典型的一次赌气之旅。如果你给我看蓝喉蜂虎照片时，不说那些刺激我的话，我也不会踏上这个没山岛，陷入危险的境地。开个玩笑，是你用激将法逼我上了岛。我相信直觉：孤岛再离奇，不如人恐怖。昨晚给你发消息说的那对中老年古怪情侣，是我最不好把握的因素。本来只是客气地打招呼的人，热情地给你烧菜、煮饭、泡咖啡，亲切地关心你的行踪，我感到害怕。"

房间外面发出很大声响，什么东西接连掉落在地，她离开电脑凑到门上听动静。大门似乎被撞开了，门不停地碰撞着墙壁，风在客厅里席卷，纸片在互相拍打，揪心的鸟鸣声时高时低。房门缝隙漏进雨腥味，她退回书桌。

"不能再绕圈子了，我只能最直接地写在这里两句话：不管大家怎么看，我喜欢上了你。不管采用怎样的相处方式，我总和你站在一起。

"记得你说这个孤岛，孤岛上的蓝喉蜂虎时，流露出神秘而神圣的目光。开始我不以为然，甚至绕岛一圈、沿水边散步时，都认为你在什么地方出了差错。波光粼粼、岛礁耸峙着实好看，却也与其他岛屿没什么根本区别。

"其实，我清早扛着三脚架出发的时候，认为这是一次寻常'打鸟'之旅。来到你曾经蹲守过的点，心里还是涌起一股暖意。花了十个小时，坐高铁、大巴、快艇，行程近千公里，终于与一周前的你重合成功。我拍照的时候格外小心，技术上已经落后，态度上不能输给你。

"我把镜头对准一对蓝喉蜂虎，雄鸟献殷勤姿态，通过长焦镜头放大到我眼中。我笑了。笑老呆你啊，还不如一只漂亮小雄鸟懂讨异性欢喜。

"突然，池塘上空'kerik-kerik-kerik'声响成一片。我抛开那对鸟，去捕捉更令人激动的场景。我手指紧紧扣住快门，弥补刚才反应迟钝的失误。从那一刻起，我的命运竟然与这个孤岛捆绑在一起，这大概也是你没有料到的吧？我看到数量惊人的蓝喉蜂虎掀起'鸟浪'。一只老鹰俯冲而来，蓝喉蜂虎们自下而上形成'旋涡'。它们旋转着，蓝色胸腹在光的照耀下，反射着炫目之光。老鹰被困在'旋涡'中，急着突围，捕猎者瞬间变成逃跑者，我把过程拍了下来。

"正得意时，一个赤身裸体的长发男人出现在我身后，树林里的小生灵提醒了我，我惊慌躲避，不料撞在树上晕了过去。

"我像做了一个梦。等我醒来，梦里的一切都被脑子收了回去。我本来不相信神灵，可我看到幽暗深处纯洁如冰雪般的眼睛时，我开始相信这世界上有超越人类认知的东西存在。

"老呆，回过头来看我们身边人，整天困在家、单位、小圈子里，还高谈国际国内大事，这是典型的无知，更是自私。他们要求我们不能这样，不能那样，来满足他们在小社会里的口碑。他们不是真心为我们，而是为他们自己。这是我看见最纯净的眼睛时联想到的。"

于乃今扫了一眼电池电量，还有百分之二十五。磨磨蹭蹭，还没写到关键点，却已耗费太多时间和电。窗外竟然暗了下来，傍晚提前到了。她渐渐被黑暗包围，只有笔记本电脑发着幽光。

通往 CT 检查室的通道又暗又窄，施政华脑子里一直是二十分钟前主任的那几句话："很明显，就是了。嗯？再查查也行。就在我们这里做。"主任助手在电脑上开检查单，施政华双手撑在主任办公桌上。主任也不在意，此时已在接诊下一个患者。"你这还犹豫什么？有床位的话，下午住进来，尽早手术。"

怎么就在这个部位呢？什么技术、管理、职称，统统被施政华抛掉了，留下他最珍惜的东西：朗诵。十多年前，他把这些全都抛给滚滚向北的运河。一时发狠劲容易，难的是真"无所想"。与大多数人一样，施政华也在扮演角色，演得好、演得坏，都是给他人看。给自己的，只有做喜欢的事情。但是，必须在现实生活里，显得各类事情彻底败退。离婚也是一类。最后以施政华的妥协画上句号。什么财产都不要，他只要那套小房子。

当年，有个小区推出地下一层面积算一半的优惠，他和黎灿去看，大户型、好位置房子都卖出去了。最北一幢西单元还有一套小户型样板房。小户型，一层六十，地下一层三十，加起来也只有九十平方。说是地下一层，其实是半层，窗开出去，正好看得见走路人的脚。妻子看不上，嫌位置、楼层、朝向都差："人像被埋在土里半截。买样板房还要加钱！"施政华却非常满意。他正准备从此与声音相伴，声音最怕别人打扰，也怕别人投诉。他已经在心中画好一张施工图，声音工作室只需在精装修的地下室周边加装吸音材料。他没什么积蓄，工资奖金全都上缴，也没有父母亲戚的支援。他拿什么交换？

他编了个谎言。晚上，他神神秘秘拿出一张光盘，让黎灿戴上耳机听 CD 机播放。黎灿很不情愿地戴上耳机。他按下播放键。十几秒过去，黎灿重新戴好耳机，坐直身子，狐疑地回头看了他一眼。光盘只刻了三分钟内容。

"这是广播剧？"

"热播连续剧《青春无悔》。"

"那男的是你演的？"

施政华微微点头。他为了掩饰细节，加大手上动作，把黎灿注意力引开。他指着光盘说："你轻点，我好不容易请台里的朋友偷刻出来的。"

"为什么要偷刻？"

"演员纪念版还没出来，让我先听为快。"

"原来那些长得漂亮的演员，声音都不行啊。"黎灿放松了。

施政华下意识摸摸自己的脸："靠外貌吃饭不会长久。"

黎灿笑出声："你还能靠声音吃饭？"

施政华用庄严的声音回答："没错，是的。"

陌生行当具有欺骗性。施政华随意编一集配音多少钱，黎灿狐疑地瞪大眼睛。两人聊了好久。很久没这样了。施政华给黎灿的感觉，只要再接几档活，那套样板房首付轻松解决。

"唯一有点问题的是时间差，剧组要经过审核才给费用。"

"那好啊，等你拿了钱，我们再买更好的房子。"黎灿说得自然。

"没有比样板房更适合做工作室的了。你想，以后工作室就成为作品的摇篮。"

为了让黎灿拿钱出来垫首付，施政华知道这个小招数远远不够。他请假去了趟玄渊湖乡。

从公交车下来，眼前一片白茫茫的湖面。那是深秋时节，太阳光照在捕鱼船的白帆上，像一把把伸向蓝天的刀子，闪着冷飕飕的光。湖里坐落着星星点点的小岛，他站上岸边突出的礁石，看没山岛的方位。可惜踮脚很久都没认出来。

绕过一长排沿湖土特产店、饭店、民宿，施政华走进小巷。走错几条巷，问了几家人后，他敲响深巷里一扇铆钉白铁皮门。开门的老太盯着他看了半天，眼里还是迷惑。

施政华也不言语，突然把身子压得很低很低，快速从老太的胳肢窝下钻过去，嘴里叫着："不要骂我！不是我，不是我干的！"

老太白发在颤抖，眼睛眯着，迎着风，眼泪出来了："你是华华?！"

施政华站直身子。面前这个老太曾令他又怕又恨，童年记忆里全是严厉的她。在县福利院，他不是顽皮孩子，只是脾气有点犟。后来，他躺在中专宿舍狭窄的床上，第一个想念的竟然是她。福利院阿姨一人管六七个孩子。她对施政华的管教，大多逼他学行为规范。她并不是对其他孩子都这样。也许她看出施政华身上一些与众不同的东西。

施政华带给老太一个多功能削皮、切片器。"这是我设计出来，工人在机床上做的。"顺手拿起篮里的一根黄瓜，他顺滑地刨了皮，咬了几口，青汁盈满口腔。

老太接过小礼物，手指舔着刃口："真快，真方便。"

有时，福利院阿姨心情好，会给孤儿们讲故事。她说的都与玄渊湖有关。在施政华他们心中种下神奇湖泊、各路神仙的印象。可施政华每次溜出去，寻找神迹、圣地，都徒劳而归。人们言谈中的湖，与真实的湖，根本不是同一个。这样的感觉，后来施政华在中专语文老师指导下练朗诵后也产生相同的体会，艺术世界初看上去与现实世界不同，其实浓缩了现实的精华。

"您说过我是没山岛人？"施政华坐在院子桂花树下，看老太用竹匾筛着金黄桂花。

"我刚嫁到这里的时候，湖还不大。过了几年，造水电站，湖水上来好高，淹掉了很多村。没山，是这里人说出来的，原来那是一座山，现在成了岛，是没了山，形成岛的意思。"

"原来读淹没的没，现在电视台、电台播音员，还有各级领导都读没有的没。"

老太笑笑，双手颠竹匾，桂花在阳光上闪金光。"我还记得那座山脚下很多人家都种桂花树，到这个时候，香气飘到对岸，人们划小船去收购，傍晚回来的时候，只只船金光闪闪。"

五号 CT 室显示施政华的名字。他走上前，移动门打开，医生取过单子核校后，让施政华取走身上所有金属物品。施政华把钥匙包放到边上白色小桌上，爬上 CT 台，脑子里出现小船沉重吃力地向对岸驶去的镜头。夕阳照在敞开船舱的桂花上，蓝喉蜂虎成群地在船前后穿梭，湖里亮起最后一道血红光。施政华"吸一口气""憋住""呼气"；"再吸一口气""憋住""呼气"。

"好了。"医生走过来叫他。

他觉得自动把他推出来的机器像极了一艘小船。

李菲菲记得搬进施政华房子的那天很热。晒得箱子外壳都发烫。可到了地下一层，竟凉飕飕的。于是披上薄外套整理带过来的东西。

"我们都这样了，你租房没什么必要。"施政华说这话，好像明天就去办结婚证一样。

"租房不好吗？没负担，我早习惯了。"李菲菲凡事总抗争一下，她内心里有一双与众不同的眼睛，放大或者缩小看人和事。

有时候，施政华在她眼里很高大，尤其在朗诵、配音的时候，她最柔软的那一面被勾出来，伤感一遍遍地被吊打。她一边在心里喊着再不能听了，一边在脑子里盼望着磁性声音的出现。

有时候，施政华很无趣，只对声音感兴趣。相识三个月，她没理睬施政华确定关系的请求。一年后，施政华求婚，她拒绝了。面上说还没做好准备，心里想的是施政华到底喜欢她什么。没想清楚的事情，她不含糊。再说那时，"菲常寻味"生意火爆，她正在兴头上。赚钱是根本。熟客中还有几个对她明里暗里传递过想法的，她都记在心里。每个人都要接受考验。施政华的相貌实在难以令人留下印象。对他，时间来考验可能是最正确的。

李菲菲晚上通常睡得晚，午后要补两小时觉。午餐除了重要客人，一般不需要她陪。她在"菲常寻味"三楼有间办公室。午睡时，她躺在皮躺椅上，戴眼罩、耳塞，头歪向左侧，想象自己在高速行驶的列车上伸直双脚。幻想出来的速度，更快地模糊了她的意识，让她沉沉入睡。这个时间段，员工不敢敲门、打电话、发信息。熟悉她的人，像施政华那样的，也不会。

她时常做白日梦，与夜晚的梦很不一样。她在原野上奔跑，时而跃上山巅，时而冲入江海。鲜花包围着她，动物追随着她，到处阳光灿烂、风轻云淡。她肆意舒展身体，融入无垠的原野和森林。她清楚得很，这是在办公室的安全气氛里孕育出的梦。而到夜晚，总有不良情绪渗透到梦里。

然而，在没山岛的午睡，她没睡踏实。施政华不睡午觉，没上楼休息。他拿了几本书架上的书，继续歪倒在沙发上看。李菲菲从楼上扔给他老花镜。他没接住眼镜，可还是说了声谢谢。

李菲菲拉上窗帘，风声雨声大起来，如果在办公室，她不到两分钟就能睡着。她喜欢均匀的噪声，类似戴耳塞、耳机的效果。人生似一条曲线，缓缓向前，里面的滋味，全给噪声掩盖，多好啊！

"砰"的一声从楼下传来。潜意识里，她感觉楼下出了事，可她睁不开眼睛。她拼命要挣脱，心里数着一二三，试了好多次，都没起得来床。有一次，她明明触摸到了门把手，回头一看，自己还躺在床上。一瞬间，又被什么东西拉回去。她被压着，清醒地意识到，梦里套着梦，必须尽快从梦里解脱出来。

时间不知过去多久，她一直在跟梦魇做斗争。她叫喊着，挥拳打着，却始终摆脱不了身上沉重的东西。忽然，她听见"kerik-kerik-kerik"的声音，开始一两声，后来一大片。随着声音临近、清晰，压住胸口的分量消失了。她大口喘着气坐起来。房间里一切如旧。

她打开房门奔到楼下，大门敞开着。门吸磁性不足，门不停地抖动。风在屋里打着转，翻开书页，卷起一张张散落的纸。施政华的眼镜和《米沃什诗选》都在沙发上，人却不见了。

从午饭开始，她至少听到十几次雷声，而且一次比一次近。她跑到门口喊了几声："政华、政华！"声音传不远。可呼叫声惊起了几只漂亮小鸟，它们飞到风雨里，又回到门廊里。它们发出美妙的叫声。她近前观察。小鸟也不飞走，歪头梳理翅膀，露出蓝色胸脯。"啊！你们就是传说中的蓝喉蜂虎？"小鸟们自顾自"kerik-kerik-kerik"地叫着。

李菲菲转身，去敲于乃今的房门："小于，小于，你出来看看啊。"

"我失去了控制，所有平时保持的警惕、矜持，惯有的怀疑、敌对思维，此时都解除。像相信亲生父母那样朝那双眼睛走去。一群蓝喉蜂虎围着我，它们欢快地叫着，我不知不觉地笑了。这笑与平时不一样，不是伪装成的笑。

"一只柔软的手牵着我，沿着山洞往前走。我并不知道他要带我去哪里，却很放心。那时，我想到了你，老呆。我俩总在网上'博弈''揣摩'。如果那只牵着我朝前走的手是你的，我是不是会这样安心地跟你走？我不知道确定答案。山洞、没山岛之外的世界，连细微的灰尘都有了世俗味、势利眼。

"我们来到一个很大的洞。头顶上大大小小的钟乳岩往下滴水，地面由几块巨石组成，巨石间隙流淌着细流。光线从看不见的地方照进来，整个大洞沉浸在水汽中。

"此时，我才敢看身边的那个男人。正好，他脸转向我。那是一张四方脸，我似乎早已与他相熟相知。因为，那张脸分明就是你的脸啊！只有四目相交，传递出来的才是最真实的感觉。那是你，却又不是你。他抖抖长发，便有一只蓝喉蜂虎站上他裸露的肩膀。还好，他用什么东西遮掩了下体。我没敢细看。他站到最突出的岩石上，用眼示意我看眼前的景色，这是他的王国。我试探了几次，他只会发出'咕咕'声，我从心底里钻出一个声音：就叫他'阿古'。我轻轻叫了几次。更加觉得'阿古'和'老呆'本源相通。他似乎也喜欢我这样叫他。亮眼睛连眨好几下，发出'咕咕咕'的轻松快乐声。

"水声大起来，细流加急，水面逐渐上升。阿古领我跳上一块块岩石，一会儿就离开了大洞，跟随的蓝喉蜂虎少了。我们正在往下更深处行走。四周又暗下来，只听见激流声，看不见水的方向。那只柔软的手变得劲道十足，还加了巧劲，让我知道什么地方该跨步，什么时候往上跳一跳。

"也不知道在狭窄通道内走了多久，我们来到一个缓坡，与之前的大洞相比，这里光线更加充足，让我能够惊诧地看清楚眼前一切。阿古看向我的目光带着自豪。这是一幅乡村夜晚图景。一条弯曲碎石路绕过几家老屋，在三棵桂花树后隐入黑暗。每个老屋前烧着一堆火。我经过火堆时，朝屋里望，全都瓦碎墙塌门破。桂花树却一片绿色，每片叶子都葱翠饱满，我顺枝叶往上看，一排十几条小瀑布向这片缓坡冲刷而来，形成一个湖泊。湖水漫到桂花树边。瀑布虽然不大，可我看不到源头，隐约望见高处水雾弥漫。按常规推测，这里应该是没山岛旁的玄渊湖水底。既然有水涌进来，水也就要有出路，不然这些房子、桂花树、小路等都要被淹掉。不过我没沿着水流往前走，我想可能下面还有更深的大洞，这里的水流向更低的地方。

"阿古站在一扇门前向我招手。我跨过门槛的时候，扫到贴在门上的一张残缺红纸，红纸上残存着毛笔字笔画。门里一股青草香味扑鼻而来。房间里铺满草和树叶，一层层，干的在下，新鲜的在上。阿古看我待在那里不动，自己走到草堆上，仰面倒下，顿时，草和叶子将他身体覆盖。慢慢地，草堆起了波浪，阿古在里面钻啊钻，直到猛地站起身，咧嘴对我笑。黑色长发上挂了长短、宽窄不一的草叶，有几根挂在他嘴边，晃晃悠悠。我也笑起来。他把我一拉，我也倒在草堆里，可能是分量轻的原因，我没有没入草叶里。我看见了屋顶。

"小时候，父亲跟我说过以前的瓦房结构。我呆呆地朝上望，瓦片、椽子、横梁、柱子、天窗等都在记忆里一一对应到。这应该是普通江南民居，怎么到了地下、湖底？家具呢？我爬起来查看，奇怪的是，所有木质东西都没了，有几个房间里有石臼石锁、铁锄铁锅等。墙面有被水侵蚀的痕迹，好几面墙坍塌，成为乱砖堆。阿古房间墙面水线上方，还有大块完整的白色墙粉。我知道他不会回答，可还是对着他连珠炮似的问了好多问题。他要么用疑惑的眼光看着我，要么继续发出'咕咕咕'声召唤蓝喉蜂虎。蓝喉蜂虎就像他的卫兵，听到召唤就飞来，围在他身边。显然，他很得意。

　　"突然，他像明白我的问题一样，冲到桂花树后，一头扎进溪流里。跳下去的地方形成一个小漩涡，几只蓝喉蜂虎围着漩涡，从我眼前转向远处。等了很久，漩涡早就不见了。我站在水边，没有阿古，没有蓝喉蜂虎。我急了，朝水流处连声喊：'阿古！阿古！'

　　"瀑布出现异样，一件重物正在下坠。没等我看清，'扑通'一声，重物掉落水中。水花翻出，阿古跃出水面，与他一起出现的还有两对欢快的蓝喉蜂虎。我突然明白了，这可能是一种循环，在我认为往下的地方，其实循环往复到我头顶的瀑布。

　　"我承认自己是路盲，搞不清东西南北。不过，在这个五六分钟就能转一圈的地方，我脑子还够用，画得出地形图。

残破民居靠山而建，碎石小路盘山而建。房子对面是湖与瀑布。平日里见到这样的景象，老呆，我们可能还不会驻足观看。可这里是湖底，常识无法解释眼前的现象，更不能解释阿古这个人。湖水曾经淹过这里，留下侵蚀线。但为什么水又退去？阿古从什么地方来？是谁养育了他？

"我注意到这里的光线时明时暗，所以每个房子前总烧着柴火，这是不是阿古点燃的？我指着火堆这个人工痕迹最重的点，问阿古，还做手势凭空画出一个人形。边说边画到第三遍，阿古眼神忽然变暗。他低下头，两掌交叉在腹前。显出悲伤的样子。隔一会儿，他微微抬头，径直往前走，来到桂花树下。他对着最粗的那棵树重新低下头，头埋得更深。我朝他低头的方向望去，树根压了一块石头，石头上有个蓝布口袋，袋口扎紧。阿古指指石头和布袋，又学我刚才的动作做了一遍，发出沉重的'咕咕'声。我也指指布袋，做了打开的手势。他拿起布袋，解开松紧带，递到我手上。这是一个底部有硬纸板衬的小袋子。装了三件东西：用塑料纸包裹严实的一盒火柴、一把折叠小刀、一个黄铜哨子。我递回给阿古，他马上把松紧带拉紧，挂在脖子上。此刻他眼睛又恢复了光亮。

"老呆，大致的情节想必你跟我想的差不多，反正也没办法去落实。我讲了这么多繁杂琐事，是为了跟你说一件你根本想不到，令我非常不理解的恐怖事情。

"一个奇怪的声音由远而近，又转回去，听上去类似鹰隼的叫声，不过我没亲眼看见。阿古闻声脸色大变，他在缓坡上奔走，发出急促的'咕咕'声。蓝喉蜂虎聚集到他身边。只数越来越多。他像个长官，晃动脑袋，似乎在清点士兵。那时，奇怪声音更响了。阿古看了我一眼，飞快伸出双手将我推下湖泊。我连啊声都没喊出来，嘴里鼻孔里就进了水。我失去意识前想的是：我要死了。

"可我没死。不过说真的，恐惧浸透了我身体内外。我不知道今夜会不会死。我醒来的时候，大雨浇透我全身。我竟然就在失去意识倒下的地方。相机和三脚架倒在旁边。我连滚带爬回民宿。急着把相机里的照片读出来看，来证明我半天的经历只是一场梦。但在洞穴里我只是我，其他东西都消失了。阿古牵着我的手走的时候，我体轻步快。

"电脑快没电了，但愿晚上有电、有网络来拯救我们！

"外面那女人在敲门喊我。老呆！有缘再见，无缘也要记住我。"

施政华躺在皮沙发上，戴眼镜翻《米沃什诗集》，他看到"昨天黄昏时刻，有条蛇穿过大路，被车轮碾压，在柏油路上翻滚扭动，我们既是那条蛇，又是那个车轮，这是两种领域"，禁不住轻轻读出声来。然后，沮丧感潮水般奔袭而来。只有自己才觉察出被异物压迫后变了调的声音。他想到一面快被敲破的鼓，皮穿之前，只有鼓手知道已到临界，下一捶或者再下一捶就会破。他现在也是这样，或许明天醒来，就失去了说话功能。

他走回主任诊室，候诊病人和家属坐满门口椅子。CT 影像已传到主任电脑。主任还是原来的话："尽快住院动手术。"

他问："手术影响发声吗？"

主任抬起头说："肿瘤长在食道、气管、声道、动脉交集的地方，大概率会影响发声。"

等电梯时，他听到座位上有个家属在安慰病人："没什么大不了的，以前大家都不知道这个病。还有带着肿瘤到死的，也挺长寿。"

"你不要瞎安慰我，那是不知道才会这样。我都确诊了，还能不治疗吗？"中年女患者声音哑哑的。

施政华心里很恨的，今年真是鬼使神差，怎么就勾选了这个体检新项目。进电梯前，他又瞄了一眼那个中年妇女，头发蓬松、面孔蜡黄、衣裙凌乱，确诊前，她很可能是个精致女人。

一切都变了！

室外的阳光还是那么好，可再也照不进他内心。潮湿、阴暗，将成为今后情绪主角。手机微微振动两下，提醒每日绕口令练习。下午三点，手机还会提醒一次，那次是让他朗读中外名著。他最近正在试读毛姆的《刀锋》，精彩段落他都做了记号。有时候读着读着，他眼前会出现一个老头咬着烟斗，狡點地看着他。"毛姆是不多的保持绝对清醒的作家。"这是他还想继续朗读《月亮与六便士》的原因。不过,长达四十多年的习惯,今天起停止了。

有些习以为常的事情就是这样。非这样做或者非坚持不可,可往往一件小事就会影响到。停下之后,似乎也没什么大不了。本来一个人最大的生死之事,在不相干的人看来,也不过是小事一桩。

让他天天练功的中专语文老师,在他工作后不久,突然晕倒在课堂上,不到一年便离开人间。他去吊唁的时候,没问也不敢问老师去世原因,或许他听到大家传的是对的,容易激动的老师脑子里长了个瘤,血管瘤破了,命也就到头了。都是命,他天天练功,境况却越来越差。直播室的人却越来越少;找他配音的导演都不联系了;演出服拿去干洗忘了拿回;节目主持人找了年轻朗读者⋯⋯

地铁上,他拉着吊环浑浑噩噩地摇晃,开着功放的小视频声音此起彼伏,他忍不住打了几个恶心,然后把这个反常行为归结为颈部那个肿瘤。肿瘤的"恶"已经渗透到他肉体和精神的每个角落。他自己也感到奇怪,竟然没有一点想要告诉李菲菲的冲动。相反,他正在重新定位与这个相好十几年女人的关系。与黎灿离婚后不久,他急着向李菲菲表白,却碰了钉子。这也是对他的一个教训:凡事从自身出发考虑,必定不会圆满,任何事情往往不像眼见那么简单。当初李菲菲眼里闪现粉丝激动光亮，那神情不能当饭吃。

那一年，李菲菲四十岁还不到，还有能在一帮男人间周旋的资本。"菲常寻味"老板娘身材高挑、脸蛋漂亮，还是单身无孩。施政华听到不少评论，都把重点放到最后一点上。当然，他心甘情愿成为追求者，也得到李菲菲的基本认可，是在他把那套样板房的故事说给李菲菲听后。不过，李菲菲也扔下一句话："看上去你不起眼，想不到你手段也和声音一样绝。"

"手段"自然不是一个好词。施政华心里一咯噔。是不是自己说太多了？不管怎样，实话说了也就这样，心里会安稳点。

黎灿没有听说过"没山岛"，对施政华说的孤岛历史沿革也不感兴趣。她只记住了以后没山岛开发，有施政华的份额。施政华给她看了从县社会福利院开具的"没山岛孤儿证明"。黎灿通过家族社会关系，找到县社会福利院，确认证明的真实性。只是没山岛开发的时间，谁都给不出确切答案。至于施政华是否拥有没山岛居住权、开发份额等，没人能回答。施政华给黎灿写了承诺书，开发没山岛收益，全给黎灿。对着承诺书看了好一会儿，黎灿去销售处付了样板房首付款。

离婚时，施政华不断退步，就在样板房上一点不妥协。黎灿拿出承诺书，施政华做出艰难痛苦状，答应承诺不变。他看到黎灿轻蔑地将承诺书丢进抽屉，在离婚协议上签字。或许，她早就知道这是一张毫无价值的承诺书。离婚协议就是一场拉锯战，几个回合下来，对方司令部在哪里，清楚得很。

地铁停靠一个换乘站，座位空出来很多。施政华坐上去，觉得屁股滑滑的。他坐到了一张广告纸上，本想不理，纸上红彤彤的几个大字吸引了他，"没山岛欢迎您"。他不敢相信自己的眼睛，那个孤岛的名字快被他遗忘了。此时，一连串记忆刺激着他的神经，一个个设想轻盈地像鸟儿般飞出。

这是一张没山岛生态旅游广告。几张图片几行文字下有个当地民宿二维码。施政华扫描进去关注了公众号。里面有详细的没山岛景色图片、民宿外观和内部设施。施政华挑选几张图片发给李菲菲。于是，没山岛之旅列入计划。

躺在皮沙发上，施政华眼前又出现了米沃什的诗句："如此幸福的一天。雾一早就散了，我在花园里干活。蜂鸟停在忍冬花上。这世上没有一样东西值得我想占有。我知道没有一个人值得我羡慕。任何我曾遭受的不幸，我都已忘记。"

不知不觉中，施政华觉得眼睛模糊了，泪水顺着眼角往下淌。突然，一股力量推开了门，风雨呼啸而进。他听到了一个声音，远远地，但他能听到，或者说声音正好到达他耳朵。没有丝毫犹豫，他站起身，抓起索尼便携式录音设备，顶着风雨朝门外走去。

有个声音在召唤他。

· · ·

李菲菲敲于乃今房门时，天很暗，雷暴雨将要到来。要找到施政华，两个人办法总会多点。再说这个小姑娘已经在岛上走过半天，路也熟悉。

"老施不见了。"李菲菲指着敞开的大门，"我跑出去喊了几下，他没回应。"

于乃今盯着门口那几只小鸟看："有人告诉我，蓝喉蜂虎只有在恶劣天气下，才会靠近人。"

李菲菲脑子里闪过"蓝喉蜂虎"这个名字，她觉得很熟悉。不过，她现在急着找人。目前，施政华已成为她生活中最重要的人。她也急于成为对方最重要的人。然而，答案还不是很明确。

最近几年，她明显感觉到施政华正在老去。他记忆力下降得厉害，人名、书名、电影名，统统记不住。有时说不出还怪她："咦，就是那个演地下党出名的小眼睛。"

她把话撑回去："小眼睛多了。去照照镜子，你才是眯缝眼！"

不过，大多数时候，她帮着他拼凑记忆。背过身去，她认真照镜子，肚子这块像团面粉一样发酵起来，挺得与胸差不多高。最要命的是脸，每天都得使出泥瓦工的手艺才出去见得人。其实也没多少人见。夜宴狂欢的时代结束了。每天傍晚，她都在办公室喝一杯清咖啡，眼睛盯着道路上车辆、行人行进的状态。她有特异功能，心里觉得今天那些人和车状态不好，那么"菲常寻味"的生意也好不了。

饭店黄金时代衰落，像蚕茧被抽丝。一个客人不来了，两个客人不来了，一群客人不来了。一个高价菜没人点了，两个珍稀菜没人要了，一桌贵的菜没市场了。需要李菲菲去周旋、应付的重要客人减少。那些老客人一个个借口离开，有的来得频率很低，有的索性不来了。纳入李菲菲考察范畴的男人们，越来越少。施政华的重要、特殊显现出来，正是在"菲常寻味"经营走下坡路之后。

十几年来，李菲菲从没想过真正介入施政华的生活。最初那段电闪雷鸣般的阶段过后，倦怠感袭击了她，她也感到他热情降温。一天三次的电话改成一天一次；信息发不停，变成有事说事。他们互相说自己的故事，她有所保留，她知道他也并非和盘托出。比如：他从不说童年的事。有时，她冲动地想说童年的雪糕、汽水和冰镇西瓜，但是她忍住了。

快搬到一起住之前，李菲菲突然想起来应该为施政华做点什么。施政华快要退休了，基本实现了时间自由。受《舌尖上的中国》的启发，她找来一大堆美食家写的文章，选取做菜过程，让施政华录了十几段，每段不超过三分钟。她在"菲常寻味"背景音里播。可效果很差。没有哪个食客在听。于是，她也不管版权不版权，放到网上播放。没料到做菜演播引起一波收听小高潮。从听众留言看，大家对施政华的角色扮演超过对声音的赞誉，这让李菲菲觉得意外。施政华倒是坦然："毕竟有我这样声音的人很多。主要是你作品选得好，我录了人家想不到的内容，也把食材的个性演了出来。"

李菲菲再次听了那些段落，她笑了。施政华在说冬瓜时，瓮声瓮气的；说到黄瓜时，声音脆脆的；讲到丝瓜时，又是柔柔的。"你可以讲童话！孩子们肯定喜欢。"

冲垮李菲菲整体策划和包装的是小视频。各个平台的小视频都播美食，视觉冲击远甚于听觉。听书、音乐等平台全输给小视频平台。虽然她又策划了施政华在知名小视频平台上开通直播间，跟大家交流练声、播音、朗诵等方面的内容，不过直播室经营情况惨淡。施政华与她一样，掉落到不知道怎么来挽救抛物线般下坠的事业。也许，互相帮助着好起来，正是两人走到一起的基础。

雨衣挂在壁橱里，大大小小有五六件，颜色也不同。李菲菲拿下最醒目的黄色雨衣套上，走到门廊时，被于乃今抓住胳膊。说实话，她对这个小姑娘没什么好感。进出不打招呼，做饭洗碗不主动，摄影器材和辅助设备杂乱堆放，回答问题沟通交流生硬冷淡。所谓的新生代艺术家大概都是这个样子吧。李菲菲跟于乃今说出去找施老师，让她最好不要离开。没有电信信号、没有电，一下子退回好几十年。孤岛安全性急剧下降。

"还是我去吧。上午我出去过，熟。"

李菲菲没想到于乃今说出这样的话。按年龄，她勉强可以做于乃今的妈妈。母性的本能就是保护孩子。她移开姑娘的

水边的蓝喉蜂虎

手，现在不是感情用事的时候，只是礼貌地说："我必须去。你把门关上，等我们回来。壁柜里有电筒和蜡烛，天黑之前就点亮。"说完，她一头扎进雨中。

蓝喉蜂虎没有像于乃今说的那样，也随她飞进雨里。

等人心焦。时间过去得特别慢。于乃今已经去设备间查看了无数次，希望每次把电闸推上去的时候，听到"嘀"的一声，但是没有任何声音发出。她也不敢再查手机信号，电量很少了，她关了手机。坐在沙发上，站起来，又坐下，又站起来。走到窗前观察，在餐椅上坐下，又站起来，进自己房间。房间已是黑暗一片，顺手拍了一下电灯开关。她退出房间，在壁柜里找到电筒和蜡烛。两个电筒是粗大的强光电筒，光线亮如日光灯。十几支白杆蜡烛应该够用一整夜了。在她还舍不得点蜡烛时，李菲菲的话提醒了她。点燃后，她把蜡烛移到窗台上。这样，屋外远远地就能看见光。她把脸贴到蜡烛边，听到火苗燃烧的轻微爆裂声。人也是这样啊，每时每刻都在燃烧。

文字和语言表达是她的弱项。让她稍微安心的是这方面比她还差的老呆。她发给老呆一条信息说昨晚做了一个怪异的梦，她要把它写出来，再画出来。老呆说："直接画吧。"梦中的癫狂情节、离奇场景，她觉得说不出十之一二。可老呆回了一句更绝的话："我从来不做梦。"她去查网络，网上的回答是每个人都做梦，不觉得做梦的人，只是醒来后迅速把梦忘记了。

想到梦，她突然害怕起来。如果上午的经历不是一场梦，那么施政华和李菲菲在岛上很危险。

最先浮出她脑海的是阿古透亮晶莹的眼睛。渐渐地，老呆深沉凝重的眼睛出现，叫这个年轻人老呆是对的。三十岁不到，有四五十岁人的成熟。他总是说搞艺术不独特就没"味道"。到目前为止，于乃今知道自己作品"味道"不足，从老呆看她作品的神情就能知道。这次闯到没山孤岛来，她的确有赌气的成分。看奥古斯特·雷诺阿画展那天，老呆小声地向她介绍雷诺阿以及世界著名印象派画家。她轻轻地、开玩笑地问自己是不是也能成为这样的大师。老呆没说话，只是笑笑。这个笑让她想了好几天。刺到了她的心，也激发起她对老呆的兴趣。很多时候，一件小事就能改变大势。从那一刻起，她更多地把小七岁的老呆作为一个对手。躺在床上，她幻想着戏剧性的一幕展开：她的作品（无论油画、摄影，还是素描）压过老呆的作品，然后她一脚把老呆踹了。这样的臆想，她称作潜意识反抗。她偷笑着。

雨停了，天也暗下来。窗边烛光把半个客厅照亮。不安和恐惧同步增长。她打开一个电筒。强光照射下，她检查每扇门的锁。大门和后门锁上，还插了插销。

关了电筒，在餐桌上又点一根蜡烛。客厅每个角落都清晰可辨。坐定以后，她发现自己手里握了一支铅笔，可能是刚才壁柜里的，被她顺手拿出来了。是啊！现在能做什么？只有勾勾画画啊。

上午的情景被还原，影影绰绰地在她眼前晃。

有点冷，有点饿。大学毕业后，于乃今独自漂泊到这个城市。她吃过的苦，与江南的雨水一样多、一样密。永远没什么大不了的事情。她喝了一口温水，裹紧衣服，舒展手掌，调好坐姿。她把蜡烛移到左手上方，右手画画便没了阴影。闭一会儿眼，先慢后快，一幅幅图景跳出来。幻灯片快到重叠、无法识别时，她在纸上画下第一笔。铅笔在白纸上滑动发出"沙沙"声。

脑子里两个声音又开始打架。

"这有什么意义呢？相片已经够多了。"

"'美术之心'最能代表'艺术之心'。"

"没有什么比自然更具艺术性的了。"

"我不能被老呆看不起！我要在美术上超越他。"

"事实上，他的优势在摄影，美术成就上你早就超过他了。"

"认可！佩服！懂吗？我从他的笑里看到的是不屑。"

"这样潦草地画铅笔画，就能创作出好作品？"

"我正在创造一种新手法：虚拟现实画法。给观众展示无法到达的虚拟空间的'现实'。你不会认为上午我经历的不是一种虚拟现实吧？"

"来自梦幻，或者臆想的现实，极有可能是多重宇宙现实在某一处的投射，而观众无法获取直接经验，需要艺术家传达。"

"我称之为'艺术通灵'。"

于乃今思想火花强烈碰撞的时候，她画画的手特别稳，拉出的线条优美。每画好一张，她就长舒一口气，像留给世界的一件礼物。她完全不在意时间。她在做一次伟大而悲壮的献身，那些归于尘埃的事情和事物，忽然变得不重要了，连老呆都不能进入当前她思想的核心。纸上多出来的是她这些年来对生命的感悟。比如：缺水缺阳光的叶片总是长得最快最高，却格外苍白。于是，山洞里长满细长茎叶，有些叶子顶部还开了小花。在她意识中，那些花是有颜色的，是紫罗兰色的。她停下笔，想想自己的颜色，与那些苍白草木相同，奋力开着冷艳的花。

最难的一张画开始了。一个女人在水中挣扎，一群蓝喉蜂虎在漩涡周围惊飞，细细长长水草歪倒在水面，黑色山崖张开大嘴吐出白色瀑布。女人怎么也画不好，画了擦，擦了又画。是突出坠湖惊恐，还是落入湖里的绝望？两者兼有，那么应该表现哪个瞬间？突然，屋里一暗，她回头看，窗台上先点的蜡烛燃尽了。

她走到壁柜前，拉开抽屉，取一根新蜡烛时，身后传来了敲门声。

于乃今询问清楚，才打开保险和锁，拉开大门。施政华和李菲菲出现在门口。她让他们赶快进门。他们反应慢两拍，点点头，齐步跨进门里，像两个机器人。

"你们没事吧？"烛光下，施政华和李菲菲的脸，于乃今只能看个大概。

"你还没吃吧？"李菲菲转移话题，"我来做点好吃的。"说完她走向冰箱。

"等等！"于乃今喊住她，"没电不能开冰箱，东西全会坏掉。"

李菲菲双手举高："哦，对的对的。那只能煮土豆吃了。"

于乃今转头问施政华："施老师，您在看什么呢？"

施政华望着烛光没回答。

李菲菲没有煮土豆，与施政华一起看烛光。

于乃今打开强光电筒，从他们身后射出一道白光，蜡烛顿时无光。

"你在烛光里看到了什么？"施政华问于乃今。

"生命。"于乃今回答得干脆。

三人围坐到餐桌边，于乃今关了电筒，在每人面前放了一根点燃的蜡烛。

雷暴雨区已经远离，他们只能在心里感觉到一道道闪电、一声声雷响。

大家沉默不语。沉默裹挟着雷声。

谁都不先说话。

施政华被两个女人眼光逼迫，站起身，给她们倒了两杯水，最后给自己倒了杯水。他说话以退为进："感觉到没？这民宿古怪呢。"

李菲菲接话："那也是你推送给我的。小于，你怎么知道这里的？"

于乃今说："一个搞摄影的朋友来过。不过，他不知道我来。我是网上订的。"

施政华问的样子，又像自问："装修不错、配置齐全，一天才收八百块钱？"他指着白色护墙板、可烧木头的壁炉、堆在厨房的新鲜蔬果、冰箱、烤炉、沙发，手指回到餐桌，餐桌、餐椅都是实木材质。

两个女人摸着餐桌，似乎这是一头大象的背部。李菲菲的手注意到餐桌角的一沓纸，想拿。于乃今抢先把纸压在手臂下。

施政华说："孤岛上只有我们三个人，也不知道能不能安全离开。"他望了望李菲菲，"很抱歉，我怎么也没想到心中魔障这么厉害，真是害了自己连累了你。"

于乃今疑惑地看着眼前两人。李菲菲也觉得诧异："你胡说些什么啊？再怎么说，明天下午三点那只快艇都会接我们回岸，到时什么有电没电，有没有电信信号，都不是问题。"

施政华那双小眼睛在烛光下显得更小。他笑了，跟哭差不多："既然你说这个地方是我推荐给你的，那么我就从那张广告纸说起吧。那是我坐地铁时发现的。有人站起来，留下空座位，我坐了，发现了那张广告纸。它静静地躺在有弧度的座位上，等着我拿起它。我的确拿起了它，因为'没山岛'三个大字正对着我。不是产品广告，而是玄渊湖里偏僻小岛民宿的推介。这相当于为我设计的，料定我会一个劲地往里钻。直到刚才，我冲到雨里，看到传说中的景象，才反应过来，有什么力量在召唤着我啊。"

施政华思考着说话，语速慢，声音拖着尾音。于乃今立刻想到了老呆。广告单把施政华、李菲菲带上岛，那么她那张广告是老呆给的。她手抬了抬，那些素描上的图似乎在提问：是记忆唤醒艺术，还是艺术还原记忆？她不知道施政华下午经历了什么，也许也是太过离奇的事情，让他怀疑到构成事实的基础。她本来话就不多，此时，需要更谨慎地观察。

"没山岛是我故乡，也是我魂断之地。我是一个孤儿，没人告诉我出生地，我只在别人暗中的指戳里明白，我来自一个'不干净'的地方，于是我身上也有'不洁'的成分。我不是一个普通孩子，我的特殊就是别人想方设法让我普通。直到多年之后，我找到县福利院带我的阿姨——后来她成为院长——退休后生活在玄渊湖岸边的渔村里。她告诉我，没山岛是我的故乡。以前，这是一座山，修水库的时候，水位上升，以前的山尖尖成为现在的没山岛。我家在山谷深处的山坳里。也不知道是没通知到，还是家里人坚持不肯搬，水库（也就是今天的玄渊湖，以前没这么大）蓄水，把我家淹在湖底。刚出生不久的我，被放进塑料桶，随水涨浮到湖面。这是当年水利工程建设中的一桩事故。县里没几个人知道，也不敢声张。他们上岛查看，排查好几遍，没有发现人迹。在岛北发现溶洞，大洞套小洞，规模大，地形复杂。他们往上汇报，来了好几批地质勘探队，可都没能彻底勘察，才下几米就碰到地下水。即便通过前面一两个水道，进到下面发现更多水道和洞穴，像迷宫一般。勘探队撤走后，这个岛成了'无人岛'。"

施政华在"无人岛"这个词上加重了语气。于乃今差点搭话。话硬生生地被一股莫名势力打压在喉咙口。她的手重新压在纸上。

施政华扫到于乃今的手，眼睛眯成一条缝。

李菲菲有点急："你老是卖关子，搞得大家心里痒痒的。快讲快讲，我得披件衣服。"

藏在她内心最私密的一个声音，最近几天不时冒泡。以往，她在饭店忙，在社交场合忙，那个声音处在休眠状态。

"你真了解施政华吗？"

这是最直截了当的考问。目前，她真无法回答。认识十多年，同居三年，她想用正式结婚的方式回答这个问题。这本来是一次解决之旅，没想到意外频出。她已经毫无安全感，失去了安全前提，什么事情摆出来都没有意义。

眼前蜡烛火苗笔直朝上，烟气很少。今晚她不睡了，真不敢睡。她要看着火苗。据说野生动物最怕火光，她要紧紧怀抱圣火。不知不觉地，她双手放在蜡烛两边，默念一些她认为特别有用的名号。不过，思想一直开小差，施政华的影子投射到手上。她暗暗举了举那只手，感觉一股力量黏在上面，心跳也快了起来。

她想起下午不可思议的一幕：从屋里冲到雨里不久，她就迷了路。伴随她出来的几只蓝喉蜂虎见到突出的山崖，便躲了进去。她胡乱地找着湖。岛小，绕着湖走，地形一下子便熟悉了。可眼前小路被树木遮挡，越来越窄，她只能退回，走另一条小路。小路又出现分岔，她想了想，一直选择靠右的小路走。时间过去很久了，小路还在不断分岔。突然，小路上出现了鞋印，她兴奋得加快了步伐。然而她沮丧地发现，那是自己先前踏出的脚印，她在转圈子。那么是不是选择靠左的小路就是对的呢？她不敢再胡乱选，站在岔道处看天看远处，可除了铁灰的天、黑暗的树木，什么都看不见。

她发出绝望的呼叫，热量和声音瞬间被吸走，消失在湿冷空气中。雨停了，天黑下来，四周温度急剧下降。她闻到了一股铁腥味。她四下张望，一转头就看到施政华静静地站在那里，好像他一直在那里。

"啊！吓死我了。你怎么在这里？"

"你说我应该在哪里？"施政华语气里有一丝顽皮。他双手交叉，便携式录音设备挂在胸口。

李菲菲注意到没穿雨衣、没带伞的施政华衣服没淋湿："你出去的时候，雷暴雨很大啊！"

"我进了洞。"

"急死我了，我们赶快回去，想办法离开这个鬼地方。"

施政华点点头，走在前面。

"我迷路了，反复走在踏过的脚印上。就在看见你之前，我感到要死在这里了。"突然间，李菲菲眼中充满泪水，看不清前面的人。

施政华说："什么死不死的，我们回民宿。"

跟着施政华，并没有用刚才那么多时间，眼前就出现了白色小木屋，窗前亮着闪动的光。难道刚才她一直围着民宿转圈走吗？她怎么除了天空和树木什么都看不到？是中了什么魔障？而施政华恰恰相反，毫不费力地返回营地。她在心里打了一连串问号，最终归结到施政华身上。

树林深处传来奇怪的叫声，尾音带着钩子，声声迫近。施政华脸上露出似笑非笑的表情，拉住李菲菲的手，不急不躁地迈向木屋。

李菲菲身上每根汗毛都被叫声惊得竖起，指甲掐进施政华手心。

"不要担心。"施政华的宽慰起了反作用。李菲菲咬牙坚持，那些年经历过的困难和挫折，像励志电影般在眼前闪现。现在似乎还不是最危急关头。

李菲菲借口穿衣服，上楼用电筒查了施政华行李箱和背包，没有异样，正要拉上拉链时，看见施政华常用药包打开着，除了几种常备药，她看到"氯胺酮"字样的药瓶。她暗暗记住了这药名。

李菲菲重新坐到餐桌边，把外套弄出很大声音。施政华压低声音讲起故事："大门突然被大风撞开了，这也是我不好，小于刚才进门时，忙着去搀扶，门没有关紧。我第一反应就是去关门，可到门口，我看到一大群蓝喉蜂虎在空中飞，发出响亮的'kerik-kerik-kerik'声。我没听到过这样美妙的声音，在远近不断响起的雷电声背景下，蓝喉蜂虎的叫声更加迷人。我带着录音设备跨出门，高举话筒跟在小鸟群后面奔跑。它们时快时慢，似乎要带我去一个地方。那个地方似乎不远，走着走着，它们'扑啦啦'进了山洞。我放慢脚步，摸索着，一步一步往前走……"

李菲菲感觉施政华声音正在放缓，她咬住舌尖，抵抗滚滚泛起的睡意。她深呼吸，抬头看于乃今。于乃今样子古怪，身体靠在椅子上，双手垂在身边，眼睛睁着，眼珠不动。李菲菲想伸手碰于乃今，让她不要睡着。但是，于乃今却开了口，每个字都清晰准确，不带一点感情色彩。

于乃今嘴很干，下意识伸手拿水杯，忽然间，她进入一个静止的环境。施政华、李菲菲木头人般坐着。刚才，施政华还在说自己下午跟着蓝喉蜂虎群跑出去的经过，他好像说到进入山洞。隐隐地，于乃今觉得刚才自己说了很多很多。头有点痛，又带微微欣快感。她盯着李菲菲看，这个裹着软壳户外服的女人满脸疑惑。

"施老师您继续说呀。"于乃今想活跃一下气氛。

施政华说："我在说的，只是刚才你插了一段话。"

"我说了吗？"于乃今向李菲菲求证。李菲菲缓慢地点了点头。她又问施政华："我说了些什么？"

施政华没有回答她，继续说自己的故事。于乃今听着听着，熟悉不过的场景再次在眼前展开，时空倒错更显出溶洞里的真实。耐着性子，她等待着出现最重要的人物。然而，施政华已经讲到出洞不久便碰到迷路的李菲菲。

于乃今有点失望："您没碰到什么人或建筑吗？"

"在洞里吗？没有。不过就像我刚才说的那样，钟乳石、溪流、大小溶洞、瀑布、湖泊等规模大，美得让人情不自禁往里深入。"施政华说到这里，突然想起什么似的，"对了，我全录下来了。"他拍拍桌上的录音设备，"那些美妙的声音，简直来自仙境啊。"

施政华喝口水继续说："我进入一个大缓坡，溪流在大小岩石旁流着，我顺着溪流往前走，那时蓝喉蜂虎飞走了。我进入黑暗甬道，甬道弯曲向下，我听到前面有湍急水声，大着胆子往前。但是走着走着就没路了，水声还在前面。我转身，想回到那个缓坡，走了很长时间都在甬道里。我知道陷入危险境地，很可能再也回不去了。正在这时，熟悉的鸟叫声又响起，还有一点微光在不远处抖动。我跟着那点光，循着蓝喉蜂虎叫声走，走回了缓坡。"施政华说到这里，停下来思考一下，"我们两人经历相互对照、补充，是不是我可以认为那点微光是阿古手持的人工照明工具，是他帮我走出了绝境？"

于乃今还在想什么叫"互相对照"，李菲菲叫了起来："这也太离奇了吧！你们一个说碰到穴居人阿古，另一个说被阿古带出绝境。你们描述的地下世界，简直比科幻小说还精彩，只不过，我都不信！"

没人看钟表，大家都知道夜很深了，杂乱的风吹树叶、浪打礁石声都在怀疑眼前被推出来的事情。

"相信有什么不好呢？"施政华笑笑，"新的一天开始了，我们是这样守夜，还是躺着想各自的事情呢？"他扫一眼两个没反应的女人，拿起水杯喝口水，"好吧。那我读一段史铁生的《我的遥远的清平湾》，嗯，就这样等天亮吧。"

施政华随手摸出一册白色塑料封皮小本子，戴上老花镜，翻了翻，开始朗读。他不是每句话都看，本子内容只是提示。他平静地读着："……那年冬天我的腿忽然用不上劲儿了，回到北京不久，两条腿都开始萎缩……"于乃今通过声音，想到声音里的那个"我"和眼前朗读的"我"，施政华是怎么做到两者合而为一的？刚开始的时候，她还能把注意力集中到字词句上。后来只有男声在起伏，而她像一只在湖上漂着的小船，随声波动，漂向广阔无垠的水天交接处。

杂乱的鸟叫声把于乃今吵醒。她抬起头，肩颈僵硬难受，背上一件外套滑落。她趴在餐桌上睡了大半夜。现在，刺眼光线照进来，树影在她手臂上晃动，小鸟们飞腾欢叫。

她看见施政华戴着耳机在树下伸出话筒录音，他不时调节角度，还侧耳倾听。李菲菲穿着围裙在煎蛋，抽油烟机低声轰鸣，空气中弥漫着油和水汽的混合味。她站起来，往卫生间方向走去，李菲菲跟她打招呼，她脑子里出现一些场景碎片。"我怎么做了这么乱七八糟的梦呢？"打开手机，老呆的问候信息跳了出来："早上好！问候水边的阿狄丽娜！"

于乃今犹豫地伸出手。老呆抓住她手一拉，两人站到了没山岛最高处岩石上。

天很好，棉絮般的白云浮在湛蓝空中。湖里被游艇、快艇掀起阵阵白浪，像一串串珍珠戴在美女胸前。

老呆笑笑，指着码头上竖起来的大广告牌说："生态岛建设行动真快，游客暴增啊！"

于乃今情绪稍微变好点。她一字一句地念着广告词："湖中奇岛，岛中奇洞，洞中奇人。欢迎登临珍稀蓝喉蜂虎鸟之乡。"

她把"奇"字念得格外重。老呆接话说："这些广告词比你在《地球中国》上发的图文差远了。"

"那些图文，不也是高级广告吗？"如果不是老呆再三坚持，她不再想回这个岛，她以种种借口拖延时间。她无法摆脱那一天一夜带来的阴霾。

"阿古可是出名了啊！"老呆拉长声调。

于乃今并不愿意把阿古推出来。回来后，突然之间，找她的人多了起来，约稿、办展、访谈、直播等活动一个接一个。可她老是走神。有一次做节目时，主持人又问到阿古。她正要回答，目光扫过摄影棚灯光，心里猛然一动。"太巧了吧。"心里说的这句话，被直播出去。主持人抛开原来话题，追问她这句话。她回答不上来，便沉默不语。节目草草收场。还有一次，策展人布置她素描展的时候，指着一幅黑暗深处闪烁的两点光亮求教于她。她隐约想起那是阿古纯净明亮的眼睛，然而提取这些记忆时，发现竟然所剩无几。她自认为生命中最宝贵、最神秘的记忆，就像寒风中的法国梧桐树叶般片片凋零。而同期烦琐无聊的小事却记得清清楚楚。

老呆坚持把阿古推出来。他跟施政华见过一面，在快艇接三个孤岛旅人回来上岸时，于乃今介绍两人。他们互相望着笑着点头，没有握手。这些日子以来，老呆时不时念叨没山岛和那两人。她不想再提起他们，对老呆说这两个名字格外敏感。

忙过一阵后，心里堆积起来的疑问越来越多。她在手机上搜索"正华音诗"。这是施政华公众号、直播室、音频节目的统称。搜索提示"正华音诗"已改名，问她是否重新搜索"正华夜谭"。她点了确定，先进公众号，置顶的文章像一颗雷炸响在她脑际：《没山岛探秘之阿古传奇》。控制好抖动的手指，她点开文章。第一人称女性叙述阿古故事，没人比她更熟悉了。文末有音频链接，打开后，一个像她又不是她的声音在讲述，对照一下，文章只是音频的文字整理稿。声音被施政华做了处理，她在烛光里讲述的时候，施政华显然录了音。公众号阅读量惊人的文章，都附有音频。有风声、雨声、雷电声、男声、女声、蓝喉蜂虎声，听得出施政华现场录得很仔细，还做了后期剪辑加工。

她愤然进入直播间。其他人直播间都是一个人，而"正华夜谭"两人在线。李菲菲比半年前胖了不少，红光满面，声音响亮。"各位亲，我再说一遍，施老师最近动了手术，声带有影响，医生让他少说话，因此他就坐在这里跟粉丝们见见面，等他恢复声线，再为大家带来好声音。今天我要介绍的是我们开在没山岛上的'菲常寻味——遇见阿古'餐厅已经开张，欢迎大家上岛旅游探险，来店里品尝美食。我还要为施老师的故乡没山岛做个广告，孤岛识古、溶洞探险、森林观鸟、湖中搏浪等项目都陆续展开。"

于乃今退出直播室，心情压抑，有被出卖的感觉。老杲请她出去吃饭，她把这样的感觉告诉他。没想到他根本不理解，反过来劝她："施老师他们显然利用了你的资源，不过我们也不错啊。尽管施老师没明说，可在《地球中国》杂志上，在画展上，你才是阿古的发现者，你才是公众人物。你现在的身价、你的风头……"

"好了好了！我不要身价，我烦成为公众人物。我绝对不想出卖自己，更不想让阿古浮出水面，他这样多好啊，和蓝喉蜂虎在一起，享受自由自在的生活。现在，各怀鬼胎的人上了岛，阿古和蓝喉蜂虎的日子就艰难了啊！这是我的错！"

"哎！不要这么想。阿古存不存在还不一定呢。"

老呆随口一说，被于乃今抓住了破绽。

"什么存不存在？你什么意思？"

"没什么没什么，我说说而已。"老呆掩饰着。

于乃今觉得应该再上岛看看。

"遇见阿古"四个字是流行的手绘字体。蓝色与黄色相拼，平和中显活泼。李菲菲迎出门，把于乃今抱在怀里："我发了好多信息给你，还打过几次电话，你都没睬我。怎么，对我有意见？"

"我哪有啊！刚回去他就逼我把电脑里的文稿、照片整理出来，跟杂志社反复沟通改稿。后来又拓展了些素描稿，办了'洞中阿古'主题素描、摄影联展。"于乃今以多讲故事来掩饰与李菲菲脆弱的关系。

"好了，知道你忙，其实我们也忙。最最重要的一件事，要跟你分享——前天我们领结婚证了！"

"太好了！恭喜恭喜！"于乃今想起老杲最近有意无意地也在提这件事。

直播刚结束，围着看的住宿和吃饭的人陆续散去。

施政华坐在方桌前，面前是于乃今熟悉的索尼录音设备。他站起来，花白长发微卷，脸色有点苍白，眼睛又眯成一条线："欢迎欢迎！这餐厅和民宿，都有你重大贡献！"

于乃今吃惊不小："施老师！您不是不能讲话吗？怎么声音变得比以前还好听？"

施政华声音更低，几近沙哑，却有金属质地："手术后还不能多说话。医生说切肿瘤时伤到了声带。"施政华目光转向李菲菲。

李菲菲马上对老杲说："你还没到过民宿吧，我带你参观一下。"

老杲心领神会地响亮地说好，意味深长地看了施政华一眼。

李菲菲对于乃今说了句："等会儿见。你辛苦啦！"

施政华看两人的背影在餐厅台阶消失，做了一个手势请于乃今坐下。他倒了一杯茶，端给于乃今。

沉默了一会儿，他说："我可以在这里长眠了。"

"您痛苦吗？"于乃今问。

"知道患病后，我很痛苦，脑子里整天就是那个词。我想不通，宇宙里落下一颗小陨石，经过大气层，只剩下黄豆这么大，世界上有这么广阔的地方，有这么多的人，怎么就砸中了我？当然，我一面寻求肉体上的治疗方案，一面回顾我平淡无味的一生。这一想吓我一跳，原来我还有不少没做的事情。从大的方面说，玄渊湖在搞生态旅游，没山岛是旅游链上处于末尾的一环，关注的人还不多，抓机会就要会讲故事。从自己的情况来看，李菲菲想要得到她后半生的依靠。我和她的事业都在走下坡路，我没有办法给她希望得到的。其实我不止一次回过这里，我把听到看到的都记下来，安排了一次度假。这其实是我的最后一搏。"

"恭喜您！有三层意思：一是您计划成功，二是身体健康，三是婚姻幸福。"于乃今语气并不热烈。

"唉！其实都谈不上，特别是身体，还不知道到底什么走向。"施政华平静地摸着索尼录音机，"我知道你心里不舒服。是的，我承认'设计'了度假，直至每个你怀疑的细节，都是我精心安排。可真是为了我们啊。"

"您是在开玩笑吧？哪来我们？"

"哦，对了，我忘了告诉你。老杲大名叫施永昶。"

"难道……"于乃今跳了起来。

"没错，他是我亲生儿子。"

眼前是闪着金光的平静湖面，于乃今木然地望着，不知道未来还会发生什么离奇的事情。

抄表记

陈　胖

　　我的梦里，出现一扇扇门。推着推着，眼泪就下来了。不能迷失在街巷里，我还年轻，刚刚有一份工作，可以摆脱家族，有能力独立生存。窄小弄堂弯成一条蛇，缠绕到我脚上、脖子上，我想摆脱，却又一次走入迷宫。

　　带我的师傅有好几个。他们都抽烟。比起前门、牡丹和红塔山来，他们更喜欢良友、希尔顿和万宝路。我被他们扔了几次烟后，也去买了一包红双喜，这是我第一次买烟。那时，我刚满十八岁。渐渐地，我发现红双喜烟盒不大容易空。敲门进屋后，不时有人递过来一根烟，左耳右耳先夹着，去往下一家的间隙，把烟轻轻装进烟盒。

　　大办公室始终弥漫着呛人的烟味。十几个人轮流散发香烟。当我也开始发烟的时候，大家"哦"了一下，某个师傅笑眯眯地点上烟，轻轻拍拍我的肩，"满师了。"

这是一个月中唯一的一次抄表员聚会，这次请假，有些老师傅就要下月再见。刚开始，我不敢这样。

北窗外，是一个半封闭的小院子。杂草爬上鹅卵石小径，不管什么季节都显得凄凉。午饭后，大家基本上都走了。办公室和小院子一样，散发着懒散颓废的气息。我趴在桌子上睡着了。电费核算室姑娘们的笑声惊醒我。我拿出书本看书，我不希望自己一辈子做这个职业。但是当前，我觉得有那么多时间支配，比什么都强。时间在日光移动中悄悄过去，很多时候，我什么都没做。我像院子里的杂草，无人关注，不知所措。

我对每个师傅都毕恭毕敬，不把他们互相攻讦的话放在心上。有师傅提醒我提防陈胖。除了口吃，我实在看不出他哪儿不好。说的人越多，我越对他感兴趣。烟盒里挑一根万宝路，扔给站西北墙角的他。他对我轻佻地敬个美军礼。

陈胖手里搭条毛巾，即便冬天，头上也有一层油油的汗。我抄表的地段和他的有交叉。我把这条巷五号后门的表卡扔给他，他把街尾的表给我抄。我们不时在小巷深处相遇，在大街两侧挥手致意，甚至"哎，哎"地喊上几声。

街面上，他洪亮的嗓门带来喜剧效果："抄……抄啊……啊表。"

我们经常不经过班长同意，换着表抄。陈胖那个地段的居民感到意外，问那个口吃的胖子到哪里去了。我随口说：

"他去香港了。"回头再补充一句，"他妹妹在香港。"

"噢哟，那就像刘嘉玲了。"整个弄堂里充满了笑声，我也笑。

我把这个段子讲给他听，他一本正经地说："我妹妹不……不在香港，在……在乡下。"

自行车是我们工作时的工具。配发给陈胖时，他提出要载重车，双前叉、双后叉、双横档、双撑脚。帆布三角工具包挂在横档上，他看上去像一个真正的电工。我在他后面，有点跟不上。但是我不怕他甩了我，他每次超过骑车的年轻女子，总要回头看，不是悄悄地斜睨，而是佝偻着腰回身，夸张地与她们照面。不管遇到什么样的，都要等我上去，大声点评一番。特别是遇上背后好看、当面一般的，陈胖呱啦呱啦满嘴怪话，搞得我面对周围骑车人鄙视的眼神低下了头。他却不在意，我冷不丁地问他，如果他妻子或者妹妹被人当街这样说，他会有什么想法。

陈胖在车上脱手点根烟："你管那么多！"

陈胖足足比我大了十岁，看上去只不过大三四岁。胖子皮肤白皙水嫩。有一阵子，他迷上《魂斗罗》，但打不通关，再努力也会死在机械爪下。我教他秘笈，他请我吃馄饨。秘笈会了，他还是不行。我感觉在敌人面前，他把口吃阴影也带了进去，该前进的时候犹豫，该等待的时候冒进。

他家在市中心一座典型的"文革楼"里。北面一条长长的走廊连接七八户人家，公用厕所，共用一个水龙头。他家就一间房，简单地南北一隔，里面做卧室，外面兼备睡觉之外所有功能。

我坐在小方凳上帮他设法把游戏调成三十条命的时候，他一个人在小方桌上和馅、调味、裹馅。不一会儿，馄饨像军队一样站到桌上。烧水、调醋、冲汤。荠菜馄饨散发着清香，我们大声说荤笑话，搭配一个又一个馄饨。有一次，我们吃饱就开打《魂斗罗》，正在高低跳跃、猛烈发射的时候，一个女声从里屋飘出来，把我吓了一大跳。原来他老婆一直在里面，估计前几次应该也是，我脊背暗暗发冷。陈胖的师傅是我们工段长，师母给他介绍了同厂纺织姑娘。陈胖大声关照老婆也给我介绍女朋友。他老婆没有出声，没有出来。

那次之后，任凭陈胖邀请、引诱，我再不肯去他家。这成为我们关系的转折点。工段长嗓门粗中有细，身材却比陈胖还大一圈。我们背后称他"公鸭"。公鸭喜欢评价女人，每个女人都会在他的"嘎嘎"声中露出破绽。唯独对陈胖老婆，公鸭发出的是"啧啧"声。那个里屋女人的形象在我脑子里成型，我每天雕琢、涂改一点点，直到完美女人样子成熟。随后，慢慢发酵、膨胀，最终腐烂。我几乎看见紧盯陈胖不放的那双眼睛，敏锐、阴郁。

陈胖在走廊里"师傅师傅"叫个不停，公鸭倒也乐得答应。拆了包万宝路，小心地挑出一根烟，陈胖恭敬地递给师傅，并点上火。自己再取出一根，就把烟装进衣袋。我们在边上有意无意地听着。窗外合欢树上响起乌鸦叫。

有人大声说："看哪，一对乌鸦。"

陈胖说自己抄的表都在古城区，进一个门只能抄到一只表，不像抄新村，进楼道一下子抄一排表。最近碰到新问题，街坊改造后新楼房多了起来，拆十家，新增十多倍的表。我们默默地做账，没人搭理陈胖。每个人都遇到这样的问题。陈胖最后提出要求，自己的表一天不能超过一百二十户。理由是身体不好，老婆上三班，家务事都靠他。

好几个师傅都把头抬起来，大笑起来："真是模范丈夫呢。"只是这样的玩笑只持续了一分钟。

公鸭干笑两声走出门，陈胖就发作了："我是工段长的徒弟，我也不会去争什么。但是，也不能因为是工段长的徒弟而吃亏。"

谜底揭晓，他从抽屉里扔出三摞厚厚的新表卡。从去年新表装好到现在，他没有去过一次。没人睬他。过了几分钟，约麻将的，约斗地主的，约喝酒的，三三两两走出门。一个班几乎走空。

我眼前出现一根抛物线。工作之后第一个把我带进自己家的人，现在我和他的关系正在下滑。像滑滑梯那样，越滑越快，似乎马上就会到谷底。我不希望这样。我站起来，把我的几本卡拆开来，把陈胖扔在桌上的新卡插了进去。现在，柜子里我的表卡最厚，长长的，胖胖的。陈胖的表卡瘦瘦的，营养不良地、歪歪斜斜地倒在柜子里。

陈胖发我一根散装香烟："其实这些表靠近你地段，应该你抄。"

我用手指指柜子："我只帮你一次。"话说出口，就后悔。既然已经帮了，何必在乎说辞。

我非常用功地准备了半年，参加自学考试，似乎拿到文凭就可以马上跳出这个班组。可是，三天自学考试，全是抄表日。我把抄表卡交给班长时，他像捧了个石臼，腰都压弯下去了："我到哪里找人啊？"

皱纹集中到他眉心，才四十出头，就像接近退休。我把三天的卡重新捧回，一来一去间，似乎分量的确重了起来。我抽出一本最薄的，递给陈胖。那天他抄的路段紧邻我抄的地方。他接过我递过去的散装烟，点着，一页一页地翻抄表卡，速度极慢，甚至每页还看看上期读数。

在漫长的等待中，我想起自己工作后的第一顿午餐。花花绿绿的塑料饭票，我没有当成是钱。这个好吃，那个尝尝，一拿就多了。一个父亲带着小女孩坐在我对面吃饭，一荤一素，汤都没有。女孩干干地啃饭，眼巴巴地看着我面前的冬瓜排骨汤。我把汤递到他们面前，解释自己没有吃过。

男人一手把汤挡开，怀疑的眼神带出坚定的语句："我们不要。不要。"

直到他们吃完离开，我还是满脑子的"不要"。我站起身，把所有饭菜和汤狠狠倒进泔水池，心里才舒缓些。

陈胖说出"不"字，我不惊讶。离排骨汤事件，已有大半年时间，几乎每天都有被"上课"的机会。总有一天，我也会给其他人"上课"。想到这里，我竟然笑了起来。倒是陈胖不自然起来，疙疙瘩瘩、语焉不详地说了一大堆话。我拍拍他，说没有关系。班长走过来，重新默默接过三本抄表卡。我和陈胖都没有说话。

第三天上午，我就考完自选科目。午饭后就赶回单位。阴暗走廊两侧都是关闭的门，唯独我们班屋子门开着，光影倒映在走廊水磨石面上，似乎全工段的人都聚集在那里。

一个声音洪亮而坚定："如果……如果每个人都……都去读什么鸟……鸟书，是不是都你去代？"

"怎么可能，这也是难得的。"

"你要代……代的话，我们每……每个人，你都……都得代一次。"

一时间，好多熟悉的声音在附和。那些微笑着抽我的散装香烟的师傅、一起在傍晚时分打牌的师兄弟，现在都在起哄。

我默默地走进办公室，我的桌子上坐着一位师傅。他还没来得及跳下来，我就把抄表卡重重砸在玻璃台板上。屋子只是静了一下。陈胖再次起哄："干……干活啊！"拿起车钥匙大摇大摆走出屋。其他人若无其事地吹牛，与女人打情骂俏。

我拿出散装香烟，发给没走的。自己挑了根最凶的希尔顿点上，脑子里一热，身体轻飘飘起来。似乎有几个人过来对我说了些什么，我散给他们香烟。对他们讲的，我只是点点头，并不留存印迹。这个时刻，我不能受他们的影响，要保持自己的判断。

我没有找公鸭，或者班长。没有像其他人想象的那样，把新的卡拆下来，扔到陈胖面前。我很平静，工作正常做，玩笑照常开。只是，眼前没有了陈胖。他对于我来说就是空气。刚开始的几天、一周、两周，大家觉得我在气头上，过了就好了。后来，一个月、两个月、一季度，陈胖几次试着搭讪，我都把他当作不存在。春节前聚餐，他们安排我俩坐在同一桌上，似乎认为一碰杯就应和好如初。可是，我错过陈胖伸过来的酒杯。

公鸭找我谈最后一次话，他马上要换岗。"你这样不好。"他拆了一包万宝路，递给我一根。我以不抽外烟为由推掉。自己拿出一根散装香烟，不说一句话。

他摇摇晃晃走出光影斑驳的走廊，黑色大公文包不时碰到墙面。"公鸭时代"结束了，与陈胖说话的人突然少了。陈胖一个人来，一个人走，独自嘟嘟囔囔。

只有两三个老师傅还在用算盘。我们飞快按着计算器，小鸡啄米，也挺快。发给我的计算器是新款三洋的，又大功能又多。突然一天找不到了。所有我能想起的地方，都去找过。几天下来，我都有些神经兮兮了，老是恍然大悟奔出去，又垂头丧气走回来。大家知道物品贵重，两周下来，我在公告黑板上的寻物启事还没有被擦掉。我每天只能等别人算完，借用计算器。

陈胖走进来的时候，只有我一个人对着账本发呆。他磨磨蹭蹭地走近我，又看看四周。

"你的……的计……计算器，是袁大……大偷的！"

我没有睬他，准备收拾东西离开。眼光却瞄到他的动作。他从包里拿出一个小型计算器："这是师……师傅留……留给我的，你……你先拿去……去用吧。"

我抬起头，他的脸涨得通红："对不……不起！"

我知道这三个字从他嘴里说出来，有多么不容易。他的词典里，这三个字没有过，或者从来没用过。我接过他的计算器，从抽屉里拿出一盘游戏卡："《魂斗罗》第二代，什么时候我们一起打？"

他笑笑："我……我不打了。"

一切就像没有发生过。我跟陈胖说话，开玩笑。大家知道，内心里，什么都不会忘记。我们还是并肩骑车回家，他不再当着我的面调侃女性。有些话点到为止，不敢再往深处说。

过不久，"文革楼"拆迁。陈胖搬到市西一条小弄里。大家帮忙搬家，我没去。据那天去的同事说，陈胖老婆的确相当漂亮。但是，他们话头一转："唉！怎么就嫁了个陈胖呢？"

大家笑了起来，我走出房门。当时我想，可能我不会再去陈胖城西的家了吧。可是我错了，任何事情都不是看上去那么简单。

文　学

新村主干道是两条水泥路，水泥路当中是一排绿化带，路边是一片店面房。银行在这里有个储蓄所，文学在里面的柜台上。我一去，他就给我开门。我在花花绿绿的纸币堆里坐着，突然笑起来，抢银行其实很简单嘛。文学问我笑个啥，我马上掩饰过去。我坐在储蓄所里有时顺手把刚抄好的账做一遍，更多的时候跟他们吹牛。

这个银行刚与我们单位谈好代收电费，我们所有收费点都撤了。储蓄所增加了不少零碎活。

文学面对老头老太、零钱零款，一直叹气："为了那点破手续费，差点把我手指都点断。"

我注意到他的手指，又细又长倒在其次，关键是当中三根手指几乎一般长短。他刚刚在技能竞赛中获得全行点钞第三名。储蓄所所长充分发挥他的特长，一直让他在现金柜台。其他人吃午饭，他面前还有一排老人。我陪着他，他就说银行的人都势利。我心里一惊。与我夜校同桌的姑娘小霞，好像也在这个银行。我有一句没一句地跟他闲聊，渐渐往那个姑娘身上引。

文学抽烟样子好，细长手指一夹，烟雾从口鼻里缓缓同时喷出。看上去像在思考人生，其实他在想晚上的麻将。城里靠旅游发财的人多了起来，他们喜欢搓麻将，一夜输赢不小。文学从不一个人去，他要等财经中专的同学阿明。

那天傍晚，我见到了阿明，戴一副金丝边眼镜，文弱谨慎。夜场从子夜开始。我们三个在藏书羊肉店喝羊汤，汤添了一碗又一碗。他俩说的话一半我听不懂。他们还在等一个人。羊汤店快要关门时，走进来一个"麻秆"。他警惕地盯着我。文学说这是弟兄，没事。麻秆没说什么，看了下汉显BP机，做了个手势，让阿明跟他先走。走出门后，他又回头关照文学，还是老时间。

店老板过来上门板，我们把烟头扔在羊汤里。湿漉漉的街道上，偶尔有车驶过，打破深夜的宁静。我们裹紧外套，靠在门板门上聊天。小霞果然跟文学认识，比文学大一届。她在分行柜台，听起来好听，工作量却比文学大多了。

文学静静地抽烟，冷不丁问我："你是不是看上她了？"

我竭力否认。

"算了吧，你不看上她，会这么晚还在跟我瞎聊？"

我说那是我们的友情，又觉得很矫情，就干脆沉默。谁知道他反过来当头泼我一头冷水："她学校里就谈朋友了，现在男朋友也在我们行，他俩要好着呢。"

尽管这么说，我还不死心，正要进一步深入打探，文学的 BP 机响了。"我要过去了，改天再说吧。"

他拐进小弄堂，消失在初冬的雾气中，像一个地下党去执行秘密任务。

即使不抄到那个新村，我也会特意去储蓄所看看，如果文学不在，我只跟所长隔窗打个招呼就走。文学在，他就开门让我进去。有一次我坐的时间长了，所长就借个话题，让我知道储蓄所最新规定，外人不能进入之类。文学回头说我不是外人，也是工作人员。所长就把话题岔开了。一个小小储蓄员，有这么大的口气。后来，我发现了其中奥秘。

冬天抄表，最痛苦的是不能戴手套，至少一只手不能戴。我跑进储蓄所的第一件事情就是把手贴到取暖器上，手指一伸一缩，我仿佛听见了骨头舒展开来的"咔咔"声。文学在发钱。我起初以为他拿了单位的奖金分给大家，还调侃他们几句。看到他们都不回应，我也没多想。

所长既不满又隐晦地朝文学拍拍手里的钞票："不是说好六的吗？"这个动作引起我注意。

我请文学出去吃过桥米线。米线馆里挤满人。排队的时候，文学问我晚上要不要去阿明家玩，见我犹豫，他若无其事地说小霞和男朋友也会去。

大海碗里蒸腾起的热气，都挂在文学脸上，他突出的嘴部湿漉漉，配合呼啦呼啦吃的声音，不知道是汗还是水。我问他奖金的事情。

他擦了一下嘴："我发的。"

他扔给我一支三五，诡秘地笑着："给你也发点？"我有点摸不着头脑。

回单位路上，我缩脖骑车，想着我的一千元。其实我身边只有七十几块钱。文学说凑满一百给他，如果不像所长那样每个月盯着他取利息的话，基本上两年就可以拿到一千了。那如果我把那一千元再投进去，过不多久，我岂不就是万元户了？渐渐地，我伸长了头颈，寒冷已无所谓了。我只牺牲一百元，得到的却是连绵的黄金美梦。

我突然发现，自己越骑越慢了。文学说做生意集资。但是利息要达到高利贷程度，他的生意是哪个门子？虽然表面热络，但实际我还是不了解他。晚上去阿明家是个机会。

我把冰冷的硬币投进电话机里，小霞就站在我边上，我把她拉进电话亭，顺手将门带上。拨号前，我闻得到她头发里茉莉花的香味，听得见她略显急促的呼吸声。

我开始拨长途电话接线号码。接线员首先询问我要打什么地方。

"北京！"

报出这个地方时，我胸腔里似乎充满正气。小霞露出一丝惊讶。接线员让我报户名与账号。上周文学才给我账号的那个厂要倒霉。很快，接线员接通了北京号码。那个慵懒又卷舌的声音传来时，我又回到了初中。他那时在北京闯了祸，到我们这里避难式地读了大半年书。我们在电话里大声说着无关紧要的闲话，他流露出对我命运不济的深切关心和对中国经济社会发展的忧虑，宝贵的时间和昂贵的长途话费就这样悄悄溜走。新鲜劲过了，小霞站在寒冷铁皮盒子里局促不安。我无法控制一千公里之外的真知灼见，几次想打断，却又不忍心。直到小霞轻轻说一句："你们聊吧，我先回去。"我才猛地挂断电话，连招呼都没打。

小霞坐在男朋友边上看他打牌，这种姿势是电影里的标准配置，我们好多动作和习惯都来自电影。我例行公事般站到文学后面看他的牌。文学把牌打得别人根本看不懂。我的目光越过麻将台，那对男女的映象渐渐在我眼角模糊，最终融为一块褐色斑点。我的一段感情结束了，多少有点悲哀。

不过，我的注意力很快被文学的牌吸引。其实不是牌，而是堆在他右手边的钞票。也没看他和几把，但是票子就这么多了起来。阿明坐在他对家，不动声色。小霞男朋友开始骂骂咧咧，我心里痛快起来。阿明家在弄堂里，进门两棵银杏树，叶子全部掉落。树下的茶花却开出红色花朵来。我进去的时候他们就在打牌了，小霞见到我只是笑笑。当时我俩倒是坐在一起聊天，说着说着突然我说到打长途电话的事情，只需市话费。她根本不相信，临出去还抓了桌子上的一大把硬币。我说用不了的，她不信。

我突然有了幸灾乐祸的冲动。挖出零散的大约十块钱的零票，摆到小霞男朋友面前，"这是刚才借你的钱。"他已被清空。十块钱也是钱，但是又一把下来，这些零钱也游到文学这边来了。

小桥边的小吃摊滚动着热气，我和文学停车，点了馄饨和炒面。早已过了零点，街沿的水结成薄冰。文学付钱的同时，抓出一把票子塞给我。我推搡。

他说："你是搭档，这是应得的。"

他把钞票卷起来，用皮筋扎起来。一卷卷的票子像一颗颗子弹。

"你收了大家的钱，靠什么还利息和本金？"

"当然是做生意啊。"

"你这个也能叫生意吗？"

夜里的炒面很油，馄饨汤太咸。但是热乎乎下肚，友情就涌上心头。"你这种生意是有风险的。"

文学摇摇头："我从不一个人去，阿明和我联手，还没有失手过。"我没再作声，心里疑惑越来越重。不是我不想发财，也不是觉得文学不靠谱，而是我不赞同以这样的方式挣钱。我悄悄收起已经准备好的一百元。

之后的一段时间，我在城南抄表，路远加上一些微妙心理变化，就没有联系过文学。月底催缴电费时，我才走进储蓄所。文学戴了个绒线帽低头在柜台前算账，我大声跟所长和其他人打招呼，他们表情僵硬，态度也冷淡。没有开门让我进来的意思。文学还在算账。我走上前，趴在柜台上"喂喂喂"地叫了他几声。他缓缓抬头。

"啊！"我惊诧地叫出声。

文学整个头部都红肿着，右眼和右额鼓起一个大包，眼睛连缝都没有一条。本来就凸出的嘴部，现在更像狼嘴。我几乎肯定文学在麻将上出了事。但没人说实话。淡淡地说问他自己。

文学的左眼仍然闪着机敏的光。说出来的话，痛苦中带着幽默："我骑车看美女，撞到行人摔的。"

我也顺势说："真是太不巧了。如果你碰到女明星，估计要搞成残疾了。"没人笑，没人再搭腔。我借口忙着收款，匆匆离开储蓄所。跨出大门的一瞬间，我感觉自己不会再进这个地方了，于是，回了一下头。文学面朝大门方向，注视着我的离去。

月初，我在市中心抄表。刚从一个石库门出来，劈面碰到阿明。他脸色苍白，头发蓬乱，走路急促慌乱。我伸手拦下他。他一惊，随后松弛下来。

公园里，法国梧桐、银杏树等落尽树叶，枝杈刺向冰冷的天空，只剩下香樟树仍然绿得深沉。在池塘边我们坐下来。

"文学辞职了。"我对这个消息并不惊讶。

"麻将也不打了。"

"你们的'局'是不是被人识破了？"

"也不能这么说。'麻秆'做的才是'局'，大家装作不认识，两个人或者三个人暗地联手骗另外的人钱。其实我们跟他出去的次数并不多。我们打牌说好对家是一家，也就是两对两地打。所以不能算'局'。"

阿明抽出皱巴巴的"画苑"点上一根："怪就怪文学太自负。我说混点零用钱可以了，毕竟是消磨时间和娱乐呗。但是他却一直约老板打牌。有些老板技术不怎么样，却看不起我们这种没钱的。他们定尺寸，一个花一两百。文学到处筹资，哪怕借给他几百块，他也愿意。利息付得人家很高。"

"他头上的伤怎么搞的？"

"那天晚上碰到两个浙江老板，说好两对两打。约定一个比较合理的尺寸。上来东风、南风圈，他们基本上都在输。第三圈时，他们提出加大筹码。文学看了我一眼，爽快答应他们。然后我们就开始输。整夜都在输。真是见了鬼，从来没有打过这样的牌。我想撤退。文学不服气，写了借据再打。到最后，没有东西可以押、可以抵了。文学把我推开，伸出头让他们打。惨哪。"

阿明站起身，"我们准备这几天就去深圳。昨天托了本地社会上的朋友跟浙江佬打了招呼，当夜的账就算清了，不再烦

抄表记

383

我们。唉！我们混不下去了。不辞职，迟早也要被开除。"

时间就是那么快。文学肿胀的眼睛、阿明瘦弱的背影还不时在我脑子里晃，两年一晃过去了。我还在抄表，甚至连地段都没有怎么调整。市中心开始新一轮拆迁整治。满街都是"一折""二折"，大家都不大注意"折"字旁边还有一个小小的"起"。在满是"大出血""最后一天""跳楼价"的红字里，文学突然跳到我面前，把我吓一跳。

那是一家服装店，弄堂般格局。两边墙上钉了铁丝方格网，左侧是男装，右侧是女装。我站在一色职业装底下，悄悄地将抄表本、手电筒塞进挎包，整整衣袖。

文学穿的玫红色西服，与门口模特身上一样。来来往往的人，不时朝他和模特身上看。不少人盯住他看半天，才拐进店里看衣服。文学给我使个眼色："这就是活人广告效应。"

如果不是为了钱，我觉得我们至少现在还是经常往来的朋友。但是，他开了口，并且就在重逢的第一天。他绕了个大圈子，说这两年在南方混得如何好，还特地压低声音："知道这些正装哪里来的？日本啊！都是二手货，有的还是病人或者死人身上的呢。"

我手一抽搐，下意识插进裤子口袋。文学开始吹他的那个大大的球。他指着那些衣服，很不屑地说要完全清理掉。他用了"统统、彻底"等词表示决心。新行当将是电子游戏厅。

他对一家挤满学生的游戏店歪歪嘴："这不是做大事的格

局。在南方……"他下颌微微前倾，眼光越过屋顶，回想着南方的景象，"游戏厅属于成人！"说得兴奋，他拉我进旁边刚刚开张的肯德基，点了两份家乡鸡套餐。

他把可乐喝完，挖出两三块碎冰，往贴塑面台板上一撒："成人就喜欢掷骰子。我从南方搞了几台跑马机，现在流行这个。这里全市居然一台都没有，正好挑我发财。"

"赌博机要被'冲'掉的。"

"不就是要摆摆平吗？"

"你摆得平还出去混了两年多？"

文学哈哈大笑："出去为了开眼界，没有比'骰子'活络更重要的了。"

恰好谈到搞社会关系，他自然说到了钱。什么一笔款子还没有从深圳汇过来，阿明碰巧去了香港，他最近要请人吃饭、送礼，问我借点零用钱。他借的的确也不多，看我这身工作服，估计临出口把数字又减了一半。一千块。这个数字拿捏得正好。多了，我当场就可能回绝。少了，好不容易派我一次用场，总得多搞点。我几乎没有思考，就答应了。

但是，就是这一千块，害得我这个小小抄表员发烧躺在床上睡了一星期。

发烧前，我好不容易见了文学一面。他总是不在服装店，呼叫他 BP 机，除了过来取钱那次，从没有回的。看店的胖女人一问三不知。我只能每天抄完表，拐过他的店，血红的字换成绿色的"新款 arrived"。文学被我撞到后,第一句话就说要还钱。他大声问胖女人今天的营业额,那边懒洋洋的声音传过来一个"零"字。他又在柜台里翻找,再从自己身上下手。最后,皱巴巴地凑给我两百多点。这次绝口不提游戏厅的事,只说下周归还全部余款,最后拖了一句:"钱都被阿明借去买一批空调上。"

我问了很多朋友,才找到阿明的电话。电话里传来阿明的声音,仍旧轻声单调。客套闲聊后,我问他空调生意的事情。他语气明显出现停顿。我挑明是文学说他在做空调生意。阿明"哦"了一声:"其实我和他早不在一起做生意了。"

他掉转枪口:"他是不是问你借钱了?"

我沉默。

"唉,他还在打牌啊。"

挂掉电话,我头轰地大了,身上开始发冷。整整一周,我躺倒在床上。文学、电子游戏、阿明、麻将、钞票、男装、女装等像模特儿一样,在我脑子里交替登场。

身体好了之后,我不再去文学店里,而是打听到他家地址,在门口"伏击"。这是一座四进大宅院,被七十二家房客瓜分。我在第一进漆黑备弄里来回走动,每个进门的人都被我吓得一跳一跳的。我打开手电仔细辨认,生怕错过文学。

连续三个晚上,都不见他的影子。正当我发脾气要找给我消息的弟兄算账时,一高一矮两条黑影进了备弄,很快缠绕在一起，开始亲热。很晚了，我准备撤退。与他们擦身而过时，我突然想到男的会不会是文学。长时间在黑暗里，练就一双属于黑夜的眼睛，我悄悄近前，轻轻拍了他一下。两人一前一后触电般惊叫起来，疾步窜到大门外。

昏黄路灯下，文学看到我浑浊的眼，什么话也没说，伸手往裤兜里抓钱。他点都没点，把钱全部交到我手上："还有点，我明天给你，一定一定！今天你就放过我吧。"

悲哀从我头脑一直贯到脚趾。我本是受害者，今晚却弄得像个抢劫犯。不远处文学的女朋友满眼鄙视和仇恨。

我一边咳嗽，一边慢慢地收起那些明显不够数的钱。"算了，我不会再来了。"再想说几句告诫的话，又是一阵咳嗽打断了思路。于是，我慢慢骑上自行车，穿过湿漉漉的弄堂，回家。

好多年之后的一个夜晚。我正在餐桌上大声说笑。一个电话进来。我看是本地号码，并且数字工整，就接了起来。

"你猜我是谁？"

我猜你是谁？文学呗。突出的嘴部、贪婪吸烟、快速点钞的样子，在我脑子里盘旋。最后，定格在一千元上，实际是不足一千元。感冒、咳嗽、发烧，深夜、备弄、寒冷，又突袭过来。

我把电话从耳边移开，声音还不断传来。

默默地，我挂了电话。

公　园

　　天凉。大 V 领夹克容易进风，我左手握自行车把，右手抓紧领子，还缩着脖子。幸亏穿了紧身小喇叭裤，冷气才不至于跑遍全身。停车，取了抄表卡，一家家敲门。半条街下来，太阳冒了头，身上暖流到达手指脚趾。昨晚，借到加缪的《局外人》，翻看一下，安稳气氛里隐藏着躁动。一夜睡不安稳，总感觉裹在地中海潮湿空气里，懊糟难忍。早上工作匆忙完成，回单位途中，特意绕个小圈子，来到市中心。那里有全市唯一不收门票的公园，有树有水，宽阔道路边欧式园林椅整齐舒适。

　　但是，我没有直奔椅子。读书时光的开始最好有些铺垫。公园门口的阅报栏符合要求。我晃到今天的报纸前，两个老头带着放大镜仔细阅读，我上上下下避开他们的身影看新闻。一个声音从身后传来："天越来越凉了啊。"他贴得我有点近，一转身，我就撞上他的大眼睛。我赶紧让开一步，简单"哦"了一声，转身向公园走去。

　　快十一点了，他还没有走的意思。我有点烦躁，阅读结束第一部分，大海、阳光压倒了默尔索，也压制了我。情节进展让我有了放弃阅读的想法。太阳光穿透稀疏松柏枝叶，微微刺痛我的眼睛。这不是地中海边的阳光，却同样会照得我头晕目眩。我将对面园林椅上的黑瘦中年男子想象成阿拉伯人。他什么时候跟过来的，我没注意。但他一坐下，我就认出那双空洞的大眼睛。

刚开始，我还集中精力跟随默尔索和他的朋友们瞎折腾。他只是一个随便坐下歇歇脚的游客，拍拍屁股就会走人。可我错了。他坐在对面，其他事都不做，除了一件：盯着看我。

此时，我如果手上有一把枪，几乎可以肯定，我可能不会像默尔索那样犹豫，而是直接走到对面，朝大眼睛开一枪。

我几次三番认为自己感觉错了，但是当我把眼光从书本移开，瞄向他时，每次都碰得到他的眼神。这是一种带有希望的眼神，我下意识看看自己坐的椅子，实在找不出属于他的东西。猛地，他会不会是个抢劫犯的念头上升到我脑子里。

我笑笑，摇摇头。不要说现在天时地利人和，不利于抢劫，就算我与他一对一，矮小瘦弱的他，怎么也不是我的对手。说到底，我这么穷，他一眼就能看出。

默尔索已经投入监牢，杀人案开始审理，但是检察官大人似乎并不在乎案件本身，而在默尔索母亲去世、默尔索与情人的关系等方面挖细节。我实在忍不了那个紧盯我的眼神，起身沿着公园小径兜半圈，在背靠儿童乐园的枫杨树下找个凳子坐下来。平时，我不肯到这个比较嘈杂的地方来。而现在，人多差不多就是一种安全了。他没有跟来。我又打开《局外人》。

对面椅子上，一个红衣女孩拿着一本讲义写写画画。孩子们时不时的惊叫声，让她抬起头，眼光越过我，注视我身后。只在一两秒左右，她又低头继续读写。我低头读书。事实上，我的注意力从关心默尔索命运悄悄迁移到红衣女孩上来。她一头长发，在脑后简单地扎了个粉色头花，头发既松又紧。低头时，眉心有点蹙。就这样，我持续不断地间隔投射我的目光。心里渐渐觉得幸福也就是这么一回事。

就拿交朋友来说，平时看来难以接触的人，一旦走近，就会发现其实个人的圈子也就这么几个人最亲密，进入这个圈子，就是获得了这个人的信任。如果超出一定范围，那就是关系"滥"。我最新鲜的失恋经历告诉我，厨房里油烟味最能够留在记忆里。

女孩应该也注意到她对面的高大青年了。她已经很长时间没有抬头了。孩子的嚷嚷声依然热烈，甚至偶尔尖叫。默尔索将被处决，他的时间不多了，开始回忆一些事情。"自己曾经是幸福的，现在依然是幸福的"，看到这一句时，我不由得又对女孩看了一眼。我不知道是不是眼神里充满了过火表情，或者过分痴呆，总之，她恰好也抬起头，只不过，出乎意料，惊恐在她眼中闪过。

她整理讲义，收拾起双肩背包的时间，不到半分钟。站起身，更以弓腰快步的方式离开。《局外人》其实与《鼠疫》

合订在一起的，加缪获奖后这两篇介绍得最广泛。书本平摊在我双膝之间，风大了起来，它为我翻过一页，接一页。

我呆坐着。来来往往的人多了起来，午休时间到了。摊贩们掀开锅盖、打开炉灶，香喷喷的油烟味在午后公园的各个角落游荡。香味触发我敏感的神经，我再过一遍女孩抬头、惊恐、收拾、快走的整个过程。突然，我感觉背上一阵刺痛，已经接近灼伤的程度。

我慢慢回过身。铁丝网封闭起来的儿童乐园，热闹渐息。老师们带着一支支小队伍，正从滑梯、小火车、海盗船旁撤离。铁丝网让我联想起不远处的动物园。到底谁才需要保护？

头回转一百八十度的时候，我差点跳起来。大眼睛像只壁虎，四肢叉开，紧贴铁丝网，双手牢牢抓住铁丝网，十指苍白蜷缩。他的眼神已经处于极度痴迷状态，直勾勾地盯着前方。女孩受到惊吓，离开像奔逃。

我几乎是愤怒了，想把书扔掉，冲上去抓住穿过铁丝网的那些脆弱的手指，一个接一个把它们掰断。清脆的断裂声才能让我解恨。"呱呱呱"，高大枫杨树顶掠过一只乌鸦。寒气再度袭来。我回过身体，长长吐出一口气，对自己说："算了吧。"

我把东西整理停当，看到鞋底粘了一张纸片，我把纸片剥下来。这是一张碎纸片，上面几道数学题，都被打了红叉叉。原来，我脚下踩的全是错误。我狠狠瞪了一眼还在铁丝网上贴着的那只壁虎。慢慢朝大门方向走去。

池塘在正当中，无论从哪个方向穿越公园，都避不开。没到春节，塘还没清。池塘冷冷清清，残荷在水中挺立，有人说这是坚韧和守候。我觉得真是没道理。季节转换，植物兴衰，再普通不过的自然现象。只是我们眼睛看出来的东西变异了，就感觉事物本身也变得异乎寻常。

大门北侧，有一个公共厕所。我转过池塘的时候，一眼就看到一个大大的"女"字，接着又看见另外一个字。我决定去方便一下。

还没有走到厕所，地面就开始失去草皮覆盖，裸露的黄泥在低温下坚硬杂乱。厕所外形像火车车厢，只不过一个个窗口开得极高。雨雪被风刮进来的时候，高窗是通往童话世界的门。

厕所设施很简单，一排没有隔板的蹲位和一长条小便池平行，一通到底。现在，阳光很好，我站在小便池前，阳光从高窗里射入，我迎着阳光，隐约能够看到蓝天背景下的几根树枝。我的心情一下子放松了。

一个人并排站到我身边时，我仍然抬头沉浸在自己的世界里。直到他喉咙口发出奇怪的声音，我才转过头去，一对充满莫名诉求的大眼睛，正对着我。不知道是不是配合了厕所的味道，此时与他对视一眼，我觉得恶心、烦躁。其实他没有挡着我，但是他在我左侧，我要往左出门。经过他背后，我恶狠狠暗自用劲甩了甩挎包，挎包里有厚重的抄表卡、手电筒等，他腰背部应该吃到了分量，嗯了一声。瞬间，我心情又好转一点。

我得意地回望一眼。他似乎正在原地等候着我的回眸。"唰"的一下，裤子全部落地，他光了下身，慢慢向我转过身。迅速地，我脑子里掠过几个字。同时，他又发出奇怪的声音，全是含糊的喉音。

我的第一反应，挎包击中了他脆弱的腰带，裤子突然崩溃。但是这个念头只是闪过零点零一秒。我开始感到身处看不见的圈套。在阳光灿烂的日子里，我被骚扰，这真是一件无聊透顶的事。而当这个词扫过我脑海，少年时浑浊如泥塘的一段经历，一下子变得清晰明了。在愤怒中，我头脑出奇冷静。

三个小伙伴刚刚到了发育年龄，在寒冷冬天傍晚，相约"孵混堂"。石板路坑坑洼洼里已结起细小冰块，浴室蒸汽飘到室外，远远望去，蒸煮馒头和包子的印象在我脑子里挥之不去。

快过年了，进澡堂剥掉一层皮，轻松自在，这种习俗对我们具有仪式感。顶着凛冽北风，脱胎换骨的感觉似乎一切都是新的了。闲人们早早裹着蓝色条纹浴巾，倒在皮躺椅上。高高叉在滑杆上的臃肿外衣外套，随着气流缓缓颤动。猛地一抬头，吊死鬼般僵硬。我们进去的时候，大池烟雾氤氲，似乎没人。仔细看，一只秃顶浮出水面。仅从这个头看，身上肉少不了。但是，他的身体绝大部分浸在水里。水浑浊如豆浆。

我们三个赤条条跳入池子的时候，我注意到秃顶眯着的眼睛睁了一下。这是特殊的一双眯缝眼，眼珠缓慢滚动，就能催眠这个世界。刚开始我不觉得有什么异样，直到刚刚泡澡的两个伙伴先后跳出大池，我大声问他们怎么啦，回音来回冲撞，隐约听见他们的回答，可能水太烫。我把身体再往池子里沉一沉，水压水温陡然提高，我心里闪出豪迈感，这两个怕烫的小子！

我闭上眼，享受热水围困产生的闷热，感受自己心脏有节奏的搏动。越是在里面受煎熬多一点，走在街上就更轻松点。酥麻的感觉爬上身体时，我闭上眼，开始想班上的女同学。她们在冬季操场上踢毽子、跳大绳、丢手绢，叽叽喳喳。有一个姑娘特别漂亮，我一直在研究她，总感觉她的眼眉后面隐藏着淡淡忧伤，那是怎样的忧伤呢？我是不是该跟踪一下她呢？想到这里，我头上的汗就下来了。同时，大腿碰到了一样东西。我睁开眼，秃子无声无息地移到我身边。

柔柔地阴阴地，我的汗一下子收干了。他的眼睛总是眯着，滚来滚去的眼珠像《大闹天宫》里的杨戬斜睨着，不是对着我，就是对着阴暗角落。我把腿收了收，神经开始紧张。好一段时间没有动静，我又放松了。想必不是故意碰到的。我又开始想怎么才能成功跟踪那女孩，那一条条小巷该怎样穿越。

但是，那东西又靠过来了，这次我确认秃子安静的头部下，是魔鬼般的身体。我是如此机敏地躲过了他水下肥腻的躯干。在带动巨大水花一跃而起，把秃顶溅得一头热水的同时，我才明白另外两个小子这么快就逃出大池的原因。

秃子仍然躺在大池里，很长时间一动不动。我从莲蓬头洒下的水帘里看他，等待死猪般漂上水面。但是，没有动静，他牢牢扎根在水里。我感觉身上奇痒难忍。特别小腿外侧对应的两块皮肤，发出从内到外针刺般的瘙痒。我把水调到最烫，一遍一遍冲洗两块皮肤，直到红肿起泡，剧烈的疼痛感才把痒制服。

空荡的厕所里有了回旋风。几片轻薄黄叶在我脚边打转。小腿两侧居然又开始隐隐地痒，真是晦气。我往小便池用劲啐了两口，狠狠瞪了大眼睛一眼，转身想离开。但是，我听到了脚步声。

那些人平静又安静，一个接一个来到便池前、蹲位上，跟大眼睛一样，极其自然地褪下裤子，眼神空洞，直勾勾地盯着正前方。我愣在那里，琢磨那些人的特征。但是无法用言语表示我烦这种他们认为自然的不适。人越来越多，几乎要排起队，如果平时，我会认为这是个很正常的厕所，但是现在不对了，这是一个有问题的厕所，大眼睛淹没在人群中，仍然保持着原来的姿态，大家都没有任何诧异，似乎我才是这里最大的异类。

我挤出人群，奔向停车点。灿烂阳光跟着我跑，在最明亮的地方，往往阴暗也最强大。我骑上车，绕着铁栅栏的公园墙骑行，那些人正从厕所向四周扩散。现在，我很容易把他们与其他人分开来。阅报栏前、池塘边、凉亭里，他们无处不在。而厕所，是他们的根据地。

突然，我看见一双迷茫的眼睛，正隔墙紧紧盯着移动中的我。我只当没看见，下午还有几本账要做，我连午饭都没吃。但是，要是我真的停下脚步，与他交流，我会改变什么吗？我吃不准。

鸽　子

女孩迅速把食指竖起，按到嘴上："嘘！小点声，爸爸在休息。"

我连忙把抄表卡举过头顶，抖了几下，表示知道了。门口胡乱散放着几双凉鞋和拖鞋，看不出男女，我挑了最大的拖鞋。门里门外温度湿度没有区别，屋里唯一的好处是，把楼道不明杂物的酸臭味道隔绝。

女孩把我让到北窗边的餐桌旁坐下。那是一室半一厅的房子。其他的房间，包括女孩小小的卧室，我只需稍稍探身就能看个大概。楼道已经斑驳，室内却比楼道更破旧。我有点惊讶，养护工段长的家竟然是这样。

"你是爸爸的朋友？"

"呃，是吧。杨段长和我在工作上经常有接触。我们谈得来。"

"我爸可不爱说话。"

女孩端坐在方凳上，餐桌上摊了纸和笔。窗外雨丝飘到纸上，她有时一笔要反复描几遍。

"你在画什么呀？"那是一只白鸽的样子，我早就看出来了。

"你们最不好了。"

"我们怎么啦？"

"嘘！你又大声了。爸爸在休息。鸽子受伤了，你们还让它送信。"

"好了好了，我们不让它送信。"

女孩头发自然卷曲，黑中带黄。她每次抬头看我，眼神都从挡在前面的刘海里穿出。

微雨里的黄昏来得比往日更快。女孩不开灯，眼睛凑到白纸跟前，铅笔贴住了她的腮帮。

"啪"，主色的蓝铅笔断了。她把铅笔放进卷笔刀，呼啦呼啦，笔芯出来了，但笔基本拿不住了。

我转头看看主卧室门，仍然紧紧关闭。老杨跟我约了五点钟，我提前十分钟到，现在已经五点半了。虽然我在一点一点烦躁起来，但是仍然提醒自己，如果下次再要麻烦老杨，就一定带一盒彩色铅笔来。

画基本完成后，我还是吃了一惊。女孩画了一只死鸽子，背景是蓝天，蓝天里有些绿树点缀。一只受伤的鸽子正从天空坠落。女孩是以仰视的角度画出的。

她看着我，用平淡的语气教育我："死很正常，只要不痛就行。"她用手把头发绾到耳后，盯着主卧室，和我一起静静等待。

我约老杨一起去的那户人家，是住房管局的房子，已经半年没有交电费。我去催了几次，他们说房子闹鬼，除非把鬼捉掉，否则他们死不交费。

有了鬼这个概念，我一开始就暗示老杨是否可以安排在大白天去。老杨三角眼斜睨一下，说天黑才能查个究竟。我只有靠老杨，不敢说话。

女孩这么漂亮的眼睛一定不是遗传老杨。卧室门还没有开，我就顺便问一句："你妈妈还没回来吗？"

女孩不说话，扭转头去，默默用手指指墙上。

拥有美丽眼睛的女孩妈妈的相片已经挂在墙上了，相片里，她正对着我们微笑。我顿时觉得身体里的一根筋被抽掉了，任何东西都变得软软的。

女孩没有开灯，除了我们面前的桌子，其他都渐渐没入黑暗。突然，照片亮了一下，女孩妈妈笑得更加生动。对面卧室门打开了，电灯光线射出，老杨走出卧室，顺手灭了灯。女孩妈妈的脸模糊起来。

老杨把自己的头凑到厨房水龙头上，冲洗一下，对我说："走吧。"

关上门的一瞬间，我瞥见女孩正把画贴到妈妈相片下。

老头和老太都吸着劣质卷烟。我注意到老杨悄悄把他们扔过来的烟捏到手心，点燃从胸口摸出来的烟。

产权不属于老夫妻的房子，就像公共汽车。这里掉一块，那里缺一片，随着时间推移越来越破旧。家具不一样，整齐干净，甚至有一两件紫檀桌椅。

天几乎黑透了，他们都没开灯。借着南窗外射入的路灯光，老头说的话都带有鬼气。

"每到这样的阴雨天，我的心脏就提到喉咙口了。"

"我们宁愿在黑暗里默默祈祷，也不愿在灯光下受罪。"老太补充一句。

"好了，现在开灯吧。"老杨把烟屁股捻碎在烟缸里。

老头老太对望一眼，抱定牺牲什么的决心似的。

"我来吧！"老头拉了开关线，像拉响了雷管。我们做好了迎接电灯碎裂、开关爆炸、电线起火等灾难的准备。但是什么也没发生。我们坐了下来，在明亮的日光灯下，我和老杨研究起紫檀木的包浆。

老头的心似乎还没有彻底放下，与老太一直嘀嘀咕咕，不时看看天花板。抽第二支烟的时候，我感觉他渐渐放松起来。打起了趣："鬼今天休息了呢。"

老杨拍拍屁股起身："要么就是咱们阳气足，要么就是你们借口不交电费。"

"费"字的音还没有收尾。日光灯光线就起了变化，逐渐暗了下去，暗到只有白色的那根管子，瞬间，又极度爆亮，超过三四只正常灯管的亮度。我刚在心里想这不是正常的短路现象吗？突然，楼板里传来"咯咯咯"的声音，似乎是女人断断续续的冷笑声。

老头老太早忘了手上燃着的烟，烟灰落得膝盖处一片灰白。"就是她！就是她！"老太开始阿弥陀佛念个不停。我坐在紫檀椅子上，有一种想往外逃的冲动，但是直不起身。

老杨根本不在乎什么光什么声音，一脚踩在饭桌上，伸手就把日光灯灯罩卸了下来。除了吊顶上钻出的两条线，什么都看不见。他没有跟老头老太打招呼就开始拆吊顶板。我托着日光灯，灯光忽明忽暗。两个老人看到我阴阳交替的脸，会不会也感觉恐怖？

突然间，我就想到了女孩妈妈的相片。在我脑子里，一明一暗。

"刺啦"一下，电线在老杨手上抻直。日光灯一下子恢复正常亮度。老杨大半个身子探入吊顶内。呼啦呼啦的声音让我心惊，唯一看得见的他的脚在抽搐。老人们的脸几乎瘫了。老杨在跟什么东西搏斗。虽然我不往那个方向去想，但是老人们肯定那么认为。

暗夜里突然传来沉闷雷声，更显出吊顶里激烈的动静。老杨捂着胸磕磕碰碰半自主滚下饭桌时，我心想完了，这个人被鬼掏去了心肺。但是，滚着滚着，老杨呼地站了起来。我这才看清，他的胸脯肥肥地鼓起两块来，他一手压一块，飞快跑到窗前，一掀衬衫。远处一道闪电。两个白影夺窗而出。

原来鬼是白色，长翅膀的。我几乎放松下来了。老头和老太却连窗户都不敢接近，盯着老杨的背影，等待他转身。

回去的路上，雨停了。老杨顺路拐进一个工棚，让施工人员准备些堵漏材料，天好就要把阁楼上的漏洞堵掉，把磨损的电线换掉。

我看着他弓腰上楼回家的背影，想起女孩贴在妈妈画像下面的那只鸽子。

"你知道吗？有时白鸽也会被误认为鬼的。"

"嘘！你这个人就是说不听，叫你小声点小声点，爸爸在休息。"

"这是你的暑假作业吗？"

"傻瓜才在暑假开始就做作业。"

女孩又在画白鸽。一看就有病。脚边点点滴滴还没上色，估计是血迹。

"人家画的白鸽总是丰满健康，为什么你的不死即伤？"

"外表一定是真的吗？"

"不是。"

"真的一定看得出来吗？"

"不一定。"

我还是坐在老位置上，女孩仍在画画，有时我甚至认为时间错乱，这是第一次还是最后一次？我面前放了一杯凉白开，天很热，外面没有一点风。我喝一口水，汗就从背心上渗出。女孩瘦，宽大汗衫并不挺括地套在身上，隔着一层空气。她也想不到开电风扇。

午睡时刻，胃里集中着本应参与思考的血液。我脑子开始迟钝。主卧室门紧闭着。

"咯吱咯吱"，支撑我的头的右手抖了一下，脑袋往下一沉。女孩正在打开我为她买的二十四色蜡笔盒。我没有惊动她。

"咯吱咯吱咯吱"，越来越清晰的声音传来，我四下找寻。很快，声源被我定位在主卧室。

当着女孩的面，我只能说："你爸起来了。"

"没有。"

"似乎卧室里有动静了。"

女孩头都没有抬："我说没有就没有。"

我微微转过头："那就是闹鬼了。"

女孩把头转向了画像，手里抓紧了一支红色铅笔。

这是七月底的炎热中午，老式三五牌台钟无聊地发出单调节奏，但是，单调的声音顽固地把无形发条拧得越来越紧。女孩开始东张西望。我更加细心地观察，有种说不出的感觉，房间就像一个黑洞，我们都在竭力躲避。

"我问你个脑筋急转弯。你同学小明的白鸽在你另外一个同学小玲家生了一个蛋，请问应该是谁的蛋？"

"那还不就是白鸽的蛋嘛！"

我想表扬一下她的聪明，可冲她满不在乎的样子，我把话压了下去。我又注意到她的画。

这是张一只大鸽子和一只小鸽子紧紧依偎的画。大鸽子卧在沙地里，扑腾开来的翅膀上点点鲜血滴下。小鸽子在大鸽子的翅膀内，高仰着头，张嘴呼唤着。

"你的画让人不是太舒服。"

"我画得还不行。"她摇摇头，"伤病的痛苦就是画不准。"

"那是你还没有切身体会。"

"咔嚓！"她把一支红铅笔插进画中小鸽子的胸口。红色铅芯和木头碎屑放射状铺满小鸽子整个身体。

我惊讶地看着她发抖的手、苍白的脸，听到她喉咙口传出拉风箱般的呼呼声。

"妈妈只剩下这么一点点，就这一点点。"刚才的铅笔屑，现在被滴下的泪水，渲染成一摊玫红。

"我被带出教室时，太阳光把双眼晃得一时睁不开。我就在想，阳光灿烂的日子里，怎么可能发生什么不好的事情呢？虽然刚才教导主任神情奇怪地对班主任说了几句话，我还是有不是最坏结果的幻想。"

我认真地听一个十几岁女孩说话，却似乎比我还沧桑。

"妈妈已经认不出人了。他们把我推向她的时候，我居然有些抗拒。她失去了形状，一堆骨头拱起白色床单，床单起伏让我想起沙漠。"

我眼前也出现沙漠景象，只不过更为突出的是那些风化的动物尸骨。

"但是，我在他们再三要求下，轻轻喊了一声'妈妈'后，妈妈睁开了眼，她那双大眼睛占据了脸的大半。看到我后，她的眼里充满了泪水，就是落不下来。她嘴唇轻轻嚅动，我就猜是叫我小名。可我就是没有泪水。"

女孩现在眼里充满泪水："妈妈其实并没有喊我的名字。她没有。她反复在说一个字——痛！他们轮流跟她打招呼，她紧闭双眼摇头挣扎。然后，护士给她打了最后一针。突然，一片红晕飞上她苍白的脸，生机浮上来。她睁开眼，伸出手来握我搭在床边的手。但是，这个过程走到一半就结束，死灰在瞬间笼罩她全身。爸爸把我眼睛捂住。等我睁开眼，白色沙漠完全覆盖了她。"

相片上的女孩妈妈端庄丰润，眼里带着宁静和希望，望不见痛苦和煎熬。似乎她的脸扭曲了一下，对过房门开了，光影抖动。

老杨一手提着裤子，一手把门带上。女孩扭头进了自己房间。老杨看了看桌上的画，把皮带扎得更紧些。

娄江河水一路向东。沿河居民世代做着水上生意。在与国道的交叉口上，有一块凸起的三角地，一面临街，两面临水。上面有三家人家，分别开着面馆、杂货店和土菜馆。从上个月开始，他们都不交电费了。有个消息像病毒般传播开来："三角地将要被削掉，使娄江水不再蜿蜒而下。"

我和老杨骑车到面馆时，最后一批货车司机刚刚离开。场地上的扬尘还未落地，我感觉前景一片迷蒙。倒是老杨笃悠悠地东晃西晃，没有具体目标。

杂货店老板是箍桶匠，坐在门口干活，顾客跨过他的浴盆或者马桶，取走所需物品，感觉都是他手工制作出来似的。小刨子来回在平直的木板上细磨，木板就显出弯势。

老杨问箍桶匠："一直拖下去？"

箍桶匠此时换了砂皮，在浴盆盆沿上，温暾地扫来扫去。

"好，你们拖下去我也管不着。不过电费总要交吧。"老杨拍拍我肩膀，"我兄弟靠这吃饭呢。"

箍桶匠指指土菜馆："你们去问问他，他要答应，我们两家没问题。"说完，他把砂皮对折一下，换一面继续磨。

腥味顺着冲刷地砖的水向四面扩散，门窗全都敞开，知了叫声催干桌上的油渍和水渍。屋里找不到人。我推开后门，眼前正是娄江拐弯的冲积地，也是自然形成的饭店后院。我盯着行驶中的拖轮，感觉自己正在渐渐后退。把眼光收回、放宽，水道、拖轮、防护林，才又恢复正常。

老杨警觉地朝岸边的简易工棚走去。工棚发出的声音，奇怪而压抑。

女孩把笔向鸽子插进去的情节实在太暴力。现实中鸽子的死，更残忍。透过工棚缝隙，雾气和油渍裹牢的白炽灯，只能发出一半功率的昏光。一只手紧握鸽子脖子，鸽子张开翅膀和双脚拼命扑腾，不到半分钟，鸽子挺直了脚，垂下了翅膀。老板脚下铁丝框里一堆死鸽子，都像睡着了。没有一滴血。

饭店老板并没有停手，空出一只手抓了一根烟扔给老杨。另一只手他又伸手去捉，活鸽子紧紧挤在笼子的远角，"咕咕咕"的声音像在放哀乐。

"都说水总要往东流，但也不能直通无碍吧。老天爷设计了这么个弯，你们要去裁直，脑子坏了。"

他是一个文弱的人，手上有了鸽子，才显出血腥。这是一个天然休憩地，东西往来车辆，顺手一拐，就进得来。水要往东，虽然不可阻挡，但河道曲折自有道理，最终落到小老百姓头上，就是天时地利。

很久以前，这里就有一个驿站。传说驿站里曾经有块御碑，碑虽早已佚失，但有些内容口口相传下来。比如说规定驿站必须建设配套设施。那些设施与现在的三个店也差不多，无非是提供实惠饮食和生活必需品。只是现在交通更加便利，以前的客栈、旅社自然消退了。

日出日落，似乎一切都这么简单和顺当。抹掉三个店很简单，甚至拉直河道，改变千百年来娄江的走向也很简单。但是有些东西失去了就再回不来了。饭店老板左手用力一捏鸽子头颈，右手把烟蒂弹出窗户，落进娄江。

他转过头，盯着我们俩。"我知道可能自己的抗争最终不会起什么作用。"他夸张地举起鸽子，死了的鸽子在他手上晃晃悠悠，"但是，没有坚持到最后一刻，我们就有胜利的希望。"

我和老杨站在蒸笼似的棚子里，身子燥热，期待娄江上吹来凉风。可是没有，一点风都没有。等待拆迁的三家店老板，也在等待。

等待是一种煎熬。

我转身走出棚子。那两家店的两个老板在不远处看着我们。箍桶匠放下了砂皮，面店老板解下了围裙。

老杨跟出来，抹了一下额头上的汗："我把工地上的弟兄们喊过来吧。"

他的口气软软的，就像嘴上叼着的那根湿湿的烟。

我们都在哀悼鸽子。我脑子里盘来盘去就是这句话。

"干脆利落地死，病痛困扰地活。你选哪种？"

老杨吧嗒几下，把烟点透："大家都知道折磨的痛苦，但只要有一线希望，就会拼命求生。所以，你这个问题不能简单回答。因人而异，人在不同阶段回答也会不一样。"

老杨看到我的目光一直没有离开，轻轻低下头说："如果真要我选择，我选择前者，倒不是我不怕死，而是我领教过病痛折磨的全过程。"

我拍拍老杨的肩："不要让你的兄弟来了。这里的事情，再考核我、处罚我，我也不管了。"

"你来这么早干吗？"

女孩的语气已远不如夏天生硬，甚至有点戏谑的味道。

"你爸爸不会又在睡觉吧？"

"你说呢？"

"看你这样的嗓门，他肯定早就起来了。"

"错！"女孩这个字像一颗子弹射出，击得我瞬间往后一仰。

"那我们还是小点声，不要吵醒他。"我做了个低声的手势。

"无所谓啦。你来肯定有事，正好他也可以起来了。"

窗外银杏叶都已经泛黄，一整条街的黄色在阳光下抖动。

鸽群在房顶之上盘旋，鸽哨尖厉的声音，提醒大家冷空气的前锋即将到达。

我抑制住兴奋的心情，吸进去的每一口空气都是清新中带着甜味。那些乱七八糟的杂事，那些风雨中的酷热和冰冷，都将被我抛在脑后。一路上，似乎每个人都带着微笑，都在对我点头。我设想遇到老杨的情景，还有这个女孩，总之，他们都会高兴起来。

可是，女孩对我的事情，并没有表示高兴，却也没有感到不好。可能她还不懂。我在动脑筋，怎么跟她说明内勤比外勤来得高档。

"比如说鸽子吧，公园里的鸽子足不出户接受喂食，而信鸽一天要飞几百公里还要觅食，哪种鸽子生活更舒服？"

"那自由呢？要我在自由和舒服之间选择，我更愿意选择自由。"

"绝对的自由是没有的。它只存在于我们的想象中。"

女孩扫了一眼主卧室的门。眼神回过来的时候，又扫了扫墙上的照片。

"人死了以后就什么都没有了吧？"

"唯物主义是这样认为的。"

"那多可怕啊。出生前的世界一片漆黑，死后的世界永远黑暗。"

"所以好多宗教都提出今世修行，修炼到位，就可以灵魂永生。"

"我做了一个梦，梦见我妈妈了。"

"你想念她了。"

"她是好人，所以她的灵魂并没有死。她要我照顾好爸爸。我觉得自己一直做不好。突然有一天，一只小白鸽飞到这个窗台，它侧脸看我，我也看它。我给它喂玉米，它天天同一时间飞来。我们成了好朋友。但是，有一次，我想去抚摸一下它的羽毛，它却惊恐地逃离，从此不再回来。"

"鸽子本性就胆小。"

"我由此想到，其实我们都是鸽子。爸爸是孤独的信鸽，妈妈是因病而亡的鸽子。我呢？就是那只惊恐的小白鸽，什么都不信任，什么都不敢做。小白鸽为什么要干涉信鸽的生活？它本来就已经很孤独了。"说着说着，女孩的眼泪落在餐桌上，她用手指反复捻这些小泪滴。

"你爸爸妈妈都是善良的鸽子。"

"小白鸽希望信鸽带来春天的好消息，带它一起成长。"

主卧室门一直没有打开，里面没有一点动静。但是，我已经不认为这是一个黑洞了，而是一个磁场，穿透并且吸引着我们的内心。

突然，大门却被钥匙打开了。一个小男孩拎着一袋油条、几袋牛奶，轻手轻脚走进来，把零钱交给女孩，然后把油条一根根摆放到餐桌上的瓷盘里。

女孩对他说："把牛奶温一温，吃好就做功课。"

男孩对她做了个鬼脸。

我转脸看见那张相片下面，一束菊花黄得耀眼。

夹　弄

下塘是沿着娄江一直往前的窄街，到了酒厂就断了头。我很想知道绕过酒厂后的街是不是还叫下塘。不在我抄表范围里，问多了反而不好。

那天早晨，我在张小毛店门口停好自行车，走上这条单向街。春天的单行道让我想起梦里无尽的旅途，特别是飘了细雨，更有了路难行的感慨。走到一半，雨丝就飘了起来。我穿上雨衣后，耳边放大了自己的脚步声，以至于对左手河里的动静一无所知。我最讨厌这样的格局，一只只表抄过去，到酒厂碰壁回转，只能空手晃回来。什么圆圈形、马蹄形等想都不要想。职业病一般都是神经质。在一家家"转场"的间隙，我居然想，要是河边每棵垂杨柳上都挂块电表，那该多圆满。在深深备弄里进进出出，我烦透了。

又是一条备弄。我只能在黑暗中摸索。手电筒光总找不到电表的方向，沿着杂乱黑色电线仔细寻找，一些秘密暴露在眼前。两股细细花线隐藏在粗大黑线后面，像蛇一般缠绕，在电表前把电流引到需要的地方去。这并不是我要管的事，记录在案，自有专职来查。探求真相和侦查破案的本能促使我放弃本职工作。现在，我抛弃黑线，随着花线，低头、侧身、转弯、推门。那是一间再普通不过的客堂了，一张八仙桌，几只方凳，碗橱和灶具堵住厢房的后门。花线消失在碗橱后面。再重要的检查，厢房不经过主人同意无论如何不敢进。

手电筒在碗橱和厢房后门间隙里上下打量，就像射进黑暗夜空一样，微弱的光被完全吸收。一阵强劲有力的步伐响起。我连忙直起身，回头看，不料雨衣遮住头部。等我掀开雨衣，军绿色军装在门口一闪。漆黑备弄里响起整齐的"嚓嚓嚓"声。

我坐到张小毛店里，他扔给我一支黄红梅。见我有点蹩脚，手指指点点："你看这些、那些，品牌是不错，但都是假货，有什么意思？我只吸正宗的。"

有个中年妇女来敲窗。张小毛移开玻璃。细眉细眼的女人朝两边看看："我这里有几条烟，你广告牌上说收这烟。"

张小毛慢吞吞把一块黑色绒布铺在玻璃柜台上，拿出一大一小两个放大镜。朝女人身后左右望望，朝里屋叫了一声："有人卖软中华，拿激光器来验验。"

张小毛老婆一边在围裙上擦手，一边开始低头找东西。她在柜台下面找了一会儿，才取出订书机般的激光器。张小毛接过香烟，先验激光标记，再仔细看封条，封条竖着看，烟的下半身落在柜台下。看了半天，他看另一端的封条。我坐在离这对双簧夫妻后面三尺远，他们的每个动作全部落入我眼睛。

张小毛调转香烟的时候，左手不松，把整条烟压到柜台下。右手抓住他老婆从下面递给他的烟，双手在绒布后漂亮地来个交叉，然后缓缓提起，烟浮出柜台后，轻轻松开左手，细眉女人的烟落到老婆手里。如此几番下来，柜台上全变成张小毛的烟。

张小毛掸掸台布上的灰尘。他老婆轻咤一声："要死，炉子上还炖着腌笃鲜。"转身飘进灶屋间。

他轻声细语地告诉细眉女人："不好意思，你的这些烟都是假的。"

"不可能！这都是人家送的。"女人一急就出卖别人。

"我见多了，人家也是为了省成本。"

张小毛随手拿起一条烟，指尖在烟壳上滑动，五个手指都游动的时候，烟变成了艺术品："你看，这里应该有镭射暗标。这里的封条应该双股塑料线。那里……"

"这些烟肯定不会有问题！你在瞎说。"女人五官皱拢，像愤怒的猫。

张小毛仍然慢条斯理："我不完全确定是不是假烟，但这些迹象告诉我，不能收下烟。"

"你做了手脚！"女人顿了顿，索性说穿，"这些烟不是一个人送的，好几个人送的烟都有同样问题？世界上做假烟的难道就一家？”

女人突然笑了起来，声音尖厉但有所控制：“我看这个造假的，就是你。”

张小毛也跟着笑起来：“大姐不愧世面上跑跑的，大家不吃亏，我付个平均数，你看怎样？”

女人跟张小毛讨价还价，最终以市场价的六五折成交。她临走把柜台上两瓶古越龙山顺走，脸上的五官才归了位。

张小毛收起假烟，又放进柜台下的纸箱。雨点飘进来，他随手关了窗。一股腌笃鲜的香味在店里游荡。我问他为什么那女人肯低价出手。他笑了笑，又扔了根黄红梅给我。“她的烟来路不正，吃不准是不是假烟。怪我老婆手太狠。如果先收下两条，再退回，她就肯定认账。”

一身绿军装在窗口一闪，我心里一动，赶忙伸长头颈朝外面看。只听得几声“嚓嚓嚓”。我刚想开口问，腌笃鲜就盛了上来。胭脂店夫妻午饭上来了，我连忙撤退，在他俩热情邀请中快速走开。

雨天故事仍在继续。我一出胭脂店，习惯性地摸了摸挎包。身体一怔，计算器不见了。第一反应，大声呼叫张小毛，两人手拿筷子钻出来，紧张地问什么事情。

我甚至从未去过的灶屋也检查了一遍，张小毛倒是帮着翻东翻西，他老婆渐渐虎起脸，碗盆叮当作响：“你是不是落在刚才抄表的什么地方了？”我仔细回忆，黑暗备弄里的花线事件，渐渐浮出脑海。

　　其实从一开始，我就认定计算器肯定找不回的。之后的一切行动，只不过在证明我最初的判断。空气里有股莫名的潮气。这样的味道统治着无形世界。爱与忧伤最容易在潮气里发酵。从张小毛店里出来，上桥，下桥，左拐。当我再次踏上这条单行街时，正好午饭时间，雨虽然没有早上大，但是更细更密，整条街都笼罩在雾气里。街上非常安静，闻不到一丝饭菜香味。这样不食人间烟火的样子，我有点诧异。要不是旁边娄江河水哗哗流，我还以为走错路了。

　　接着，备弄里的一个重要变化，让我惊得手电差点掉了。花线没了。颤抖的手电筒光斑沿着黑线游走，却再也不见花线踪迹。我只对张小毛说了这个事情。我俩一直在一起，他不可能跑过来把偷电证据移除。

　　更要命的是，我找不到那间客堂了，两小时前，简单地转个身，推开一扇门，就来到客厅上。但是，门没有。漆黑备弄的顶端，往左是 17 号，往右是 18 号。中间没有分岔。

　　我饿着肚子，在备弄里像狗一样来回奔跑，嗅吸可疑的地方。冷静下来后，我用手电筒敲打每一尺距离的墙面。没有空心或者木质声音迹象，均为砖墙无疑。而此时，我已经忘记回来是找计算器的。

　　备弄安静得雨落在娄江河的声音依稀能辨。突然，"嘎嘎"两声。我回头一看，右侧的 18 号门开了，一条身影从门里闪出，直往对门而去。门在身影后快速合上，仅一两秒的黑暗沉默，17 号的门被推开，光线照到那个身影瞬间，我看到了绿军装，绿军帽。这次最突出的印象是，军装曲线鲜明，尤其胸部高高耸起。

17 号大门用白铁皮包过，铆钉别扭地在门上打了两个方框，框里铆了"福""财"两个字。沉重的门背后，是一排排水池。两只狼狗发出低吼，两条铁链绷成一个 V 字形，我在 V 的开口处看到了水池的颜色。有黄有红，还有黑与白。那是挤满每格水池游泳的金鱼。

"喜欢金鱼吗？"虽然有心理准备，但是当绿军装正式出现在我面前时，我一下子觉得她的额脸很熟。不可能熟的话，那么就是什么地方出了问题。她双手戴着白手套，把一把黑伞撑开，伞下面最显眼的是那顶军帽。似乎不是正规样式，松松垮垮地出现多个棱角，正面钉了一个五角星。

一个五角星，几乎让我断定这个女人精神有问题。她见我不答话，就自言自语："下雨了，出门要带伞。"

但是，她并没有带上伞，而是收起轻轻放在墙角，光这个举动就让我疑心。"喔哟哟。"她像第一次看到那么多鱼的样子，叫着人心都软了。两条狼狗转过头去，似乎不愿意看到她腻人的样子。几根花白头发从她帽子里钻出来，扫到粉白与黄皮肤交接的地方，年龄又成了一个谜。

她把手伸进水泥池，双手捧出一条特大号的"红狮"，隔着池子轻声说:"你知道吗?年轻人,鱼的记忆只有七秒钟。无论幸福或者灾难,过了七秒,它又开始平静生活。"

我不知道鱼的记忆到底有多久,只是由她说出口,总感觉在暗示什么。她手一放,大红狮跃入池中,混进鱼群,转眼消失。她从拎包里拿出一条白手绢,轻轻一擦,手一拍:"好了,我们走吧。"

走?到哪里去?跟她一起走?怎么可能!但是,当她转到我跟前,白手帕在我眼前一挥,"走吧!"我居然自觉自愿地跟着她迈开了腿。推开17号门的时候,对面没了门,18号不见了。但是,我一心想跟着她,没有时间细细研究。

穿出备弄来到街上,雨雾盖住一切。好在绿军装还容易辨别,她保持一种姿态向前,类似军人正步走,却夹杂女性韵味在里面。我在整齐的"嚓嚓"声中,不自觉地规整了自己的步伐。那是一种发自内心的感动,虽然仍夹杂恐惧和疑惑。她是一个辐射源,离她越近,我们步伐越一致,内心的激荡越激烈。反之不安就占上风。

突然,前面似乎出现一个影子,她突然嘴里急急喊着听不懂的口令,加速朝前追去。追上去之前,她回头对我一笑,我一瞬间把她和卖烟的细眉女人联系在一起。不是相像,简直是同一个人。

没过多久她就消失在雾里。脱离了她的辐射,我如同梦中醒来。街上安静无声,更没有一个人影。怪异的雾总在我身边围绕，总也走不出。明明是单行的街道，过一会儿，回来又到老地方。

也不知道走了多长时间，兜了多少圈。那个斑驳的金山石柱子，我已经看到很多次了，每次看到，绝望的心就往下沉一沉。难道我就在这里永远走不出去了？我开始呼叫，街边一扇扇窗里，寂寞无声。整条街正在死去。突然，我想到了光。有了光就有希望。手电筒的光开始很白，后来变黄，到最后只剩红红的一点。但是，就是这一点点光，让我不再兜圈子，我总是让河流的声音出现在我的右侧。而之前，娄江的声音在我的四周出现，让我迷乱。

第一个闯入我视线的是一个挑着菜担的老太，她头上青花布包头，差点让我眼泪掉落。我默默侧身让路，卖完菜的担子不是很重，在老太肩头舒服地呻吟着。我望着老太在街上走远，想着刚才擦肩而过时，她抬头望了我一眼。她们都长了一样的脸、一样的眼眉！

雨还在下，雾消失了，天色亮得让空气都透明。我这才发现，遇见老太的位置就在桥塆，张小毛的店就在对过。张小毛妻子见到我，显出一脸不满。张小毛仍然慢条斯理："还是在这里吃饭吧？"我这才惊奇地发现，张小毛似乎刚刚吃了几口饭。小方桌上，腌笃鲜满满当当，香味扑鼻。我扔掉挎包，奔上桥顶。雨中下塘街，白墙黑瓦，缕缕炊烟。那是我刚才走进的街巷吗？张小毛替我盛了一碗饭。我实在挡不住饭菜诱惑，类似连续两三天没有进食的饥饿感击倒我。张小毛老婆看着我大口吞咽食物的样子，脸上露出奇怪的表情。她给张小毛使个眼色，趁我大口喝汤的时候，轻轻说了句以为我听不到的话："他去过'夹弄'了。"

有时候，我觉得抄表是一件很舒心的事情。单车往来，自由自在。几年下来，城市的角角落落都跑遍了。但是，我从来没有认为这是可能遭遇危险的事情。从张小毛胭脂店回来的当天晚上，我就发烧。验血没有任何病毒感染，单纯高烧。梦里，卖烟女人、绿军装女人和买菜老太互换角色。金鱼跳出水池，傲慢看管豢养的一群群狼狗。

每当我在弄堂或者备弄里迷路，这三个女人在不同弄堂里出现，给我提醒。但是我还是一步一步走到了娄江里。这时，我才感觉原来这个季节的河水还是这么冰冷。我努力脱离河道，当头阳光照射得我大汗淋漓。就这样，水上、水下，冰冷、燥热，反复交替。

有一阵子，觉得自己身体轻了，可以飘起来了，又可以反转身体看自己了。然后，加速离开身体。我是不是要死了？远处出现一点光，越来越亮，我正加速飞向它。我无法控制自己。沿路都是我熟悉的街巷，我在那里穿梭的影子，越来越模糊，越来越大，最终覆盖了整个城市。但是，那个光点消失了。我在漆黑世界里失去方向，扑倒在昏沉沉的现实世界里。

在床上躺了十天，身体还是虚弱。班长让我暂时做做内勤。春天温暖午后太阳晒得我昏昏沉沉。突然一阵吵闹声让我一个激灵。看惯了营业厅里为了鸡毛蒜皮小事而大吵大闹的场景，我把领子竖起来，蜷紧身体缩在椅子里。一根花线！我昏沉沉的头脑注入了兴奋剂。索性拉开窗户，把头探出去，除了花线，我又看到一个熟悉面孔。细眉细眼女人动作夸张地扯开嗓子说着什么。

那天我从胭脂店吃饱饭回单位，虽然高烧的前兆已经开始，双脚灌铅、手脚发凉，但我还是登记了发现窃电的线索，我希望有同事再去那条古怪的备弄，解开我的疑虑。

细眉女人仍在吵吵。柜台工作人员看到我，把我拉到边上，告诉我下塘街最新发生的事情。登记表流转到外勤手上后的第二天，他就来到了娄江边。外勤也抄过表，年纪大了，做稽查。胭脂店，必定要进去坐坐的。据说张小毛非常关心我的情况。那是一个无风无雨也没有太阳的阴天，外勤"顺利"进入那条备弄，立刻发现隐藏在粗黑线后的花线。但是，花线并不是消失在厢房里，而是接到了一大片水泥金鱼池的供氧、循环水系统上。他走进院子的时候，细眉女人正在喂食。证据确凿。

"你们脑子有问题啊。我说了多少遍，电是我用的，线不是我接的。"

工作人员再次表示，房东不来的话，只能处罚她。

"我上哪里找她去啊？这几天我跑破了三双鞋了啊！"

"她是谁？"我突然有了说话的冲动。

细眉女人仔细看了看我，确定那种模糊的熟悉感无助于解决问题后，又显出持续抗争的面目。她的叙述拉拉杂杂，缺乏逻辑，但始终围绕一个主题，就是她完全没有责任，是无辜的。

把她的话整理一下。她从没见过房东。一年前，有人说香港市场金鱼需求量大，价格高。她就和表弟一起寻找合适的场地。下塘街属于城乡接合部，有较大空闲院子，租金合适。他们第一次看到那个院子，出乎意料地整洁，但有种说不出的味道。中介说这样的院子再难找了。房东还答应他们可以使用客厅，饲料、杂物就有地方堆放了。客堂东西厢房，据说住着房东，但是这么多日子下来，没有见过房东的面，她就觉得其实房东不住在厢房。

包括房租、水、电等费用，她都是按照中介的关照，把钱塞进信封，在规定日期前放到客堂桌子上。隔天，钱就不见了。她曾再找过中介，问房东的样子，中介笑笑说，其实他也是接电话执行任务，并没有见过房东本人。她再让中介描述房东的声音。中年妇女，带拖腔的普通话，显得比较夸张。有一个细节让她狐疑，房东房源信息比她联系中介的时间只早了一天，似乎这房源专门为她准备。但是随着时间推移，什么都没发生，她也就忘了。

抄表记

421

最近，特别春天开始后，一些奇怪现象出现：先是两条狼狗，每隔两天就会不认识她，看到她就狂吠；再是金鱼，有时她的身影投射到水中，鱼就迅速四散，而不是聚拢等待喂食；还有声音，特别是细雨蒙蒙的时候，总有皮鞋走路的"嚓嚓嚓"声，但是却难以定位，甚至仔细听却什么也听不到。有一次，她认准了声音出现在备弄里，快步冲向大门，却只看到一个背影。

"一个穿军装、戴军帽的女人？"我脱口而出。

"对，对！虽然追到下塘街也没有看到，但是我非常肯定是个女的。你怎么知道的？"

"我似乎也碰到过。"我只能用"似乎"这个词。

细眉女人重新回到花线问题。现在说什么都有了问题，那对花线提前放到屋檐角，黑胶布绑了两个头，表明有电危险。她表弟拆开，直接搭上设备，机器轰鸣。整洁的院子，房东也有心。刚开始他们就是这么认为的。

中介翻出一年前登记的电话，打过去，号码是空号。她和表弟守在客堂一天一夜，证实了房东不住厢房的推断。下塘街及周边他们跑遍了，也没有任何线索。

最后，细眉女人软了下来，要求从轻处罚。我听他们几个商量了半天，打电话给主任汇报。主任同意按最低标准处罚。

我把这个故事讲给张小毛听的时候，他基本没有任何触动。黄红梅在他手上越烧越短。他一包包把烟扔给客人，迅速数着手上的钱。

"你只看见穿军装的女人，其他看不见的多了。"张小毛把收到的钱装进自制钱盒，大小面额的分别放置在不同格子里。他指指下塘街上的弄堂，"里面也有很多格子，我们称为夹弄。有的看得见，有的看不见。有时看得见，有时看不见。"

见我很迷惑的样子，他解释："就像那个女的，不知什么地方弄来的香烟，要来卖给我。总之，春天花开，时阴时晴，什么人什么怪都出来了。最后，都被水带走了。"

我盯着张小毛的背影，猛然想到，他是不是此地最独特的一个怪呢？

糟 鹅

老旧楼房电表一般装在楼梯与一层的夹角里。自行车、破桌椅、旧锅碗等塞成小山。我在黑暗中打开手电，找到落脚点，然后踮脚，在不明气味中粗粗读出电表数字，急忙逃出来。外面阳光刺得我睁不开眼，差点撞上一个人。我定了定神。

"卫东啊！"

臃肿的身体随着我的叫声，慢慢转过来。他没有喊我名字，只是双眼不动盯着我看，还是老样子。我忍不住笑出声，在他肥厚的背上重重拍一下。他这才咧开嘴："嘿嘿。"

卫东住在二楼，我跟他上楼。虽然我有思想准备，但还是被眼前景象惊到。进门到卫东的床，只留一条通道。卫东父母在这条通道里忙碌，我打了个招呼，他们似乎没有听到，不断地从两边堆积如小山的杂物里拿下纸板、报纸、瓶瓶罐罐，扎好，拖到大门口。吸进飞舞的碎纸屑，我不住地打喷嚏，眼泪鼻涕长流。

卫东已经躺倒在床上，看着天花板发呆。我用手掸掸坚硬的床单，轻轻坐到床边。这个房间通向阳台。阳台也同样堆满破烂旧货。延伸到屋里，桌上、椅子被各式垃圾覆盖，散发着霉臭味。我一时找不准话题，就问他有没有和小学同学联系。他摇摇头。再问以前街坊邻居的一些情况，他还是摇头。

我又开始打喷嚏。抬头、低头的瞬间，五斗橱上几个广口雪花膏大玻璃瓶吸引住我目光。瓶里装满水，一个个蛋浮在水里，像正在孕育的胚胎。

"是咸鸭蛋吧？"

"是的。"

"直接用盐水腌制能行吗？"

"怎么不行？这里学问大了。"卫东已经走到我背后，他说话声音变大变清晰，吓我一跳。我回头，注意到他本来木讷的眼神里被点亮了些什么。接下来，他详细说为什么放弃黄泥腌制、酱渍法和腌渍法，而用方便快速的盐水法。嵌在厚眼皮当中的细小双眼，诡秘地一眨。

"盐水腌制，容易控制。吃不准，可以随时取出来尝尝。"

"现在可以吃了？"问这话时，我唾沫分泌增多。

卫东转身爬上床，在巩俐大头像日历上仔细查找、数数。告诉我腌制只有一个月，要再过半个月才最佳。但是，他趴在床上，回头对我认真地说："不过，尝尝也是可以的。"

他父亲把小方桌搬到二楼走廊转角，母亲放好饭菜。一碗炒青菜，一碗家常豆腐，四碗白饭。坐在共用通道边吃饭，我是第一次。楼层居民习以为常，上下楼经过问候很自然："哟，吃饭啦。"

卫东在煤气炉旁掐算时间。十分钟后，火灭，开锅盖，蒸汽弥漫小屋。卫东用一块纱布托牢青边碗，没到眼前葱香、麻油香已四散。"三色蒸蛋！"两位老人朝当中看看，默默拿起碗，快速地吃饭、吃菜，就是不去动那盘蒸蛋。卫东等蒸蛋稍稍冷却，快速将碗倒扣在白瓷碟里，沉淀在碗底的鲜蛋液，如今变成一顶黄色帽子。乱刀切碎的咸鸭蛋和皮蛋形成一个敦实底部。一根丝线，飞快地切割着蛋的小丘。卫东各给我们夹两块在碗里。他父亲连连摆手："同学吃，同学先吃。"

印章般的蛋块，黄、黑、白色泽清晰，线条粗放。三种蛋此时已融为一体。入口的一瞬间，咸蛋白的咸香混入麻油，变得硬香。原本肥糯的咸蛋黄被挤进鲜蛋液里，更加鲜咸、滑嫩。我用蒸蛋下饭，把一碗白饭改造得色彩丰富、味道醇厚。我的味蕾突然捕捉到一些细微的更鲜美的元素，一点接一点地刺激味蕾，想要找寻，却转瞬而逝。

我在半透明蛋块里翻来挑去，似乎看见了一点暗红。"我放了火腿屑。"卫东平静地解释，"单位里手脚大，切下来的细屑都扔掉。我收集起来，家里做个汤、炖个蛋什么的，撒一点吊吊鲜。"

这个北方家庭突然出现在老街上的时候，我上小学三年级。谁都没有想到他们会留下来。卫东父亲在老街街角搭个棚烘山芋，他妈妈在边上搭个手，顺便收旧货。卫东负责把收来的东西搞平，不管是纸板还是铁罐。他们几乎不说话，默默做着自己的事情。叮当、叮当的敲击声传出去很远。老街居民认定这是老实的穷困人家。一个阶段后，街角的棚子装上了门。烘山芋改成爆米花，摊头移到街对过，天天呼呼声和叮当声交织。卫东家稳稳占据老街两个角。

老街上终于有人坐不住了。街道来人三下五除二，把两处棚子都拆个干净。几天里，没了平日声响。

一天清晨，我还在做梦，就传来拖拉机沉闷的轰鸣声。拖拉机久久不开过去，我烦躁地冲出老宅看个究竟。街对过，卫东咧嘴对我笑。他负责把机器吐出来的"米棍"断成一小段一小段，放入张三李四家带来的桶、罐、盆里。他父亲操作柴油发动机，旁边围了几个爆米花小贩，讨教转行窍门。他母亲收钱、配料。一家人在岁末的朝阳里，汗水涔涔。

他们重回老街的方式独特却有奇效。随之而来的，他们租到了大杂院里的一间公房。虽然“米棍”机在春节后就不再吃香，但是卫东父亲又摆上了油炸臭豆腐摊、大饼摊、豆浆摊，等等。总之，他们家都做吃的，顺手收收破烂。不知不觉中，老街人离不开卫东家的食物了。

卫东坐在我前面的位置。他的功课几乎全都不及格。老师让我帮助他。我就常常以此为借口到大杂院去玩。有好吃的，我才进卫东家。卫东每次给我家里吃不到的东西，我吃得开心就给他讲讲功课。

有一次，天气刚火辣辣热起来。放学后，我俩一起回到他家。肚子有点饿。他打开碗橱，从最上层拿出一个瓷茶缸，在我面前掀开，一股酒香飘出来。他用手指夹了一片东西给我，我直接用嘴接住，顿时，鲜味在我嘴里泛滥，仔细一嚼，脆脆的，比猪肚薄，在浓烈的香、醇厚的肥之外，回味中还有那么一点点臭臭的味道。他也吃了一块，显然在品味。

“糟的时间还不够。”

“这是什么东西啊？味道有点怪，但真是好吃。”

“用酒糟做的猪大肠，夏天吃清淡却杀口。”

我动足小脑筋，拿出牌做游戏，算二十四点，赢一局，吃一片大肠。输的没有吃。结果，一茶缸糟货几乎都落入我肚子。

童年对美食的记忆，糟大肠绝对名列前茅。吃完三色蒸蛋后，我怀念的吃食里又多了一道菜。自然朴实又具个性。抄表岁月简单无聊，碰上卫东不仅重拾友情，还让鲜味复活。于是，很长一段时间，我们经常混在一起。

小学毕业，卫东没读几天初中，就忙着替父母拉货、看摊。他的才能在做菜上慢慢体现出来。大杂院里喷香喷香的味道，定是来自卫东家的小屋。我吃厌了外婆的"老三样"，就去卫东家蹭饭。那时，他已经掌勺。同样炒苋菜、炖白菜、红烧肉，卫东做的就是有不一样的味道。比如红烧肉，他会先把肉放进锅里煸炒至出油、金黄。炖白菜，即使没有肉，他也会放些油渣，甚至肉皮进去。看他烧菜，过程也有味道。

老街拆迁。卫东家没要新房，去了城东老新村。我们搬去了城南，新村整洁，不许摆摊。朋友就是这样，在一起，关系不断；离开久了，渐渐失联。少言寡语、成绩不好、会做菜的卫东消失了。吃完三色蒸蛋，我记住了他家地址，我刚有一个数字 BP 机，而卫东家什么都没有，电视机还是九英寸黑白机，在屏幕前放了一块放大玻璃。

与我预料相差无几的是，卫东的确做了厨师。不是饭店、菜馆厨师，而是工厂食堂厨师。那家厂正好也在我抄表范围内。过不多久，我抄到那家厂，问了电工，摸到食堂找卫东。

一条队伍从打饭窗口排到门口。我刚往前挤几步，后面声音响了起来："喂，喂，排队啊。"

我连忙退回队伍最后，问前面拿着钢精锅的中年男人排队买什么。他说买糟鹅，同时表现出既骄傲又对我有敌意的样子："这只鹅是我们食堂烧的，味道呱呱叫。现在，社会上的人也都来买。我们有时反而买不到。"

我显然就是社会上的人。食堂里人太多，卫东一时不知怎么找。我就索性排在中年男人后面。他警惕地看着一个人拎着三只鹅挤出食堂："看看，看看，我说要规定每个人最多只能买一只的吧。社会上的人一买就是好几只。这是抢占我们的福利呢。"

排在他前面的几个职工随即附和。说着说着就讲到糟鹅价格、门卫管理、工资奖金、厂领导腐败等等。但是糟鹅一到手，马上闭嘴匆匆离开。

排到前面，我笑了。切糟鹅的正是卫东。浆汁飞溅的时候，我闻到了熟悉的气息。我的童年向我飞来，不可阻挡。

"要雌爿还是雄爿？"卫东戴口罩的声音更加瓮声瓮气。

中年男人要了雌爿。卫东把一条长长的鹅颈连鹅头搭给他。他付钱的时候对卫东说："啤酒配你烧的鹅颈鹅头，不要太灵光啊！"

卫东看到我，有点惊讶。动作变迟缓。我主动说："来个雄爿。"

食堂安静下来时，天几乎要黑了。不知不觉中，桂花香就飘了出来，蟋蟀不停地欢唱，陶醉在这花香里。卫东端上一盘干切牛肉、一碟油炸花生米，我把塑料袋里切好的半只鹅倒在一只椭圆红花盘里。啤酒是从小餐厅拿的。是他们领导喜欢的蓝带啤酒。我们互相碰了碰，喝一口酒，就一口鹅肉，谁都没有说话。鹅似乎生来就应该做成糟货，粗纤维肉吸饱汤汁，肥美鲜香。时间仿佛又回到那个夏天。只是我不会再出什么题目为难他，好自己吃独食。

"园林路上有家餐厅想让我过去。工资待遇是这里的三倍。"

"这个事情你要自己拿主意。"我顿了一下，接着说，"如果换我，我应该会过去。"

围绕这个主题，我俩居然拉拉扯扯说到了深夜。下中班的工人从澡堂出来，路过食堂，大声关照卫东："明天多烧几只鹅，我们班长调走，大家聚聚欢送他。"

卫东发亮的眼神跟随了那帮工人很久。稳定的饭碗、熟悉的环境和人，让他纠结。

点火，烫锅，刷油，卫东把冷饭放进去翻炒。炉火映红了他的脸，越发显得肥大。他没有用蛋，临出锅时，从橱柜最里面拿出一个脏兮兮的酱油瓶，勾了一小勺入饭。饭整个就变了。油亮的酱油炒饭，没有其他内容，但咸中带鲜，鲜里有甜。

我们在厂门口分手，我向东，他向西。各自骑出十几米，卫东突然回头对我嚷了一句："炒饭里放的是头抽。"当时我并不知道什么叫"头抽"，甚至对不上哪两个字。糊里糊涂感觉应该是好东西，就举起左手对他挥了几下。

中秋节快到的时候，苏式月饼突然销不动了。咬一口就扑簌簌往下掉馅和酥皮，甜得发腻的味道，大家有点心烦。广式月饼，那是真正的饼，皮扎实，馅紧实，走在街上，两口三口就能消灭，不留痕迹。生活节奏快起来，街巷破墙开店，外地口音潮水般灌入我耳朵。我正在与刚开出一家理发店的东北人核对电量，眼一瞥，大大的"糟鹅"牌子竖在对面一家新开饭店门前。

卫东穿了白色厨师服，戴了高帽子，在大大的玻璃橱窗里切糟鹅。走过的人放慢脚步，忙着打听长长的队伍是怎么回事。黑瘦饭店老板叼根香烟，不厌其烦地说着食堂秘方飞进寻常百姓家的故事。我觉得他说得有点像以前专供部队的午餐肉和压缩饼干。吃了糟鹅似乎就能进到火热的车间现场。我对玻璃房里的卫东招招手，他没有看见。他拎起一块手巾，擦了一下汗，继续切。擦汗、切鹅、擦汗……这样的镜头竟然莫名在任何场合闪现在我眼前，我几乎怀疑自己眼睛病了。我真想抱着卫东哭一场，我们两个机械劳作的囚徒。

但是，这样的想法两周后就没了。那天晚上电视里出现一条社会新闻，国庆节市场供应丰富又充足，特色美食品种繁多，园林路上一家饭店推出时令佳品"糟鹅"，老吃客天天排队抢购。卫东肥胖的身体占据画面一大半，背后不时闪现黑瘦老板的身影。卫东说的那些话，甚至电视台的采访，充满了油腻铜钱味。这个软广告带来巨大现实效果。一时间，市民以餐桌上一份糟鹅待客来撑面子。一些单位印发敲着饭店和老板名字的"糟鹅票"。一些饭店悄悄试制糟鹅并借用卫东电视采访的话作幌子，亮出四个字："祖传秘方"。

其实卫东说祖传秘方时，我觉得他有大漏洞。当时，他习惯地用毛巾擦了额角的汗。"我用的配方，是祖上传下来的。十几年前……"他顿了顿，"我尝试用清口的香糟做菜。"在记者追问下，他又挤牙膏般说：

"继承和改良都有吧。"

"是的，我用了特殊配料和方法。哦，配方保密。"

"家常菜烧得好更难。"

这个漏洞在于人们几乎在瞬间明白他完全没有根基，都靠自己摸索出来。糟鹅并不难做，效仿的人大胆尝试，毫无禁忌地打出自己的"祖传秘方"。只有我深切体验到卫东的"草创作品"，一茶缸糟大肠。

每次经过园林路，我都会缓慢经过那家小饭店。随着气温降低，排队的人越来越少。第一个寒流袭来后，橱窗里一个个不锈钢盘里装满一爿一爿的糟鹅。戴高帽子的卫东傻傻地坐在墙角，毛巾从左手换到右手。老板走进来对卫东说了几句。胖子想要争辩几句，被瘦子坚决打压下去。一块牌子被竖在饭店门口：

"糟鹅特价供应。五折！"五折用红墨汁写，一时蘸得太多，各个笔画都往下滴淌，像红色的泪。

坐在公园长凳上，我拍拍卫东的肩膀："哪能真像贾宝玉那样下雪天嚷嚷着吃糟货呢？反正天冷我是吃不下。"公园的颜色正在发生变化，放眼看去，绿的、黄的、红的，拉伸了树木间的距离。

卫东开始怀想厂里的日子。说了好长一段厂里的好，感觉就像一群热带鱼中的一条，混在里面，随波逐流，轻松自在。我有点后悔当初支持他投靠社会饭店。但是，卫东话锋一转，让我有点吃惊。

"厂里即使再好，我也不会回去。"他摸摸我放在凳子上的电筒和抄表卡，"这是最大的束缚，你现在主要精力都在这上面。"我低头看看这两样东西，隐隐感觉内心刺痛。

"我不会停留在一样菜品上。味道对我来说，就是方向。"

我喜欢吃卫东做的菜，现在，竟然又喜欢上他的腔调。电视采访镜头又浮现在我眼前，这次，却激发出我另外的想法。

"上次仅一个电视新闻，全市老百姓就知道了糟鹅和你。要是把你的特色菜和电视传播相结合，你就可以自己做老板了。"

卫东听后并没有什么反应，可能当时还在思考饭碗的事情。等他静下来，认真对待媒体时，已经是一家前卫餐厅的厨师长了。厨师长给这个餐厅带去了两道菜：八宝鲫鱼和五件子。电视广告轮番出现这两样菜，卫东操作的片段也播出，现场感十足。老百姓又是一窝蜂，跑去餐厅，就点这两样菜，配个把素菜，有时素菜都不要。吃不了还打包回去。

热播电视剧、精彩体育比赛间隙，这个餐厅的广告如期跟大家见面。地方台直接将中央台和省台广告替换，卫东胖胖的形象坚持不懈地在大众视野出现。他渐渐成为知名人士。父母以卫东为例，教育我个人努力很重要。难道你想一辈子抄电表吗？我当然不想，但是，我不会做菜，似乎也不会做生意。

服务员问了我三次，我嗓门不由得大了起来："你怕我付不起钱吗？"

餐厅老板赶过来，看看我点的菜，挥挥手让服务员去安排："对不起，她是提醒您，点菜的量大了点，没别的意思。我们这就安排。"

砂锅端上来的时候，我才知道他们真的是好意。特大号砂锅里躺着一只整鸭、一只整鸡、一个蹄髈、一大块火腿以及若干个鸽蛋。虽说这是苏帮名菜，但是从我记事起，从未有过这样丰富的大砂锅。正在我对五件子发呆时，八宝鲫鱼上来了。鲫鱼是普通家庭鲜味的代名词。评话《七侠五义》里，白玉堂最喜欢吃的就是葱烤鲫鱼，肚裆、脊背、头和尾，他都各有吃法。我不怕刺，喜欢吃脊背，紧致鲜美。然而八宝鲫鱼却不是一般做法。特大号鱼盘里的野生鲫鱼肥硕宽大。高高隆起的肚子里名堂不少，用糯米紧紧裹住的，我能分辨出虾仁、冬笋、鸡头米、香菇、鸡肉、豌豆等。八样宝贝都是提鲜吊味的食材，我却对着它们毫无食欲，只是一杯接一杯喝着黄酒。

卫东坐到我对面时，五件子上已经覆盖了一层厚厚油脂，它将冷空气与汤水隔离，砂锅摸上去仍然微微发烫。而八宝鲫鱼完全冷却，凸出的死鱼眼瞪着我。与卫东看我的眼神相似。

这两个著名的苏帮菜，我都没有好好品尝。卫东只会对我说菜如何选料、加工、烹饪，却不注意我有多么不自在。他夹给我的鸡、鸭、鱼等，我都没有理会。我观察到的是他在店里的地位，一群厨师和服务员围着他。他说的经验和技术，他们都认真记录，不住点头。他已经是这里的权威。对我来说，这是一次完全失败的造访，本以为大方点菜、潇洒买单即使不给卫东以冲击，也是对自己安慰。但是，从点菜开始就失败，最终卫东阻止了我付钱，我居然丢盔卸甲、跌跌撞撞地走出了餐厅。太阳正照到我眼睛上，迷糊中我似乎听到卫东说了一句："下次一定提前告诉我，我烧更好的给你吃。"

在这个时间节点上，卫东是成功者。我拿起抄表卡和手电筒，迷迷糊糊地笑着对自己说："这是暂时的，一切都是过程。"

话是这么说，但是我总感觉自己与卫东正在拉大差距。所以餐厅老板因欠下赌债潜逃，餐厅被查封的消息传来，我的第一个感觉，竟是轻松。这真让我惭愧。为了弥补我的低俗，我放下一切，寻找卫东。

在贴了封条的餐厅门口，一群服务员和厨师守在那里讨要工资。他们把卫东看作与老板一样的角色，大力声讨。什么"厨霸""死胖子"等脱口而出，"如果让我们遇见他，非把他揍成猪八戒不可"……

摸索到老房子二楼，老夫妻正在捆扎旧货。我问卫东在哪里，他们一个说出门了，一个说里面躺着呢。我沿着窄道搜索半天，连厕所都打开看了，还是没找到。下到一楼半转角处，卫东父亲说了一句，被我听到："哎呀，走吧走吧，走了好啊。"我放慢脚步，咂巴其中滋味，没有结果。

寻到卫东老厂，电工们都在谈论此事。"这小子看上去憨，其实精得很。老板逃跑，他不跑，岂不是所有事情都要他来扛？""有手艺，到哪里都有饭吃。""这种事，在香港多了去。改天杀个回马枪，保你们目瞪口呆。"

我一直期待这个回马枪。可是，并没有到来。卫东就此消失。开头一年多，我抄表到老房子，总上去打个招呼。后来也就不去了。因为，老夫妻突然搬走了。

邻居看我是工作人员才告诉我："他们卖光了所有东西，看来不像会回来的样子。"连老人都走了。"走了好"又在我耳边回响。

后来，餐厅被一家电器商城覆盖，老旧楼房被列为危房拆掉了。卫东的老厂改制后，原来的厂长——现在的老板，把厂关掉，把土地卖掉。而我，也终于在多次刷新脑袋里的城市地理概念后，不再抄表。

我一直是个后知后觉的人。直到多年后，一次晚饭后的独自散步，我猛然感觉到，卫东可能并没有离开。他制造了一些假象，然后换一种方式生活。我按以前他的生活规律去寻找，就像在水层里找油，或者油层里找水，跑错了层面。

我开始关注这个城市的餐饮业动向，似乎有了新发现。城市每个角落都有美味新创意。每个创意背后似乎都隐约有个胖子的身影。我认真地像履行职责一样去品尝，但结果都粉碎了幻想。

终于有一天，我一刀插进了想要得到的刀鞘。立夏那天，一家老牌卤菜店突然挂出"糟鹅"大牌子，这个红底金字招牌不仅竖在店门口，还不停地在电视里飘来飘去。结果，这个店整天都在排队。插队、吵架，甚至打架。派出所来人也没用。挤出人群的人就像捧着鸦片，就差眼泪鼻涕长流了。

我隔着一条街默默地观察。情景重演，只是当初小店换成百年老店。广告里一句话，也露了马脚："祖传秘方，传承创新。"哪来秘方？都是创新。店里斩鹅、称重、收钱一条龙服务。我看得有点心酸。特别是当我那天早上排到队伍里，一步步接近窗口时，我的眼泪被浓郁的糟香味熏了出来。但是，我告诫自己要克制。味蕾才是辨别的最重要标准。

"糟鹅是你们店自己做的？"

"废话。"

"以前怎么没有呢？"

"下一个，二十三块三。重新开发出来的呗。"

"哪位师傅研发的？"

"当然是我们经理啦。"

很长一段时间，经理的形象一直盘绕在脑子里。据说这是一位女经理。这就更丰富了我孤独夜晚的梦。我设想了多种多套与她见面的场合、对话和互动。固执的我，一直在美妙场景徜徉，待在里面几乎出不来。

我写了一封投诉信，把我记忆中的糟鹅味道原原本本写出来，而现在买到的糟鹅根本不是记忆中的味道。我把糟货的特点概括了几点，严厉抨击卤菜店的味道任何一点都没有达到。为防止达不到效果，最后我写了句："信一式两份，另一份将寄往报社。"

我坐到经理对面时，才发现她已年过半百，但是保养很好，适度丰腴，细声细语。一开口，我就被绕进她的主观世界里。她不停地说自己怎么与其他熟菜店不同，选料、加工、秘方，这里面有一种精神，叫……

"请等等！"我说，"您看上去真年轻。"

经理圆圆的脸霎时粉了起来。她拉出去的话，一下子收了回来。"哪能啊，老太婆了。"不管怎样，面对二十出头的高大小伙子，她语气缓和温柔起来，职业套话消失了。

"您的糟鹅做得真好。"

她眉头皱起来，掩盖住惊讶。

"这味道让我回到童年，想起最初的美食。"

"投诉信是你写的吧？"

"是的。这是要引起您的注意。我有事要见您。"

经理脸色绯红。她小心地、不自然地问："你费了这么多心思找到我，什么原因呢？"

她一口咬定秘方是整理明清苏式食谱时发现的。我估计她的确在做这个事情，能把食谱名称、编撰作者和年代说得清楚干净。但是我坚信糟鹅与此无关。

"糟鹅只与一个人有关。"

"谁？"

"一个胖子。"

"唉……"

循着经理的线索，我在一周时间里，又找到了售卖八宝鲫鱼、八宝鸭、五件子、八件子等特色菜馆。

"都是一笔头生意。"那些老板对招牌菜十分认可，遗憾的就是这一点。

"人家卖了商品还有售后服务，他们就卖方子，教会了就再不理。"

"现在？找都找不到喽。"

"一招鲜烹饪工作室？或许改名了吧？目前全市登记的培训机构、公司等都查不到。"工商局窗口的小姑娘对熟人介绍来的，总是很细心客气。

我说声谢谢，走出工商局。盛夏烈日将香樟树叶烤焦，我闻到了树木和我共同发出的烟火气。卫东也在这个城市的某个角落呼吸，他足不出户却将自己的想法和对美食的追求传递给大家。只有有心人才能理解他。或许他只是留给能够理解他的人机会。

那么，不再抄表的我，他是否已经考察过了呢？

借阴债

江南冬天，湿冷空气拼命钻进骨头里。我停好自行车，抬头望望上午九点的天空，心里一点点抽紧。云层不停地痛苦翻滚，很快就包不住肚子里暴戾的雨雪。天阴得要掉落眼泪。

我才开始抄第一家，这个倒霉的差事。不出十家，双手就被冻麻木。细小雪花偶尔碰上我的脸。我咬牙加快工作速度。这条街在市中心，马上要拆迁，性急的住户已搬走的不在少数。想想许多百年老宅从此再不相见，只能留存在记忆里，我心情更加不好。

转进状元弄，车声人声暂时隔开来。手僵得厉害，我只能用手电筒敲门，并一声声喊："抄表，抄表啦。"声音在弄堂里传出很远，并有回声。老头老太急急将门打开，说着天气寒暄起来。我越走越深，弄堂分割出的一条灰白天空。一粒接一粒白点飘向我。

最后一家了。我翻到最后一张抄表卡，正要进去，觉得卡有点异样。用手来回一撮，两张卡粘在一起。背后一张卡，有些异样。仔细看，原来是五年前的老卡，其他卡都换过了，只有这张没换。电表数字也是五年前的。这个地段我抄了快两年，每次走到这里，抄完永远敞开的石库门里的最后一只表，就收工回去。从没有发现过这张旧卡。

卡上的地址是15-1号。但是最后一家是15号，没有边门或后门。吸引我的还有户主的名字：史玉菡。于是，我跨进门去，找那个并不存在的门牌里的那只表。

那是一个多进老宅院。四周静默，第一进院子里一株蜡梅吐露芬芳。厅堂被几家分割成厨房，都是冷锅冷灶，无人无息。穿过天井，来到第二进，风有点起来了，堂屋口挡风布帘"啪啦啪啦"直响。一缸残荷被丢弃在屋檐下，枯萎枝条铁线般挣扎向上，却又折服下垂。掀开布帘，眼睛一下子适应不了，一片黑暗。"有人吗？"我连叫了三声。打开手电，照见一些普通的八仙桌、椅子、碗橱和煤炉。藤椅发出"咯吱"声音的时候，我正准备往第三进走去。接着，一声"没人啊"，把我手里的手电筒吓落。

一个老妇人从碗橱后面转出来，藤椅上留下一个黄铜汤婆子。我已推开通往天井的长窗。光线射了进来。"不要进去，没人的。"老妇人语气有点急。

　　"我是抄表的。有一个电表找不到。您知道史玉菡这个人吗？"

　　老妇人脸上闪过不安："不要去，没人！"

　　我走过千家万户，这样的老人见多了，说不定又是一个老年痴呆病人。我对她笑笑，跨进后天井。这个天井与前面任何地方都不同，一样东西都没有。密密麻麻的弹石铺满小院，没有任何生命迹象。最后一间堂屋，长窗紧闭。我敲了敲门，无人应答。雪也大了起来，弹石上点缀了一朵朵梅花。

　　拉开长窗，满屋金灿灿、红彤彤，把我逼退到天井。在雪花里，我听不见，看不到，只有疑惑的心催促自己。我抱定决心再次踏进堂屋，那是一堆整齐码放的纸扎用品。一盏白炽灯不停释放超乎寻常的光芒，把蜡纸照得油光水滑。在这里，一切都缩小了。房屋、车辆、衣物、财宝等等，一把火，就能陪伴已经进入到另外世界的人。我小心地在宅院、元宝之间前行，虽然灯光热力充足、光照清晰，但是我不觉得比在天井里暖和。

　　按照工作要求，我一边喊话，一边寻找。但是，电表找不到。我准备离开，似乎有一个细细的女声若隐若现：

　　"表在画像后面……画像后面。"

我身体转了几个三百六十度，都没有发现声音来源。所有纸扎服服帖帖地蹲在供台四周。空荡荡的供台上方，挂着一张盘着发髻、穿着旗袍的年轻女子黑白半身像。远近、左右，我移动身子。女子的目光一直盯着我。我爬上供台，双手伸向画像，直到掀起画像，她仍严肃地注视我。电表安置在壁龛内。我剥开灰尘、蛛网，表盘正稳稳转动，没有异样。读取电表数后，我恭敬地放回画像。扫过画像的一瞬间，我差点把画像扔掉。黑白变彩色，女子似乎在微笑。我揉揉眼睛，画像仍是最初模样。我定了定神，那个幻觉的微笑里，似乎在告诉我，声音来自她。

我强装镇定，将电费通知单开出，五年没抄，电量不大也不小。我在那些亮光光的纸扎堆里，选择好摆放通知单的位置，尽量用正常的语调对着画像说："通知单放这里啦！"

我以最快的速度离开这个宅院，却发现根本跑不快。我陷了进去，腿在加速运动，地面却移动缓慢。她在挽留我，我却拼命要挣脱。天井里的雪缓慢堆积，一层白霜覆盖弹石，我几乎走不动。而刚推开第二进后门，拉力瞬间消失，害得我往前一个趔趄。一只手扶住我。原本怪异的老妇人，现在变得亲切。

"后面到底怎么回事？"

"我们从不去后面。"

"画像上的女人，还有个女声，是史玉菡吗？"

"阿弥陀佛！不能乱讲，不能乱讲。雪大起来，春节到了。"老妇人透过门缝看铁灰般天空，显得忧心忡忡。

我担心的事情终于发生了。那张电费单，一直没有缴费。催欠费成为我心病。我在黑夜里想着怎样在阳光灿烂的白天连闯三进住宅，把催欠单放到供台上。而到了白天，又考虑着晚饭时分去，只需把单子交给第一进下班的邻居。问题是，白天去，仍要面对变化的画像和神秘的女声。晚上去，谁愿意替我跑腿，很可能遭遇邻居嘴一撇："自己去。"我夜里盼白天，白天盼夜里，人变得神情恍惚。那张单子一直在我玻璃台面下压着。要不是因为上面数字有点大，我早就自己付清拉倒。这只烫手山芋。

清账日子明天就到，我选在中午十二点出发，并拉上陈胖。他一直说在乡下时，什么都见过，江湖水鬼、树林狐仙、无头白袍树精等等。他在自行车上单手脱把，兴奋地大声讲那些故事时，我一点没听进去。我感到黑幕正缓缓向我兜来，渐渐连呼吸都急促起来。

我们经过弄堂口，又有几家搬了。掀了顶、倒了墙的住宅，面积一下子缩得很小。很难想象这一小方土地上挤了这么多人、家具、物品，一挤就是几年甚至几十年。破败景象更向我心里投下阴影。陈胖却还是嘴巴呱啦呱啦说不停。声音在弄堂墙壁上反复弹射，我想即使 15 号最深处的第三进里的人，也应该听得见。

我本该让陈胖进了院子就闭嘴的，这是我不周全。这次，连第二进的老妇人都没出现。陈胖问我是不是都搬迁了。我指着处处流露出的生活细节，不开口。

我们一步一步挨到第三进长窗前。天井里每颗弹石都把脚底磨得发痛，不知什么地方来的风，在狭小空间回旋。陈胖还是拿出平时做派，对着长窗连拍不断："有人吗？收费了，收费了。"里面静默无声，陈胖看了看单子，把上面的名字读了出来："史玉菡，缴费！"整个院子除了越来越大的风声，还是没有任何动静。其实，陈胖仅仅骂了一句他的口头禅，长窗突然弹开，窗框包铜折角劈中陈胖面门，他捂脸倒下。我插空瞄了一眼里面，空空荡荡，一样东西都没有。我再想寻觅曾经刺向我的眼神，但是，一阵风刮来，窗又紧闭。我再不敢去敲门，扶起陈胖退出院子。

他的房间没有药，只有一股霉变味使我勉强联想到治病。他留着山羊胡，剃着板寸头，白发、白须夹杂其间，透出一种说不清的神秘感。陈胖坐在他对面十分钟不止了，但是他的眼睛还没有睁开。据他的徒弟，刚才收钱的那个尖嘴尖脑的瘦高个说，大师只要睁开眼，诊断就结束，立刻可以开方子。我已经点好钱准备伸出去的那只手犹豫起来。

"介绍我们来的方总可不是这样说的，望闻问切一套都做全，才是这个价格。"

"你误会了，方总跟你那个胖子情况完全不同。病嘛，必须因人而治。"

紧闭的粗布窗帘没拉严，正中露出一道光，射中陈胖的脸。被窗框弹中的瘀青还在，但是看得出正在消散。陈胖焦躁不安地等着大师开眼，口水顺着向右下方歪斜的嘴角淌下来，进门刚换的毛巾，现在已经湿透。

陈胖在我的搀扶下跌跌撞撞跑出宅院时，还在骂骂咧咧，后来声音越来越轻。来到弄堂里，风声盖过一切，陈胖说不出一句话。他惊恐地看着我，用手指着自己的嘴。我看着他怪异的样子，先是笑出声来，渐渐地，笑收了回去，恐惧感布满全身。他的嘴像被一根手指轻轻往下钩住似的，连舌头都转向右下方。这个滑稽表情后来还把一些医生护士逗乐。但是，笑过之后，他们就感到不可思议。CT、化验，没问题。针灸、推拿、偏方等等，都试过了，一点没有好转。一个小护士悄悄对我说，有人用无形指钩着，像是在惩罚他。我不由摸了摸自己的嘴。护士再补充一句："恐怕是鬼吧。"

好几次，我下意识用手去撩陈胖胸口，想着如果拍掉那只手，他的嘴就可以弹回。找大师就是我们认定那只手肯定存在，只有大师才能拍掉。每个大师身边总有一批信徒，方总是其中之一。正因为他当初的情况比陈胖严重得多，我们对大师相信得一塌糊涂。

方总发财前是大街上开水果店的。街拓宽，他只能把小店迁到弄堂口。生意不好，他一直往弄堂里张望。弄堂里老宅多，遇上拆迁，大家族大多摆不平财产分割。天南海北的人来了一批又一批，分到实物的，无法带走，就地销货，把方总的店作为据点。方总看到貌似很值钱的东西三钱不值两钱地处理，自己都觉得伤心。索性以收古旧货物为主，兼卖水果。各式古董就这样从小小水果店流向收藏市场。坐下来，剥个橘子、切个西瓜、削个苹果，或许一件古董生意就谈成了。当弄堂在地图上消失，水果店成为高架桥的一个水泥柱基，方总开发了第一个古玩市场。这个城市的人，大多对文化有点兴趣，喜欢逛逛书店、孵孵书场，邮票、钱币市场已经满足不了他们的需求，古玩市场开张正当时。方总事业蒸蒸日上，突然，他病了。有人说晚上起床小便撞鬼，有人说清晨做爱惊魂，总之，除了心跳、呼吸，其他都没了。医生看来看去，说要送植物人病房。亲戚朋友说什么都不接受。

有个古董商请来了大师。大师绕方总走三圈，详细从头看到脚，跳起来急急在一张黄纸上写了符咒般几句话，在方总眼前晃几晃，大喝一声："醒来！"方总立刻跳了起来，一点事都没有，一点事都不知道。家里不放心，为他做了全身体检，非常健康。

我托人找到方总时，他总是重复一句话："要信哪。"手上一串沉香佛珠转得沉稳。

"我信。我们都信。"

陈胖绝望地看着我，我面无表情地想着那句话，信心随着时间的推移渐渐崩塌。但是，一瞬间，我看到大师头上冒出一滴汗。接着，汗一滴一滴直往下掉，全身湿透，大师似乎经历了一场打斗。他缓缓睁开眼睛："你们走吧。"

我们呆在那里，也不敢问为什么。眼看大师湿漉漉的身影就要转向里屋，陈胖用尽全身力气喊出一声鬼一样的号叫。大师怔住了，回过身，我才注意到大师面如死灰，虚弱得一根手指就能把他点倒似的。终于，他叹了口气，拿起毛笔在一张小黄纸上写下几个字，交给我，迅速走进里屋，再不出现。徒弟边请边赶地把我们让出大门。

我打开黄纸，上面四个字："楞伽五圣。"大字下面有四个小字："除夕申时。"

除夕上午有了落雪的迹象。空荡荡的公交车开往郊外，只有三四个乘客。石湖开始大规模翻建，车子在泥泞无人的乡间道路上颠簸前行。我望着洁白雪花落入烂泥、湖水，想着这个事情如何了结。陈胖差不多已经习惯歪嘴生活，在我身边发出均匀呼噜声。我脚下塑料袋又猛烈动了一下，连驾驶员也在与坑坑洼洼搏斗中转过身，警惕地望了我一眼。下车时，塑料袋又强烈抖动，驾驶员诡秘一笑，掉转车头，把我们扔在行春桥边。

行春桥东两只石狮子瘦长而无奈的样子，让我想起老陆迷惑的样子。他是班组里年纪最大的抄表员，他不仅上班，连所有业余时间都用在丈量这个城市上。老陆不抽烟，一个塑料茶壶不离身，顶部一按，小嘴跳出来，老陆缓缓吸口水。眼神没有离开过小黄纸，却不说话。被我催得紧，他只是反复求证一句话："除夕上山？时间不对啊。"

老陆皱着眉，疑疑惑惑的。我们已经管不了这么多了。大师的话总要听。老陆与我一起走出茶馆，蜡梅的浓香让他想起什么。他关照我除夕带三样活货上山。"敬神总是好的，总是好的。"他对我竖起的三根指头，像插着的三根香。

陈胖用长围巾把半个脸裹起来，跟在我后面，与以前完全不同，小心得不敢踩死一只蚂蚁。一阵大风刮过来，就会把他吓得脸色煞白。望着越来越密的雪，我咬咬牙决定上山。却被陈胖牢牢抓住，他不说话，用手指指天。现在中午十二点模样，大师说的时间还早。

所有店都关门了。湖边小村里，零星响起爆竹声。几个孩子在泥泞的土岗上奔来奔去。我们在村里晃来晃去。一条窄弄里传来"叮当叮当"的敲打声。走近一看，一个壮汉正在自家后院雕琢一块金山石。他抬头看见我们，并没有停手。我注意到这是一只连着石柱的石狮子，样子比行春桥狮子胖，无忧无虑可爱的样子。他正在雕琢狮子的嘴巴，在咧得大大的基础上，往上翻。渐渐地，狮子愉悦的表情显露出来了。看了好久，我忍不住问他，眼睛怎么处理。

他停下手中的榔头和凿子，抬头望望不远处的上方山，"那可不是我的事啦。"

抄表记

449

我递给他一根万宝路。他索性脱下手套，吸一口烟，喝一口水。塑料袋又抖动一下。他问袋子里是什么。我指指陈胖，把情况说给他听。听完后，他让我们进屋，穿过简陋的小屋，来到大门口。一位老太正在折锡箔。"你带三样东西还是不够，要买点这个上去。"他指指老太面前的一大堆折好的金元宝。那些元宝个个金光闪闪，个大饱满。"你带的三样东西和元宝都要供在那里，但是，元宝要拿回，过七天自见分晓。"

我还在犹豫，眼前闪过第三进房子里的纸扎，同样猩红蜡黄。陈胖使劲在背后捅我，示意买元宝。果然，三个大大的蜡纸金元宝价钱几乎与带来的三样东西差不多。我讨价还价的过程中，陈胖神情更加紧张，生怕不能成交。我刚付好钱，他就把元宝捧在胸前。这才是治病的关键，他肯定这么想。

石匠也没吃午饭，把钱塞进裤兜，对着老太大喊："妈，给我们下三碗雪菜肉丝面。"我连忙制止他："我们要上山，雪菜就行。"

这是我吃过的最鲜美的面。雪菜灿烂地漂在汤里、面上，咸鲜味不断刺激味蕾，宽汤一口口下去，汗滋出来，释放出什么？我认为是浓重的湿气。我盯着空空的碗，突然轻松起来。一切会好起来的，除非我们一直执着于现时窘境。我也抬眼望了望山头，雪中隐约可见一条石径蜿蜒而上。

老太走近我身边，我突然觉得非常面熟，想了半天，还是想不起来，正要开口询问。老太转过身来："不要去，不要去。"啊，这不就是小弄宅院第二进里的那个老妇人吗？我一惊，脱口而出："原来是你啊！"脚用力一蹬，从梦中惊醒。吃完面，我裹紧棉袄，歪在旧藤椅上，迷迷糊糊睡着了。

我看看表，时间还早。石匠和陈胖缩头缩脑地倒在椅子上打盹。我轻轻走近老太，她还在折元宝，这是一个由她创造出来的财富王国。她完全与宅院老妇人不同，我放下了心。刚要回头。她幽幽地问了一句："你是不是认错人了？"

"你什么意思？"

"没什么意思，刚才听你说梦话呢。"

我一屁股坐回藤椅，吱吱嘎嘎的声音把另外两个人吵醒。闲聊了一会儿，石匠催我们上路。他把我们送到石径起始处的香樟林里。临别时再三关照我们："多磕头，少说话。"元宝要陈胖自己供，供好后一定要拿回自己家，静静等待结果。

石径一步一台阶，满山都是香樟树，已经开始有积雪，白色雪球开始覆盖枝叶。石径也染上一层白霜，越往上，路越滑。我俩互相搀扶，两个塑料袋来回晃悠，活货似乎也没了动静。陈胖满头汗，他索性拉掉围巾，将歪嘴暴露在空无一人的山路间。他像烟囱般呼出热气，好久没有这么畅快了。再说，不管怎样，总会有结果了。

其实，到了"楞伽烟雨"牌坊，我就感觉不对。与石匠分手到现在，我们没有碰到一个人。申时，已经到了。我们必须抓紧时间。不出所料，卖门票的女人满脸不痛快，"都什么时辰了，人家都回去吃年夜饭了。你们还要进去吗？"

我接住拍到窗台上的两张票和找头，转身就往庙里钻，身后传来她的警告："不许搞迷信活动啊！"

我赔笑说"那是那是"的同时，连忙用围巾把陈胖的脸遮住。

殿分好几个，全都没有人影。我们不知道怎么弄。就在大殿、侧殿跑进跑出，寻找合适的祭拜场所。跨都跨出那个小小侧殿的门槛了，冷不丁，我想起什么，急忙转身，"泥塑娘娘"正盯着我看。分明就是那个画像里的女子。接着，跳出来一个名字：史玉菡。

顾不上楞伽五圣了，我跟陈胖说："拜这里，肯定没错。"正当我们拿出活三牲时，昏暗小殿挤进一个老头，手里拿着扫帚和簸箕。

"下班了，关门啦。"

"我们快的，拜拜就走。"

他走到塑料袋前，用扫帚柄挑开看看。"准备鸡鸭鱼，是求什么事吧？"

我把陈胖的围巾松开。

"哦，这样啊。元宝买了吧？"

我打开另一个塑料袋，往前递了递。

他拎起两个袋子就往外走。我连忙告诉他我们就想在侧殿拜拜。

"你们五通神不拜，没有用的。"他坚持说。

我简单地把事情经过说了一遍。他的脸色有点变了："你们知道这个'娘娘'的来历吗？"

老头把东西放下，摸出火柴点燃一根香烟。一点微光在暗处闪动。现在，我们已经不知道外面是不是还在下雪，因为老头的讲述令我们时空错乱。

这庙全称叫五显灵顺庙。供奉显聪、显明、显正、显直、显德，这"五显"，又叫"五圣""五通神""五路神""五路财神"。传说，朱元璋做了皇帝后，有一天，梦见五个阵亡将士浑身血迹地来乞求抚恤。朱元璋惊醒后，动了恻隐之心，将五个亡灵封为"五通神"，命家家祭祀，并在上方山顶建立寺院。

当地人将"五显"附会成"五通神"，而又将"五通神"等同于财神，于是有了"借阴债"的习俗。八月十七日据传是五显神生日。每到这天前后，人们从各地赶来借阴债，据说只要从五显老爷那儿借到阴债，就可望财运亨通，身体健康，家道兴旺。借阴债后，每月初一、月半都要在家烧香化纸，每年八月十七日还必须到上方山去烧香"解钱粮"，以此还本付息。如果本人死了，子孙还须继续"清偿"，所以有句俗话称："上方山的阴债还不清。"怪不得，老陆总在嘀咕时间不对，看来他是行家。我暗自佩服。

五通又有喜淫人妇的传闻。不少有姿色的妇女，深信五通神。偶遇风寒症状，就说五通将娶其为妇，高烧期间，感觉与神恍惚相遇，不愿接受治疗，往往一命呜呼。

老头掐灭烟头，指指那位"娘娘"："这个叫五太太。本是邻市的一位大家闺秀，心存善心，经常接济穷人。但是，到了二十岁，却突然一病不起。弥留之际，称此处的五老爷看中她，要娶她为妻。她死后，大家把她抬到上方山，准备好新房，为'五通神'里的老五和她办了'婚礼'。"老头抽口烟，用手划拉一下，"这里，其实是'新房'。"

"这是什么时候的事情啊？"

"大概八十年前吧。"

我怎么盘算，都对不上现实中的事件。还是赶紧把事情办了再说。按照老头指点，把东西全部拿到大殿，鸡鸭鱼不上供台了，摆到边上。老头悄悄拿走了。陈胖恭恭敬敬把四个金元宝一一摆到供桌上，我和陈胖分别磕了三个头。抬起头，整个大殿突然暗了下来，神像更显庄重威严。身后，老头正把殿门关上。留一条缝，等我们出去。

香毕。我小心地把元宝收好，一把拽过还在叽里咕噜不知道说些什么的陈胖，跨出殿门。老头与我们擦肩而过，进入大殿，彻底关上门。他没说什么，我也没有跟他打招呼。

天已经很黑了，但是雪花却还飘得紧。性急的人，已经在燃放烟花。烟花盛开的一刹那，近处的雪花格外显眼。我们还要下山去赶除夕的末班公交车，当下山路上留下我们新鲜脚印时，我才想起，那老头难道不回家过年吗？

年初七，我走进城西小弄，来到陈胖家里。他把装元宝的塑料袋挂在吊扇杆上。我扶住垒起来的方凳，他爬上去，手脚都抖得厉害，于是换我上去。我屏住气息，轻手轻脚解开塑料袋，里面的元宝黄澄澄、亮闪闪，还是那样饱满光洁。我兴奋地告诉陈胖："没有一点瘪的迹象，没有褪一点颜色。没有一点灰尘，就像刚从石匠妈妈手上接过来一模一样。"

陈胖奇怪地脸抽搐了一下，阳光打在脸上，闪出希望的红晕。过了一会儿，他终于坐不住了，跑去了卫生间。出来时，脸又恢复到沮丧。虽然我们算是借到了阴债，但最关键的现实问题怎么解决呢？我的情绪也被搞得闷闷的。

我晃出小弄，走上大街，正巧一家储蓄所开张。我径直走进去，摸出那张熟悉的催缴通知书。离开储蓄所时，全身竟充满莫名轻松。七天来压在自己身上的包袱似乎去掉了九成。我手里拿着电费发票，转身直奔状元弄。

"除夕前三天，他们就把弄堂全部推平了。"已经不能称为弄堂口的地方，像麻将牌和了倒下的样子。摆烟花爆竹地摊的中年男人裹紧了军大衣。

我在瓦砾堆里艰难行走，按照没有完全覆盖的路径，心里默默数着步数。应该就是这里了，我曾经在这个空间，爬上爬下，小心翼翼进来，又惶恐不安逃走。现在，什么都没有了。神秘感也随着黑色砖瓦化为乌有。我将电费发票拿出来，慢慢撕碎，在突出的一块青石上点燃。一阵风来，纸灰转眼就消失了。似乎一个名字在我眼前一闪。哦，是"史玉菡"呢。终于，这个名字也飞走了。

中午太阳好得很。我坐上去上方山的公交车，沿路景象，与雪天全然不同。毕竟春天了，一切都涌动着变化的冲动。

也许雪天迷惑了我的双眼，过了行春桥，我好不容易才找到进村的路。那些窄巷、院落、房子，都相差不大。一会儿，我就迷路了。

"我住这个村一辈子了。这里从来没有石匠。"矮老头指指石湖对岸，"那里石匠多，做金山石雕。"

一听我说纸质金元宝，老人紧张起来："最近一直打击迷信活动，特别是'借阴债'这种陋习。没人敢做这个生意了，没有没有。"

我想争辩，但是元宝不在我身边，我把话咽了下去。我不甘心，再寻找，再问信，虽然还是没有结果，但还是离上方山更近了。

寻故人不见，索性先上山。游客不少。我一眼就看出哪些纯粹观光，哪些夹带私事。我跟在想要办事的一帮人后面。他们走寺院后门。为他们开门的正是那天的女售票员。我脚快，门在我身后关上。

领头的长者交给女售票员一袋东西，她看了一眼，叫过一个穿长袍的青年。青年拿了袋子转身进殿旁小屋，不一会儿取出几个纸扎金元宝。供奉过程与我们在除夕做的差不多。

我悄悄挪到长袍青年边上。

"老头在吗？"

"没有老头。"

"打扫卫生的那个。"

"我不知道你在说什么。"

我睁大眼睛，不依不饶地追问："你就是那个老头！"

长袍青年斜睨我一眼，轻声骂句："有病。"便再不睬我。

我绕着殿堂、楞伽塔，里里外外兜个遍，没有见到除夕大雪天的老头。近处森林公园里，朴树、合欢树等树木正在返青。远处山脚下，石湖碧波荡漾，此刻我只觉得湖水深不可测。

连着几天没见着陈胖，一打听，似乎班里人也没有见到陈胖。我并不想再去城西那条弄堂。

无精打采地拿起抄表卡，晃晃悠悠来到街上。一过春节，暖意就从墙角根透出来。一家家的门不再紧闭，弄堂风微醺，春天的气味钻进我的鼻子。

"抄……抄……抄表啦！"街对过传过来的声音，夹杂着街上杂音，我一时并没在意。连听了几次，蓦地惊出一身冷汗。拨开围在我身边的老头老太，急急穿过街去。过路的自行车、汽车都紧急刹车。我伸手致意的空都没有。

我从背后扳住陈胖厚实的肩膀，猛地往回一拉，他的脸一下子暴露在我面前。这一瞬间之前，我有过许多种设想，但是都没有真实情况来得如此完美。他那张樱桃小嘴，完美地镶嵌在圆咕隆咚、白白胖胖的脸上。我忍住不去钩他的嘴角，一钩似乎又可以看到难堪状态。

　　"你……你恢复啦？"我并不口吃，跑得急了，气有点短。

　　"什么……什么恢复？我很……很好啊！"

　　早在上方山上，我就有种感觉，自从踏进状元弄 15 号大门，我就走偏了，一张纸蒙在我脸上。而现在，那张纸正在悄悄地被撕去。

　　我还是不死心地追问："你的嘴什么时候好的？"

　　陈胖露出真诚的诧异："我的……的嘴……嘴，什么……什么时候都……都是好……好的啊！"

　　我拍拍陈胖的背："你继续抄吧。"骑上车，飞快地奔向单位。

　　单月的抄表卡是绿皮的，双月是蓝皮。我七手八脚从蓝皮卡里取出那本要命的卡，整整翻了三遍，都没有找到那张 15-1 号的抄表卡，更没有找到那个名字。

　　我又冲进核算室，让小姑娘查找电费发票存根。她查了半天一无所获。终于她做了个恍然大悟的表情，用手一指："是不是拆迁房？单据都在那里！"

　　那里是营业窗口，拆迁办的人正与窗口人员核对拆迁欠费。终于找到状元弄的电费存根，就是找不到 15–1 号。拆迁的人回忆："15 号没有第三进，我们进去的时候就两进。拆的房子也只有两进。不过……"他稍微停了一下，接着说，"前几年有一家的独生年轻女儿突然病亡，一家人就此接二连三地故去，所以 15 号的一些房间都空着，没人敢住，也没人进去。"

我决定不再查询。老陆从我身边走过，我也不拉住他问。不过，还是有一两句话哽在喉咙口。于是，我只能自言自语："我交了费，她知道了。"

我走到街上，混入熙熙攘攘的人群里。那些陌生面孔，都是真实的吗？但是虚幻，却又是从现实中来。

抄表记

·
·
●